LES AVENTURIERS DU XXe SIÈCLE

JOURNÉES D'ENFER

DÉJÀ PARUS
AUX ÉDITIONS ALBIN MICHEL

Instinct mortel
70 histoires vraies

Les Génies de l'arnaque
80 chefs-d'œuvre de l'escroquerie

Instant crucial
Les stupéfiants rendez-vous du hasard

Tragédies à la une
La Belle Époque des assassins, par Alain Monestier

Possession
L'étrange destin des choses

Issue fatale
75 histoires inexorables

Le Carrefour des angoisses
*Les Aventuriers du XX*e *siècle*, t. 1
60 récits où la vie ne tient qu'à un fil

Ils ont vu l'au-delà
*Les Aventuriers du XX*e *siècle*, t. 2
60 histoires vraies et pourtant incroyables

PIERRE BELLEMARE
Jean-François Nahmias
Franck Ferrand
Thibaut de Villers

LES AVENTURIERS DU XXe SIÈCLE

JOURNÉES D'ENFER

3. Soixante récits
des tréfonds de l'horreur
au sommet du sacrifice

*avec la collaboration de Gaëtane Barben
et de Micheline Carron*

ALBIN MICHEL

Les faits et les situations évoqués dans ce livre sont vrais. Cependant, pour des questions de protection et de respect de la vie privée, certains noms de lieux et de personnes ont été changés.

22, rue Huyghens, 75014 Paris
ISBN 2-226-10015-6

Avant-propos

« Il y a des jours comme ça où il vaudrait mieux ne jamais être né... et pourtant tout avait si bien commencé... le soleil, les vacances, une petite maison au bord de l'eau. Je vois encore la porte peinte en bleu, je vois ta main introduisant la clé... et la seconde où tu fais le geste de tourner... »

Et à cet instant, la maison explose... ou un homme ouvre brutalement la porte un revolver à la main... ou la terre se met à trembler... Bref, c'est le début d'une journée d'enfer.

Les soixante histoires que nous avons sélectionnées ne doivent rien au talent ou à l'imagination d'un écrivain, c'est la vie qui s'est chargée de la mise en scène.

Comme d'habitude, la réalité bat largement la fiction dans l'insolite des situations et la cocasserie des solutions.

Voici soixante journées d'enfer qui sont, fort heureusement pour vous, arrivées aux voisins.

Pierre Bellemare

Un coup pour « oui »

17 avril 1991. Brian Redford est seul en train de déjeuner dans la villa qu'il habite à la périphérie de Westhill, petite ville du Dakota du Sud, aux États-Unis. C'est un homme d'une soixantaine d'années aux cheveux grisonnants, qui paraît beaucoup plus que son âge. Il a aussi l'air fatigué, le teint maladif, ce qui n'a rien d'étonnant puisqu'il est convalescent : il relève d'une grave attaque qui l'a envoyé trois mois à l'hôpital et qui a failli le laisser paralysé à vie. Pour l'instant, Brian Redford se sent mieux, mais il le sait bien, les médecins ne le lui ont pas caché, le mal peut ressurgir à tout moment...

Brian Redford mange lentement son repas léger, après avoir avalé les nombreuses pilules qu'il doit prendre quotidiennement. Il apprécie le calme de cette journée d'avril : décidément, Westhill est la ville idéale pour un convalescent...

Soudain, Brian Redford lâche sa fourchette et pousse un cri, tandis qu'il ressent une violente douleur à la tête. Il a compris. C'est une nouvelle attaque !

Les voisins sont absents. Ce n'est pas la peine d'espérer du secours de ce côté-là. Sa seule chance est le téléphone. Mais il doit faire vite avant que la paralysie l'ait gagné complètement ou qu'il ait perdu conscience.

Avec les pires difficultés, Brian Redford se lève. Prenant appui sur la table, il se dirige vers le guéridon sur lequel se trouve le combiné. Il décroche le récepteur et tente de composer un numéro, mais sa main droite est agitée de tremblements incoercibles. Il approche sa main gauche et, en s'appliquant, appuie huit fois de suite sur les touches afin de former le numéro de sa femme. C'est la meilleure solution...

Patricia Redford travaille dans une grosse compagnie d'assurances de la ville. Il est 1 h 30 ; à cette heure-ci, elle doit juste rentrer de déjeuner.

Le téléphone sonne dans le bureau de Patricia. Agrippé à son récepteur, Brian grimace de douleur, tandis que son bras droit incontrôlable martèle le guéridon.

– Ce serait drôlement mignon à porter pour cet été...

Patricia Redford, quarante-cinq ans, est belle, blonde, grande, avec beaucoup de classe. Elle a un peu le genre mannequin et sa lecture favorite est celle des magazines de mode. Alors, tout de suite après le déjeuner, elle est allée dans le bureau de sa collègue Betty Jones, qui venait d'acheter une revue féminine.

Patricia a une moue en regardant le modèle figurant sur la page que lui montre Betty.

– Non. Ce n'est pas ce genre de modèle qui me plaît. Attends, je vais te montrer...

Et elle se met à feuilleter la revue... Sa collègue l'interrompt soudain.

– Ça sonne. Ce n'est pas dans ton bureau ?

Patricia tend l'oreille à son tour.

– On dirait...

– Tu n'y vas pas ?

– Ça peut attendre. C'est l'heure du déjeuner après tout.

– C'est peut-être ton mari.

– Tu as raison. Je vais y aller.

Patricia quitte le bureau de sa collègue et se dirige vers le sien...

Agrippé au téléphone, Brian Redford souffre le martyre. Sa tête lui fait de plus en plus mal. Dans son bras droit incontrôlable, il ressent de violents élancements. Sa respiration se fait précipitée. Et Patricia qui ne répond pas !... C'est normal, dans le fond. Il aurait dû s'y attendre : elle n'est pas encore rentrée de déjeuner. Il raccroche...

Brian Redford sent qu'il n'a plus beaucoup de temps devant lui. Sa vue se brouille, ses idées deviennent confuses. Il faut faire vite !... Heureusement, il y a l'annuaire juste à côté du téléphone. Maintenant, chercher le numéro du commissariat... Pourquoi n'a-t-il pas pensé à le laisser sur un papier bien en évidence, ou, mieux, à l'apprendre par cœur ? Vu ce qui lui était déjà arrivé, c'était indispensable en cas d'urgence. C'est de ce genre de précaution que peut dépendre la vie ou la mort. Mais de toute manière, il est trop tard pour avoir des regrets.

Il décroche de nouveau et, en maintenant toujours son bras droit agité de mouvements désordonnés avec sa main gauche, il s'applique à tourner les pages... Dieu, que c'est difficile... *Dieu*... Il devrait peut-être faire sa prière... Non, pas encore ! Il n'est pas encore mort. Il a encore une chance de survie et, si infime soit-elle, il doit la tenter... Allons, courage ! *P... Po... Police...*

Au siège de la compagnie d'assurances, Patricia Redford revient dans le bureau de sa collègue Betty Jones.

– Alors, c'était qui ?

– Je ne sais pas. La sonnerie s'est arrêtée juste quand j'arrivais devant le téléphone.

– Si c'était ton mari ? Avec ce qui lui est arrivé...

– Non. Je l'ai rappelé et ce n'était pas libre. S'il téléphone, c'est que tout va bien. Je le rappellerai plus tard... Alors, ce modèle qui te plaisait, tu me le montres ?

Peter Smithson sirote son café. Il est 1 h 30 de l'après-midi et il fait une belle journée sur Westhill. Peter Smithson regarde les rues peu animées à travers sa fenêtre du commissariat. C'est le moment où les gens sont en train de déjeuner chez eux ou au bureau, et la circulation est pratiquement inexistante.

Depuis trois mois, Peter Smithson est devenu l'agent Smithson. Il a tout juste dix-neuf ans. C'est un garçon de couleur qui ressemble un peu à Michael Jackson.

Près de lui, dans la même pièce, le sergent Hardy, un vieux de la vieille, lui, qui, à cinquante-huit ans, ne pense qu'à une chose : la retraite.

– Vous croyez qu'il va se passer quelque chose, sergent?

– Ouais, un jour de plus. Et dans moins de deux ans, je serai en train de pêcher la truite.

Peter Smithson hausse les épaules et pousse un soupir. Le sergent Hardy a un sourire ironique.

– Qu'est-ce que tu espérais, en entrant dans la police? Empêcher une catastrophe? Arrêter un grand criminel, un gros bonnet de la drogue? Pas ici... Westhill, c'est pas New York ou Los Angeles. Faudra t'y faire, mon gars...

– Quand même, on sert bien à quelque chose.

– Oui, à faire la circulation, qui pourrait très bien se faire sans nous, et à ramasser un ou deux ivrognes...

– Je ne parlais pas de ça. Je voulais me rendre vraiment utile.

– Eh bien, d'accord, mon gars, rends-toi vraiment utile! Sers-moi donc une autre tasse de café.

Heureusement que le téléphone est à touches et pas à cadran, se dit Brian Redford... Le geste qui consiste à appuyer sur les chiffres est relativement possible pour lui, mais s'il avait dû faire tourner un cadran, il n'y serait pas arrivé.

Il doit pourtant s'y prendre à plusieurs reprises avant de parvenir au bon résultat. Enfin le numéro de la police est composé... La sonnerie retentit. On décroche.

– Commissariat de Westhill, j'écoute...

Brian Redford éprouve, malgré sa douleur et son angoisse, une sensation de délivrance. Il a réussi! On va le secourir. Il est sauvé! Il ouvre la bouche pour expliquer ce qui lui arrive, et l'angoisse revient, multipliée par dix, par cent, par mille!...

Il est faux, d'ailleurs, de dire qu'il a ouvert la bouche. Il a essayé de l'ouvrir mais elle vient de se tordre en un affreux rictus, tandis que, de ses lèvres à peine écartées, il ne s'échappe aucun mot. Brian Redford recommence sans plus de résultat. Il fait encore des efforts, avec l'énergie du désespoir, rien ne sort, pas un gémissement, pas un son : son attaque l'a rendu muet!

– Allô ! Commissariat de Westhill. Ici l'agent Smithson, j'écoute...

Au bout du fil, une voix jeune répète encore :

– Ici l'agent Smithson...

Il y a quelques instants de silence. Désespéré, Brian, qui est toujours muet, mais qui entend parfaitement et garde toute sa lucidité, perçoit une autre voix, lointaine, dans le téléphone.

– Qu'est-ce que c'est ?

Peter Smithson répond au sergent Hardy sans lâcher le récepteur.

– Je ne sais pas. Ça ne répond pas... Allô, y a quelqu'un ?

De nouveau la voix lointaine.

– Ne te tracasse pas. C'est le genre de plaisanterie habituelle. De temps en temps un tordu qui n'a rien à faire nous appelle pour ne rien dire... Raccroche.

– Mais si c'était grave ?

– Si c'était grave, on te le dirait.

– Peut-être que la personne ne peut pas parler... Allô ? Est-ce que vous êtes dans l'impossibilité de parler ?

Dans l'esprit et devant les yeux de Brian Redford les pensées et les images se mettent à danser d'une manière vertigineuse. Son cerveau est sur le point de vaciller. Pourtant, il ne doit pas se laisser aller... Il se souvient d'un film d'épouvante qu'il a vu : *Esprit es-tu là ?* Un coup pour « oui », deux coups pour « non ». Avec l'annulaire de sa main gauche, il frappe de son alliance le récepteur... Il y a un instant de silence et la voix de l'agent Smithson retentit :

– Un coup, ça veut dire « oui » ?

Brian Redford frappe de nouveau un coup contre le récepteur. Un formidable dialogue est engagé, dont dépend la vie d'un homme...

L'agent Peter Simthson garde tout son sang-froid. Le sergent Hardy, qui a compris enfin que la situation était sérieuse, est à l'écouteur.

– Vous m'entendez toujours ?

Brian Redford frappe une fois de son alliance contre le récepteur.

– Vous êtes blessé ?

Deux coups.

– Vous êtes malade ?

Un coup.

– C'est une attaque ?

Un coup.

– Bien. Ne vous inquiétez pas. Nous allons vous sauver... Est-ce que vous appelez de Westhill même ?

Un coup.

– Vous êtes chez vous ?

Un coup.

– Donc, on doit pouvoir vous trouver dans l'annuaire en sachant votre nom... Est-ce qu'il commence par un A ?

Deux coups.

– Un B ?

Cette fois, le dialogue ne se poursuit pas de la même manière. Il n'y a pas un ou deux, mais une grêle de coups sur le récepteur. L'agent Smithson comprend : énumérer une par une les lettres du nom de son correspondant va être très long et il risque d'être mort avant.

– OK. Vous avez raison. Je vais dire l'alphabet et vous m'arrêterez... A B C D E F G H I J K L M N O P Q R...

Un coup.

– Votre nom commence par R. Je continue : A B C D E...

Un coup.

– *Re*... Bien compris. Je continue. A B C D...

Un coup. L'agent Smithson note : *Red* et, quelques instants plus tard, toujours par le même moyen, le nom complet est trouvé.

– OK. Vous vous appelez Redford. Je prends l'annuaire... Il y en a plusieurs. Je commence par le premier. Êtes-vous Brian Redford ?

Un coup.

– 2034, 16e rue Ouest ?

Un coup.

– Tenez bon, M. Redford ! Nous sommes tout près, nous arrivons.

Effectivement, cinq minutes après, l'agent Smithson et le sergent Hardy faisaient irruption dans le pavillon et, cinq autres minutes plus tard, Brian Redford se trouvait dans le service des urgences de l'hôpital de Westhill...

Brian Redford a été sauvé une seconde fois de son attaque et l'agent Smithson est venu le voir quelques jours plus tard à l'hôpital. Aux remerciements émus du malade, il s'est contenté de répondre avec un sourire modeste :

– Pourquoi croyez-vous que je suis entré dans la police ?

Au bout de l'horreur

Penchée en avant, le front près du pare-brise, Mathilde contemple le paysage montagneux du val d'Aoste. Par cette belle soirée d'août 1977, une lumière fine vient dorer les sommets neigeux. Une main sur le volant, l'autre sur le genou de la jeune fille, Christian exprime une impression partagée :

– C'est envoûtant, dit-il.

Sa fiancée lui répond par un baiser sur la tempe. En fait, jamais encore elle ne s'était sentie aussi heureuse qu'en cet instant, seule avec lui sur cette route déserte. Ils n'ont que dix-huit ans l'un et l'autre, mais l'amour qui les unit n'a pas d'âge. La petite voiture, prêtée par des amis de Courmayeur, est un peu poussive ; mais cela convient à une promenade en amoureux. Même la radio s'est mise au diapason : la station régionale diffuse des airs romantiques...

Soudain, et pour la cinquième fois de la soirée, le programme est interrompu par un bulletin d'information ; le speaker parle vite, avec l'accent chantant du Piémont.

– Ce doit être très intéressant, ironise Christian.

Ni lui ni elle ne comprennent l'italien.

– Nous arrivons bientôt ? demande Mathilde.

– Oui, Courmayeur n'est plus très loin. Avec un peu de chance, nous serons de retour avant la nuit.

– Tant mieux.

Elle se rappelle l'avertissement de leurs amis : « Méfiez-vous, leur ont-ils dit le matin même. En montagne, la nuit tombe de bonne heure, et les villages sont rares... » De fait, depuis plus d'une heure ils n'ont pas vu âme qui vive.

– J'espère seulement que nous aurons assez d'essence, murmure Christian, interrompu par un nouveau bulletin d'information.

D'un geste rapide, Mathilde coupe l'autoradio. A-t-elle perçu une note d'inquiétude dans le ton du speaker ? C'est possible. Car depuis deux heures, c'est un appel à la population qu'il répète tous les quarts d'heure : une mise en garde à propos d'un psychopathe évadé le matin même d'un asile tout proche, et dont la cavale représente un danger pour les habitants de la région ; c'est d'ailleurs pour cette raison que la route de montagne est désertée ce soir. Mathilde et Christian sont donc en danger, mais ils ne le savent pas...

Il est 18 h 10 quand le moteur, après quelques soubresauts, finit par caler.

– Il fallait s'y attendre, soupire Christian. Le réservoir est vide.

Mathilde s'est redressée sur son siège. Elle reste silencieuse, le regard sur l'horizon rougeoyant. Cette panne d'essence est la première note discordante des vacances. Profitant de la pente, le jeune homme mène la voiture en roue libre jusqu'au bas-côté et la gare le plus près possible du talus.

– Tu peux me passer la carte ? demande-t-il. Je vais essayer de voir où nous sommes.

La jeune femme ouvre la boîte à gants et en sort une carte routière qu'elle déplie soigneusement avant de la confier à son fiancé. Ils la regardent ensemble :

– Nous sommes ici, indique Christian après avoir cherché un moment. Exactement à trois kilomètres de Courmayeur. A pied, je peux y être en vingt minutes, et même en un quart d'heure si je presse le pas. Tu n'auras qu'à m'attendre ici. Je me ferai ramener en voiture par le garagiste.

– Mais mon amour...

– Je sais que tu préférerais venir, Mathilde, mais ce n'est pas prudent : tous les bagages sont dans la voiture ; je ne voudrais pas qu'on nous les vole.

– Christian...

Il se penche vers elle et lui ferme les lèvres d'un baiser.

– Ne t'inquiète pas, je me dépêche, conclut-il en descendant. Si ça te rassure, tu peux t'enfermer dans la voiture.

– Mais tu ne parles même pas italien !

Le jeune homme ne l'entend plus, le halo de sa lampe torche s'enfonce déjà dans la nuit tombante. Restée seule dans le silence et l'obscurité, Mathilde verrouille consciencieusement les portières de la Fiat.

– Il commence à faire frais, dit-elle tout haut, comme si quelqu'un pouvait l'entendre.

Un frisson lui parcourt tout le dos. Elle prend son gilet sur la banquette arrière et, tout en l'enfilant, observe le décor autour d'elle. L'endroit est banal, la vue bouchée, à droite par le talus surplombant la voiture, à gauche par une forêt de résineux – tout cela plongé dans l'ombre. Loin devant, les sommets enneigés s'estompent dans la nuit. Mathilde scrute le cadran phosphorescent de sa montre : 18 h 20 ! Il n'y a pas cinq minutes que Christian l'a laissée, et déjà elle compte les secondes. « Mathilde, ressaisis-toi ma fille ! Ce sont les enfants qui ont peur du noir ! » Elle se force à penser à des choses agréables : leurs amis qui les attendent tout près de là, et là-bas en France, ses parents qui ont accepté de la laisser partir avec son tout jeune fiancé. « C'est bien parce que tu as eu ton bac ! » a dit son père. « Et que Christian est un garçon sérieux », a précisé sa mère. Mathilde se force à sourire, mais cela ne suffit pas à lui faire oublier que tout au fond d'elle-même, une sensation désagréable est en train d'éclore. Une sensation qui s'appelle la peur.

Mathilde est seule dans la nuit, bouclée dans sa petite voiture, sur une route isolée de montagne – victime toute désignée. Sans connaître la teneur du bulletin d'information, elle a le pressentiment que les choses vont mal tourner. Un quart d'heure passe dans ce climat d'anxiété, une demi-heure, une heure ! Christian ne revient pas. Très tendue, la jeune fille ne quitte plus des yeux le cadran luminescent de sa montre. « Où es-tu, Christian ? Pourquoi est-ce que tu ne reviens pas ? »

Soudain, le cœur de Mathilde se serre ; elle retient sa respiration ; une masse vient de sauter du talus sur le toit de la voiture. Un heurt sourd, et le châssis s'écrase sur les amortisseurs. A présent transie d'angoisse, la jeune fille se recroqueville entre les deux sièges avant, à l'endroit le plus central, le plus inaccessible croit-elle. « Il y a quelque chose sur le toit, quelque chose... ou quelqu'un ! » Un coup assez violent résonne dans tout l'habitacle. Mathilde sursaute, porte ses mains à sa bouche, sanglote en silence. La terreur lui noue l'estomac ; avaler sa salive devient pénible.

– Qu'est-ce que c'est ? Qui est là ?

En se contorsionnant le long des vitres, la jeune fille essaie d'apercevoir quelque chose – en vain.

Un nouveau coup, moins appuyé, et puis un autre : on frappe sur le toit avec quelque chose de lourd, cela fait un bruit mat. Les larmes de Mathilde sont brûlantes, douloureuses. Elle prie tout bas :

– Mon amour, dis-moi que c'est toi, dis-moi que c'est un jeu stupide !

Mais elle sait qu'il n'en est rien. Elle sait que chaque seconde lui est comptée. Christian... Combien de temps lui faudra-t-il avant de venir la délivrer de ce cauchemar ? Sur le toit, les coups ont redoublé ; la petite voiture est secouée, dans un grincement de ressorts. Puis c'est le calme, l'immobilité, l'attente – avant que la chose glisse le long du pare-brise jusqu'au capot : une boule noire de la taille d'un ballon, plus pesante peut-être, plus molle aussi... Mathilde a beau écarquiller les yeux dans le noir, elle ne parvient pas à identifier la « chose ». Au prix d'efforts considérables, elle détache un bras de son corps et le lève jusqu'au plafonnier dont elle actionne l'interrupteur. Une lueur jaillit dans la voiture et au-delà. Elle s'approche du pare-brise et scrute la forme sur le capot : on dirait des cheveux ! Et comme une bouche grimaçante, comme des yeux figés par l'horreur ! C'est la tête de Christian décapité, qui a roulé jusque-là en faisant une trace affreuse. La jeune fille pousse un cri terrible – le cri de la douleur pure. Puis elle perd connaissance.

A ce stade, l'histoire de Mathilde pourrait déjà figurer en bonne place dans les annales de l'horreur. Malheureusement, le calvaire de la jeune fille ne s'arrête pas là. Aux premières lueurs de l'aube, quand elle retrouve ses esprits, le psychopathe est toujours sur le toit de la voiture. Les coups secs qu'il frappe contre la carrosserie scandent une attente sans fin. Or Mathilde sait bien qu'elle est une proie vulnérable à l'intérieur de la petite Fiat. Il suffit que le malade casse une vitre pour qu'éclate la bulle de sécurité bien illusoire au cœur de laquelle elle demeure prostrée.

Pelotonnée sur elle-même, les yeux fermés, les mains sur les oreilles, la jeune fille devra attendre trois longues heures avant que n'arrive sa délivrance. Sur les coups de 8 heures du matin en effet, une patrouille de police à la recherche du fou dangereux finira par repérer la voiture isolée en montagne. Le malade ne fera aucune difficulté pour se laisser reprendre ; et les sauveteurs pourront extirper Mathilde du lieu maudit de son interminable supplice. Plusieurs années de thérapie dans des institutions spécialisées seront nécessaires pour lui permettre de retrouver une vie normale.

L'enquête établira les circonstances de la mort de l'infortuné Christian. Quelques minutes seulement après avoir quitté sa fiancée, le jeune homme avait attiré l'attention du psychopathe par le faisceau lumineux de sa lampe torche. L'agresseur avait dû le surprendre alors, et lui fracasser la tête au sol avant de le décapiter.

Une question demeure : pourquoi l'assassin a-t-il ensuite emporté son macabre trophée jusqu'à la petite Fiat garée en contrebas du talus ? Personne ne s'est même risqué à lui poser la question – et l'on peut penser que sa réponse n'aurait eu, de toute façon, qu'un intérêt limité.

« *Maman est dans le coffre* »

Il est 7 h 30, ce vendredi 9 juin 1995. Mary Graves est au volant de sa voiture, dans les rues de Tampa, une grande ville de Floride. Mary Graves, divorcée, qui élève seule sa petite Julia, quatre ans, est infirmière dans une clinique de Cayman Bay, station balnéaire proche et, comme chaque matin, elle va déposer sa fille chez sa nourrice avant de prendre son travail. Mary Graves est fumeuse, et ce petit détail va avoir des conséquences dramatiques.

Ce jour-là, Mary n'a plus de cigarettes. Comme elle passe devant un drugstore, elle s'arrête pour s'acheter une cartouche. Pour son malheur, Mary Graves est distraite : elle oublie de verrouiller sa voiture avant de la quitter, à moins qu'elle ne se dise que, pour une si courte absence, ce n'est pas la peine. Effectivement, elle ne met pas plus de deux minutes pour effectuer son achat, mais ce temps est suffisant pour qu'un individu se glisse à l'arrière du véhicule, à côté de Julia, attachée sur son siège d'enfant. La fillette, terrorisée, est incapable de prononcer une parole et elle est toujours muette quand sa mère rentre dans l'auto. Mary Graves s'installe sans méfiance au volant, et c'est alors qu'elle sent un contact froid sur sa nuque, celui d'un pistolet de gros calibre.

– Ne te retourne pas et démarre. En douceur...

La voix est dure et vulgaire. Mary sent le souffle de l'homme dans son cou. Bien qu'on soit en début de matinée, son haleine empeste l'alcool.

– Qui êtes-vous ?

– Roule et ne t'arrête pas !

– Mais dans quelle direction ? Où allons-nous ?

– Je te le dirai. Pour l'instant, va tout droit. Et ferme-la ! Fais comme ta fille. Tu vois comme elle est sage ?

Il n'y a rien d'autre à faire qu'obéir en silence. Une minute environ s'écoule et puis, nouvelle intervention de l'agresseur :

– Maintenant, prends la route de l'aéroport...

Mary Graves se sent soudain couverte de sueur. Cette phrase est terriblement inquiétante pour qui connaît Tampa : les environs de l'aéroport sont l'endroit le plus mal famé de la ville, le parking, surtout, immense et lugubre ; il n'y a pas de jour sans qu'il s'y passe une agression...

Le silence est revenu dans la voiture. Mary sent sur sa nuque le froid du canon et la chaleur du souffle aviné. Tout en manœuvrant le volant de ses mains moites, elle essaie de se rassurer comme elle peut. La nourrice va s'inquiéter en ne la voyant pas arriver, elle va appeler chez elle et découvrir qu'il n'y a personne. Même chose à la clinique un peu plus tard. Quelqu'un va bien finir par donner l'alerte... Sans doute, mais dans combien de temps ? Où sera-t-elle alors ? Sera-t-elle même en vie ? Et Julia, sa petite Julia ?...

L'aéroport est rapidement en vue, beaucoup trop rapidement... Le parking, contrairement à ce qu'on pourrait imaginer, n'est pas au niveau du sol, mais dans un bâtiment contigu à l'aéroport.

– Monte au dernier étage...

Mary frémit : c'est là que la plupart des agressions ont lieu, c'est un véritable coupe-gorge... La rampe qui monte en spirale lui semble interminable. Enfin, elle débouche au neuvième et dernier étage.

– Va au fond !...

Mary Graves espère qu'il y aura du monde, quelqu'un pour la secourir, peut-être un vigile... Malheureusement, les lieux sont déserts. Il n'y a pas plus d'une douzaine de voitures. Les gens ne sont pas fous, ils lisent les journaux. Il ne leur viendrait pas à l'idée de se garer au neuvième étage du parking de l'aéroport de Tampa...

– Arrête-toi et descends !

Mary s'exécute... Le neuvième étage est à ciel ouvert et elle est un instant assourdie par le décollage d'un appareil sur la piste, un peu plus bas. Pour la première fois, elle peut voir son agresseur, qui n'a rien pour la rassurer. C'est la caricature même du bandit, comme on le représente dans les films ou les bandes dessinées. Il est blanc, la trentaine, avec un visage aux traits épais et un corps de catcheur ; une montagne de muscles, sans la moindre trace d'humanité, une véritable brute...

– Donne ton sac et pas de blagues !

Mary Graves va le chercher et le lui tend à bout de bras pour bien montrer qu'elle ne tente pas de saisir quelque chose à l'intérieur. Le voyou s'empare des cartes de crédit et de l'argent liquide qu'il contient : dix dollars seulement. Il pousse un rugissement :

– C'est tout ?

Mary Graves est terrorisée... Malheureusement oui, c'est tout. D'habitude, elle a bien plus que cela, mais aujourd'hui, elle n'a sur elle que cette somme ridicule. Elle s'attend à ce que l'homme l'abatte de rage. Les journaux et la télé sont remplis d'histoires de voyous qui ont tué pour quelques dollars. Mais la brute ne tire pas. Après avoir jeté le sac avec violence, il revient vers la voiture et ouvre le coffre pour voir ce qu'il y a dedans.

Mary a retrouvé toute sa présence d'esprit. Elle doit sauter sur cette occasion inespérée : pendant quelques instants, il ne peut plus la voir, il faut en profiter !... Il n'est pas question de fuir : si elle se mettait à courir, il lui tirerait dans le dos avant qu'elle ait fait cent mètres ; d'ailleurs, elle n'a pas le droit d'abandonner Julia... Non, il n'y a qu'une chose à faire et elle sait quoi !

Elle prend perstement, par la fenêtre avant, le petit téléphone portable qu'elle a dans sa voiture pour que la clinique l'appelle en cas d'urgence, et elle compose le 911, le numéro de la police. L'homme est toujours en train de fouiller dans le coffre en poussant des jurons... Une voix féminine se fait entendre dans l'appareil :

– Police, j'écoute...

Maintenant que faire? Hurler « Au secours »? Son agresseur l'abattrait aussitôt. Exposer la situation en chuchotant? Elle n'en aurait pas le temps. Alors, Mary a une intuition : donner le téléphone à Julia. Elle le glisse dans la main de l'enfant, qui est toujours muette sur son siège à l'arrière et qui a tout vu. Julia prend le portable sans rien dire...

Il était temps : l'homme, furieux, revient en pointant son revolver. Il lui désigne le coffre :

– Monte là-dedans!

– Mais vous êtes fou! Je vais étouffer...

A l'inverse des autres voitures américaines, celle de Mary Graves est, en effet, de petite taille et, dans ce modèle, le coffre est particulièrement exigu. En outre, il ne communique pas avec l'habitacle de la voiture : il y a très peu d'air... Mais elle n'a d'autre choix qu'obéir. L'homme doit la plier de force pour qu'elle entre dans l'étroit habitacle. Puis, il ferme et c'est le noir...

Dans sa prison, Mary Graves entend une cavalcade : son agresseur s'enfuit en courant. Il ne l'a pas tuée. On pourrait dire qu'elle respire, si le mot n'était si mal choisi. Elle étouffe, au contraire. Combien de temps pourra-t-elle tenir dans ce véritable cercueil? Un quart d'heure? Un peu plus? Un peu moins?... Elle entend alors un autre bruit : Julia s'est mise à pleurer. Julia, le portable!... C'est son seul espoir.

– Julia, tu m'entends? Parle dans le téléphone!... Le téléphone, Julia!

En entendant sa mère, Julia a arrêté ses larmes. A présent, elle se rend compte qu'on parle dans l'appareil. Elle le met à son oreille... C'est une dame. Elle dit timidement :

– Bonjour, madame...

– Tu es une petite fille?

– Oui...

– Et tu joues avec le téléphone? C'est cela?

– Non. C'est maman qui me l'a donné.

– Où est-elle, ta maman?

– Derrière...
– Comment cela, derrière ?
– Derrière, dans le coffre. Maman est dans le coffre.
– Tu es dans une voiture ?
– Oui.
– Où es-tu ?
– Je ne sais pas...

Instantanément, l'employée de la police qui avait reçu l'appel le diffuse par haut-parleur, comme on le fait dans les cas graves. Cinq collègues se groupent autour d'elle. On entend soudain un bruit très fort...

– C'est quoi, ce bruit ? Un camion ?
– Non, c'est un avion, un gros avion.

Les policiers respirent : la voiture est sur le parking de l'aéroport. Tandis que la femme policier continue à dialoguer avec l'enfant, lui demandant son prénom pour la mettre en confiance, un de ses collègues alerte la police de l'aéroport. Mais la partie est loin d'être gagnée : il y a des milliers de voitures sur le parking et la vérification risque d'être longue. Heureusement, la femme policier a une idée.

– Essaie de klaxonner, Julia.
– Qu'est-ce que c'est « klaxonner » ?
– C'est faire du bruit dans l'auto. Tu as sûrement entendu ta maman faire ça...
– Oui...
– Pour cela, il faut appuyer sur un bouton. Il doit être au milieu du volant. Tu peux y aller ?
– Non, je suis attachée.
– Mais tu sais bien défaire ta ceinture de sécurité...

Il n'y a pas de réponse, un long silence et subitement les pleurs de la fillette. Elle a abandonné le téléphone. La femme policier appelle de toutes ses forces.

– Julia, parle-moi ! Julia, réponds-moi !

Enfin, l'enfant reprend l'appareil. Mais c'est pour faire entendre un cri de désespoir :

– Je veux ma maman !
– Oui, Julia... Mais pour cela, il faut que tu appuies sur le

klaxon. Un monsieur va venir et faire sortir maman. Tu as quitté ton siège ?

– Oui...

– Alors, approche-toi du volant et appuie au milieu...

Il y a de nouveau un silence et puis, dans le haut-parleur de la police, on distingue nettement un bruit d'avertisseur... Maintenant, Julia se déchaîne, tout le parking doit résonner de ses appels, même depuis le rez-de-chaussée, on doit entendre ce concert qui provient du neuvième étage.

Et c'est ce qui a permis à Mary Graves d'être sauvée. Les policiers de l'aéroport sont arrivés exactement vingt et une minutes après le début du coup de téléphone. Mary a été réanimée par une équipe de secours d'urgence et sauvée d'extrême justesse. Sauvée, grâce à sa présence d'esprit et à une petite bonne femme de quatre ans !

Le réflexe du lézard

Paysage grandiose des montagnes Rocheuses, non loin de Denver dans l'État du Colorado, juste au pied de la masse granitique du Mount Evans.

Il n'est pas tout à fait 7 heures du matin quand une voiture tout-terrain quitte un chemin pierreux de montagne pour s'approcher d'un lac. Stephen Perocki serre à fond le frein à main, puis il saute à terre et dévale le talus vers l'étendue d'eau pure, en contrebas ; peu accessible, ce lac est toujours désert. Ici, Stephen est seul dans son royaume. Or à trente-huit ans, cet homme robuste, infirmier dans un hôpital de Denver, a besoin de grands espaces où venir s'aérer. Et tant pis si aujourd'hui, le ciel trop blanc vire à la neige. « Les saumons, se dit-il, n'en mordront que mieux ! »

Stephen retourne à sa voiture, et en sort la mallette métallique où se trouve rangé son matériel de pêche. Alors qu'il redescend vers la berge, il perçoit un grondement sourd derrière lui. Il se retourne, et le spectacle qu'il découvre est terrible : d'importantes masses de granit viennent en effet de se détacher de la paroi en surplomb, et dévalent la pente vers le lac. Des rochers de toutes tailles, certains énormes, gros comme des voitures, et qui pourtant rebondissent comme du gravier en soulevant une poussière épaisse.

Avant qu'il ait pu réagir, Stephen est renversé par un bloc, qui le traîne sur plusieurs mètres avant de s'écraser sur sa jambe gauche, lui broyant le tibia. La douleur est si violente que le pêcheur en perd connaissance.

Quand Stephen revient à lui, il lui faut plusieurs secondes pour prendre conscience de la situation. Il se redresse péniblement : pas de doute, le rocher est toujours là, masse énorme, indéplaçable, écrasant sa jambe. Il jette un œil à sa montre : déjà 9 heures passées. Stephen constate que la douleur, bien que présente encore, a beaucoup diminué. Mais ses nombreuses années de travail à l'hôpital lui ont appris à ne pas s'y fier ; sa jambe a simplement subi un gros traumatisme, et toute cette région de son corps est devenue vaguement insensible, comme anesthésiée. Stephen sait bien qu'il ne s'agit que d'un répit provisoire.

En contrepartie, la fièvre s'est emparée de lui et le fait transpirer. Tirant un grand mouchoir d'une poche de sa canadienne, il s'éponge le visage, comme on le ferait en plein été. Pourtant, au bord du lac, la température a nettement chuté, et l'air, d'un froid vif, est à présent saturé de petits flocons de neige. Stephen doit rester bien couvert.

Les yeux fixés sur sa jambe prisonnière du bloc de pierre, il tente de faire le point sur sa terrible situation : il est gravement blessé et immobilisé dans un endroit désert, où il est inutile d'espérer rencontrer âme qui vive. Sa femme, Judie, est seule à savoir en gros où il se trouve, et il est évident qu'elle n'aura aucune raison de se soucier de son absence avant la fin de la soirée. Même alors, en admettant que l'on se mette à sa recherche, il n'y a pas le moindre espoir de voir décoller un hélicoptère de nuit, en pleine montagne, surtout par temps de neige !

Or le temps ne fait que se dégrader, les flocons tombent de plus en plus dru ; à tel point que, depuis quelques minutes, Stephen est entièrement recouvert d'une pellicule blanche qui ne fait que s'épaissir. Et c'est avec horreur qu'il doit se rendre à l'évidence : s'il ne trouve pas un moyen assez rapide pour se dégager de ce maudit bloc de pierre, il va mourir de froid, abandonné là comme un animal pris au piège. Une mort lente, inexorable – atroce.

– Ohé ! crie Stephen aussi fort qu'il peut. Ohé ! Au secours !

Répercutés par l'écho, ses cris désespérés sont, malheureusement, tout à fait vains.

« Un animal pris au piège... » D'un seul coup, cette image permet à Stephen d'entrevoir une possibilité de sauver sa peau. Tout le monde a entendu parler de cela : quand un renard ou une belette se retrouvent prisonniers d'un piège en fer, il n'est pas rare qu'ils se mutilent eux-mêmes pour s'en libérer. Et, dans ce cas, les braconniers ne retrouvent, au matin, qu'un morceau de queue ensanglanté, ou une patte...

– Non, murmure Stephen. Pas ça, c'est impossible !

A présent la couche de neige dépasse les vingt centimètres ; progressivement, silencieusement, elle est en train de tout recouvrir ; l'humidité s'infiltre dans les vêtements du pêcheur et, malgré la fièvre, il est transi de froid. Des larmes douloureuses brûlent ses yeux. Au bout d'un long moment de désespoir muet, il se met à glisser dans une douce torpeur ; il se sent vide, presque léger, observant les détails de la scène comme s'ils ne le concernaient pas. Là encore, l'infirmier a le bon réflexe. « Je suis en train de me laisser aller, pense-t-il. Si je ne réagis pas, je vais mourir ! » Stephen Perocki serre les poings et respire à fond : « Tant pis, pense-t-il, je n'ai pas le choix... »

S'allongeant doucement dans la neige, il s'étend de tout son long pour attraper, là, juste au bout de sa main droite, la mallette qu'il parvient à rapprocher de lui en la tirant par un coin. Puis il se redresse, ouvre le petit coffre et en extrait une bobine de fil de pêche fluorescent, résistant mais pas trop gros... et un couteau, petit mais acéré, et propre – celui dont il se sert habituellement pour éventrer les poissons.

Stephen relève un instant la tête en arrière, et prend le temps de respirer à fond. Dans toute sa carrière d'infirmier, il n'a eu que trois fois l'occasion d'assister à une amputation de la jambe ; il doit mobiliser ses moindres souvenirs s'il veut avoir une chance de s'en sortir. Ne disposant pas, bien entendu, de tout le matériel nécessaire, il attaquera à l'endroit le plus faible, au niveau de l'articulation, juste sous la rotule...

Stephen Perocki est prêt. Il commence par agrandir le trou pratiqué dans son jean lors de la chute, et coupe la toile pour laisser apparaître la jambe nue. Cette fois, il faut y aller. L'infirmier s'assure du tranchant de son petit couteau, puis, bloquant sa respiration, il attaque la chair avec force. Immédiatement la douleur est extrême, et remonte jusqu'à l'abdomen. Stephen serre les mâchoires. Il lui faut absorber l'hémorragie à l'aide de son grand mouchoir, avant d'entreprendre de trancher dans les faisceaux de ligaments. L'homme ne sait déjà plus trop ce qu'il fait ; la douleur lui déforme le visage et le pousse à aller chercher ce qui lui reste d'énergie très loin en lui-même.

L'artère fémorale vient d'apparaître, et c'est le moment le plus délicat de l'opération, Stephen le sait. Il se munit d'un morceau de fil de pêche, puis, d'un coup sec, il tranche l'artère et la suture comme il peut. Mais le nœud ne tient pas ; il doit s'y reprendre à trois fois et perd beaucoup de sang – autour de lui, la neige est toute rouge. Stephen, au bord de l'évanouissement, doit également sectionner et ligaturer les deux vaisseaux dérivés de cette artère, avant d'attaquer le nerf sciatique, cette sorte de cordon blanchâtre qui tient encore le tout. L'infirmier est à bout de résistance ; cette amputation est un cauchemar qui n'en finit pas. Dans un ultime sursaut, il tranche le nerf ; la souffrance est alors si intense que Stephen se voit mort. Pourtant il respire toujours, et sa jambe broyée se détache de son corps ; il pousse alors au ciel un cri sauvage et puissant, un cri de douleur, de malheur et de soulagement mêlés, un cri que l'écho répercute à l'infini. Puis il s'évanouit dans la neige.

Quand Stephen reprend connaissance pour la deuxième fois, il est 16 h 30. La neige a cessé de tomber, mais le froid est intense. Il n'y a pas une minute à perdre. Rassemblant ses dernières forces, le jeune Américain entreprend de remonter la pente jusqu'au 4×4, en rampant sur le dos, mètre par mètre. Il lui faut près d'une heure pour regagner le véhicule, et encore un long moment pour se hisser à l'intérieur. Découragé, Stephen réalise alors que l'éboulement a aussi endommagé le 4×4, qui risque de ne pas démarrer.

– Dieu soit loué ! murmure-t-il bientôt.

Il vient en effet de mettre le contact, et le moteur tourne sans problème. Heureusement la conduite est automatique, et Stephen peut piloter avec son seul pied droit. Ivre de douleur et de fièvre, il puise dans ses ultimes ressources pour guider le véhicule sur le chemin pierreux de montagne, roulant tout près de ravins impressionnants, le long de virages qui n'en finissent pas. Il n'est pas moins de 18 h 15 quand, plus mort que vif, dans un état indescriptible, il parvient enfin aux abords d'un petit village montagnard. Stephen le sent : il va s'évanouir pour la troisième fois. Encore un effort. Trop tard, il vient d'enfoncer la grille d'un chalet de vacances.

Des villageois accourent, perplexes. Ils ouvrent la portière, découvrent l'état de ce conducteur qu'ils croyaient ivre et qui en fait est gravement blessé. Moins d'une heure plus tard, Stephen Perocki est évacué vers cet hôpital de Denver qu'il connaît si bien, et où des chirurgiens professionnels vont le réopérer, sous anesthésie cette fois. Quant à la partie amputée de sa jambe, elle sera bientôt récupérée, pour être incinérée dans les formes.

A son réveil dans la chambre d'hôpital, Stephen s'est retrouvé entouré de ses deux fillettes. Elles l'ont embrassé tendrement et lui ont dit qu'il était le papa le plus courageux du monde.

La rescapée

La puissante voiture de Klaus Meyer roule à vive allure sur l'autoroute ouest de Francfort en direction de la banlieue. Klaus Meyer, quarante-cinq ans, médecin à Francfort, doit dépasser le cent soixante-dix kilomètres à l'heure, ce qui est parfaitement son droit car, en Allemagne, la vitesse n'est pas limitée.

À côté de Klaus Meyer, sa fille aînée, Ingrid, vingt et un ans, blonde aux yeux bleus, comme la plupart des Allemandes. Sur la banquette arrière, Annelies, treize ans, la fille cadette. Il est midi juste, ce 11 avril 1980. Klaus Meyer a dit en partant à sa femme Brigitta : « Je vais faire une course. Je serai de retour dans une heure. » Ingrid et Annelies, qui n'avaient rien de spécial à faire et qui voulaient profiter d'une belle matinée de printemps, ont accompagné leur père. Tout cela semble insignifiant, mais va avoir des conséquences terribles. Cela s'appelle le destin...

Le destin est en marche sous la forme d'une autre puissante voiture qui emprunte l'autoroute dans la direction opposée. Comme Klaus Meyer, Ludwig Hofmann roule à vive allure. Comme lui, il a à ses côtés sa fille. Carlotta Hofmann a le même âge qu'Ingrid. Comme elle, elle a les cheveux blonds et les yeux bleus. Derrière, Gunter Goschen, vingt-cinq ans, le fiancé de Carlotta. Tous trois ont pris la route pour une raison aussi banale et quotidienne que les Meyer. Peu importe laquelle, ils n'arriveront jamais ni les uns ni les autres à destination.

En troisième file, Klaus Meyer effectue un dépassement apparemment sans danger. Mais la voiture qu'il double ne l'a pas vu et déboîte au même moment. Les deux véhicules s'accrochent et celui de Klaus Meyer est projeté par-dessus la glissière de sécurité, sur la voie opposée. Il heurte la voiture des Hofmann qui se trouvait elle-même en troisième file.

Le choc est effroyable. Des tôles tordues et calcinées, les sauveteurs retirent quatre cadavres. Les trois occupants de la voiture Meyer : le père, sa fille Ingrid à ses côtés et la cadette Annelies, derrière. Dans la voiture Hofmann, le père a été tué également au volant. A ses côtés, Carlotta, affreusement brûlée, se trouve dans un état critique. Son fiancé, Gunter Goschen, est le seul qui soit sorti presque indemne. Il est seulement commotionné.

La malheureuse Mme Meyer, qui relevait déjà d'une dépression nerveuse, doit aller le lendemain à la morgue pour reconnaître les corps affreusement défigurés de son mari et de ses deux filles. Étant donné l'horreur de cette épreuve, on lui permet de ne voir les cadavres que de loin et on se contente de l'imperceptible « Oui, c'est bien cela », qu'elle murmure.

Pendant ce temps, Carlotta, veillée par sa mère et son fiancé, lutte contre la mort. Tout son corps – son visage, ses bras, ses jambes – est entouré de bandelettes. Seuls ses yeux sont visibles, mais ils restent fermés. Elle est encore dans le coma...

Cela du moins, c'est l'apparence. Car la réalité est tout autre. Il s'est produit lors de cet accident un fait extraordinaire. La rescapée, celle qui lutte contre la mort dans un hôpital de Francfort, n'est pas Carlotta Hofmann : c'est la jeune fille de l'autre voiture : Ingrid Meyer ! Par une coïncidence incroyable, les deux passagères ont été éjectées et projetées à travers le pare-brise dans la voiture l'une de l'autre !... Comme leurs robes étaient en lambeaux et qu'elles étaient elles-mêmes défigurées, on comprend que la méprise ait été possible. Mme Meyer aurait pu se rendre compte de l'erreur si elle avait réellement identifié le corps à la morgue, mais cela n'a pas été le cas...

C'est le 13 avril, deux jours après l'accident, qu'Ingrid reprend conscience sur son lit d'hôpital. Quelques impressions confuses lui parviennent, puis une voix inconnue :

– On dirait qu'elle revient à elle...

– Chérie, tu m'entends ? C'est moi, Gunter. Tout va bien...

Dans l'esprit terriblement confus d'Ingrid Meyer, une seule certitude s'impose : non, tout ne va pas bien, au contraire... Elle souffre atrocement... Elle essaie de se redresser et elle pousserait un cri si elle pouvait crier. Mais elle ne peut ni crier ni bouger. Il lui est impossible de soulever un doigt, de tourner la tête, de remuer les lèvres. Elle peut tout juste ouvrir et fermer les paupières...

Elle sent qu'il s'est passé quelque chose de terrible... Qui est ce Gunter ? À présent, une femme blonde se penche sur elle.

– Carlotta, c'est maman...

Une première chose lui revient. Elle s'appelle Ingrid... Ingrid Meyer, pas Carlotta... Ces gens-là la prennent pour une autre. Elle essaie de faire « non » de la tête, mais elle n'y parvient pas...

– On dirait qu'elle ne nous reconnaît pas.

– Il faut appeler l'infirmière.

« Infirmière » : cela veut dire qu'elle est dans un hôpital... Soudain toute l'affreuse vérité éclate : l'autoroute, son père à ses côtés et Annelies derrière, cette horrible sensation de vol plané, et puis le choc... Papa, Annelies, où sont-ils ? Et maman, pourquoi n'est-elle pas là ?

C'est à présent la forme blanche d'une infimière qui se penche sur elle.

– Il ne faut pas vous inquiéter, Mlle Hofmann. Tout ira bien. Vous êtes sauvée.

Mlle Hofmann ?... Au prix d'un effort terrible et d'une douleur atroce, Ingrid Meyer parvient à remuer légèrement la tête.

– Ne bougez pas !... Surtout ne bougez pas !... Je vais vous donner un calmant.

Et l'instant d'après, Ingrid sombre dans l'inconscience...

Ingrid Meyer reprend ses esprits. Combien de temps s'est-il écoulé ? Une heure ? Une journée ? Comment le savoir ? Ce sont toujours les mêmes personnes qui sont à son chevet : ces deux inconnus qui la prennent pour Carlotta Hofmann.

Elle ouvre les yeux... Gunter Goschen, occupé à parler à Mme Hofmann, ne l'a pas remarqué.

– Ce n'est pas moi qui plaindrai ces gens-là !

– Voyons, Gunter...

– C'est leur voiture qui a traversé l'autoroute, non ? C'est à cause d'eux que ma Carlotta va peut-être mourir...

Craignant d'avoir été imprudent, au cas où la blessée serait revenue à elle et l'entendrait, Gunter Goschen se tourne vers le lit... Ingrid ferme précipitamment les yeux. Il faut qu'ils continuent à parler. C'est le seul moyen qu'elle ait de savoir, même si la vérité qu'elle va apprendre est terrible... Gunter reprend :

– Nous aussi, nous avons souffert...

– Pas tant qu'eux... Cette malheureuse Mme Meyer qui a perdu son mari et ses deux filles, et qui va sans doute mourir elle aussi !

Ingrid est toujours incapable de faire un mouvement ni d'émettre un son, mais si elle le pouvait, elle aurait bondi, hurlé... Elle vient d'apprendre de la manière la plus brutale, alors que ses propres jours sont en danger, que son père et sa sœur Annelies ont été tués dans l'accident et que sa mère risque la mort... Gunter Goschen et Mme Hofmann se sont tus. Ils gardent le silence. Ils ne semblent pas pressés de reprendre cette conversation qui ne présente pour eux, somme toute, qu'un intérêt secondaire. Ingrid se force à dominer sa douleur et à réfléchir. Sa sœur, son père, c'est affreux, mais ce n'est pas une surprise... Mais sa mère, elle, n'était pas dans la voiture, alors pourquoi ?... Mme Hofmann pousse un soupir.

– J'ai été voir le médecin de Mme Meyer pour prendre de ses nouvelles.

– Qu'est-ce que vous aviez besoin de vous mêler de cela ?

– Il est très inquiet. Après la dépression qu'elle a faite, il est sûr qu'elle va se suicider un jour ou l'autre...

Ingrid Meyer a maintenant compris l'affreuse situation dans laquelle elle se trouve : sa mère risque de mourir parce qu'elle la croit morte. Si elle pouvait lui faire savoir que c'est faux, qu'elle vit, elle serait sauvée... Mais c'est impossible. Ingrid Meyer n'existe plus. Elle n'est plus qu'un corps entouré de bandelettes et cloué sur un lit d'hôpital sous le nom de Carlotta Hofmann...

Dans un effort surhumain, elle parvient à redresser légèrement la tête... Gunter et Mme Hofmann s'en aperçoivent en même temps. Ils se précipitent vers elle.

– Carlotta !

Ingrid Meyer roule les yeux dans toutes les directions avec une expression de désespoir. Ses yeux, la seule partie visible d'elle-même... Si Ingrid avait eu les yeux verts ou noisette, elle n'aurait pas eu besoin de parler. Malheureusement elle a les yeux bleus elle aussi, comme Carlotta. Mme Hofmann a brusquement l'air inquiet.

– Elle s'agite beaucoup. Il faut prévenir l'infirmière.

Cette dernière, alertée par Gunter Goschen, arrive aussitôt. Ingrid tente, par un regard suppliant, de l'empêcher de faire la piqûre. Peine perdue. Avec horreur, elle sent l'effet du calmant... La dernière phrase qu'elle entend, avant de sombrer dans l'inconscience, est cette réflexion de Gunter :

– C'est curieux : on avait l'impression qu'elle voulait nous dire quelque chose...

Sur son lit d'hôpital, Ingrid Meyer émerge peu à peu du néant où l'avait plongée la piqûre calmante. Mme Hofmann et Gunter, le fiancé de Carlotta, sont toujours là. Ingrid ouvre un œil et le referme aussitôt. Il ne faut pas qu'elle leur donne l'éveil, sinon ils vont de nouveau alerter l'infirmière qui lui fera une nouvelle piqûre. Elle réfléchit. Elle doit parler, mais sa mâchoire est serrée par les pansements. Il faudrait qu'elle puisse défaire les bandes...

Elle constate avec soulagement qu'elle peut à présent légèrement bouger le bras droit. Elle l'approche de son visage, très lentement, profitant de ce que ses deux visiteurs ne la regardent pas. Et brusquement, elle agrippe la bande qui lui ferme la bouche. Gunter s'en aperçoit et se précipite. Malgré son état d'extrême faiblesse, la jeune femme résiste. Bien entendu, Gunter l'immobilise sans mal et l'infirmière, alertée par le bruit, accourt. Elle se penche vers la malade, mais le jeune homme l'arrête d'un geste :

– Là, regardez ! Sa main !...

Ingrid Meyer est parvenue à un résultat qui n'est pas celui qu'elle escomptait : elle a réussi à défaire non le pansement autour de sa bouche, mais celui qui entoure l'extrémité de sa main droite... Gunter se tourne vers l'infirmière :

– Est-ce qu'on met du rouge aux ongles des malades dans cet hôpital ?

L'infirmière hausse les épaules.

– Vous plaisantez !...

Gunter Goschen désigne les ongles sur lesquels restent par endroits des traces de vernis pourpre :

– Non, je ne plaisante pas. Carlotta a horreur de se faire les ongles.

– C'est qu'elle les avait faits ce jour-là...

– Non ! Je le sais. J'étais avec elle dans la voiture et je lui ai tenu la main un peu avant l'accident.

La voix de Mme Hofmann retentit derrière eux. Elle a une intonation étrange, comme si elle venait de très loin :

– Retirez-lui les pansements de son visage !

– Mais enfin madame...

– Au moins autour de la bouche... Il faut qu'elle parle !

L'infirmière vient de comprendre l'incroyable soupçon de Mme Hofmann.

– Il n'y a que le médecin qui puisse décider une chose pareille.

– Eh bien, allez le chercher !...

Un quart d'heure plus tard, le docteur responsable du service retire l'une des bandes entourant la bouche de la blessée. Ses lèvres s'agitent :

– Je suis Ingrid Meyer...

Ingrid Meyer est restée encore trois mois à l'hôpital, mais à partir de ce jour, les progrès de son état de santé ont été spectaculaires. Il faut dire qu'elle n'avait plus à son chevet la mère et le fiancé d'une autre, mais un visage familier : celui de sa propre mère, qu'elle avait sauvée à force de volonté et d'amour. Ce sont d'ailleurs les premiers mots que lui a dits Mme Meyer en faisant irruption dans sa chambre :

– Merci ma chérie. Tu m'as sauvée...

C'est toi ou moi

Sally McIngals est une jeune femme de trente-cinq ans au visage plein, aux cheveux bruns fournis, avec des yeux vert pâle qui lui confèrent un charme particulier. Mariée depuis dix ans et mère de famille, elle tient une boutique de jeans et de blousons dans une petite ville de Californie, près de San Francisco. Comme chaque mardi après-midi, elle s'est installée dans son bureau vitré pour mettre à jour la comptabilité, tout en surveillant la boutique d'un œil. Ses deux vendeuses s'occupent des quelques clients qui déambulent dans les rayons.

Soudain, le sang de Sally se glace. Elle vient d'apercevoir, à l'entrée de la boutique, la haute silhouette de Ted Lochanan, le styliste renvoyé deux mois plus tôt, un garçon de trente-trois ans qui poursuit Sally de ses assiduités. Connaissant la consigne, une des vendeuses prie Ted de sortir. Celui-ci refuse et, ouvrant d'un coup le sac de sport qu'il portait à l'épaule, en sort deux pistolets semi-automatiques, des grosses armes de calibre 40. Panique dans le magasin : clients et vendeuses hurlent en se précipitant vers la sortie. Abandonnant son bureau vitré, Sally tente de faire comme eux.

– Toi, tu restes là ! lance Lochanan en lui barrant le passage.

Sally se glisse entre deux rayons. Mais Lochanan la rattrape, la plaque au sol et, empoignant ses cheveux, la traîne jusqu'à l'arrière-boutique.

Essoufflée, commotionnée, la jeune femme se relève et

s'appuie contre un carton. Ted Lochanan la scrute avec des yeux fiévreux. Il éructe :

– Tu as détruit ma vie, Sally McIngals ! Tu as fait de moi une larve !

– Enfin Ted, vous perdez la raison...

– Justement ! Je perds la raison, et c'est à cause de toi. Alors maintenant il faut trouver une solution.

Braquant sur elle les deux armes, il l'oblige à s'asseoir sur une chaise, dans un coin de la pièce. Sally essaie de rassembler ses esprits.

La première fois qu'elle a vu Ted, c'était dans cette même arrière-boutique, sept mois plus tôt, le 12 juillet 1995 exactement. Il s'y présentait en réponse à une offre d'emploi passée dans le journal. Sally le trouva sympathique et d'esprit vif ; il paraissait plus que compétent, elle l'engagea. Ce qu'elle ne pouvait pas savoir, c'est que dès l'instant où il la vit, Ted Lochanan tomba amoureux d'elle. Un amour qui tourna vite à la passion éperdue – avec tout ce que cela peut entraîner.

– Sally, déclara-t-il à la jeune femme au bout de trois jours, j'aimerais vous inviter au restaurant...

– C'est gentil, Ted, mais... je suis très prise, vous savez ? Le magasin... Et puis j'ai mes enfants, mon mari.

Le refus n'était sans doute pas assez ferme. Car deux jours plus tard, le styliste revint à la charge ; cette fois, il invita sa patronne à une séance de cinéma, qu'elle déclina, avant d'accepter de prendre un verre avec lui au drugstore voisin. Jour après jour, semaine après semaine, les propositions affluaient. Il devint évident que Ted vivait le grand amour – mais de façon unilatérale. Rien de physique là-dedans : plutôt de grands projets romantiques... Voudrait-elle bien passer un week-end avec lui sur la côte Est, ou simplement à Los Angeles ? Non, ce n'était pas possible. Accepterait-elle les orchidées qu'il lui ferait livrer le jour de sa fête ? Oui, mais pour les laisser à la boutique.

Au mois de septembre, Sally commença à trouver, dissimulés dans ses affaires, des petits mots tendres, aussi chastes qu'enflammés : « Je ne respire que pour toi », « Tu m'as fait naître à la vraie vie »... Plus embarrassée que réellement perturbée par la passion qu'elle inspirait au styliste, elle essayait de le raisonner :

– Vous êtes adorable, Ted, mais cette histoire ne mène nulle part. Je suis mariée et mère de famille. D'ailleurs, vous-même êtes marié, je crois...

– Je n'aime pas ma femme. Oh, je croyais l'aimer... Mais depuis trois mois, j'ai compris ce qu'est le véritable amour.

– Vous vous montez la tête.

Rembruni, le jeune homme ne désarma pas pour autant. Comme tous les érotomanes, il s'était convaincu en effet que celle qu'il aimait était, de son côté, très éprise de lui. Le moindre de ses gestes devint un signe de reconnaissance, chaque phrase qu'elle prononçait était interprétée comme un message secret. Plus réservé en public, Ted Lochanan écrivit en privé des lettres quasi délirantes à Sally. Et quand elle les lui renvoya, sans même les avoir ouvertes, il se persuada que c'était la faute du mari jaloux, un triste sire qui interceptait le courrier de sa femme... « La pauvre, se disait-il, elle est folle de moi, mais c'est son mari qui la retient. Il la cloître, ce sauvage. Il faut faire quelque chose. »

Et un dimanche matin, au début du mois de décembre, Ted franchit le pas. Il se présenta au domicile des McIngals. C'est le mari de Sally qui ouvrit :

– Je suis venu délivrer la femme que vous retenez cloîtrée.

– Quoi ? Qui êtes-vous ?

– Je m'appelle Lochanan. Sally et moi vivons une grande passion. Je suis venu la chercher pour l'emmener loin d'ici.

M. McIngals ne se laissa pas faire, et envoya l'intrus au tapis. Quant à Sally, elle commença à regretter de s'être montrée jusque-là aussi complaisante. Or, quelques jours après, devant des clients, Lochanan lui lança :

– Quand est-ce que nous aurons l'enfant que tu m'avais promis ?

A l'évidence, le jeune styliste était en train de devenir fou. Sally prit peur. Et, le jour même, elle porta plainte pour harcèlement. Convoqué au poste de police, Lochanan fut dûment chapitré : qu'il laisse sa patronne tranquille, ou alors les inspecteurs ouvriraient une enquête !

D'ailleurs Sally n'était plus sa patronne, puisqu'elle le licencia après sa plainte.

Un escadron spécial d'intervention s'est déployé tout autour de l'arrière-boutique où Lochanan tient Sally en respect depuis plus de deux heures maintenant. Les policiers tentent d'entrer en contact avec le forcené, par téléphone, par fax, par haut-parleur... Rien n'y fait.

– Ces salauds ne m'auront pas, peste Lochanan. L'un de nous sera mort avant.

Les yeux rivés sur les deux bouches noires qui la menacent en permanence, Sally essaie de temporiser :

– Laissez tomber, Ted. Rendez-vous maintenant. Ne commettez pas l'irréparable. Le monde est plein de jeunes femmes charmantes qui ne demandent qu'à vous aimer, croyez-moi.

– C'est faux ! Tu sais très bien que c'est faux, puisque tu m'as envoûté.

C'est la dernière thèse de l'amoureux transi. A la suite de son licenciement, il a sombré en effet dans une terrible dépression. Pour sa famille, ses crises d'angoisse sont liées à la perte de son emploi, mais la réalité est tout autre. Jour après jour, Ted Lochanan s'en est persuadé : Sally McIngals est une sorcière, une femme qui rend délibérément les hommes fous d'amour, avant de les conduire à leur perte. Même à distance, elle est capable de gouverner leur esprit, et s'il est tombé dans le piège, bien d'autres succomberont après lui.

« Le seul acte responsable que je sois encore en mesure d'accomplir, a écrit Ted dans une lettre qu'il a laissée à son épouse, c'est de mettre cette femme diabolique hors d'état de nuire. C'est mon seul but avant de mourir. »

D'où l'achat des pistolets ; d'où la prise d'otage ; d'où les menaces qu'il profère maintenant à l'égard de la pauvre Sally :

– Je vais te défigurer avant de te tuer !

Et il frappe violemment la malheureuse qui en tombe de sa chaise. Ted Lochanan reste un instant bouche bée, impressionné lui-même par ce qu'il vient de faire. Il pleure à présent à chaudes larmes :

– Mon amour, ma chérie, pardonne-moi ! Je ne voulais pas, comprends-moi ! C'est toi qui m'obliges à te traiter ainsi. S'il ne tenait qu'à moi, je te rendrais heureuse, plus heureuse que tu ne l'as jamais été...

Sally McIngals essaie de profiter de ce moment de faiblesse ; mais avant qu'elle ait pu bouger, les canons sont de nouveau braqués sur elle.

– Non, ne bouge pas ! Je veux que tu me tues.

La jeune femme n'est pas certaine d'avoir bien entendu :

– Ma vie est foutue, reprend l'ancien styliste. A l'intérieur, je suis déjà mort. Tu as fait le plus gros du travail. A présent finis-le.

Il lui tend l'un des pistolets, tout en maintenant l'autre braqué sur elle :

– Prends-le, et achève de me tuer.

Sally secoue la tête en signe de refus.

– Je... Je ne peux pas...

Aussitôt Ted se crispe :

– Je ne te demande pas ton avis. Tue-moi !

Et il ajoute, d'une voix caverneuse :

– Si tu ne me tues pas, moi je te tuerai. C'est toi ou moi.

Et il agite sous le nez de Sally l'arme qu'elle se refuse à prendre. Dehors, la police lance un ultimatum au porte-voix. Plus tendu que jamais, Lochanan répond :

– Je suis ici pour mourir et je n'ai rien à perdre ! Si vous tentez quoi que ce soit, elle mourra.

Sally ferme les yeux ; agitée par un tremblement incontrôlable, elle est au bord de la crise de nerfs. Elle a compris que le commando de police ne va plus tarder à intervenir. L'affaire va se solder par un bain de sang.

– Tue-moi, vas-y, tue-moi, qu'est-ce que tu attends ?

Lochanan est resté agenouillé. Il glisse la crosse du pistolet dans la paume de Sally, qui referme mollement la main sur l'objet lourd et froid. Le jeune homme porte un doigt à sa tempe :

– Tu vises ici, le canon bien droit. Je ne sentirai rien. Vas-y !

– Non...

Sally ravale ses larmes. Le canon du deuxième pistolet, toujours braqué sur elle, se rapproche de son propre front.

– Si tu veux sortir de là vivante, c'est le seul moyen. Allez, tire ! Tire ! Tire !

Une détonation. Sally, comme dans un cauchemar, vient d'appuyer sur la détente. Le visage ensanglanté de Ted paraît figé dans la surprise ; son corps s'affale sur le côté. Sally McIngals sort de la boutique en courant. Sous l'empire de la terreur, elle vient de tuer.

Jugée le mois suivant pour homicide, elle se verra accorder un non-lieu. Car dans cette affaire, c'est de suicide qu'il est question, et non de meurtre. Si Ted Lochanan n'a pas pu vivre avec celle qu'il aimait à l'excès, au moins il est mort de sa main.

Une gueuse de fonte

– E2, E3, E4.

– Touché, coulé.

Sur le pont du *Sidi-Bel-Abbès*, les militaires prennent du bon temps : ce transport de troupes était avant la guerre un paquebot, et tous les gradés, même les plus modestes, s'y sont vu attribuer des couchettes de première. Le capitaine Chapus s'approche des joueurs :

– La croisière vous plaît, Chouvey ?

– Oh oui, mon capitaine. Ça change du *Médie II*...

– Vous avez pris le *Médie II*, vous ?

– Oui, mon capitaine. De Dakar à Casa. Au fond de la cale. L'enfer.

– Pensez-vous ! L'enfer, c'est autre chose. Puissiez-vous donc ne jamais le connaître !

– Vous avez raison, mon capitaine.

Le sergent André Chouvey n'est pas difficile à convaincre. C'est un garçon tout jeune encore, plein d'allant, et que sa mine réjouie fait bien voir des supérieurs. Il rentre comme tout le monde à Oran, où il doit retrouver sa famille après plusieurs mois d'absence. Avec ses camarades, sergents comme lui, il a regardé tout à l'heure les chasseurs de sous-marins français faire demi-tour à l'approche de Gibraltar et abandonner le *Sidi-Bel-Abbès* à un grand convoi de soixante-dix navires alliés, déjà sous escorte.

Nous sommes au printemps 1943, et les torpilles allemandes sèment la terreur à l'entrée de la Méditerranée.

– Cette nuit, laissez les portes de vos cabines ouvertes. On ne sait jamais, en cas de coup dur...

Mais l'immense troupeau de navires alliés, encadré par des croiseurs anglais en guise de chiens de berger, paraît invulnérable. Et dans la cabine luxueuse qu'il partage avec deux autres sergents, André Chouvey s'endort sans véritable inquiétude.

Le lendemain matin, il est le premier réveillé, avant 6 heures. Jetant un regard par le hublot, il découvre une mer houleuse, sous une forte brume. Un bruit de sirène, pourtant ténu, retentit à l'extérieur. « C'est ce qui a dû me réveiller », se dit André.

Il saute au bas de sa couchette et s'aventure dans la coursive. « C'est bien tôt pour un exercice d'alerte », pense-t-il. Un petit groupe de marins le bouscule au pas de course :

– Ne reste pas là ! lui lance un des matelots. Enfile ta brassière et grimpe sur le pont. C'est l'alerte !

– Une vraie alerte ?

Le marin ne répond pas. André retourne à la cabine, et réveille ses camarades, tout en enfilant son gilet de sauvetage. Deux minutes plus tard, il est dehors, à son poste, près d'une embarcation de secours qu'il aide à libérer.

– Vous savez ce qui se passe, exactement ?

– Paraît que les Allemands ont fait sauter un cargo et un pétrolier. On ne sait pas vraiment.

Pendant la nuit, les navires du convoi se sont nettement espacés ; et, avec le brouillard, il est difficile de se faire une idée de la situation. Pourtant, le *Sidi-Bel-Abbès* finit bien par croiser les débris d'un pétrolier en feu. Un peu plus loin, c'est la carcasse endommagée du cargo, un liberty chargé d'avions aux ailes repliées, qui apparaît. André Chouvey n'en mène pas large ; le regard fixe, il avale sa salive, en priant pour que tout se passe bien.

Soudain c'est l'explosion, une déflagration incroyable, d'une force inouïe, qui secoue puissamment le navire, tandis que s'élèvent à l'avant des flammes vertes et jaunes, vertigineuses. André reçoit de plein fouet un gros paquet de mer, une gerbe froide et salée qui le projette vers les cabines de l'arrière. Quand il reprend ses esprits, le petit sergent remarque combien le pont est déjà incliné. En fait, la proue a été éventrée, sous la ligne de flottaison, et le paquebot est en train de sombrer à grande vitesse.

– Je ne sais pas nager, murmure André.

Tant pis. S'il veut avoir une chance de s'en sortir, il doit sauter à la mer. Et vite : le navire est en train de s'enfoncer dans l'eau par l'avant, et l'arrière s'éloigne de plus en plus de la surface. S'agrippant à des cordages qui retenaient les canots, le garçon se met à glisser le long de la coque. Puis il lâche tout et se laisse tomber dans l'eau, sur le dos.

Or le navire, en sombrant, crée un courant aspirant des plus dangereux. André en est conscient, et se débat de toutes ses forces, pour ne pas être entraîné. Seulement il ne sait pas nager ; sans compter que sa brassière, mal attachée, menace à chaque instant de s'ouvrir, et l'oblige à rester les coudes collés le long du corps.

– Par là, petit !

Un lieutenant l'a repéré ; il s'approche de lui, le soutient, l'aide à attacher sa ceinture de sauvetage. Lui-même a dû être surpris par l'explosion dans son sommeil, car il porte encore une robe de chambre – une sorte de camisole bleue semée d'étoiles blanches. En s'aidant mutuellement, les deux hommes parviennent à gagner un radeau, auquel ils s'accrochent. André crache de l'eau, tousse fort, mais il reprend espoir.

– Regardez, les gars ! Le *Sidi* !

Moins de cent mètres plus loin, le paquebot est en train de disparaître de la surface. Avec un remous pathétique, sa poupe est engloutie en quelques secondes. Pour autant, les autres bateaux composant le convoi ne s'arrêtent pas : c'est la règle en pareille circonstance, mais c'est affreux lorsqu'on est dans l'eau, à bout de forces et transi de froid. Seul un pétrolier français prend le temps d'envoyer aux rescapés du *Sidi-Bel-Abbès* quelques radeaux de survie.

L'attente commence, angoissante, interminable. Le plus terrible, c'est que la nappe de mazout recouvrant la surface s'enflamme par endroits, embrasant les naufragés. Et même quand il ne s'enflamme pas, le mazout rend l'atmosphère irrespirable ; projeté par les vagues, il brûle les yeux... Beaucoup de survivants sont blessés ; la plupart se sont fracturé des membres en sautant. Comparativement, André serait parmi les mieux lotis ; cependant il se sent gagné par la congestion ; son corps engourdi ne tremble même plus. « Puissiez-vous ne jamais connaître l'enfer », disait le capitaine... Eh bien ça y est. C'est fait.

Au bout de cinq heures, des bâtiments anglais se mettent à sillonner la zone. Ils ont mis à l'eau des baleinières, et récupèrent ceux qui paraissent en vie. Le jeune André en fait partie ; bizarrement emmêlé dans les cordages d'un radeau, il semble respirer encore, mais il a perdu connaissance.

C'est un officier français qui l'a repéré. On le hisse à bord d'une baleinière et, de là, sur le pont d'un des chasseurs, où son corps à moitié nu, violacé comme celui d'un noyé, est aligné parmi de nombreux autres. Le médecin du bord les examine tous rapidement, par acquit de conscience. De temps en temps, il demande qu'on essaie de ranimer un malheureux respirant encore. Mais le plus souvent, il se contente d'un ordre sec : « A la mer ! »

C'est au tour d'André Chouvey. Le médecin pose la main sur sa carotide et ne sent rien ; la poitrine aussi reste inerte ; il lui entrouvre les lèvres et ne perçoit aucun souffle ; les chairs sont raides, les membres cyanosés...

– A la mer !

Aussitôt un marin passe une corde autour du ventre du jeune homme (une corde lestée par un poids de fonte appelé « gueuse »). Mais par-dessus l'épaule du matelot, un officier français vient de reconnaître André : c'est le lieutenant à la robe de chambre étoilée.

– Attendez un moment ! dit-il.

Fouillant dans ce qui reste de l'uniforme du sergent, il y trouve quelques objets personnels, qu'il réunit en vue de les faire parvenir à sa famille.

– Voilà, dit-il. Maintenant, vous pouvez y aller.

Le marin anglais attrape André par les aisselles et le traîne jusqu'au bastingage. Il va le précipiter à la mer.

– Attendez !

Deuxième intervention. Cette fois, c'est le capitaine Chapus lui-même qui a reconnu le petit sergent.

– Pauvre gosse ! dit-il. On va essayer de le ranimer.

L'Anglais insiste pour jeter le corps par-dessus bord. Le capitaine s'emporte :

– Toi, fous-moi la paix. Et reprends donc ça !

Dénouant la corde à la ceinture d'André, il rend la gueuse au marin. Ce dernier s'éloigne en haussant les épaules. Avec deux autres rescapés, le capitaine s'acharne alors à ranimer le jeune homme. Rien à faire.

– Il est mort, les gars. Inutile d'insister.

Mais le capitaine ajoute :

– Puisqu'on n'a pas pu retenir son âme, gardons au moins son corps. Que sa famille puisse l'enterrer décemment...

Les deux autres hochent la tête, et aident leur supérieur à dissimuler le corps dans un coin, sous un ciré de marin.

Deux heures plus tard, un officier américain, réfugié du liberty torpillé, est intrigué par un ciré de marin – et surtout par le pied qui en dépasse ! En s'approchant, il constate que la toile bouge, se déplace même... Soulevant un coin du ciré, il découvre un corps tremblant, grelottant, un corps qui se débat dans ce qui paraît être un mauvais rêve.

Alerté, le médecin se précipite vers André ; celui-ci est maintenant réveillé, et sa première réaction est de sourire – toujours ce sourire désarmant.

– Il est vivant ! crie un des rescapés du *Sidi-Bel-Abbès.*

A bord, la nouvelle se répand aussitôt ; et c'est l'enthousiasme. On prend André, on le porte jusqu'à la cambuse, on lui fait boire un thé au lait bien chaud, on rit, on chante. André Chouvey ne comprend pas encore la raison de cette liesse. Et c'est avec beaucoup de précautions que le capitaine l'informera, d'abord à mots couverts, de ce qui a bien failli lui arriver.

Par la suite, le sergent André Chouvey ne devait plus se séparer d'un certain objet fétiche. Et quand on lui demandait ce que c'était que « ça », il répondait, d'un air négligent :

– Ça ? Rien de spécial. Un simple gueuse de fonte.

Groupe A+

Les Kramer ont tout du couple sympathique et dynamique. Lui, Johann, trente-cinq ans, est dessinateur industriel pour une grosse firme de Hambourg. Elle, Gertrud, trente-deux ans, est professeur d'anglais dans un lycée de la même ville. Ils ont un fils, Martin, dix ans.

Ce 27 décembre 1976, ils sont aux sports d'hiver, à Pfaffen, une petite station autrichienne, près d'Innsbruck. A courtes enjambées, M. Kramer, sa femme et leur fils gravissent une forte pente. Les Kramer sont des adeptes du ski de fond, ils en font tous les hivers et ils se débrouillent plus qu'honorablement, même Martin. C'est pour cela qu'il leur arrive, parfois, de s'aventurer hors des pistes...

Ils sont arrivés à peu près à mi-chemin, lorsque Johann Kramer, qui allait en tête, se retourne et pousse un cri :

– Martin !

Le petit Martin, qui fermait la marche, n'est plus là. Son père a beau regarder dans toutes les directions, appeler, il doit se rendre à l'évidence : l'enfant a disparu... Fous d'angoisse, ses parents reviennent sur leurs traces et, une centaine de mètres plus bas, ils s'arrêtent horrifiés. Il y a un trou dans la neige. Pas un grand trou, un petit trou, juste de la taille de Martin...

Drame de la montagne ? Oui, mais pas seulement cela. Il va y avoir bien autre chose et bien pire !

M. Kramer se penche au-dessus de la crevasse et appelle :

– Martin... Martin, tu m'entends ?...

Aucune réponse. Rien qu'un silence de mort... C'est alors qu'une silhouette en anorak rouge fait un signe au loin. Quelqu'un a tout vu et vient leur porter secours. Mais que pourra faire une personne seule ?

Deux minutes plus tard, l'homme en anorak rouge s'arrête dans une gerbe de neige. C'est un grand gaillard athlétique d'une trentaine d'années. Il est bronzé et porte des lunettes noires à la mode. Il ne perd pas son temps en vains commentaires.

– Vous avez du matériel ?

Johann Kramer fait « non » de la tête.

– Nous avions juste nos skis...

– Moi, j'ai ce qu'il faut. Je préparais une ascension en solitaire...

Il déplie sur la neige tout un assemblage de cordes et de pitons.

– Pardon, madame...

Il fait doucement se déplacer Gertrud Kramer qui s'était mise à prier à genoux dans la neige. Visiblement, il a une grande maîtrise de la montagne. Avec des gestes précis, il attache la corde à un piolet fiché dans la glace, vérifie la solidité de l'ensemble en tirant des coups secs et se déplace à reculons en direction du trou. Il sort de son blouson une petite boîte marron.

– Une trousse de premiers secours... Vous avez de la chance, je suis médecin.

Oui, Heinz Lothman, vingt-neuf ans, est à la fois jeune médecin généraliste à Salzbourg et alpiniste confirmé. Son arrivée si tôt sur les lieux est un véritable miracle... En quelques minutes, il se trouve au fond de la crevasse. Une petite forme gît dans une flaque de sang. Il procède à un examen rapide. L'enfant est inconscient, il respire avec difficulté. Fracture du crâne sans doute. Il reste peut-être un espoir, à condition de faire vite. Mais l'hôpital le plus proche est à Innsbruck.

Aussi doucement, mais aussi rapidement qu'il peut, il attache le petit Martin sur son dos et il monte. A la surface, M. et Mme Kramer se précipitent.

– Alors ?...

– Il est vivant, rassurez-vous. Mais il faut qu'il soit opéré d'urgence. Je vais le garder sur le dos et le descendre jusqu'à la première maison pour téléphoner. Vous n'avez qu'à me suivre...

Le Dr Lothman s'apprête à chausser ses skis, mais Johann Kramer s'interpose.

– Attendez ! Je veux savoir. Qu'est-ce qu'il a, le petit ?

– Une fracture du crâne.

– Vous avez bien parlé d'une opération ?

– Oui.

– Pour l'opération, on va lui faire une transfusion de sang ?

– Évidemment...

– Alors, c'est non !

– Quoi ?

– Pas d'opération. Détachez Martin. Il restera ici !...

Heinz Lothman a l'impression de vivre une histoire de fous. Une histoire de fous qui serait en même temps un cauchemar. Gertrud Kramer vient vers lui à son tour.

– Il faut suivre la volonté de Dieu, monsieur. Mon mari et moi suivons toujours la volonté de Dieu. Nous sommes Témoins de Jéhovah...

– Et alors ?

– Alors, les transfusions sanguines sont interdites par Dieu.

Heinz Lothman essaie de faire un pas en direction de ses skis, mais Johann Kramer le retient fermement par le bras. Normalement, Lothman, qui est bien plus grand et plus fort, l'aurait envoyé promener d'une bourrade, mais il y a l'enfant attaché dans son dos. Le moindre geste brusque pourrait le tuer...

M. Kramer a sorti un livre relié en toile noire de sa poche.

– La Bible... Elle ne nous quitte jamais.

Il la feuillette rapidement.

– Vous allez entendre la vérité...

Heinz Lothman a envie de crier. Il se retient... D'abord penser à l'enfant... Ne penser qu'à lui dans tout ce qui va suivre.

– Nous y sommes... Genèse 9, 3-4 : « Vous ne devrez pas manger la chair avec son âme, c'est-à-dire son sang... » Est-ce que vous êtes convaincu ?

– Écoutez, je...

– Vous ne l'êtes pas ? Je vais trouver plus clair encore...

Et Johann Kramer se remet à tourner les pages de sa Bible. A ses côtés, sa femme approuve en silence.

– Nous y voilà : Deutéronome, 12, 23-23 : « Tu dois verser le sang comme de l'eau sur le sol... » Vous entendez : il est bien écrit « verser », cela signifie qu'on peut répandre le sang mais pas le consommer... Comprenez-vous, cette fois ?

Dans le dos d'Heinz Lothman, des petits gémissements se font entendre.

– Je crois que vous êtes fous !

– Peut-être croyez-vous qu'il s'agit uniquement de l'Ancien Testament et pas du Nouveau... Mais détrompez-vous car voici ce qui est écrit dans les Actes des Apôtres : « Vous serez béni, si vous vous abstenez de sacrifier aux idoles du sang et de la prostitution... »

Heinz Lothman est abasourdi. Même s'il ne se fait guère d'illusions, il essaie pourtant d'argumenter.

– Dans tout ce que vous m'avez lu, il était question de se nourrir du sang, pas de transfusion...

– C'est la même chose. Au regard de Dieu, prendre le sang d'autrui, c'est lui prendre sa vie.

– Sa vie... Justement, c'est bien de vie qu'il s'agit ! Si nous ne faisons rien, votre fils va mourir. Je vous le dis en tant que médecin...

Mme Kramer intervient à son tour.

– Notre foi passe avant tout. Si Martin doit mourir, c'est que Dieu l'a voulu ainsi.

Et elle se remet à genoux pour prier... Le Dr Lothman pousse un soupir.

– C'est votre enfant, après tout. Je n'insiste pas... Vous voulez m'aider à défaire les cordes ?

Johann dénoue les liens qui retenaient Martin dans le dos d'Heinz Lothman et dépose le gamin sur la neige... C'est à ce moment que le poing du docteur s'abat sur sa nuque. Heinz Lothman a frappé de toutes ses forces et le père de Martin s'affaisse sans un cri.

Car, bien entendu, Lothman ne s'est pas laissé convaincre. Il est prêt à tout pour sauver cet enfant.

Avec un cri hystérique, Mme Kramer se précipite sur le docteur. Il n'est pas élégant de frapper une femme, mais encore une fois, Lothman n'a pas le choix. Un seul crochet à la pointe du menton et Gertrud Kramer s'affaisse à son tour dans la neige.

Heinz Lothman soulève de nouveau le petit Martin. Quelques minutes plus tard, le petit blessé est solidement fixé sur son dos et il descend en direction de la vallée. Mais tout n'est pas joué, loin de là. Un temps précieux, peut-être vital, a été perdu. Courbé sur ses skis, le médecin descend en direction du village de Pfaffen. Il descend aussi vite qu'il le peut, mais il est impossible d'aller vite quand on porte, attaché dans son dos, un enfant atteint d'une fracture du crâne et qui peut mourir d'un instant à l'autre...

Là-bas, un chalet. Malgré ses qualités physiques exceptionnelles, le Dr Lothman a les jambes brisées en raison du poids qu'il porte. Pourvu qu'il y ait quelqu'un!

Oui, il y a quelqu'un. Mme Haffner, dont le mari est garde forestier, est bien chez elle et elle a le téléphone.

– Allô, la gendarmerie de Pfaffen... Ici, le Dr Lothman. Je suis dans le chalet de Mme Haffner. J'ai un enfant qui a fait une chute dans une crevasse. Fracture du crâne : il faut opérer immédiatement.

Il y a un moment de silence, et c'est enfin la réponse qui met fin à l'angoisse.

– Bien compris. Nous demandons à Innsbruck de vous envoyer un hélicoptère...

– Euh... Il y a également deux adultes inconscients dans la neige un peu plus haut, les parents. C'est sans gravité, mais vous devriez aller voir aussi de ce côté-là.

– Qu'est-ce qui leur est arrivé? Ils sont tombés eux aussi?

– Non. Je les ai assommés. Je vous expliquerai...

Au bout du fil, le gendarme ne fait pas de commentaire et le Dr Heinz Lothman raccroche.

29 décembre 1976. Deux jours ont passé depuis l'accident du petit Martin Kramer. L'opération a été délicate, il n'est pas encore sorti du coma, mais ses jours ne sont pas en danger et il n'aura pas de séquelles.

Ce soir-là, le Dr Lothman se trouve au chevet du petit blessé dans une chambre d'un hôpital d'Innsbruck. L'enfant n'est pas sous sa responsabilité médicale ; ce n'est pas lui qui l'a opéré, mais il n'a pas voulu regagner Pfaffen avant d'être sûr que Martin était hors de danger.

Il se dispose à quitter la chambre quand Johann Kramer fait irruption. Le père de Martin a un sursaut en le voyant.

– Vous êtes là ?...

Heinz Lothman se raidit.

– Comme vous voyez... Je vous annonce que votre fils est sauvé. Mais ce n'est pas grâce à vous. J'ai tout dit dans ma déposition aux gendarmes. Vous n'aviez pas le droit de vous opposer à ce qu'il soit soigné. Vous serez poursuivi pour non-assistance à personne en danger. Vous et votre femme risquez la prison ferme...

M. Kramer ne semble pas avoir entendu.

– On lui a fait une transfusion ?

– Évidemment ; je peux même vous dire le groupe : A +.

– Alors, gardez-le !

– Comment ?

– Gardez l'enfant. Faites-en ce que vous voulez ! Je n'en veux plus.

– Vous ne parlez pas sérieusement ?

– Ce n'est plus Martin. On lui a donné l'âme de quelqu'un d'autre ! Le sang, c'est l'âme, c'est écrit dans la Bible...

Aussi incroyable que cela paraisse, les choses en sont restées là. Martin Kramer s'est rapidement rétabli, mais ni son père ni sa mère n'ont voulu le revoir. Rien n'y a fait, ni les supplications des assistantes sociales, ni les menaces de la justice. A la fin, les Kramer ont été déchus de leurs droits parentaux et Martin est devenu officiellement orphelin.

C'était deux ans après l'accident. Entre-temps, le Dr Lothman s'est marié. Il n'a jamais cessé de voir l'enfant et l'a pris en affection.

Il a demandé et obtenu de l'adopter. Martin n'était pas de son sang, mais cela ne l'empêcherait pas de le considérer comme son fils.

Le décapité

Nous sommes le 9 mars 1945. La fin de la guerre n'est pas loin. La défaite de l'Allemagne et du Japon est imminente et, dans les pays naguère occupés, c'est l'espoir et la joie.

Mais cela, tout le monde ne le sait pas. Il y a des endroits du globe, reculés, isolés, où on n'a pas la moindre idée de l'issue du conflit. C'est le cas, en particulier, de la jungle indochinoise...

Pour le soldat Fernand Cron, ce soir du 9 mars 1945 représente même un jour terrible... Voilà des semaines qu'avec deux cents de ses camarades français et indochinois, il tient le poste avancé de Dong-Dang, non loin de la frontière chinoise. L'attaque des Japonais, à laquelle ils s'attendaient, est maintenant imminente. On les voit de loin, à la jumelle. Ils seront là cette nuit et attaqueront au matin. Ils sont encore plus nombreux qu'on ne pouvait le craindre : trois mille au bas mot, et munis d'une artillerie impressionnante.

Les défenseurs de Dong-Dang se regardent le visage fermé, sans échanger une parole. A quoi bon ? C'est la fin. Il ne servirait à rien de s'enfuir : ils seraient tout de suite rattrapés et exterminés. D'ailleurs, l'honneur et les ordres leur commandent de rester sur place. Le résultat de la Seconde Guerre mondiale, ils ne le connaîtront jamais. Pour eux, elle va s'arrêter là, dans quelques heures ou quelques jours, au milieu de cette végétation envahissante, sous ce climat étouffant. Non, il n'y a aucun espoir. Ceux qui ne mourront pas au combat tomberont aux mains des Japonais, et les Japonais ont la réputation de ne jamais faire de prisonniers... Les croyants vont faire leurs prières, les autres vont boire un coup, le verre du condamné...

L'énergie du désespoir fait accomplir des prodiges. Malgré un pilonnage d'artillerie infernal, les défenseurs de Dong-Dang tiennent trois jours, repoussant plusieurs assauts. Mais arrive le moment où leurs munitions sont épuisées : ils n'ont plus d'autre ressource que de se rendre. Sur les deux cents au départ, ils sont cinquante encore en vie.

On les fait sortir du camp et s'immobiliser devant leurs vainqueurs. Leur chef, un général, leur adresse quelques paroles, que traduit un interprète.

– Je vous félicite pour votre bravoure. Vous êtes de vaillants soldats et vous avez fait honneur à votre pays.

Fernand Cron, qui fait partie des rescapés et qui est l'un des rares à ne pas avoir une seule blessure, se sent envahi d'une incroyable espérance : se pourrait-il que les Japonais ne soient pas aussi impitoyables qu'on le dit ? Qu'ils leur laissent, contre toute attente, la vie sauve ?

Mais son euphorie est de courte durée. Le général désigne le contrebas de la route et prononce quelques mots dans sa langue. L'interprète annonce calmement :

– Les prisonniers ont ordre de creuser une tranchée à cet endroit.

Fernand Cron et ses camarades ont senti leur sang se glacer. Ce qu'on leur avait dit était vrai : les Japonais ont pour habitude de faire creuser leur tombe à leurs prisonniers avant de les exécuter. Ils refusent de prendre cette peine eux-mêmes... On leur distribue donc des pelles, tandis que des soldats installent des mitrailleuses dans leur dos. Un officier français jette l'instrument à terre : il est immédiatement abattu d'une rafale. Tous les autres se mettent à la tâche, résignés, comme des automates. Ils ne se révoltent pas. Ils ont déjà pratiquement cessé d'exister...

Lorsqu'ils ont terminé, on leur attache les mains dans le dos, on leur retire leurs chaussures et on les fait s'agenouiller au bord de la tranchée. Les officiers sortent leur sabre. Les malheureux comprennent qu'ils vont être décapités... Et, effectivement, l'exécution a lieu méthodiquement. Les uns après les autres, ils tombent dans la fosse et un soldat passe pour leur donner le coup de grâce à la baïonnette.

Fernand Cron fait partie des derniers, juste à la fin de la file. L'horrible spectacle qu'il doit endurer ajoute encore à ses souffrances. Mais cela ne l'empêche pas de garder ses moyens. Il réfléchit à toute allure, tandis que les bourreaux se rapprochent inexorablement. Il a pratiqué les arts martiaux, ce qui lui a donné une excellente maîtrise de son corps, et il comprend qu'il a peut-être une chance de s'en sortir. Elle est infime, mais il doit la tenter. Il s'adresse au soldat qui se trouve juste après lui. Il sait que lui aussi a fait des arts martiaux et peut tenter le même exploit.

– Écoute, fais comme moi. Contracte les muscles de la nuque tant que tu peux et, au moment du coup, accompagne le mouvement en te laissant tomber. Mais pas trop, sans quoi ça se verrait. Juste un peu.

– Je n'y crois pas...

– Qu'est-ce que tu risques ?...

Fernand Cron sent un contact froid. Le Japonais ajuste la lame sur son cou, avant de la lever et de l'abattre... La suite se passe en une fraction de seconde et il réussit exactement ce qu'il avait voulu. Il a basculé en avant en même temps que le sabre lui pénétrait dans la chair. Il est vivant. L'instant d'après, il reçoit le corps de son camarade, qui lui tombe lourdement dessus. Il l'entend gémir ; il lui chuchote :

– Tu n'es pas mort ?

– Non, mais je souffre beaucoup.

– Maintenant, il va y avoir le coup de baïonnette. Il faut espérer qu'il ne sera pas mortel et tenir.

– Je ne pourrai pas, j'ai trop mal...

– Essaie de tenir, bon Dieu ! Essaie !

Le soldat chargé de donner le coup de grâce se rapproche, mais quand il arrive près d'eux, le camarade de Fernand Cron ne peut s'empêcher d'émettre un cri de douleur. Immédiatement le Japonais se met à le larder de sa baïonnette ; il continue ainsi jusqu'à ce qu'il ne soit plus qu'un amas sanglant. Ensuite, il va poursuivre sa besogne plus loin. Dans son acharnement, il a oublié Fernand Cron, qui se trouve juste en dessous et qu'il n'a pas touché...

C'est maintenant le silence... Fernand Cron attend quelques minutes et s'extrait avec autant de difficulté que de douleur du tas de morts. Il doit se dépêcher : les Japonais sont allés chercher de l'essence pour brûler les corps et n'ont pas laissé de sentinelle. Il souffre horriblement de sa blessure, mais à tout hasard, il appelle, au cas où un autre serait encore en vie : pas un ne répond. Il s'en va alors aussi vite qu'il le peut, sentant sa tête faire un drôle de mouvement de va-et-vient au-dessus de ses épaules. Il suit la tranchée et atteint une rizière où il se cache aussitôt.

Là, il a une surprise : il n'est pas seul ! Il retrouve un tirailleur indochinois qui a reçu un coup de sabre et plusieurs coups de baïonnette. Mais lui a été touché pendant le combat, ce qui fait qu'il n'a pas été attaché dans le dos. Il ne peut plus marcher, mais parvient à délier les mains de Fernand Cron.

Les Japonais sont revenus... Il faut maintenant attendre qu'ils aient mis le feu aux corps et qu'ils s'en aillent. Une horrible fumée noire et grasse ne tarde pas à empuantir l'atmosphère. Fernand Cron essaie de ne pas penser que c'est tout ce qui reste de ses camarades. Il ne doit plus songer qu'à sauver sa vie.

Par chance, les Japonais reprennent la route assez rapidement. Ils ont sans doute un autre objectif et sont pressés de s'y rendre. Maintenant, ils sont tout à fait seuls, son compagnon indochinois et lui. Celui-ci ne peut marcher : Fernand Cron n'a pas le droit de l'abandonner. Malgré sa tête branlante, le sang qui lui coule sur les épaules, malgré l'épouvantable douleur et le terrible effort que cela représente, Fernand Cron le prend sur son dos et se met en marche... Heureusement, il découvre assez vite une cabane de pêcheurs isolée.

Ceux-ci connaissent le tirailleur blessé. Il habite le village voisin. Après l'avoir rapidement examiné, ils comprennent qu'il est perdu et ils vont le porter dans sa famille pour qu'il puisse mourir au milieu des siens. En même temps, ils soignent Fernand Cron avec un emplâtre de feuilles et de boue, fabriqué selon une tradition ancestrale, et les bienfaits de ce traitement se font immédiatement sentir. Il souffre beaucoup moins, il ne perd plus de sang, un peu de ses forces lui reviennent.

Fernand Cron aimerait bien rester chez ces pêcheurs providentiels ; il sent bien qu'auprès d'eux il serait bientôt guéri. Mais dans combien de temps ? Il y a des Japonais partout et, avec sa peau blanche, il n'a aucune chance de passer inaperçu. En restant, il met non seulement sa vie en danger, mais celle de ces gens au grand cœur qui l'ont sauvé.

Il doit partir ! C'est son devoir. Il faut qu'il aille à la recherche des troupes françaises... Et il se met en marche, seul, dans la jungle, avec sa tête branlante, sans souliers. Il fait des marches quotidiennes de trente à quarante kilomètres, vers l'ouest, dans la direction opposée à l'ennemi. Il n'a que quelques maigres provisions et, le soir, sa blessure l'empêche de dormir...

Et pourtant, il réussit ! Oui, lui, le décapité miraculé, parvient à parcourir plusieurs centaines de kilomètres dans une des natures les plus hostiles du globe pour rencontrer enfin un détachement de Français qui font retraite vers l'Inde anglaise. Parmi eux figure notre correspondant, qui nous a raconté cette histoire.

Lui-même, pas plus que les autres, ne veut croire l'incroyable aventure que leur raconte Fernand Cron, mais la trace du coup de sabre est là pour la prouver. Il faut se rendre à l'évidence...

En tout cas, cette fois, Fernand Cron est sauvé. C'est allongé sur un brancard qu'il franchit la frontière indienne. Il est opéré deux mois plus tard par un chirurgien anglais. L'intervention réussit parfaitement, il ne conserve qu'une longue cicatrice qui lui parcourt tout l'arrière du cou, mais quelle cicatrice !... En matière de blessures de guerre que les militaires sont souvent fiers d'exhiber, Fernand Cron peut leur en remontrer à tous : la sienne est la plus spectaculaire qui puisse exister !

L'étranger

La petite ville dont il va être question, un gros bourg viticole que nous appellerons Saint-July, se situe dans le sud-ouest de la France, une région qui évoque le bon vivre, la cuisine savoureuse et où la violence semble cantonnée aux mêlées de rugby. C'est pourtant dans ce cadre chaleureux, sous ce climat ensoleillé, qu'a eu lieu un drame affreux qui relègue l'homme au rang de la bête.

Le rugby, il en est justement question au début de cette histoire. Saint-July vient de remporter un match contre le bourg voisin, en ce chaud dimanche de septembre. L'équipe victorieuse, accompagnée de ses supporters, revient dans les ruelles de la ville, entonnant les traditionnels « On a gagné ! On a gagné ! ».

C'est le moment de la non moins traditionnelle troisième mi-temps où le vin rosé coule à flots dans l'euphorie générale. Du moins, ce qui devrait être de l'euphorie, car les événements vont prendre un cours bien différent...

Avant d'aller plus loin, il faut parler de Manuel Santos. Manuel Santos, portugais d'origine, s'est installé dans la commune il y a plus de dix ans, mais il n'a jamais été accepté par les habitants. Pourtant, il s'est marié avec une native du bourg, dont il a eu une petite fille, Colette, à présent âgée de trois ans. Son frère José l'a rejoint à Saint-July et lui aussi s'est marié sur place. Mais cela n'a pas suffi à désarmer l'hostilité générale.

Il faut dire que Manuel Santos n'a pas toujours eu, loin s'en faut, une conduite irréprochable. Avant son mariage, il a fait du trafic de drogue et il a été condamné à trois ans de prison. Mais enfin, il a payé sa dette et, depuis, il a tout fait pour se réinsérer.

C'était compter sans les jeunes de Saint-July, qui se sont acharnés à lui rendre la vie impossible. Aller provoquer l'« étranger », l'« ancien taulard » était devenu le second sport local, après le rugby. Et comme Manuel Santos était teigneux et bagarreur, cela marchait à tous les coups. Le Portugais est vite devenu la bête noire de la ville...

Or, une altercation de ce genre vient de se produire, tandis que se déroulait le match. En rentrant des vendanges, un ouvrier agricole, Bernard Bruno, a croisé Manuel Santos dans les rues de Saint-July. Il avait bu ; on boit beaucoup après les vendanges. Il a suffi de trois mots, qu'il a lancés en apercevant Manuel :

– Voilà le taulard !

Le bouillant Portugais est devenu tout rouge sous l'insulte.

– Répète un peu pour voir !

L'autre, avec l'audace que donne l'ivresse, en a rajouté.

– Sale taulard ! Rentre dans ton pays de merde ! On veut plus voir ta gueule ici !

Manuel Santos a bondi et, comme il était plus fort que son adversaire, il a rapidement eu le dessus. Bernard Bruno s'est retrouvé avec le front sanguinolent et un œil au beurre noir, titubant dans les ruelles de Saint-July... Et c'est justement lui que les rugbymen et leurs supporters croisent en rentrant du match.

Michel Lagarde, le pilier, le plus baraqué de l'équipe et l'auteur de l'essai victorieux, a un sursaut en le voyant.

– Qui est-ce qui t'a fait ça, Bernard ?

– Le taulard ! Qui veux-tu que ce soit ?

– Ah, le fumier ! Ce coup-ci, on va lui faire sa fête pour de bon !... Vous venez, les gars ?

Des vociférations d'approbation lui répondent et tous prennent le chemin de la maison Santos... Dans le fond, Michel Lagarde n'est pas mécontent de ce qui arrive : un mètre quatre-vingt-cinq, quatre-vingt-dix kilos, c'est le garçon le plus fort de Saint-July et personne ne lui conteste cette supériorité, personne, sauf Manuel Santos, qui n'a jamais baissé les yeux devant lui et qui ne lui a jamais manifesté la moindre marque de respect... Les circonstances ont voulu qu'ils n'aient jamais eu l'occasion de s'affronter. Mais à présent, cela va changer ! On va voir qui est le maître à Saint-July !...

Quelques minutes plus tard, ils sont une trentaine à vociférer devant le petit pavillon qu'habite Santos. Encore une fois, Michel Lagarde prend la direction des opérations. Il se saisit d'une brique, sur un chantier à proximité.

– Allez, les gars, dans les carreaux ! Visez bien ! Entre les poteaux...

Instantanément une grêle de briques s'abat sur la maison, faisant exploser les fenêtres. Et c'est alors que Manuel Santos a une initiative imprudente. Au lieu d'appeler la police ou de se terrer chez lui, il sort, une barre de fer à la main. Peut-être est-ce une réaction d'orgueil, peut-être veut-il protéger sa femme et sa fille qui se trouvent à l'intérieur.

Toujours est-il que sa venue fait cesser le bombardement. Il y a un moment de flottement chez les agresseurs. Bien qu'ils soient à trente contre un, le Portugais les impressionne. Mais le pilier de l'équipe locale reprend ses troupes en main.

– Eh quoi, vous n'allez pas vous dégonfler devant le taulard ? En avant les gars !

Et, aussitôt, c'est la ruée !... Trente énergumènes hurlants se lancent derrière le Portugais. Celui-ci, qui comprend brusquement le danger dans lequel il s'est mis, s'enfuit droit devant lui, poursuivi par la meute. Il jette sa barre de fer. Il n'a plus qu'une idée : s'échapper, sauver sa vie... Mais il se perd dans les ruelles de Saint-July. Il s'engage dans une impasse. Le temps qu'il fasse demi-tour, les autres sont sur lui. Ils le rejoignent sur la place, juste devant le café où ils se proposaient de célébrer la troisième mi-temps...

– Laissez-le-moi, les gars !

C'est Michel Lagarde qui vient de parler... Ses compagnons s'arrêtent, se contentant de faire un cercle autour du fugitif, pour lui interdire toute retraite. Il y a beaucoup de monde, en ce dimanche, sur la place de Saint-July : des promeneurs, des joueurs de boules sous les platanes, des joueurs de belote à la terrasse du café. Tous s'approchent pour assister au spectacle...

Michel Lagarde va vers son adversaire, un couteau à la main. Il ne l'avait pas tout à l'heure. Qui le lui a donné ? Personne ne le sait. Manuel Santos reçoit la lame en pleine poitrine. Il s'écroule dans un flot de sang... Le pilier de Saint-July contemple son adversaire, avec un hochement de tête.

– Il a son compte !...

Puis il s'adresse à son équipe et à ses supporters :

– Maintenant, les gars, à la troisième mi-temps !...

Manuel Santos est seul sur le pavé de Saint-July... Les joueurs de boules sont retournés à leurs boules, les joueurs de belote à leur belote, les promeneurs à leur promenade. Il n'y a plus rien à voir. Michel Lagarde l'a dit : l'étranger a son compte. Un brave petit, Michel Lagarde, qui les a enfin débarrassés de ce bon à rien de taulard !...

Au bout de plusieurs minutes, une forme se penche enfin sur l'agonisant. C'est José Santos, son frère, qui est accouru, hors d'haleine. Manuel lui dit dans un souffle :

– Ils m'ont tué. Je ne peux plus respirer...

Le frère court à la cabine voisine pour appeler les pompiers, et c'est là qu'on entre vraiment dans l'ignoble ! Lorsqu'ils arrivent, le pin-pon de leur sirène déclenche une véritable émeute. Les habitants de Saint-July se mettent en travers de la route pour empêcher le véhicule d'avancer... Ah, non ! Le taulard, l'étranger, est en train de crever, on ne va tout de même pas le laisser emmener à l'hôpital pour qu'on le tire d'affaire ! Et aux frais de la Sécu, par-dessus le marché !... Dehors, les pompiers !...

Ceux-ci, désorientés au début, réagissent et dégagent le chemin à coups de ceinturon. Ils emmènent la victime sur une civière et démarrent à toute allure. Malheureusement, Manuel Santos a perdu trop de sang. Il meurt juste en arrivant à l'hôpital. Quelques minutes plus tôt, il aurait peut-être été sauvé. Les habitants de Saint-July peuvent être satisfaits : leur intervention a été efficace !

L'enquête menée par les gendarmes va faire reculer encore les limites de l'horreur et du dégoût... On ne peut, d'ailleurs, pas vraiment parler d'enquête, tant les faits sont clairs. Michel Lagarde est arrêté au café, où il fête tranquillement la victoire de son équipe, sans chercher à se cacher. Il reconnaît sans difficulté avoir frappé Manuel Santos. Il est vrai qu'il ne peut guère faire autrement, tant les témoignages sont nombreux. On lui demande son arme. Le patron du café va la chercher : il l'avait lavée et elle figurait, bien rangée, au milieu de ses couteaux de cuisine!

Ce n'est pas tout. L'autopsie, pratiquée par la suite, démontre que Manuel Santos a été frappé de quatre coups de couteau, dont deux dans le dos, tous portés avec des armes différentes. Or, il n'y en a eu qu'un seul mortel, celui frappé de face par le pilier de rugby et qui a fait s'écrouler immédiatement le Portugais. Les autres blessures ont donc été forcément faites après, par des mains anonymes, alors qu'il était à terre, en train d'agoniser.

Le comportement des témoins au procès de Michel Lagarde, qui se tient peu après aux assises de Toulouse, est tout aussi effarant. Du maire au dernier de ses administrés, c'est un concert unanime de vitupérations contre la victime et de louanges envers son meurtrier.

– Un bon à rien, monsieur le juge, un danger pour nos femmes et nos enfants! La honte de notre ville! Quel bonheur qu'on nous en ait débarrassés! Ce n'est pas la prison qu'il mérite, Michel Lagarde, c'est la médaille!

Michel Lagarde a tout de même été condamné à dix ans de détention pour meurtre. Libéré au bout de cinq ans pour bonne conduite, il a été accueilli à Saint-July en héros... Aujourd'hui, il fait encore partie de l'équipe de rugby.

Et aujourd'hui, à part l'homme qui nous a rapporté cette histoire, tout le monde a oublié la victime. Tout le monde a oublié ce qui s'est passé un jour de septembre, dans cette riante cité méridionale, avec ses habitants au parler chantant, ses ruelles anciennes, sa fontaine et son terrain de boules sous les platanes... On peut appeler cela « drame du racisme ordinaire, de la xénophobie », mais on peut dire tout simplement « drame de la bêtise ». Car, dans « bêtise », il y a « bête », la bête immonde qui sommeille au cœur de l'homme et qui ne demande qu'à se réveiller.

Golf India Hotel

Pour Steve Vaughan, employé au centre d'aiguillage du ciel de Miami, en Floride, ce 22 septembre 1987 s'annonce comme tous les autres jours. Dans le haut-parleur de la salle de contrôle, il entend les appels des divers pilotes, qui décollent ou font leur procédure d'approche ; sur son écran radar, des points lumineux grossissent ou diminuent en clignotant.

Il est exactement 9 h 03 lorsqu'il dresse l'oreille. Au milieu du grésillement routinier des voix, il y en a une qui n'est pas comme les autres. D'abord, c'est une voix de femme. Mais surtout, il semble – car l'audition est mauvaise, l'appel doit venir de loin – que la personne soit complètement affolée. Et puis, il y a ce qu'elle dit, qui est étrange. Il règle ses appareils sur la fréquence d'émission... C'est bien ce qu'il avait cru entendre : le mot « mari ».

– Mon mari ! Mon mari !...

Steve Vaughan prend son micro.

– Ici Miami, je vous écoute. Donnez votre immatriculation.

La voix de la femme, maintenant très distincte, est paniquée.

– Quelle immatriculation ?... C'est mon mari. Il pilotait. Il vient d'avoir un malaise. Qu'est-ce que je dois faire ?

– Donnez-moi votre immatriculation. C'est indispensable pour vous repérer, quoi qu'il soit arrivé... L'immatriculation de votre avion. Faites un effort. Vous devez avoir entendu votre mari la donner.

– Oui, je me souviens : 330 Golf India Hotel.

– OK, Golf India Hotel. Vous pensez que votre mari va pouvoir reprendre les commandes ?

– Je ne crois pas. Il ne bouge pas.

– Et vous, est-ce que vous avez des notions de pilotage ?

Dans le haut-parleur de Steve Vaughan, la voix féminine devient un véritable cri de détresse.

– Je ne sais même pas conduire !

Steve Vaughan essaie de garder un ton aussi calme que possible.

– Il y a combien de temps que votre mari a perdu connaissance ?

– Je ne sais pas, moi... quelques minutes.

– Et l'avion continue sa route normalement ?

– Oui. Enfin, ça a l'air...

– C'est donc que le pilote automatique est branché. Pour l'instant, vous ne risquez rien. Vous m'entendez ? Vous ne risquez rien. Je vous quitte un instant et je reviens...

Dans le haut-parleur, il y a un cri de terreur.

– Ne me laissez pas toute seule !

– Je ne vous laisse pas seule. Au contraire, j'appelle du renfort. Ne touchez à rien. Je vous le répète : vous ne risquez rien...

Steve Vaughan coupe la communication et branche le dispositif d'alerte permettant d'appeler tous les avions en même temps.

– Mayday, Mayday ! Cessez d'émettre sur la fréquence 123.5, appareil en perdition. Je répète : appareil en perdition...

Ensuite, il appelle les autorités aériennes, leur décrit la situation et leur donne l'immatriculation de l'avion. Après quoi, il revient à sa communication. Il perçoit distinctement des sanglots.

– Golf India Hotel ? Je suis là. Maintenant, je ne vous quitte plus... Votre mari n'a toujours pas refait surface ?

Son interlocutrice renifle bruyamment.

– Non...

– Savez-vous où vous êtes ?

– Il y a de l'eau. C'est sûrement le lac Okeechobee.

– Vous connaissez votre itinéraire ?

– Nous allions de Saint-Petersburg à Fort Lauderdale. Mon mari voulait que nous allions passer un week-end... en amoureux...

Nouvelle crise de sanglots. Dans sa tour de contrôle Steve Vaughan se dit que la personnalité de son interlocutrice n'arrange pas les choses. Elle arrête soudain de pleurer, mais cette fois, c'est bien pire : elle se met à crier :

– Le moteur. Il a des ratés. Il va s'arrêter !

Steve Vaughan a immédiatement compris ce qui est en train de se passer. Tous les avions de tourisme modernes ont deux réservoirs d'essence. L'appareil est à un peu plus de la moitié de son chemin et il faut passer du réservoir droit, qui ne va pas tarder à être vide, à celui de gauche, qui est plein. Seulement, la disposition des commandes varie selon les modèles et le temps presse.

– Connaissez-vous le type de votre appareil ?

– Non, pas du tout.

– Faites un effort.

– Mais je ne sais pas ! Je ne sais même pas reconnaître les voitures !...

Heureusement, un des collègues de Steve Vaughan – car c'est la mobilisation générale à Miami et la tour de contrôle se remplit d'instant en instant – lui tend une feuille de papier. Grâce à son immatriculation, on vient d'identifier l'avion en perdition : il s'agit d'un Piper Cherokee, appartenant à Richard Yardley, soixante-six ans. C'est sa femme Helen, soixante et un ans, qui est aux commandes... Un Piper Cherokee : Steve Vaughan connaît parfaitement ce genre d'appareil.

– OK, Helen. Vous allez passer du réservoir de droite sur celui de gauche. Devant vous, vous avez un bouton blanc avec trois positions : gauche, droite et fermé. Vous le voyez ?

– Je le vois...

– Il doit être sur « droite », vous allez le mettre sur « gauche ».

– Oui... Voilà, ça y est !

C'est peut-être le fait de s'entendre appeler par son prénom, toujours est-il que la femme est soudain plus calme.

– Bravo, Helen ! Et comment va le moteur, à présent ?
– Il tourne normalement...
Un collègue apporte de nouveau un feuillet à Steve.
– On m'apprend qu'un avion comme le vôtre s'est dérouté. Il vient à votre rencontre. Vous n'allez pas tarder à le voir.
Pour la première fois, il y a un cri d'espoir dans le haut-parleur.
– Le pilote va sauter dans le mien ?
– Non, ça c'est impossible. Même le plus grand cascadeur ne pourrait pas réussir une chose pareille.
– Mais je crois que je l'ai vu dans un film.
– Justement, c'était du cinéma... Écoutez-moi, Helen, en attendant, vous allez essayer de diriger l'avion. Vous allez quitter le pilotage automatique...
– Jamais !
– Calmez-vous. Tôt ou tard, il faudra le débrancher. Il faut profiter de ce que vous avez de l'altitude pour vous entraîner.
– Je ne saurai jamais !
– C'est tout simple... Vous voyez le boîtier devant vous ? Il y a une petite manette. En la poussant à gauche, l'avion va à gauche, en la poussant à droite, à droite. Allez à droite.
– Je vais m'écraser !
– Vous allez tourner à droite, c'est tout. Faites-le, Helen !...
Il y a un moment de silence et, de nouveau, la voix de Steve Vaughan.
– Eh bien, vous voyez que vous y arrivez !
– Comment savez-vous que je l'ai fait ?
– Je vous suis sur mon écran radar... Maintenant à gauche doucement. Reprenez votre cap... C'est bien. A présent, vous allez réduire les gaz. Il faut économiser l'essence. C'est cette manette rouge devant vous. En la poussant, vous allez diminuer la vitesse. Légèrement, pas trop...
Il y a un moment, puis la voix faible d'Helen.
– Voilà...
– Maintenant, vous allez vous entraîner avec le manche à balai. Vous savez ce que c'est, au moins ?
– Oui. Cela, je le sais.

– En le poussant vers l'avant l'avion pique du nez et la vitesse augmente, en le tirant vers l'arrière, il se redresse et la vitesse diminue. Allez-y !... Lentement, avec des gestes très doux. Faites des montagnes russes...

Et la leçon en plein ciel se poursuit... Helen, la sexagénaire, qui n'a pas son permis et ne sait pas distinguer une Cadillac d'une Chevrolet, s'entraîne à réduire et augmenter la vitesse d'un avion, à tourner, à monter et à descendre. Soudain, elle a une exclamation.

– Oh, un avion devant moi !

– Eh bien, je vais vous laisser. C'est à lui de jouer, maintenant. Faites tout ce qu'il vous dira. Au revoir Helen, et bonne chance !

– Merci pour tout. Vous ne m'avez pas dit votre nom.

– Vaughan. Steve Vaughan.

– Merci Steve...

Dans le Piper Cherokee, il y a un silence, ou plutôt le ronronnement continu du moteur. Et puis soudain, une voix beaucoup plus claire et forte que précédemment.

– J'appelle Golf India Hotel. Me recevez-vous ?

– Oui, très bien.

– Je suis Wayne Rosberg. C'est moi qui suis dans l'avion devant vous. Pouvez-vous tenter encore quelque chose pour votre mari ? Comment est-il ?

– Il a la tête en avant sur son siège. Il est maintenu par la ceinture de sécurité.

Dans la tour de contrôle de Miami où la conversation est suivie avec angoisse, on entend la voix de Mme Yardley, qui appelle quelque temps : « Richard ! Richard ! », puis s'adresse de nouveau au pilote de l'autre avion :

– Il n'y a rien à faire. J'ai beau le secouer, il n'a pas plus de réaction qu'une poupée de chiffon. Est-ce vous pensez que... ?

– Je ne pense rien. Je ne sais qu'une chose : la seule chance qu'il ait de s'en sortir, c'est avec vous. Et pour cela, il faut que vous posiez l'avion.

– Oui... Vous avez raison...

– Vous allez faire exactement tout ce que je fais, calquer votre position sur la mienne et tout ira bien. Vous allez réduire légèrement les gaz. Il s'agit de la manette rouge.

– Je me souviens.

– Bravo, vous êtes une vraie championne ! Cap à droite, maintenant.

Et miraculeusement, le guidage en plein ciel se passe sans incident. Helen Yardley obéit aux instructions, sans hésitation, sans demander où se trouvent les commandes pour effectuer les diverses manœuvres... Au bout d'un long moment, elle reprend la parole :

– Où me conduisez-vous ?

– A Dade Collier, c'est l'aérodrome le plus proche.

– Est-ce qu'il y aura des secours ?

– Oui, une ambulance, les pompiers. Mais vous n'en aurez pas besoin.

– Je parle pour mon mari.

– Il y a tout ce qu'il faut, y compris un hélicoptère pour le prendre en charge.

De nouveau un long silence, puis la voix du pilote :

– Nous allons nous poser. Vous voyez votre altimètre ? il doit marquer 5 100 comme le mien. Nous sommes à 5 100 pieds, nous allons descendre jusqu'à 300 pieds, et là commencera l'atterrissage proprement dit.

– Le terrain est là ?

– Nous sommes juste au-dessus.

– Oh, je le vois. Je n'y arriverai jamais !

– Calmez-vous !

– C'est tout petit ! Nous sommes trop haut ! J'ai le vertige.

– Ne regardez plus en bas. Regardez mon avion. Vous me voyez ?

– Oui.

– Ne me quittez pas des yeux et faites comme moi. Prenez le manche à balai et poussez-le vers l'avant, pas trop. Réduisez les gaz... A présent un large tour sur la gauche...

Helen Yardley s'est tue... Elle n'émet plus, de temps en temps, que des petits « oui, oui » en réponse aux ordres du pilote... Ce dernier a soudain une exclamation :

– Bravo ! Vous êtes exactement dans l'axe de la piste à 300 pieds...

– Je n'y arriverai pas !

– Descendez et cabrez l'appareil juste à l'approche du sol.

– J'ai peur !

– Descendez !... Oui, c'est bien... Maintenant, cabrez et coupez tout... Non ne remontez pas, vous allez quitter la piste. Coupez tout !...

Le Piper Cherokee touche brutalement le sol, rebondit trois fois, quitte le terrain et continue dans l'herbe... Il y a un grand fracas de tôle. La roue avant, sous le nez de l'appareil, se casse et l'avion s'immobilise. La voiture de pompiers et l'ambulance arrivent, sirènes hurlantes. Mais il est visible qu'il n'y a que des dégâts matériels. Helen se dégage toute seule.

On l'entoure, on la réconforte. Il est exactement 10 h 06. Sa terrible aventure a duré soixante-trois minutes très précisément... Mais elle n'est pourtant pas terminée. Elle va connaître un tragique épilogue. Un médecin, qui était monté dans le cockpit, revient vers Helen :

– Je suis désolé, madame, votre mari est mort. Il a été sans doute foudroyé par sa crise... Mais vous avez vraiment tout fait pour lui. Vous pouvez être fière de vous...

Après tant d'épreuves, Helen Yardley ne sait plus où elle en est. Elle est secouée d'un grand tremblement et d'un rire nerveux.

– Dire qu'il m'avait proposé de faire une initiation au pilotage de quatre heures et que je lui avais répondu : « Qu'est-ce qu'on peut apprendre en quatre heures ? »

L'envie de vivre

Carole, vingt-deux ans, avance dans les rues de Paris. Pour aller où ? Elle ne sait pas. Pour quoi faire ? Elle ne le sait pas davantage. Carole comment, déjà ? Si on lui posait la question, elle serait bien en peine de répondre. Elle ne sait plus son nom, c'est ainsi et elle s'en moque !... Il est 11 heures du matin, nous sommes le 17 juin 1990, mais cela, elle ne le sait pas plus que le reste. En fait, elle ne sait qu'une chose : cette journée ne sera pas comme les autres.

Et elle ne se trompe pas. Oh, non, elle ne se trompe pas !

Toujours dans un état de demi-conscience, Carole arrive dans une rue tranquille du XIIe arrondissement. Quelques centaines de mètres devant elle, se trouve une boutique un peu vieillotte, la bijouterie « L'Éclat d'Or ». A partir de là, tout va très vite...

Une 205 Peugeot s'arrête en double file devant le magasin. Un homme en sort, avec un passe-montagne et un revolver. En quelques enjambées, il est à l'intérieur et braque son arme sur les propriétaires : un homme et une femme entre cinquante et soixante ans. Il tend à la femme un sac plastique.

– Prends ça et vide la vitrine ! Toi, le vieux, les mains en l'air et pas de blague !...

Sa voix est jeune, dure, sans réplique. Le couple s'exécute en tremblant.

Une minute s'écoule, et soudain les événements se précipitent. Le jeune homme jette un coup d'œil à la porte restée ouverte et pousse un juron : un car de police remonte la rue à petite vitesse. Sans même s'emparer du sac aux bijoux, il se rue sur le trottoir et percute violemment Carole, qui arrivait à ce moment précis, sans s'être rendu compte de rien. Elle est projetée à terre et lui-même manque de perdre l'équilibre. Il pointe son arme dans sa direction.

– Toi, tu vas venir avec moi ! Allez, debout !...

La jeune femme le regarde, hébétée. Totalement dépassée par les événements, elle reste assise sur le trottoir, les yeux grands ouverts, les bras ballants. Le malfaiteur l'agrippe par le bras, la lève de force et la jette sur le siège avant de la voiture, sans cesser de la tenir dans la ligne de mire de son pistolet... Le car de police, qui s'était mis à accélérer, s'arrête pile à une dizaine de mètres. L'homme crie dans sa direction :

– Restez où vous êtes, ou je tire !

Il monte, claque la portière et, dans un hurlement de pneus, la 205 Peugeot démarre. Le car la suit à distance et la poursuite s'engage...

Dans les rues de Paris et bientôt dans la banlieue, la voiture roule à tombeau ouvert devant le véhicule de police, bientôt rejoint par d'autres. Un hold-up raté, une prise d'otage, quoi de plus banal ? Si tout se finit bien, cela fera un court article dans la page des faits divers. Si l'issue est tragique, il y aura peut-être une citation à la télévision régionale. C'est la routine quotidienne, le jeu, parfois dramatique, des gendarmes et des voleurs, qui continue depuis que le monde est monde.

Pourtant, dans ce genre de situation, rien n'est jamais joué d'avance. La personnalité du preneur d'otage et celle de l'otage lui-même, et la rencontre de deux êtres que rien ne réunissait à priori peuvent parfois réserver bien des surprises...

Il est à présent 11 h 30 du matin. Le commissaire Philippe Brunel, qui a été chargé de l'affaire en tant que responsable du XIIe arrondissement, sort de sa voiture. Autour de lui, plusieurs véhicules de police arrêtés sur un terrain vague d'Ivry et, au fond, un immeuble en démolition. C'est là que, cerné, le malfaiteur s'est réfugié avec son otage...

Le commissaire Brunel sait à qui il a affaire. La 205 Peugeot a été volée la veille à Beauvais ; le voleur, poursuivi par la gendarmerie, s'était évadé deux jours plus tôt de la prison de Lille. Il s'agit de Patrick Bénoni, qui purgeait une peine de quinze ans de réclusion, après une série de hold-up. L'individu est fiché comme très dangereux. Signe particulier : il est instruit. Il a fait des études supérieures d'ingénieur et, ne trouvant pas d'emploi après ses études, il s'est lancé dans le banditisme.

Après avoir annoncé qu'il allait faire une sortie, Patrick Bénoni se tourne vers la jeune femme. Elle est assise sur un tas de gravats.

– Allez, viens ! On va faire un tour !

– Non !

– T'es dingue ou quoi ? Viens ou je te flingue !

– Tant mieux !

Pour la première fois, Patrick Bénoni fait attention à sa compagne de fuite : elle est blonde, assez grande et plutôt maigre, avec de jolis yeux bleus. Elle ne manque pas de grâce, mais il y a en elle quelque chose de fragile et même de maladif.

– Qu'est-ce que tu as dit ?

– J'ai dit : « Tant mieux ! »

– Tu voudrais que je te tue ?

– Oh oui ! S'il vous plaît !...

– Mais t'es pas bien !

– Non. Pas bien. Pas bien du tout... Je n'avais pas le courage de le faire, alors si vous pouviez le faire à ma place, vraiment, cela m'aiderait...

Sur la jeune fille prise en otage, le commissaire Brunel n'a aucun renseignement. Il n'en a d'ailleurs pas cherché : elle passait là, c'est tout. Il se saisit d'un mégaphone.

– Sors de là, Bénoni ! Tu n'as aucune chance !

Pas de réponse.

– N'aggrave pas ton cas ! Tu es recherché partout. Si tu relâches l'otage, on en tiendra compte, sinon, c'est la perpète...

Cette fois, il y a une réponse : un éclat de rire en provenance du bâtiment en ruines, un rire nerveux, tendu.

– Arrêtez de me prendre pour un imbécile ! Je vais sortir avec la fille et rejoindre la voiture. A la moindre tentative, je lui mets une balle dans le cigare !...

Le commissaire Brunel n'insiste pas. Il donne des ordres pour laisser passer l'homme et la femme. Tenter quelque chose serait trop dangereux. Il va falloir les suivre à distance et intervenir plus tard, au moment propice.

Une attente tendue s'installe autour de l'immeuble en démolition. Mais ni le commissaire ni ses hommes ne peuvent imaginer ce qui est en train de se passer, car il faut bien avouer que cela sort vraiment de l'ordinaire !

Patrick Bénoni se laisse tomber de saisissement. D'un geste brusque, il enlève son passe-montagne, qu'il avait gardé jusque-là. C'est un garçon brun dont le physique ne serait pas désagréable s'il n'avait pas une barbe de trois jours et les yeux rouges de sommeil.

– Une désespérée !... Il fallait que je tombe sur une désespérée !... Je n'ai jamais eu de chance, mais là, c'est le bouquet !... Alors, comme ça, quand tu es tombée dans mes pattes, tu étais partie pour te jeter à l'eau ?

– Peut-être... Je ne sais pas... Je ne sais plus rien...

Et la jeune femme éclate en sanglots... Patrick Bénoni sent la panique l'envahir. Non, surtout pas ! Il doit se ressaisir, remettre d'aplomb cette tordue. C'est sa seule chance de s'en sortir. Et, dans cette maison en ruines cernée par la police, il se met à parler doucement à son otage. Car il se trouve dans une situation imprévisible, paradoxale : il doit lui rendre le goût de la vie pour qu'elle ait peur de se faire tuer, pour qu'elle devienne, en quelque sorte, un otage ordinaire, une pauvre fille tremblante, implorante, qui pourra lui servir de bouclier.

– C'est quoi, ton prénom ?

– Carole.

– Quel âge as-tu ?

– Vingt-deux ans.

– Eh bien, Carole, qu'est-ce qu'il y a ? Ton amoureux t'a plaquée, c'est ça ?

– Oui, mais pas seulement...

– Quoi d'autre ?

– Tout !...

– Qu'est-ce que c'est « tout » ?

Carole redouble de sanglots.

– Tout, c'est tout ! Rien ne va ! Je suis foutue ! Je suis moche ! Les gens sont moches ! La vie est moche ! Je veux mourir !

Le jeune malfaiteur serre les dents et maîtrise sa fureur. Il aurait envie de filer une paire de claques à cette petite idiote, mais le résultat serait inverse de celui qu'il veut obtenir... Il faut qu'il se montre patient. Infiniment patient... Dehors, il y a un début de mouvement chez les policiers. Il tire un coup de feu en l'air. Les uniformes reviennent derrière les voitures. Il se retourne vers la jeune fille :

– Bon. En ce moment, ça ne va pas ; mais ça va s'arranger !

– Rien ne s'arrangera. Je suis foutue !...

– Mais bon Dieu ! Tu as vingt-deux ans ! Tu as l'avenir devant toi !

– Je n'y crois plus à l'avenir !

Patrick Bénoni est à deux doigts d'exploser. Il n'a plus le choix. Il va saisir la fille de force et l'emmener avec lui. Un type comme lui doit être en mesure de la maîtriser... Encore que cela ne soit pas certain : tout cela est valable à condition qu'il s'agisse de quelqu'un qui craint pour sa vie. Mais une folle qui veut se suicider ! Elle serait capable de s'emparer du revolver, d'appuyer elle-même sur la détente...

Patrick Bénoni sourit... Il a enfin trouvé ce qu'il fallait dire :

– Tu ne crois plus à l'avenir ? C'est cela ?

– Non.

– Tu as pensé à ce qui est en train de se passer ?

– Je ne comprends pas...

– Réfléchis : il y a un quart d'heure tu étais dans la rue en te demandant de quel côté était la Seine, et moi, en sortant de la bijouterie, je te rentre dedans et je te prends en otage. Tu pouvais le prévoir, cela ?

– Non, évidemment...

– Eh bien, ça veut dire que l'avenir, personne ne peut le connaître et que le bonheur te tombera dessus au moment où tu t'y attendras le moins !...

Il y a un silence... Pour la première fois, la jeune fille semble réfléchir. A la fin, elle dit d'une voix incertaine :

– Je n'avais pas pensé à cela...

Alors, pendant trois bons quarts d'heure, Patrick Bénoni argumente. Il tremble que les policiers ne donnent l'assaut, s'imaginant qu'il a tué son otage ou alors que celui-ci s'est enfui. Il réunit tous les trésors d'éloquence dont il est capable, bénissant le ciel qui a fait de lui un truand sachant s'exprimer... Carole, dans ses répliques, exprime toujours son désespoir, sa volonté d'en finir. Mais est-ce une impression ? il semble que sa détermination faiblit... Il y a un inquiétant remue-ménage du côté du commissaire Brunel. Cette fois, on ne peut plus attendre, sinon, ça va être l'assaut et le carnage. Il attrape Carole par le bras.

– Allez, on y va ! Passe devant !

– Laissez-moi, j'ai peur !

– Ah, enfin ! Tu es raisonnable !...

Et, quelques instants plus tard, Patrick Bénoni sort de l'immeuble en se faisant un bouclier de la jeune fille, qui tremble de tous ses membres et pousse des cris déchirants. La prise d'otage a fini par reprendre une allure normale.

Patrick Bénoni sort en direction de sa voiture. Il crie à l'adresse du commissaire Brunel et de ses hommes :

– Restez où vous êtes ! A la moindre blague, je tire !

Carole est complètement terrorisée.

– Écoutez-le, je vous en supplie, sans quoi il va me tuer !

De son poste, le commissaire Brunel lance des ordres brefs.

– Laissez-le partir. Je ne veux aucune initiative individuelle...

Toujours en poussant la jeune femme devant lui, Patrick Bénoni s'engouffre dans la 205 et démarre en trombe... La suite se passe en quelques secondes. Avec un sang-froid surprenant, Carole a ouvert la portière et s'est laissée tomber en roulé-boulé...

Totalement pris de court, son compagnon perd le contrôle du véhicule. Lorsqu'il se ressaisit, c'est trop tard : une voiture de police lui barre la route. Il la percute, tente de forcer le passage, mais des coups de feu éclatent et il s'écroule au volant... Le commissaire Brunel se précipite. Il n'y a plus rien à faire : il a été tué d'au moins deux balles dans la tête... Brunel se dirige alors vers la jeune femme, qui se relève apparemment sans mal.

– Ça va ? Vous n'avez rien de grave ?

Carole le regarde. Malgré l'épreuve qu'elle vient de traverser, elle semble étrangement maîtresse d'elle-même.

– Ça ira, merci...

– Je tiens à vous féliciter. J'ai rarement vu quelqu'un faire preuve d'une telle présence d'esprit...

La jeune femme a un demi-sourire et répond, sans presque s'en rendre compte :

– J'avais envie de vivre !...

Le troisième enfant

Philippe Prévost, quarante ans, consacre une bonne part de ses loisirs à la pêche en eau douce ; et puisque la Charente traverse son village de Romsac, c'est dans ce cours d'eau qu'il vient souvent mouiller ses lignes.

En cette fin d'après-midi d'août 1994, il a ancré sa barque dans une anse abritée, juste en aval du Pas-du-Diable. Pourquoi ce nom ? Parce que le lit de la rivière, entre la berge et un îlot, s'y trouve barré par une digue de pierres ; cela provoque une chute d'eau de près d'un mètre, suivie de tourbillons et de courants mauvais... Un endroit dangereux, le Pas-du-Diable.

Soudain, vers 18 heures, à travers le bruit du remous, le pêcheur perçoit l'écho de rires d'enfants ; il tourne la tête vers la rive, un peu plus haut : « Voilà des gamins, soupire-t-il. Finie la tranquillité... » Cependant il ne peut s'empêcher de sourire, à la vue de l'excitation joyeuse du petit groupe. « Une colo, ou quelque chose de ce genre... »

Précisément, il s'agit d'un groupe d'enfants de la région parisienne, en colonie de vacances près de Cognac. Ils ont tous entre six et dix ans : ils sont énervés, ils ont chaud, et la proximité rafraîchissante de l'eau ne semble pas les apaiser.

– On se calme, les affreux ! Et défense de se mettre à l'eau, d'accord ?

L'interdiction émane d'Alexandre, un grand garçon de dix-neuf ans, étudiant en médecine. C'est sa deuxième année de monitorat et il maîtrise la situation : sa stature (un mètre quatre-vingt-dix), son charisme et sa gentillesse lui confèrent un ascendant naturel sur les enfants ; il n'a donc aucun mal à s'imposer. On ne peut pas en dire autant de Julie, la jeune femme qui l'assiste pour encadrer les douze enfants. Fragile et taciturne, Julie prend facilement fait et cause pour la petite bande :

– Tu es sûr qu'on ne peut pas les laisser barboter un moment ?

– Non, répond Alexandre. Trop dangereux. On n'est pas équipés, on n'a même pas de gilets de sauvetage.

– C'est dommage... L'eau a l'air si bonne, si fraîche...

– Je sais...

Et après un silence :

– On va trouver un autre moyen de les en faire profiter.

Dans sa barque, Prévost le pêcheur s'impatiente : non seulement les enfants n'ont pas l'air de vouloir s'éloigner, mais ils s'attardent au bord de l'eau. Certains jettent des pierres dans la rivière ; « Ils vont me faire fuir les poissons », pense le pêcheur, en essayant de se concentrer sur les bouchons de couleur flottant à la surface.

– Mais qu'est-ce qu'ils font, maintenant ?

Avec surprise, Philippe Prévost constate que les enfants, soudain calmés, se sont regroupés au bout du barrage, et qu'ils se disposent en file indienne.

– Ils ne vont tout de même pas se baigner là !

Intrigué par la manœuvre, le pêcheur se met debout dans sa barque, et porte une main à son front pour s'en faire une visière. C'est alors qu'il comprend ce qui se trame quelques dizaines de mètres plus haut : la petite troupe est à présent pieds nus, et ceux qui portent des pantalons les ont retroussés le plus haut possible. Le jeune homme de haute taille a pris la tête de la colonne, et d'un pas plutôt assuré, il s'engage sur la tête immergée du barrage.

– Ils sont complètement fous, dit tout haut le pêcheur. Ils n'arriveront jamais jusqu'à l'île !

– Regardez bien où vous mettez les pieds ! conseille Alexandre.

Lui a de l'eau jusqu'à mi-mollet ; les enfants jusqu'à mi-cuisse.

– Ça glisse, fait remarquer une petite fille.

– Justement. Il faut faire bien attention.

Un à un, tous les enfants se sont engagés sur le muret, dont on devine le sommet sous le rideau filant de la surface. Les grandes pierres plates sur lesquelles ils avancent sont polies comme des glaces, lissées par des décennies de courant – pire : elles sont recouvertes d'une pellicule d'algues visqueuses, ce qui les rend plus glissantes encore.

– Ça glisse drôlement, insiste un petit garçon, en queue de colonne.

Julie ferme la marche :

– Tu n'es jamais content, répond-elle. Pense aux belles fleurs qu'on va cueillir sur l'île !

Philippe Prévost a complètement oublié ses lignes et ses bouchons. Figé, crispé, il observe la progression de la file d'enfants. La plupart d'entre eux paraissent en difficulté. Ils n'avancent qu'à petits pas, battant l'air avec leurs bras pour se maintenir en équilibre. Leurs rires, apparemment forcés, couvrent le bruissement des eaux... Le pêcheur retient sa respiration ; la tête de la file a déjà parcouru la moitié du trajet.

– Ça y est !

C'était écrit : un enfant perd tout à coup l'équilibre et entraîne plusieurs camarades dans sa chute. Ils sont cinq à glisser ensemble, et à tomber dans le remous où se perdent leurs cris de frayeur. Les enfants se débattent un moment dans les tourbillons, mais le mouvement de l'eau les attire vers le fond – c'est le phénomène du « tambour de machine à laver », bien connu des habitués des rivières. Heureusement, deux des enfants ont été rejetés un peu à l'écart du remous, ce qui leur permet de se maintenir à la surface. Le courant les entraîne alors en aval, vers un endroit semé de grosses pierres auxquelles ils s'accrochent de leur mieux.

– Tenez bon, les gamins, j'arrive !...

Philippe Prévost donne du mou à la corde d'ancrage, et laisse dériver sa barque dans leur direction. Les deux enfants, un garçon et une fille qui se révéleront être frère et sœur, se trouvent dans un endroit peu profond. Le pêcheur le sait et, en arrivant à leur hauteur, il saute à l'eau. Mais à peine a-t-il le temps de hisser le petit garçon dans la barque que sa sœur, paniquée, s'agrippe à son bras et s'y cramponne. Un instant déséquilibré, l'homme laisse la barque continuer sur quelques mètres, avant de rattraper la corde pour la stabiliser. Et le voilà coincé dans cette posture, une fillette pendue à un bras, et à l'autre, la corde retenant la barque et le naufragé...

Trois enfants sont encore à l'eau. Aussitôt après la chute, Alexandre, le moniteur, a plongé pour leur porter secours. Le jeune homme est sportif, c'est un bon nageur, et il ne tarde pas à rejoindre les eaux agitées où les trois enfants se débattent. Il attrape le premier qui se présente et, lui maintenant la tête hors de l'eau, le ramène à la nage vers la rive. De son côté, Julie a bien réagi ; voyant plonger Alexandre, elle a ordonné au reste de la colonne de faire demi-tour. Et elle se trouve déjà sur la rive pour accueillir le premier rescapé.

– Il faut prévenir les secours, lui crie Alexandre en sortant de l'eau.

– C'est fait, dit-elle. J'ai envoyé Olivier et Martin !

Sans perdre une seconde, Alexandre se rejette à l'eau, et nage à nouveau vers le lieu du drame. Cette fois, les deux enfants ont disparu de la surface. Le jeune homme plonge ; il reste un moment sous l'eau, puis refait surface, essoufflé et crachant, serrant contre lui une petite fille visiblement évanouie. Sur la berge, Julie va s'occuper d'elle avec effusion ; elle la frictionne, la masse, l'aide à cracher l'eau qu'elle a ingurgitée.

– Alexandre...

Mais il est à l'eau de nouveau. Prenant, tout en nageant, de grandes inspirations, il disparaît dans les tourbillons, refait surface, plonge, replonge, et plonge encore.

– Alexandre !

Julie le sait : son collègue ne sortira pas de l'eau avant d'avoir ramené, mort ou vif, le corps du troisième enfant. Pourtant, il est à bout de forces, chaque plongée lui coûte davantage ; ses gestes sont désormais saccadés, sa respiration n'est plus qu'un halètement. Depuis la rive, Julie se fait implorante :

– Alexandre, arrête un moment ! Tu es à bout de forces, c'est trop dangereux !

– Non ! Je retrouverai le troisième ! Il le faut ! Tu comprends ?

Le jeune homme est épuisé, et le remous couvre bientôt sa voix.

Un peu plus bas sur la rive, un garçonnet ruisselant, tremblant, observe la scène. Il est pâle et ne dit mot. Les yeux rivés dans la direction du barrage, il espère, comme tout le monde, que son moniteur va parvenir à tirer des eaux le corps du « troisième enfant ». Là-bas, Alexandre refait surface, une fois de plus, pour reprendre un peu d'air neuf avant de plonger de plus belle.

– Qu'est-ce que tu fais là, toi ?

Prévost le pêcheur observe le petit garçon ruisselant avec un drôle de regard. Il repose sa question autrement :

– Mais qui es-tu, petit ? Tu es tombé à l'eau, toi aussi ?

– C'est Renaud, dit la fillette cramponnée au bras du pêcheur. Il est tombé en même temps que mon frère et moi...

– Mais alors...

Ouvrant grand la bouche, grand les yeux, Philippe Prévost comprend tout le tragique de la situation. Il crie de toutes ses forces :

– Il est là ! Ne cherchez plus, le troisième est là ! Le troisième enfant est sain et sauf, vous m'entendez ?

Non, Alexandre n'entend plus. Dans un dernier sursaut désespéré, il vient de plonger dans le remous. Et cette fois, il ne reviendra pas à la surface. Ce sont les pompiers qui repêcheront son corps, son corps inerte d'avoir tant lutté ; mais ce sera beaucoup plus tard dans la soirée.

– Alexandre est mort pour rien, diront les enfants en pleurant.

– Non, leur répondra Julie, en retenant ses larmes. Nous, nous savons, mais lui ne savait pas... Il est donc mort pour essayer de sauver un enfant, un gamin dont il avait la charge. Et ça, ce n'est pas rien, croyez-moi.

Une deuxième naissance

Dimanche 15 janvier 1984. Vence Varosky promène son petit Jerry, quatre ans, dans un grand parc en bordure du lac Michigan. Les hivers sont rigoureux à Chicago, et une épaisse couche de neige recouvre le paysage. C'est idéal pour faire de la luge, et le petit garçon ne s'en prive pas ; avec des cris aigus et des rires de bonheur, il dévale les pentes tandis que son papa retient quand même la luge au moyen d'une corde.

Mais cette fois, le traîneau a trop bien glissé ; Vence a laissé la corde lui échapper des mains, le petit Jerry est tombé dans la neige, et la luge est allée à moitié s'enfoncer dans le lac, trouant la bordure de glace avec un bruit mat.

– Oh ! fait Jerry en ouvrant de grands yeux.

– Tu ne t'es pas fait mal ? demande son père en époussetant la neige sur l'anorak rouge du petit garçon.

– Papa, la luge ! répond simplement Jerry.

Vence Varosky descend tranquillement la pente et s'approche du bord du lac ; il s'y penche le plus possible pour essayer d'atteindre la luge ; il se contorsionne même un peu pour assurer sa prise. Mais au moment où il s'apprête à récupérer le traîneau, un craquement sur sa gauche le fige d'horreur. Le cœur serré par l'angoisse, Vence a juste le temps d'apercevoir le rouge de l'anorak : son fils, son petit Jerry, était monté sur la glace, et il vient d'en traverser la surface et de couler à pic dans l'eau gelée.

– Jerry !

Affolé par ce qu'il vient de voir, Vence ne perd pas une

seconde. Sans doute poussé par l'instinct, il plonge à son tour pour aller repêcher son enfant. Seulement il comprend très vite que tout effort est vain : les eaux sont noires et profondes, même si près du bord ; surtout elles sont extrêmement froides, et Vence n'a aucune chance de sauver son petit garçon. En quelques secondes, le froid s'est emparé de lui, le meurtrissant en profondeur et rendant tous ses os douloureux. Jamais il ne pourra s'en sortir seul.

– Au secours ! lance-t-il d'une voix sourde. A l'aide !

Tout près de là, des skieurs de fond sont en train de s'entraîner ; par chance, l'un d'eux entend les appels de Vence et se précipite vers le bord du lac pour lui prêter main-forte. Il lui tend son bâton de ski :

– Accrochez-vous à ça, lance-t-il. Allez-y, tenez bon !

Sans conviction, Vence tend le bras vers le bâton ; mais le froid a déjà engourdi ses membres ; ses forces le quittent. Surtout, la disparition de Jerry lui a retiré l'envie de survivre ; sa seule ambition, maintenant, ce serait de couler à son tour et d'aller rejoindre son enfant au fond des eaux glacées.

– Cramponnez-vous, bon sang !

Autour de la scène, les secours s'organisent. Les autres skieurs, alertés par leur camarade, ont fini par alerter une voiture de police qui a prévenu les pompiers du secteur. Et avec une rapidité surprenante, les sauveteurs investissent bientôt les lieux de leurs échelles, câbles et grappins. En quelques minutes, un système de treuil est mis en place, à l'aide d'une grande échelle placée en surplomb de Vence. Un pompier parvient à lui passer un filin sous les bras et, en moins d'un quart d'heure, presque malgré lui, le malheureux est hors de danger. Vence, bleu et frissonnant, est emmené en toute hâte vers une ambulance pour être frictionné et progressivement réchauffé. Dès qu'il retrouve ses esprits, il repousse avec violence la couverture thermique :

– Mon fils ! crie-t-il d'une voix très sourde, à fendre l'âme. Mon fils est en dessous !

– Où ça ? Où est-il ?

– Dans l'eau ! Il a coulé ! gémit le père effondré.

Cette fois, ce sont les hommes-grenouilles qui vont devoir entrer en action. Sans illusion d'ailleurs : les opérations de sauvetage de Vence Varosky ont duré vingt bonnes minutes, et l'on peut conclure que l'enfant est immergé dans l'eau gelée depuis près d'une demi-heure. Quand on sait qu'un être humain ne survit pas sous l'eau au-delà de trois minutes...

– Mon fils... Mon Jerry..., se lamente le pauvre Vence.

Sans attendre la suite des opérations, on l'installe de force dans l'ambulance, direction le White Memorial Hospital. Les tranquillisants qui lui ont été administrés font bientôt leur effet, et quand Vence revient à lui, il est couché dans un lit.

En quelques secondes, avec la brutalité d'une douleur physique, les souvenirs du drame submergent son esprit.

– Jerry! soupire-t-il. Jerry, pourquoi as-tu fait ça?

– Calmez-vous, dit aussitôt l'infirmière à son chevet.

Vence ne lui prête aucune attention. Comment accepter de vivre à présent? Et que dire à Anna, sa femme? « Chérie, j'ai laissé notre enfant mourir par ma négligence... »?

– Jerry, murmure Vence. Jerry, tu ne devais pas mourir...

– Calmez-vous, insiste l'infirmière.

Et elle ajoute :

– Votre petit garçon est toujours en vie.

Cette phrase fait à Vence l'effet d'un électrochoc :

– En vie? Jerry est en vie?

L'infirmière lui explique alors ce qui s'est passé : les hommes-grenouilles ont très vite retrouvé le petit corps au fond de l'eau et l'ont sorti en moins de deux minutes. Le médecin présent sur place a dû constater, évidemment, que le cœur ne battait plus. Cependant, l'équipe médicale a entrepris les secours habituels aux noyés et, à la stupéfaction générale, sur le trajet menant à l'hôpital, les battements du cœur ont repris, quoique très doucement.

Vence n'en croit pas ses oreilles :

– Mais... Comment est-ce possible?

– C'est à cause du froid, poursuit l'infirmière, imperturbable.

A des températures aussi basses, le rythme organique se ralentit énormément, et seuls les organes vitaux sont irrigués. Ainsi le cerveau peut rester beaucoup plus longtemps en vie qu'à température normale. Figurez-vous que votre Jerry est resté trente minutes sous l'eau et qu'il respire encore !

– Où est-il ? Je veux le voir !

– Je vous y conduirai dans un moment si vous êtes raisonnable, dit l'infirmière. Votre épouse est déjà à son chevet.

Une heure plus tard, Vence Varosky tombe dans les bras de sa femme, puis, les yeux pleins de larmes, s'approche de son petit garçon, placé sous respiration artificielle.

– Il va vivre ? demande-t-il au médecin impassible, de l'autre côté du lit.

L'homme hoche simplement la tête pour faire signe que oui.

– Je n'arrive pas à y croire, murmure Vence. C'est plus beau que tout ce que j'aurais pu imaginer. Mais... pourquoi ne bouge-t-il pas ?

C'est Anna qui répond :

– Les médecins l'ont placé en coma artificiel. Ils ne veulent le ramener à la conscience que très progressivement, pour ménager son cœur. Les battements sont encore très lents. Regarde !

Et elle désigne à son mari l'écran de l'appareil indiquant le rythme cardiaque de Jerry.

– Parle-lui, dit-elle. Vas-y, parle-lui !

Vence s'approche de son fils, et le contemple de près.

– Jerry, dit-il. Ça va, bout de chou ?

A sa stupéfaction, l'écran de l'électrocardiogramme s'anime un peu : les battements sont plus marqués, Vence jette au médecin un regard incrédule :

– Oui, dit l'homme en blanc, il vous a reconnu.

Le lendemain, le chef de service reçoit Vence et Anna dans son bureau.

– Nous sommes assez confiants, leur dit-il. Je ne vous cache pas que les opérations de réanimation ont été particulièrement délicates. L'hibernation a été longue. Nous avons dû ne réchauffer votre fils que très progressivement, et maintenant nous le maintenons en hibernation chimique pour prévenir tout risque d'attaque cardiaque. Mais ça se passe plutôt bien, et je suis en mesure de vous dire que votre Jerry est à présent hors de danger.

Les parents restent bouche bée, puis ils s'embrassent, très émus. Anna pose cependant la question fatidique :

– Va-t-il garder des séquelles, docteur ?

– Non, je ne pense pas. Simplement, il lui faudra réapprendre à parler, à se mouvoir, à manger. Comprenez-moi : pour Jerry, c'est un peu une seconde naissance.

« Une seconde naissance ! » Vence prend l'expression de plein fouet ; elle correspond si bien à la réalité. Une seconde naissance plus belle encore, plus forte que la première !

Quelques jours plus tard, quand il rejoint, comme chaque soir, sa femme au chevet du petit garçon, Anna paraît bouleversée.

– Que se passe-t-il ?

– Tout à l'heure, dit-elle, il m'a regardée.

– Il t'a reconnue ?

Au même moment, le petit garçon frissonne ; ses paupières tremblent ; il ouvre les yeux et rencontre le regard sidéré de son père.

Et ce que Vence découvre dans ce regard ne tromperait aucun père ; non seulement son fils l'a reconnu, mais il semble dire : « Ne t'inquiète pas, tout va bien, je suis toujours là... »

Deux heures plus tard, quand ses parents quitteront sa chambre, heureux, le petit Jerry trouvera même la force de murmurer, certes très faiblement :

– Au revoir !

Aujourd'hui, Jerry a dix-sept ans. C'est un beau garçon auquel tous les espoirs sont permis. Mais quand on lui demande son âge, il lui arrive de répondre :

– Lequel ? Le vrai ou le faux ?

Et il ajoute :

– Parce que moi, vous savez, je suis né deux fois.

Le dingo

Imaginez un décor digne d'un autre monde : un désert grand comme la France, une étendue désolée et accidentée, avec, au milieu, un énorme monolithe rouge issu des profondeurs de la terre. Nous sommes au cœur du désert central australien, dans le site d'Ayers Rock, un des paysages les plus étonnants de la planète et un lieu sacré pour les aborigènes. C'est aussi une des principales attractions touristiques d'Australie, qui, malgré les difficultés d'accès et l'hostilité du milieu, attire par milliers les visiteurs.

Au nombre des facteurs hostiles figure la présence de nombreux dingos. Le dingo, bien mal connu chez nous, est une sorte de chien jaune qui n'existe qu'en Australie. S'il appartient au chien par l'espèce, son comportement est plus proche de celui du loup. Il hurle, mais n'aboie pas et chasse en horde, occasionnant d'importants dommages aux élevages de moutons.

Le dingo, c'est un nom qui ne fait pas sérieux, qui fait rire même. Et bien avec le dingo qui est au centre de cette histoire, on va tout de suite découvrir qu'il n'y a pas de quoi rire.

Tout commence dans la soirée du 17 août 1980. Il fait froid, très froid, même, car, dans cette partie du monde, c'est le plein hiver. Cela n'a pas empêché la famille Chambers de s'installer pour camper, non loin de l'immense pierre rouge d'Ayers Rock. Il y a là John, trente-six ans, pasteur de son état, son épouse

Meryl, trente-deux ans, sans profession, et leurs enfants : Adrian, sept ans, Ronald, quatre ans et enfin Annabella, la petite dernière, neuf mois. Les Chambers ne sont d'ailleurs pas les seuls à braver la rigueur de la nuit, il y a beaucoup d'autres campeurs. Ce qui va suivre aura donc des dizaines de témoins...

Les Chambers ont allumé un feu de camp. Leurs deux garçons, Adrian et Ronald, se réchauffent près des flammes. Pendant ce temps, les parents, Meryl et John, sont allés mettre au lit sous la tente la petite Annabella. Soudain un cri déchire la nuit. C'est la voix de Meryl :

– Au secours, un dingo a pris mon bébé!

Les touristes les plus proches accourent affolés.

– Qu'est-ce qui s'est passé?

La jeune mère tremble de tout son corps.

– Un dingo... Je faisais faire quelques pas à ma fille. Il a bondi, il a emporté la petite dans sa gueule et il a disparu.

– Par où est-il parti?

– Je ne sais pas. Il est sorti de la nuit et il y est rentré. On aurait dit un diable...

Tous ceux qui sont là sautent dans leur voiture et se mettent à explorer les environs. Les faisceaux blancs des phares dessinent une sorte de ballet lumineux autour du rocher rouge. C'est Meryl qui a pris le volant de la voiture des Chambers et qui dirige les recherches avec une autorité remarquable. A ses côtés, au contraire, John, son mari, est totalement prostré. Il n'a pratiquement pas prononcé une parole depuis le drame...

Au matin, lorsque toutes les voitures reviennent bredouilles de leur équipée, Meryl Chambers conclut :

– On ne la retrouvera pas...

Elle a dit cela d'un ton définitif, presque tranchant. On essaie de la réconforter.

– La police va arriver. Elle a des moyens bien plus importants : des jeeps, des hélicoptères...

Mais Meryl secoue la tête, l'air fermé :

– On ne la retrouvera pas...

Et, effectivement, malgré les moyens mis en œuvre, qui mobilisent non seulement la police, mais l'armée, on ne retrouve pas le bébé. Au bout de dix jours, les recherches sont abandonnées : compte tenu des conditions climatiques qui règnent dans la région, il est malheureusement évident qu'on ne retrouvera jamais la petite Annabella Chambers...

Pendant ce temps, ses parents sont entendus à Alice Springs, la grande ville du centre de l'Australie, dont dépend le désert. C'est l'officier de district Floyd Roberts qui est en charge de l'affaire et, très rapidement, sa conviction est faite : il a en face de lui non pas un père et une mère éplorés, mais des assassins. Il est sûr que le dingo est une légende et que ce sont John et Meryl qui ont tué leur fille.

Pourquoi ? Comment a-t-il pu d'emblée se rallier à une hypothèse aussi monstrueuse ? Il y a à cela deux raisons. D'abord, John Chambers est pasteur, mais pas de n'importe quelle religion : il est pasteur de l'Église adventiste du Septième Jour, une branche dissidente du protestantisme, mi-secte, mi-Église, comme il en existe tant dans les pays anglo-saxons ; mais celle-ci est très mal vue en Australie. On l'accuse de se livrer à des pratiques sataniques.

La seconde raison tient à la mère. Son attitude dure, sa conclusion glaciale à l'issue des recherches ont été remarquées par tous les témoins. A aucun moment elle n'a donné l'image d'une mère bouleversée. Tout cela se résume en une phrase qui revient dans les dépositions devant l'officier de district Roberts : « Elle n'a pas pleuré !... »

Ce n'est quand même pas suffisant... En admettant que Meryl et John Chambers aient sacrifié leur fille à Satan (puisque c'est de cela qu'il s'agirait), pourquoi l'auraient-ils fait à Ayers Rock, au milieu de dizaines d'autres campeurs, en public pour ainsi dire, et non pas chez eux, dans des circonstances qui auraient pu passer pour accidentelles ?... Eh bien à cause de la pierre rouge, précisément : parce que ce lieu est vénéré depuis la nuit des temps par les aborigènes, parce que, de toute l'Australie, c'est le plus chargé de mystère, le plus mystique et – si on veut bien oser le mot – le plus satanique...

Ce mot, la presse australienne ne se prive pas de le prononcer. Car l'affaire du dingo soulève une immense émotion dans l'opinion. Ce n'est pas seulement l'officier de district Roberts, mais le pays tout entier qui accuse les parents. Ou plutôt la mère, Meryl. Elle est la cible d'une campagne d'une rare violence. Compte tenu de son caractère et de celui de son mari, il est évident que c'est elle qui a commis le geste meurtrier. Tout cela est dit et redit, sous le même titre, qui revient comme un leitmotiv : « Elle n'a pas pleuré... »

1er septembre 1980. Quinze jours se sont écoulés depuis le drame, lorsque se produit un rebondissement capital : un promeneur retrouve, près d'un terrier de dingos des environs d'Ayers Rock, le pyjama taché de sang, ainsi que le maillot et la couche d'Annabella.

On peut penser que cet élément, qui confirme entièrement leur version, va innocenter Meryl Chambers et son mari : bien au contraire ! L'officier de district Floyd Roberts, relayé par l'opinion publique unanime, en fait une preuve accablante. Car le pyjama ne porte des traces de sang qu'autour du cou. Un dingo emportant l'enfant dans sa gueule aurait laissé du sang partout. Cela indique bien que l'enfant a été égorgée lors d'un sacrifice...

Les questions pleuvent sur Meryl, qui est maintenant l'accusée principale, pour ne pas dire la seule.

– Pourquoi n'y a-t-il du sang qu'autour du cou ?

– Parce qu'Annabella portait un gilet par-dessus. C'est pour cela que le sang n'a pas taché le reste du pyjama.

– A quoi ressemble-t-il, ce gilet ?

– Il est rayé vert et blanc.

– Et pourquoi ne l'a-t-on pas retrouvé avec le reste ?

– Je n'en sais rien... Mais les vêtements d'Annabella, on les a bien découverts devant le terrier d'un dingo.

– C'est vous qui les y avez mis.

– Quand ? Comment ?

– La nuit après le crime...

– Je n'ai pas quitté les autres campeurs pendant toutes les recherches...

– C'est vous qui avez égorgé votre fille !
– Avec quoi ?
– Les ciseaux qu'on a retrouvés dans vos affaires.
– Il n'y avait pas de sang dessus.
– Vous les avez lavés.
– Quand ? Comment ?
– La nuit après votre crime... Avouez !

Il n'y a rien à faire. Les réponses de Meryl Chambers sont toutes plausibles, elles sont même inattaquables. Mais justement : la jeune femme se défend avec précision, détermination, lucidité, un peu comme le ferait un avocat. Et, pour tout le monde, c'est une preuve de sa culpabilité. Une mère qui vient de perdre son enfant ne se comporterait pas de cette manière ; elle serait désorientée, désemparée, elle aurait un cri du cœur.... Pas de doute, Meryl Chambers a tué Annabella !

C'est cette thèse qu'adopte le jury d'accusation, à l'encontre d'ailleurs de la seule Meryl, John Chambers étant mis définitivement hors de cause.

C'est un procès terrible qui a lieu, début 1983, à Alice Springs. Meryl, accusée du crime le plus affreux qui soit, l'infanticide, est enceinte de huit mois, mais cela ne désarme ni la haine ni l'acharnement contre elle. Dans un geste pathétique, le procureur brandit la paire de ciseaux avec laquelle elle aurait tranché la gorge de sa fille. Les témoins du drame se succèdent pour l'accabler. Leurs dépositions pourraient se résumer en une seule phrase : « Elle n'a pas pleuré... »

Quant à Meryl, elle n'a pas changé. Sa grossesse avancée ne lui a rien fait perdre de sa combativité. Elle est tantôt véhémente, tantôt ironique, toujours maîtresse d'elle-même. Elle sait très bien que cette attitude la dessert, mais elle s'en moque. Et c'est avec un visage impassible qu'elle accueille le verdict : coupable, prison à vie...

Elle n'est pas tout de suite incarcérée. Elle va deux semaines à l'hôpital, le temps de mettre au monde une fille, Cindy. Puis commence la détention, et pour elle, c'est le véritable début du cauchemar. Car la haine qu'elle a suscitée dans l'opinion, elle la retrouve en prison. Elle est affectée aux travaux les plus durs, elle est le souffre-douleur des autres détenues, pour qui elle est non seulement une mère criminelle, mais une mère criminelle sans remords... Ce calvaire dure trois ans. Et c'est, de la manière la plus inattendue, le malheur d'un inconnu qui va y mettre fin...

En ce début février 1986, Philip MacGregor, vingt-cinq ans, a décidé de faire une excursion dans les environs d'Ayers Rock. Il est seul, alors qu'il est recommandé d'être en groupe pour s'aventurer dans ces régions. Il a jugé superflu de mettre l'équipement approprié : il est en jogging et baskets. Son imprudence lui est, hélas, fatale : il fait une chute mortelle dans un ravin...

Lorsque, trois jours plus tard, les sauveteurs, au prix de mille difficultés, récupèrent son corps, ils ramènent aussi un morceau d'étoffe, qui gisait un peu plus loin. Oh ! il n'est pas bien grand. Il est même tout petit puisqu'il allait à un enfant de neuf mois... C'est un gilet rayé vert et blanc, sur lequel s'étalent de larges taches brunâtres et où sont nettement visibles des traces de crocs. C'est le gilet d'Annabella, tel que Meryl l'avait décrit...

On va rechercher les vêtements de la petite disparue, conservés aux archives : ils sont de la même taille. C'est bien un dingo qui fut la cause du drame. Meryl Chambers avait dit la vérité depuis le début, mais on ne l'avait pas crue parce qu'« elle n'avait pas pleuré... »

Libérée sur-le-champ, Meryl a été innocentée le 15 septembre 1988, à l'issue d'un nouveau procès. Elle a dû par la suite engager de longues procédures judiciaires pour se faire indemniser. Mais qu'importe les millions de dollars qu'elle a touchés en dédommagement : ils ne remplaceront jamais sa fille disparue. Car elle aimait Annabella, même si, par pudeur, elle n'a pas voulu l'exprimer en public.

Il y a un proverbe tout simple qui dit : « Les grandes douleurs sont muettes. » Avant d'accuser certaines personnes, il ne serait pas inutile de s'en souvenir...

Le docteur Miracle

Un événement peut avoir des conséquences tout à fait différentes selon le lieu où il se produit. Si vous avez une crise d'appendicite chez vous, on vous transportera à l'hôpital et vous en serez quitte pour quelques jours d'immobilisation. Si cela vous arrive au cœur d'une forêt vierge, ce ne sera pas tout à fait aussi anodin...

De même en avion. Ce qui, sur terre, relèverait de la routine peut devenir un véritable drame... Inutile, pourtant, de vous alarmer outre mesure, si vous vous apprêtez à prendre ce moyen de transport. Ce qui est arrivé ce 20 mai est, paraît-il, unique dans l'histoire de l'aviation.

Samedi 20 mai 1995, 21 heures... Petula Dundee, trente-neuf ans, se prépare à quitter Hong Kong pour rentrer à Aberdeen, en Écosse, où elle habite. Mariée, mère de trois enfants, Petula Dundee est le type même de la femme dynamique et moderne. Elle représente une marque de whisky pour l'Extrême-Orient et elle est, de ce fait, habituée aux voyages lointains. Elle prend l'avion comme d'autres le métro. Le décalage horaire est devenu pour elle une routine, qu'elle supporte sans s'en rendre compte.

Il faut dire que Petula Dundee a une constitution physique à toute épreuve. C'est une sportive, ancienne championne d'équitation, qui continue à pratiquer ce sport. Cela ne l'empêche pas d'être très féminine, avec un type de beauté plutôt rare en Écosse, genre brune piquante. Malgré les contraintes de son métier, elle se consacre de son mieux à son mari, qui bénéficie, lui aussi, d'une excellente situation, et à ses enfants. Bref, Petula Dundee n'a eu que des motifs de satisfaction dans l'existence, jusqu'à ce 20 mai 1995...

– Hep, taxi !

Un véhicule s'arrête devant elle. Ce n'est pas exactement un taxi que Petula vient de héler, mais un moto-taxi, sorte de version moderne du pousse-pousse, comme il en existe à Hong Kong, avec une moto devant et une remorque bâchée derrière. Bien sûr, la jeune femme aurait les moyens de prendre une voiture véritable, mais elle aime ces engins amusants qui se faufilent avec virtuosité dans la circulation, un peu comme des chevaux dans une campagne accidentée.

– A l'aéroport, s'il vous plaît. Je suis assez pressée...

Refusant l'aide du conducteur, elle monte seule dans la remorque, avec sa petite valise (car elle voyage toujours léger), et la voilà partie dans les rues de la grande ville chinoise.

Il pleut, ce 20 mai, mais sur son engin, le conducteur n'en tient aucun compte. Il fait des slaloms entre les files de véhicules, il prend ses virages à la limite du dérapage ; si ses collègues sont des virtuoses, lui serait plutôt du genre kamikaze. Petula Dundee a beau aimer les sensations fortes, elle commence à regretter de lui avoir dit qu'elle était pressée...

Les chaussées de Hong Kong sont vraiment glissantes ce soir-là et l'inévitable se produit... Le motocycliste freine violemment pour éviter un camion qui débouche à un croisement, et l'attelage se renverse. Lui-même n'a rien mais sa passagère se relève péniblement. Elle est tout étourdie.

– Ça va, madame ?...

Petula est encore sous le choc. Elle se passe les mains sur le corps. Apparemment, elle n'a rien... Ah, si : elle souffre du bras droit. Il n'est sans doute pas cassé, mais elle doit avoir quelque chose, un muscle froissé, une foulure. Un attroupement s'est formé. Un policier s'approche d'elle.

– Voulez-vous que j'appelle une ambulance, madame ?

Petula Dundee fait « non » de la tête. Pas question d'une consultation médicale, d'examens, qui lui feraient rater son avion : il décolle à 22 h 30. Elle n'est pas douillette. Plus d'une fois elle est remontée tout de suite en selle après une chute de cheval. Il sera toujours temps d'aviser quand elle sera à Aberdeen...

– Merci. Ça va aller...

Et, serrant les dents, elle remonte dans son moto-taxi...

22 h 30 : l'avion régulier entre Hong Kong et Londres est parti juste à l'heure. Sur son siège, Petula Dundee se laisse enfin aller. Après toutes ces émotions, elle va pouvoir souffler un peu. Peut-être dormir. Elle dort facilement en avion. C'est pour cela qu'elle supporte si facilement le décalage horaire. Elle ferme les yeux...

Mais elle les ouvre au bout de quelques minutes seulement. Sa douleur au bras droit, qui était jusque-là seulement lancinante, devient insupportable. Elle y jette un regard et s'aperçoit qu'il est tout rouge et enfle à vue d'œil. Elle alerte l'hôtesse, qui prend la chose très au sérieux et disparaît aussitôt vers la cabine de pilotage... Quelques instants plus tard, elle entend l'annonce fatidique de la bouche même du commandant :

– Y a-t-il un médecin dans l'avion ?

Oui, il y a un médecin. Il y en a même deux, que l'hôtesse conduit devant le siège de Petula Dundee. Le premier, Angus Wallace, la cinquantaine, est un grand professeur : il est orthopédiste au Queens Hospital de Nottingham ; le second, Tom Wong, citoyen de Hong Kong, vingt-cinq ans, vient juste d'avoir son doctorat. Ils examinent Petula et établissent aussitôt un diagnostic concordant : fracture du bras droit.

Le docteur Wallace se charge de confectionner une attelle de fortune, ce qui, pour le spécialiste qu'il est, ne pose aucun problème. Petula est confuse :

– Docteur, je vous donne du souci pour rien.

– Je ne fais que mon devoir, madame. La fracture me semble sans gravité, mais il faudra faire des radios dès votre arrivée à Londres et vous faire poser un plâtre.

1 heure du matin. Il y a plus de deux heures que le Boeing a

quitté Hong Kong. C'est alors que Petula Dundee se sent brusquement très mal. Ce n'est pas son bras, c'est tout autre chose. Elle appelle de nouveau l'hôtesse. Elle est blême. Elle porte la main à son cœur. Elle halète :

– Ma poitrine... Je ne peux plus respirer...

Alertés par l'hôtesse, les deux médecins reviennent. Ils l'auscultent, puis s'éloignent pour échanger leurs impressions. Encore une fois leur diagnostic est identique et il est terrible : collapsus pulmonaire. En clair, cela signifie que les contusions internes dues à la chute ont entraîné la formation d'une poche d'air et de sang écrasant un poumon et l'empêchant de se gonfler. L'altitude de l'avion augmente l'intensité du phénomène et la jeune femme peut mourir d'un instant à l'autre.

Immédiatement prévenu, le commandant de bord a laissé les commandes à son second et a rejoint les médecins. Le docteur Angus Wallace le met rapidement au courant de la situation et l'interroge :

– Où sommes-nous ?

– Au-dessus de la Sibérie.

– Y a-t-il une ville où nous pourrions atterrir d'urgence ?

– Avant Moscou, il n'y a aucun aérodrome assez grand pour un 747.

– Et quand serons-nous à Moscou ?

– Dans six heures.

– Pouvez-vous faire demi-tour sur Hong Kong ?

– Pas facile. Il y a beaucoup de trafic. Cela risque de poser des problèmes. Et de toute façon, cela prendrait autant de temps.

– Alors, il faut opérer sur place, sinon la malade n'a aucune chance...

Entre les deux médecins, les tâches sont immédiatement réparties. C'est Angus Wallace, le professeur orthopédiste, qui va officier et le jeune Tom Wong qui va lui servir d'assistant. Le docteur Wallace se tourne vers l'hôtesse.

– Il y a bien une trousse médicale à bord de cet avion ?

L'hôtesse brandit une boîte métallique marquée d'une croix rouge.

– Je suis allée la chercher. La voici...

Le médecin l'ouvre et reste perplexe... A l'intérieur, il y a des ciseaux, du sparadrap, des compresses et un anesthésiant externe en vaporisateur, le genre de produit qu'on met pour calmer la douleur après une piqûre d'insecte...

Il y a bien du matériel plus sophistiqué, mais il s'agit d'instruments pour accouchement, la seule urgence médicale qu'on rencontre de temps à autre sur les longs-courriers. Malheureusement, dans le cas présent, ils ne sont d'aucun secours... Ah si, il y a quand même une sonde en caoutchouc pour rétention d'urine, et ceci peut servir...

– Mademoiselle, j'aurais besoin d'une bouteille de cognac, d'une bouteille d'eau minérale en plastique et d'un portemanteau métallique très mince, genre fil de fer. Vous voyez?

– Parfaitement, docteur.

L'hôtesse s'exécute avec un parfait sang-froid, exactement comme une infirmière dans un bloc opératoire. D'ailleurs, une salle d'opération improvisée est en train d'être mise en place par le personnel de bord. Les rangs avoisinants sont évacués et des couvertures sont tendues pour isoler les lieux...

A présent, il reste la malade... Petula Dundee est allongée sur deux sièges; chaque respiration lui coûte un effort terrible. Angus Wallace se penche sur elle.

– Madame, vous êtes en danger de mort. Je dois vous opérer immédiatement...

La réponse est dite dans un souffle, mais avec fermeté.

– Faites ce que vous avez à faire.

– Je dois ajouter que cela risque d'être douloureux...

Petula Dundee esquisse un sourire.

– N'ayez pas peur : je suis dure au mal...

Le docteur Wallace pousse intérieurement un soupir de soulagement. Si la patiente avait cédé à la panique, il n'aurait eu aucune chance. Le calme et le courage de la jeune femme sont des atouts précieux... L'hôtesse revient avec les objets demandés et, à dix mille mètres au-dessus de la Sibérie, en présence de trois cents passagers séparés par un rideau de couvertures, l'opération va commencer...

Le cognac sert de désinfectant. Le docteur Wong en enduit les ciseaux et les passe au docteur Wallace. Schématiquement l'intervention à réaliser est la suivante : il faut faire pénétrer un drain dans la poche d'air afin de l'évacuer et placer une valve, pour que l'air extérieur n'entre pas à son tour...

Le chirurgien s'empare du vaporisateur pour bobos quotidiens et en asperge la poitrine de Mme Dundee, puis il enfonce fermement les ciseaux... Le gros problème est d'éviter le cœur, car, comble de malchance, l'épanchement est situé du côté gauche. Si la malade bouge, tout est perdu... Mais Petula serre les dents, immobile.

– Drain...

Le docteur Wong tend au docteur Wallace la sonde urinaire, qu'il a préalablement enduite de cognac, et entreprend de déplier le cintre pour en faire une longue tige... C'est maintenant le moment crucial : il s'agit, à travers le trou pratiqué dans la poitrine, de pousser le tuyau en caoutchouc à l'aide de la tige métallique pour accéder à la poche d'air. Le moindre mouvement de l'opérée, la moindre chute de l'avion, la moindre imprécision dans les gestes du chirurgien, et c'est la mort immédiate... D'interminables minutes s'écoulent. Enfin, Angus Wallace lance à son assistant :

– Bouteille...

Tom Wong tend l'objet avec un sourire : il sait que c'est gagné ! La sonde est en place et évacue l'air, la bouteille va servir de valve. L'opération proprement dite est terminée !... Effectivement, le docteur Wallace a jeté son fil de fer. Il place la bouteille en plastique au-dessus du tuyau qui sort de la poitrine et fixe le tout avec du sparadrap. A présent, l'air peut sortir sans pouvoir rentrer... Et, comme s'il fallait une preuve, on entend la voix de Petula Dundee :

– Je me sens mieux...

– Oui, madame... Vous êtes hors de danger.

Petula Dundee est restée encore vingt heures avec son tuyau et sa bouteille de plastique, mais elle était effectivement sauvée.

Transportée à l'hôpital à son arrivée à Londres, elle a été sur pied en deux jours.

Quant à Angus Wallace, fêté comme un héros, il a refusé le surnom de « docteur Miracle » qu'on voulait lui attribuer. Il s'est contenté de déclarer, avec un sens de la formule tout britannique :

– C'est l'opération la plus inhabituelle qu'il m'ait été donné de pratiquer.

La meilleure de l'année

Ce 16 janvier 1986, Johan Geiler déjeune avec sa femme Lisa. Johan Geiler, quarante-deux ans, est plombier dans la petite ville de Grafenburg, en Bavière. C'est pratiquement tout ce qu'il y a à dire sur lui, tant sa vie est sans histoire.

Deux coups de sonnette viennent interrompre le repas. Johan va ouvrir : c'est le facteur.

– Un recommandé avec accusé de réception. Une petite signature, s'il vous plaît...

Johan s'exécute, revient à table. Il a une exclamation en découvrant l'en-tête de l'enveloppe.

– Cela vient du tribunal. Qu'est-ce qu'ils me veulent ? Tu vas voir qu'ils m'accusent d'un crime...

Il décachète la missive avec le couteau à pain, lit en silence pendant quelques instants et éclate de rire.

– Mais c'est pourtant vrai ! Écoute ça : « Monsieur, vous êtes convoqué jeudi 18 janvier à 15 heures au bureau du juge d'instruction Schoener pour tentative d'assassinat. » Eh ben, celle-là, alors, c'est la meilleure de l'année !

Mais sa femme Lisa ne partage pas sa décontraction.

– Johan, j'ai peur...

– Voyons, Lisa, tout cela n'a aucun sens !

– Justement. Je n'aime pas ce qui n'a aucun sens.

C'est Lisa Geiler qui a raison...

– Alors, monsieur le juge, on fait des blagues?

Au mot « blagues », le juge d'instruction Schoener a une très désagréable grimace, qui rend son visage plus sévère encore, s'il est possible... Il a la soixantaine, le crâne aussi luisant que son bureau d'acajou, le teint rose, le regard invisible derrière de grosses lunettes d'écaille. Il désigne une chaise recouverte de cuir vert.

– Asseyez-vous, monsieur.

Le juge Schoener ouvre un dossier :

– Vous avez, dans la journée du 4 janvier 1986, effectué des travaux de plomberie dans la villa de M. et Mme Eberth...

– Oui et alors?

– Veuillez ne pas m'interrompre... Vers 15 heures, vous répariez une baignoire. Mme Eberth est venue vous demander si vous n'aviez besoin de rien. Vous lui avez répondu, je cite : « Je vous proposerais bien un petit câlin... » Comme Mme Eberth tentait de fuir, vous l'avez attrapée. Vous avez posé vos deux mains sur son cou en lui disant : « Embrasse-moi ou je t'étrangle. » Votre victime a dû s'exécuter et c'est tout de suite après qu'elle a pu vous échapper.

Johan Geiler en a le souffle coupé. Il ne peut que faire la même remarque qu'en ouvrant la lettre :

– C'est la meilleure de l'année!...

Le juge Schoener reste totalement impassible :

– Reconnaissez-vous les faits?

– Moi, mais pas du tout! C'est le contraire... Enfin presque... J'étais en train de travailler dans la salle de bains quand Mme Eberth est venue. Elle était en peignoir. Il était mal fermé. Elle s'est approchée de moi et, comme je ne voulais pas d'histoires, je lui ai dit de se tenir tranquille. Alors, elle m'a dit : « Je vous fais si peur que cela? » Et puis elle n'a pas insisté, elle est partie...

Le juge Schoener a la même grimace désagréable que lorsque Johan avait prononcé le mot « blague ».

– Ainsi, vous accusez Mme Eberth d'attentat à la pudeur?

– Mais non, pas du tout monsieur le juge! Je n'accuse personne. Enfin, tout ça n'a aucun sens...

Le juge Schoener appuie sur une sonnette. Un petit homme vêtu de noir vient s'installer derrière une machine à écrire.

– Nous allons enregistrer votre déposition, monsieur Geiler...

Rentré chez lui, Johan Geiler raconte l'invraisemblable aventure à sa femme. Elle est atterrée.

– Mais enfin, tu te rends compte de ce qui se passe ? La femme du maire... En plus, Eberth fait vivre toute la ville avec son usine... Et toi tu vas dire que c'est elle qui t'a fait des avances !

– Ben, forcément. J'ai dit la vérité...

– Et tu te figures qu'on va te croire, un petit plombier de rien du tout ?

Johan a deux qualités, qui peuvent parfois être des défauts : il est d'un optimisme inébranlable et têtu comme une mule. Il sourit :

– Bien sûr qu'on me croira puisque c'est vrai...

– En tout cas, il faut que tu prennes tout de suite un avocat.

Johan Geiler hausse les épaules :

– Un avocat, quelle idée ! Ça coûte cher et ne sert à rien. Je leur expliquerai bien tout seul aux juges...

– Mais Johan...

– Ça suffit comme ça. J'ai dit : pas d'avocat. Il n'y aura pas d'avocat...

Les débats ont lieu le 24 février 1986. En correctionnelle et non aux assises, le juge Schoener n'ayant tout de même pas retenu l'inculpation de tentative d'assassinat, mais celle de coups et blessures et attentat à la pudeur.

La petite salle du tribunal de Grafenburg est pleine à craquer. D'abord parce que les plaignants sont M. et Mme Eberth. Bien des personnes sont venues uniquement pour leur manifester leur sympathie. Il n'est pas mauvais d'être dans les petits papiers du tout-puissant Wilfrid Eberth, maire de Grafenburg et patron de l'unique usine de la ville.

Mais la salle d'audience est également remplie de jeunes gens, avocats stagiaires ou étudiants en droit. Eux, ce n'est pas le couple Eberth qui les intéresse, c'est leur avocat. C'est en effet Rudy Schwab qui va plaider pour la partie civile. Rudy Schwab, la gloire du barreau allemand, la terreur des procureurs et des avocats adverses, dont les journalistes répètent avec admiration les formules cinglantes, les répliques à l'emporte-pièce...

Johan Geiler fait son entrée. Il est plus impressionné qu'il ne voudrait le dire, mais il arbore un sourire résolu et marche d'un pas ferme. Allons, tout va bien se passer puisque c'est lui qui a raison !...

Le greffier résume l'accusation. Johan Geiler expose avec netteté les faits tels qu'ils se sont passés. Il est fort satisfait de lui. Ce n'est pas plus difficile que cela ! Peut-être que les juges garderont un doute, mais comme le doute profite à l'accusé, il est gagnant...

C'est alors que Me Schwab se lève. Il a un ample mouvement de manches. Toute la salle se prépare à boire ses paroles.

– Geller est un coupable d'autant plus odieux qu'il tire son impunité de la pudeur de ses victimes. Pendant que je m'occupais de ce dossier, j'ai reçu des témoignages de plusieurs femmes de Grafenburg, d'honnêtes ménagères qui ont, elles aussi, subi les infâmes attentats de cet individu. Mais elles se sont tues par crainte du scandale, pour protéger leurs maris, leurs enfants.

Me Schwab a un splendide geste du bras pour désigner Mme Eberth :

– Jusqu'à ce que cette femme admirable ait eu le courage – que dis-je ? – l'héroïsme de se donner en pâture à l'opinion pour démasquer l'odieux personnage...

Il y a un murmure de sympathie prolongé dans l'assistance. Johan en a le souffle coupé, mais il est quand même décidé à ne pas se laisser faire.

– C'est pas vrai ! C'est le contraire ! C'est elle...

Un « oh ! » d'indignation du public lui coupe la parole, tandis que Me Schwab s'écrie d'une voix tonitruante :

– Regardez-le, mesdames et messieurs... regardez cette face qui exprime le vice, ce visage qui respire la perversité... Et il n'a pas honte ! Et il ne rougit pas devant le regard de ses concitoyens ! Il ose même insulter sa victime !

Cette fois, c'est plus que n'en peut supporter Johan Geiler. Il bondit de son siège :

– Mais vous allez vous taire, espèce de...

L'avocat prend le public à témoin :

– Geiler s'est trahi. Il vient enfin de se montrer tel qu'il est : un être violent et grossier, un être capable de tout. Il avait ces yeux-là, cette face congestionnée, lorsqu'il a serré le cou de Mme Eberth...

Un grondement hostile s'élève du public. Johan cherche ses mots, mais il ne les trouve pas. Il se rassied. Me Schwab a un ricanement :

– Vous ne dites rien, Geiler ? Vous êtes moins à l'aise que dans les salles de bains !

Johan Geiler aurait envie de crier son indignation, mais il y renonce, sinon l'autre va encore l'accabler. Il faudrait qu'il parle posément, qu'il dise les choses avec autant de force que de calme. Mais il n'est pas avocat, il est plombier et il commence à découvrir que ce n'est pas tout à fait la même chose... Le voyant resté muet, Me Schwab s'écrie, en le désignant du doigt :

– Votre silence est un aveu !

Les débats sont rondement menés. Après une brillante plaidoirie pour la partie civile, c'est à Geiler de s'exprimer. Il se souvient qu'il a quelque chose d'important à dire, mais impossible de se rappeler quoi. Il bredouille quelques paroles embarrassées et se rassied presque aussitôt...

Ah ! ça y est ! Cela lui revient. A la suite d'un accident de moto, il a de grandes difficultés à se servir de son bras gauche. En aucun cas, il n'aurait pu serrer de ses deux mains le cou de Mme Eberth...

Il se lève pour le faire savoir, mais c'est déjà trop tard. Le président énonce le verdict :

– Johan Geiler, vous êtes reconnu coupable des faits qui vous sont reprochés. La Cour vous condamne à huit mois de prison avec sursis et mille marks de dommages et intérêts aux plaignants.

Spontanément, la salle éclate en applaudissements. Totalement effondré sur son siège, Johan Geiler ne fait même pas attention aux regards de dégoût que lui jette le public en s'en allant. Lisa, sa femme, est pâle comme une morte. Elle réagit pourtant. Elle se dirige rageusement vers Me Rudy Schwab :

– Ah ! Vous êtes content de vous ! Vous êtes fier !

L'avocat a un sourire.

– Bien sûr... J'ai fait mon métier.

– Mais mon mari est innocent !

– C'est l'évidence même...

Lisa Geiler reste la bouche ouverte. Elle tourne les talons. Au moins, elle sait ce qui lui reste à faire...

Quelques jours plus tard, Me Hans Peterman dîne chez les Geiler. Hans Peterman est une autre gloire du barreau allemand. S'il a accepté de défendre un obscur plombier pour une banale histoire de correctionnelle, c'est parce que Lisa a su le convaincre fort habilement. Elle lui a rapporté l'aveu de Me Schwab, Me Peterman a donc ainsi une cause en or et la certitude d'une victoire facile et retentissante sur son illustre rival...

Me Peterman, après s'être fait expliquer l'affaire par Johan Geiler, va directement à l'essentiel :

– Bien. Vous allez vous faire établir par un expert un certificat pour votre bras gauche. Il reste la parole de Mme Eberth contre la vôtre. Vu sa position, c'est dangereux pour vous. Mais il ne faut pas trop se laisser impressionner par les gens. Je vais enquêter sur son passé. On verra bien...

Et trois jours plus tard, Johan Geiler reçoit chez lui un coup de téléphone de Me Peterman :

– C'est gagné ! J'ai de quoi ruiner la réputation de Mme Eberth. C'est une nymphomane. Deux domestiques qu'elle a renvoyés sont prêts à témoigner. D'autre part, je peux prouver qu'elle a fréquenté à plusieurs reprises un salon de thé de Munich qui sert de lieu de rencontre entre les dames riches et les jeunes gens sans scrupules...

Il n'y a pas eu vraiment de procès en appel. Me Rudy Schwab, apprenant que Hans Peterman assurait la défense de Geiler, était bien trop avisé pour insister. Devant la cour d'appel de Munich, le couple Eberth était absent. Me Schwab a pris brièvement la parole pour dire que ses clients renonçaient à leur accusation. Bien entendu, Johan Geiler a été acquitté.

On était alors en fin 1986. Toute l'affaire a duré exactement un an. Johan Geiler ne s'était pas trompé : c'était bel et bien « la meilleure de l'année ».

Nelly

Au printemps 1991, Geneviève vient de fêter ses soixante-dix ans. C'est une petite dame charmante, toujours très soignée, qui vit tranquillement avec son mari retraité dans un pavillon de la banlieue nantaise.

Tous les jeudis, le mari de Geneviève passe l'après-midi à son club de boules. Elle en profite pour faire tranquillement sa lessive ; à présent, elle est dans le jardin, occupée à étendre des draps sur les fils à linge.

Soudain Geneviève fronce les sourcils. Jetant un regard chez les voisins, elle vient de s'apercevoir que la porte de leur véranda est grande ouverte. Ça paraît d'autant plus curieux que la maison, elle, est entièrement fermée : volets clos, stores tirés... D'ailleurs les Hervieux devaient s'absenter pour la journée. « Quand même, se dit Geneviève, je ne peux pas laisser la porte ouverte ; n'importe qui pourrait entrer chez eux... » Enjambant le muret qui sépare les deux jardins, elle traverse donc la pelouse des voisins et se dirige vers leur véranda. Elle ne sait pas encore qu'elle court au-devant de grandes émotions.

Tout de suite, Geneviève comprend qu'il s'est passé quelque chose. A travers les baies vitrées, le spectacle qui s'offre à elle est désolant : objets dispersés, chaises renversées ; la véranda des Hervieux a été, comme on dit, « visitée ». Geneviève est outrée. Machinalement, elle fait comme si elle était chez elle, entre sous la véranda et remet un peu d'ordre. Mais l'ouverture béante sur la salle de séjour lui révèle un autre spectacle : là, c'est carrément le désastre ! Geneviève se hasarde à l'intérieur, une main sur la bouche : la pièce a été mise à sac. Rideaux décrochés, bibelots éparpillés... Même les coussins des fauteuils se retrouvent, l'un sur un coin du buffet, l'autre dans l'âtre de la cheminée. « Ah ! les cochons ! » se dit Geneviève. Elle en a les larmes aux yeux. « Vite, la police ! »

Geneviève cherche le téléphone des yeux. Pas de téléphone. « Peut-être dans l'entrée... », se dit-elle. Elle s'engouffre dans le couloir. Derrière une porte entrouverte, elle découvre la pièce qui doit servir de bureau, ou de bibliothèque ; allumant la lumière, elle constate avec un certain soulagement que l'endroit n'a pas été saccagé. Sur le coin du bureau, elle aperçoit le téléphone. Elle se précipite sur le combiné et s'apprête à composer le 17 pour appeler la police. Mais il n'y a pas de tonalité. Elle aurait dû s'en douter : les voleurs ont arraché la ligne...

Tout à coup Geneviève se raidit et tend l'oreille. Elle vient de percevoir des bruits au premier étage ! Maintenant, elle entend distinctement le parquet qui grince au-dessus de sa tête. Pas de doute, les cambrioleurs se trouvent encore dans la maison ; ils n'ont pas fini leur travail ! C'est alors que Geneviève réalise combien elle s'est montrée imprudente. Il faut qu'elle quitte les lieux avant que les voleurs ne la remarquent. Le cœur battant, elle s'apprête à sortir du bureau sur la pointe des pieds. Trop tard ! Les craquements proviennent maintenant de l'escalier ; si elle sort du bureau, elle va tomber nez à nez avec les truands. Geneviève est transie de peur ; son cœur bat de plus en plus vite et elle éprouve du mal à respirer. Elle tente de refermer tout à fait la porte du bureau, mais les gonds se mettent à grincer. Le sang de Geneviève se glace dans ses veines. Elle éteint la lumière et cherche dans l'ombre un recoin où se cacher ; il faut faire vite, et elle ne trouve pas mieux que de disparaître derrière un pan des doubles rideaux. Là elle se fait toute petite et retient son souffle. Horreur : elle entend grincer la porte du bureau.

Pendant de longues secondes, de longues minutes même, elle scrute le silence à l'écoute d'un bruit qui lui permettrait d'imaginer ce qui se passe. Mais elle n'entend rien. Au bout de trois ou quatre minutes, Geneviève risque un œil... C'est alors qu'elle éprouve la plus grande terreur de son existence.

A contre-jour, dans l'encadrement de la porte, ce n'est pas un cambrioleur qu'elle découvre ; on ne peut même pas dire que ce soit un homme. Elle se trouve en fait à quelques mètres... d'un très grand singe ! L'animal mesure près d'un mètre cinquante, il est couvert d'une épaisse toison et présente un faciès horrible. Geneviève se raccroche à son pan de rideau. « Un gorille, se dit-elle, c'est un gorille. » Puis reprenant ses esprits, elle finit par admettre que ce singe-là n'est pas un gorille. Un chimpanzé géant, peut-être...

Geneviève n'y est pas. En fait, ce grand primate est une femelle orang-outan âgée d'une dizaine d'années. Que fait-elle dans cette maison ? C'est ce que nous verrons plus tard. Disons seulement qu'en temps normal, l'orang-outan est enfermée dans une cage au garage. Mais elle a trouvé un moyen d'en sortir et, se découvrant seule dans la maison, a été prise de panique et s'est mise à tout casser.

Cela, Geneviève l'ignore ; ce qu'elle sait simplement, c'est qu'elle est en face d'un singe très grand, visiblement dangereux, et qui l'observe avec un regard des plus menaçants. L'animal fait un pas en avant et Geneviève pousse un cri. Aussitôt la guenon se fige. Puis, découvrant une rangée de dents impressionnantes, elle se met à crier à son tour, ce qui achève de terroriser la pauvre femme.

Soudain, avec une agilité à peine croyable, l'animal fait une pirouette et se retrouve assis en travers d'un fauteuil, vers le fond de la pièce. Geneviève reprend son souffle. Il faut à tout prix qu'elle trouve un moyen de sortir de là. Le plus simple serait d'ouvrir la fenêtre toute proche. Avançant prudemment un bras hors de son double rideau, Geneviève palpe le vide à la recherche de la poignée. Mais le singe a tout de suite vu la manœuvre ; en deux bonds prodigieux, il traverse la pièce et se retrouve pendu à la fenêtre, le regard plus fixe que jamais. Geneviève a juste eu le temps de s'écarter et de grimper sur une console dont elle fait tomber les bibelots. Elle est à présent recroquevillée sur la tablette, tremblante et désespérée. « La seule chose à faire, se dit-elle, c'est d'essayer de l'amadouer. »

– Petit ! hasarde-t-elle. Gentil petit singe...

Le primate cligne des yeux et la gratifie d'un grand sourire.

– Gentil petit...

L'animal quitte d'un bond la fenêtre pour se retrouver debout sur le bureau. Avec un pied qui ressemble à une main, il appuie sur un interrupteur et allume la lampe de travail. L'a-t-il fait exprès ? Geneviève en jurerait. Elle a en tout cas un mouvement de recul instinctif. Le singe tend maintenant vers elle son bras immense. Geneviève se crispe. Assez curieusement, le singe porte au poignet une gourmette en argent, sur laquelle est gravé son nom : « Nelly ».

– Nelly ? fait Geneviève, timidement.

Un saut périlleux, et l'animal est au sol, se roulant, de joie semble-t-il, ou d'énervement...

– Bonjour, Nelly, poursuit Geneviève.

La guenon se met à crier et à sautiller sur place.

– Tu es belle, Nelly, hasarde Geneviève.

Sans prévenir, la guenon tourne alors le dos et quitte la pièce. Geneviève respire. Elle descend aussitôt de la console et se précipitant sur la porte, elle s'enferme dans le bureau à double tour. Elle souffle. Elle va pouvoir s'échapper par la fenêtre ; elle saisit la manivelle et remonte le volet – manque de chance : la fenêtre est justement garnie de barreaux. Elle pourrait toujours essayer d'appeler au secours ; mais ce serait mettre en danger d'autres personnes, peut-être des enfants... Non. Le plus sage, c'est encore d'attendre le retour des propriétaires du singe : eux sauront comment s'y prendre. Geneviève choisit donc un livre dans la bibliothèque, s'assied dans un fauteuil et attend.

Au bout d'un long moment, peut-être une heure, Geneviève est en train de s'assoupir quand elle entend un coup sec contre le carreau. Elle se lève et se dirige vers la fenêtre. Nelly est là, tranquillement assise sur la pelouse, en train de déguster des abricots. La guenon recrache soigneusement les noyaux et les envoie sur la fenêtre du bureau avec une précision stupéfiante.

Geneviève commence à trouver cette compagnie amusante. Délicatement, Nelly en profite pour avancer sa main à travers les barreaux, et pour tendre à la prisonnière un abricot. Geneviève le prend et le met de côté. « Pas question de manger un fruit qui a été tripoté par un singe », pense-t-elle. Cependant, elle se risque à toucher cette main bien tranquille que lui tend la guenon, puis à la caresser. Nelly a l'air ravie... Elle fait maintenant des grimaces qui font rire Geneviève.

Au bout d'un long moment, Geneviève regarde sa montre : 7 heures passées ! Et les Hervieux qui n'arrivent pas ! Son mari sera là avant eux. Ne la trouvant pas, il va la chercher et s'inquiéter. Il est grand temps qu'elle sorte d'ici.

– Nelly, on va être bien sage, dit-elle. La voisine va sortir, maintenant.

Pour toute réponse, elle doit se contenter d'une grimace affreuse, ponctuée de halètements. Geneviève se dit qu'elle n'a plus vraiment peur de la guenon. Depuis le temps qu'elles jouent ensemble à travers les barreaux, elles ont presque fait connaissance. Geneviève déverrouille la porte du bureau et sort dans le couloir. Elle traverse à nouveau la salle à manger dévastée et retrouve Nelly sous la véranda où la guenon vient de rentrer. Dans un geste émouvant, Nelly tend un abricot qu'elle vient de dénoyauter exprès pour Geneviève. Celle-ci accepte le fruit et, surmontant son dégoût, l'avale en poussant de grandes exclamations ravies. La guenon a l'air aux anges.

– Je vais t'enfermer pour éviter que tu ne te sauves, dit Geneviève.

Mais à peine la serrure est-elle enclenchée que Nelly sombre dans une nouvelle crise de panique. S'agrippant aux armatures d'aluminium, elle se balance le long des parois vitrées, au risque de les faire voler en éclats. Puis elle attrape un coin de la table et la renverse d'une main. Geneviève se sent obligée de rouvrir la porte. Nelly se calme aussitôt et se précipite vers sa nouvelle amie, en quête de caresses.

– Nous voilà bien, dit Geneviève. Si maintenant tu ne peux plus te passer de moi...

Autant se rendre utile : Geneviève entreprend de remettre un peu d'ordre dans la salle de séjour.

Moins d'une heure plus tard, M. et Mme Hervieux sont de retour. Il n'est pas possible de décrire leur surprise quand ils découvrent le tableau : Nelly et la voisine assises côte à côte sur le canapé du salon, en train de manger des abricots ! Sans hésiter, M. Hervieux sort d'un tiroir un pistolet à fléchettes anesthésiantes, et tire sur la guenon qui s'endort en quelques instants.

– Mais pourquoi lui faites-vous du mal ? demande Geneviève outrée. Elle est gentille comme tout...

– Rassurez-vous, ça ne lui fait aucun mal.

Les Hervieux n'osèrent jamais révéler à Geneviève la véritable raison de la réclusion de Nelly dans leur garage. Quelques semaines plus tôt, l'orang-outan avait sauvagement agressé un gardien du zoo où elle vivait depuis trois ans. Les vétérinaires de l'inspection ayant décidé de mettre fin à ses jours, l'un des directeurs du zoo avait trouvé cette solution pour la sauver. C'était le fils des Hervieux.

Geneviève aura peut-être été la seule à avoir su apprivoiser Nelly – à moins que ce ne soit Nelly qui ait apprivoisé Geneviève...

L'irrésistible ascension

– Y a-t-il des volontaires pour un dernier saut ?

La question du moniteur du club vient de retentir sous les poutrelles métalliques du hangar, où tout un groupe de stagiaires s'affaire à replier les parachutes en silence. Deux hommes se détachent du groupe et rejoignent l'instructeur.

– Pas d'autres volontaires ?

Patrick jette un regard autour de lui ; la plupart des autres ont courbé la tête et attendent que l'orage soit passé. Lui-même est partagé entre une certaine appréhension et l'envie d'éprouver de nouveau la sensation fabuleuse du grand saut. Voyant un camarade se porter volontaire, il se décide à son tour, et rejoint la poignée de courageux ; puis les quatre garçons emboîtent le pas de l'instructeur jusqu'aux pistes.

Il est un peu plus de 18 heures et, bien que le ciel commence à se couvrir, un saut supplémentaire ne devrait pas poser de problèmes.

L'appareil est un petit Dornier 27, à l'arrière duquel on s'entasse. Le moniteur passe lui-même aux commandes et lance bientôt les moteurs. L'avion ne tarde pas à décoller. Par la porte latérale restée grande ouverte, Patrick observe les toits encore tout proches de quelques fermes en bordure du terrain d'aviation. Puis l'avion prend de l'altitude, non sans difficulté : le temps est au vent, et des rafales assez violentes secouent la carlingue, obligeant les parachutistes à se cramponner aux courroies de sécurité.

Tous les quatre sont novices ; ils ont effectué leur premier saut la veille seulement ; celui-ci sera le troisième. Autant dire qu'à leur excitation se mêle une pointe de trac.

– On va faire deux passages ! leur crie l'instructeur depuis les commandes.

Les quatre hommes s'organisent : Patrick sautera lors du premier passage, en deuxième position. En attendant, il vérifie l'attache de la sangle qui commandera l'ouverture automatique de son parachute. Tout est en ordre.

– Je vais vous larguer un peu au sud-ouest du point, lance le moniteur, à cause du vent !

Et, une minute plus tard :

– Altitude 1 200 mètres. Parés pour le saut ?

A l'arrière, Patrick et son camarade retiennent leur respiration.

– Attention... Allez-y, go !

Le premier s'élance dans le vide. Aussitôt, évitant de trop réfléchir, Patrick fait de même. Ça y est, il est dehors.

Une petite secousse l'avertit que le mécanisme d'ouverture s'est déclenché normalement. Un instant plus tard, il se sent secoué plus brusquement : la grande voile blanche de son parachute est en train de se déployer. L'aile rectangulaire prend alors toute son ampleur au-dessus de lui : elle le protège, elle freine sa chute ; Patrick se dit que le plus dangereux est passé – il a tort.

Du coin de l'œil, le jeune homme voit le petit avion amorcer un virage et repartir vers l'arrière en prévision de son deuxième passage. Le temps est en train de tourner à l'orage, et des nuages se massent près du sol, dissimulant de plus en plus les repères. Patrick essaie de localiser le terrain, sans succès. Il a les mains sur les poignées de direction, mais il ne sait pas vers quel point orienter la grande aile blanche. Il faut pourtant qu'il se décide vite : à raison de trois mètres par seconde, sa descente est rapide. Il regarde l'altimètre fixé au harnais, à hauteur de sa poitrine : le cadran indique 600 mètres – autant dire que l'arrivée au sol se fera dans à peine plus de deux minutes !

Pour l'instant, Patrick se dirige vers un grand nuage noir, de type cumulo-nimbus, qui paraît s'élever haut dans le ciel. Un parachutiste aguerri tenterait de l'éviter, mais il est débutant dans la discipline, et il se laisse happer sans résistance par la sombre masse nuageuse. Et brusquement, c'est l'aventure, la vraie, qui commence. Des vents puissants, terriblement efficaces, l'aspirent vers le haut. Sidéré, Patrick voit leur souffle tourbillonnant s'engouffrer dans sa voile et lui faire subir une incroyable ascension. L'altimètre marque bientôt 1 500, puis 2 000 mètres ; les aiguilles tournent de plus en plus vite. L'impression est curieuse : d'un côté c'est grisant (on dirait un oiseau surfant sur des courants ascendants) ; d'un autre côté, cette envolée incontrôlable est désarmante, surtout pour un débutant. Les connaissances théoriques de Patrick sont toutes fraîches, et jamais on ne lui a parlé d'un pareil cas de figure.

De plus, à l'intérieur du cumulo-nimbus, le climat est désastreux. Des bourrasques ballottent le jeune homme dans tous les sens, se jouant de lui comme d'un pantin égaré dans un terrible orage. Les éclairs et le tonnerre le tétanisent de frayeur. Il a froid : il est trempé jusqu'aux os. La pluie est dense en effet, et les gouttes, avec l'altitude, se transforment en grêlons qui lui fouettent le visage et le corps. Il n'est bien sûr pas équipé pour l'altitude : il ne porte qu'un sweat-shirt bien trop léger pour lutter contre la grêle et le froid.

Patrick redresse une fois encore l'altimètre sur son harnais et, essuyant les gouttes sur le cadran, découvre avec stupéfaction le nouveau chiffre : 4 000 mètres ! « Mais qu'est-ce qu'il m'arrive ? se répète-t-il avec consternation. C'est fou, cette histoire ! C'est complètement absurde ! »

Or le parachute continue à monter vers des sommets aériens, plus haut, toujours plus haut.

Aux commandes du petit avion, le moniteur de saut a compris que Patrick était en difficulté ; il l'a vu se laisser dévorer par le cumulo-nimbus et prendre soudain de l'altitude. Alors il a décidé d'annuler le deuxième passage et de rentrer tout de suite au terrain, pour prévenir les secours. Une fois la gendarmerie avertie et le club en état d'alerte, il s'inquiète du sort du premier parachutiste.

– Il vient de se poser, lui annonce-t-on. Pas de problème de son côté.

Le moniteur respire. Il saisit alors ses jumelles et scrute le ciel à la recherche du deuxième – en vain. Aucune trace d'aile blanche dans le ciel, et pour cause : à l'heure qu'il est, Patrick est déjà loin.

Maintenant l'aiguille du cadran indique 7 000 mètres. L'oxygène se raréfie, et Patrick éprouve le plus grand mal à respirer. Les parachutistes qui se risquent parfois à de telles altitudes ont des masques, lui est démuni de tout. Le froid intense est douloureux ; pourtant, juste au bord de l'évanouissement, c'est cette souffrance qui ramène constamment le jeune homme à la conscience.

« Il faut que je fasse quelque chose, pense-t-il. Je ne peux quand même pas continuer à me laisser entraîner de plus en plus haut. Je vais me séparer de la voile. »

Dans les cours de théorie qu'il vient de suivre, on lui a appris qu'en cas de déficience lors du déploiement de la voilure, une procédure de secours permet d'abandonner le parachute principal au profit d'un petit parachute ventral. De ses mains engourdies, il tente donc d'atteindre, sous sa poche de poitrine, l'attache de secours. Le moindre mouvement lui demande un effort considérable ; sa main glisse plusieurs fois sur le bout de sangle, avant de le saisir fermement et de tirer.

Comme par miracle, la grande voile blanche se désolidarise aussitôt du corps ballotté de Patrick, tandis qu'une voilure plus petite, et de forme hémisphérique, se déploie pour la remplacer. Celle-ci offre moins de prise aux courants ascendants, et après quelques grosses secousses, Patrick réalise avec bonheur qu'il vient de commencer à redescendre. Il perd connaissance l'instant d'après, puis retrouve ses esprits un moment, juste assez longtemps pour comprendre qu'il dérive sans contrôle vers une région inconnue. L'altimètre indique encore 5 000 mètres, et

Patrick, comme un chauffeur qui lutte en vain contre le sommeil, finit par sombrer pour de bon dans l'inconscience.

Quand il revient enfin à lui, il n'est plus qu'à 2 000 mètres du sol, suspendu par le ventre à un parachute qu'il ne maîtrise pas, et descendant à la vitesse folle de six ou sept mètres par seconde. Les nuages sont toujours aussi compacts, et la région est sous l'orage. Patrick souffre atrocement du froid ; ses pieds, ses mains, ses joues, glacés en profondeur, lui infligent de violentes douleurs, comme des brûlures très vives. Soudain, traversant l'épaisse couche de nuages, il ouvre de grands yeux. Le sol est là, tout près, beaucoup plus proche qu'il ne l'aurait pensé. Or, comble de malchance, il se trouve au-dessus d'une zone habitée...

L'impact est violent, mais sans dommages. La terre meuble d'un jardin amortit le choc. Puis Patrick tente de se redresser, mais la manœuvre est au-dessus de ses forces, et il reste prostré à genoux, les mains crispées sur les poignées de direction inutiles, ivre de douleur et d'épuisement. C'est à peine s'il verra la famille Aubier sortir de la maison pour lui porter secours, l'aider à s'allonger par terre et le réchauffer ; puis une ambulance arrivera, au bout d'une éternité, et l'emportera vers l'hôpital.

A n'en pas douter, ce jour-là, Patrick a battu sans le vouloir tous les records d'ascension en parachute. Parce qu'il a tardé à se séparer de sa grande voile rectangulaire, les vents l'ont entraîné plus haut qu'aucun autre avant lui. Mais le pauvre en a largement payé le prix. En effet, s'il a sauvé sa vie, les médecins, eux, ont été obligés de l'amputer d'une partie de ses mains gelées. Patrick avait cru affronter le vide – mais c'est le froid qui fut son véritable ennemi.

*La 279e*

23 décembre 1964 : c'est bientôt Noël et il fait un temps radieux sur San Francisco. Deux raisons qui ont décidé les touristes à venir nombreux faire le tour de la baie, une des plus belles du monde.

Ils sont une quinzaine à avoir pris place dans l'embarcation à moteur d'Horace Wilson... Wilson, barbe blanche, cheveux blancs, est un vieux de la vieille, qui connaît le port de San Francisco comme sa poche. Non seulement dans les moindres recoins, mais aussi dans tous les détails de son histoire.

Il met le cap vers ce qui constitue la principale curiosité de la baie : le pont du Golden Gate.

Dans l'air de ce matin d'hiver, la silhouette élégante de ce magnifique ouvrage suspendu se détache merveilleusement. Le pont du Golden Gate est l'une des rares alliances réussies de technique et d'esthétique. Les appareils photo cliquettent à tout-va... Horace Wilson attend d'être suffisamment près pour entamer son petit couplet. Le dos tourné à ce qu'il décrit, regardant ses passagers, il annonce :

– Ce pont a été construit entre 1933 et 1937. Il mesure 1 280 mètres d'une pile à l'autre et il a longtemps été le plus long pont suspendu du monde... Mais ce n'est pas cela le plus étonnant. Le pont du Golden Gate a reçu à juste titre le surnom de « pont des suicidés ».

Pour écouter leur guide, les touristes se sont arrêtés de photographier.

– Si l'un d'entre vous, messieurs-dames, avait la mauvaise idée de mettre fin à ses jours, je lui conseillerais le Golden Gate. C'est le plus sûr. Il y a eu, en effet, à ce jour, 278 tentatives qui ont toutes réussi, sauf une. C'était en 1941 une jeune championne de patinage hollandaise, Cornella Van Ireland. Mais à part la championne, le plongeon a été définitif pour tout le monde...

Le capitaine du petit bateau s'arrête quelques secondes pour ménager ses effets.

– Pourquoi ? direz-vous... D'abord, comme vous le voyez, c'est haut : soixante-sept mètres, pas moins ! On a toutes les chances de se retrouver dans le désordre à l'arrivée. Et, en admettant que ce ne soit pas le cas, le froid ne pardonne pas. Soit immédiatement par hydrocution, soit au bout de quelques minutes. Car il y a dans la baie de San Francisco un courant glacial venu du pôle. Personne ne peut survivre dans cette eau plus de quelques instants.

Il y a un cri horrifié... Horace Wilson se retourne. Il a juste le temps d'apercevoir une robe noire qui tournoie dans le vide et disparaît dans l'eau... Tout en virant vers l'endroit où la forme s'est engloutie, il s'exclame :

– Mon Dieu ! La 279e !

Mais la 279e suicidée du pont du Golden Gate n'est vraiment pas comme les autres. D'abord, parce que, comme la patineuse hollandaise, elle va survivre d'une manière miraculeuse, ensuite, en raison des motivations de son geste...

Le Dr Stanley Higgins, chef de service à l'hôpital où la désespérée a été transportée, l'observe tandis qu'elle somnole sur son lit... C'est une jeune femme d'une trentaine d'années. Elle est vraiment superbe : de longs cheveux noirs, la peau légèrement colorée ; elle doit être métisse ou originaire d'une île du Pacifique... « Doit être », car on ne peut faire que des suppositions : elle n'avait pas de papiers sur elle ni rien qui permette de l'identifier...

La rescapée ouvre les yeux. Le Dr Higgins se penche sur

elle et lui sourit. Malgré ses responsabilités à l'hôpital, il n'a que trente-cinq ans et il est plutôt beau garçon : le genre intellectuel sportif et viril. La jeune femme n'aura pas une première image trop désagréable de sa reprise de contact avec la vie...

Ses premiers mots n'ont rien d'original. Il s'agit du traditionnel :

– Où suis-je ?

La réponse est prononcée d'une voix rassurante :

– A l'hôpital. Tout va bien...

Mais la désespérée éclate en sanglots... Puis elle se redresse brusquement, ce qui permet de constater sa morphologie hors du commun. Elle est grande comme un homme, un peu plus d'un mètre quatre-vingts. Elle a également une carrure d'athlète, avec des épaules larges et développées comme en ont les championnes de natation. C'est cette constitution physique exceptionnelle qui lui a permis de survivre, de même que, vingt-trois ans auparavant, la patineuse hollandaise... Elle bredouille :

– Comment se fait-il ?...

– Que vous soyez en vie ? C'est effectivement assez miraculeux. On ne peut pas vous accuser d'avoir fait un faux suicide, comme, d'ailleurs, tous ceux qui se jettent du Golden Gate... Vous devez, d'abord, ce miracle à vous-même...

– A moi ?...

– Oui. On a beau vouloir sincèrement mourir, il reste les réflexes, l'instinct... Vous avez beaucoup pratiqué la natation, n'est-ce pas ?

– J'ai été championne d'Hawaï.

– Et vous avez dû faire du plongeon aussi car les témoins sont formels : vous êtes entrée dans l'eau d'une manière impeccable, parfaitement d'aplomb. De lui-même, votre corps a rectifié la position. C'est ce qui vous a permis de ne pas être disloquée au moment de l'impact. Ensuite, votre forte constitution vous a évité l'hydrocution et, malgré le choc, vous vous êtes mise à nager mécaniquement...

– Je ne me souviens pas...

– Vous avez eu beaucoup de chance qu'Horace Wilson et son petit bateau pour touristes soient à ce moment-là près du Golden Gate. Je crois que vous pouvez lui dire un grand merci...

– Merci de quoi ? Je voulais mourir.

– Savez-vous que vous avez coulé à pic juste au moment où il est arrivé près de vous ? Savez-vous qu'Horace Wilson a sauté pour vous sauver ?... Comme vous avez pu vous en rendre compte, l'eau n'était pas chaude. Et il a soixante-dix ans...

La jeune femme pousse un soupir.

– Il n'aurait pas dû... Je suis désolée...

– Il s'en remettra. Il est dans une chambre à côté et je viens de l'examiner. Il en sera quitte pour un bon rhume. Mais j'aimerais revenir à vous... Vous m'avez parlé d'Hawaï. Vous êtes de là-bas ?

– Oui.

– Je peux savoir votre nom ?

– Isabelle Kainoa.

– Quel âge avez-vous, Isabelle ?

– Trente-deux ans.

– Vous savez que vous n'avez rien de grave ?

– Cela m'est égal...

– Sûrement pas. Maintenant que vous vivez, vous préférerez certainement marcher normalement que de rester dans un fauteuil roulant. Mais cela n'arrivera pas. Vous avez seulement des fractures aux jambes et des contusions internes. Rien de vraiment grave. C'est une question de temps pour vous remettre. Vous n'aurez pas de séquelles...

Isabelle Kainoa a, pour la première fois, un sourire, mais un sourire triste, désespéré même.

– « Rien de vraiment grave »... Si vous saviez !

– Vous souffrez de quelque chose ?

– Oui, de quelque chose... J'ai la lèpre !...

– La lèpre ?...

– Vous avez bien entendu.

– Et c'est... pour cette raison que vous avez voulu mourir ?

Isabelle Kainoa fait un vague signe d'assentiment de la tête. Le médecin lui pose doucement la main sur le bras. Il faut dire que la lèpre n'a pas encore entièrement disparu, en cette année 1984, même dans les pays développés, comme Hawaï, devenu depuis peu le cinquantième État des États-Unis...

– Vous allez tout me dire, Isabelle... N'est-ce pas ? Comment avez-vous attrapé la lèpre ?

– J'avais dix ans. J'habitais à Hawaï avec ma mère. Elle est tombée malade et elle me l'a transmise.

– On ne vous a pas traitées ?

– Si. Nous avons été dans un hôtel spécialisé. Au bout d'un an, les médecins m'ont dit que j'étais guérie. En fait, je crois qu'ils ne m'ont pas bien soignée. C'était la guerre, à l'époque...

– Vous avez fait une rechute ?

– Pas tout de suite... J'ai repris goût à la vie. Je me suis lancée dans la natation. On n'avait jamais vu une fille aussi pleine de santé que moi... enfin, en apparence... A vingt ans, je me suis mariée. Nous nous sommes toujours entendus parfaitement, mon mari et moi. Nous avons eu des enfants. Tout a été merveilleux jusqu'à la naissance du quatrième, une petite fille, June...

Le Dr Higgins revoit parfaitement un cours à la faculté. Le professeur leur explique qu'une grossesse peut, pour des raisons mal expliquées, faire resurgir une lèpre qu'on croyait guérie..3.

– Et c'est à ce moment que vous avez rechuté...

– Oui. Les médecins ont fait disparaître la maladie. Mais ils m'ont dit qu'elle pouvait revenir avec une nouvelle grossesse. Ils m'ont dit aussi que je ne devais plus voir mes enfants. Il y avait trop de risques que je les contamine... Alors, j'ai pris le bateau et je suis arrivée ici... C'était il y a deux mois...

– Vous pouviez rester là-bas.

– Non. Cela aurait été trop pénible d'être si près de mes enfants et de ne pas les voir. Je préfère être loin...

– Et votre mari ?

– En principe, j'ai le droit de le voir. Mais j'ai refusé. J'avais trop peur de le contaminer, et qu'il contamine les enfants à son tour... Et puis, j'avais peur aussi...

Isabelle Kainoa baisse la tête.

– De me retrouver enceinte...

Le Dr Higgins hoche la tête en silence... La rescapée reprend.

– Mon mari et les deux plus grands m'ont envoyé une carte de Noël... Ils n'auraient pas dû. Ils ne se sont pas rendu compte... Vous comprenez, docteur?

– Je comprends...

– Les illuminations partout dans San Francisco, les vitrines, les guirlandes en travers des rues et puis cette carte de Noël, je n'ai pas pu... Pourquoi est-ce que les autres ont le droit de voir leurs enfants et pas moi? Pourquoi suis-je malade? Pourquoi cette double injustice?

Stanley Higgins sourit.

– Vous savez que vous avez de la chance?

– Vous me l'avez déjà dit. Mais ce n'est pas une chance de vivre quand on veut mourir. C'est l'inverse.

– Je ne parle pas de cela... Il se trouve que je connais le plus grand spécialiste mondial de la lèpre. C'était un de mes anciens professeurs. Et il exerce tout près d'ici, à Oakland. C'est le professeur Simson.

– Je n'ai pas les moyens de payer le traitement.

– Qui vous parle de traitement? Passez d'abord un examen. Vous êtes peut-être réellement guérie.

– Mais ils m'ont dit à Hawaï...

– Les médecins d'Hawaï ne valent pas le professeur Simson. Il ne vous était pas venu à l'idée, en débarquant, de consulter un vrai spécialiste?

– Non. Je suis trop sûre du résultat.

– Je ne pense pas comme vous... Comme, dans votre état, il vous est difficile de vous déplacer, je vais essayer de le convaincre de venir ici.

Le Dr Stanley Higgins avait raison... Grâce à des moyens techniques que n'avaient pas ses collègues hawaïens, le Pr Simson a pu faire un examen complet d'Isabelle Kainoa. Et son diagnostic a été formel : sa lèpre était non pas provisoirement, mais définitivement guérie. Il lui a signé un papier officiel l'autorisant à revoir ses enfants...

Isabelle Kainoa est retournée à Hawaï six mois plus tard, en juin 1985... La 279e désespérée du Golden Gate a retrouvé le bonheur après la vie. Pour elle, c'est doublement un miracle.

L'hospice

Pierre Ferrand rentre dans le petit appartement qu'il habite, avec sa femme Marie-Louise et leurs deux enfants, dans la banlieue sud-est de Paris. Encore une fois, il a mis près d'une heure pour faire le trajet depuis la banque du centre de la capitale où il travaille en tant que cadre supérieur.

A quarante-cinq ans, Pierre Ferrand est un bon bourgeois, exemple d'une honnête réussite et d'une vie familiale équilibrée. Sa femme, Marie-Louise, quarante ans, vient l'accueillir. Elle non plus ne manque pas de charme, mais il se dégage d'elle une certaine froideur. Pierre Ferrand enlève son manteau et sa grosse écharpe, car il fait particulièrement froid, ce 17 janvier 1970. Il bougonne :

– Ces embouteillages ! C'est de pire en pire tous les jours !

Marie-Louise Ferrand hausse les épaules.

– A qui la faute ?

– Ah ! Cela ne va pas recommencer !

Si, cela va recommencer et, cette fois, les choses vont aller beaucoup plus loin.

Pour comprendre la discussion qui est en train de s'installer dans le couple Ferrand, il faut savoir que le ménage a, depuis des années, un sujet de discorde : la mère de Pierre Ferrand.

Marguerite Ferrand vient d'atteindre ses quatre-vingts ans en cette année 1970. Elle est veuve depuis longtemps, son mari ayant été tué au cours de la dernière guerre. Incontestablement, Marguerite Ferrand a de la classe. Le terme de « petite vieille » ne convient à personne moins qu'à elle. D'abord parce qu'elle n'est pas petite physiquement, ensuite parce qu'il se dégage d'elle une certaine noblesse, avec ses longs cheveux blancs coiffés en chignon, son visage et ses mains qui ont quelque chose de racé. Depuis la mort de son mari, elle est toujours vêtue de noir.

Marguerite Ferrand n'est pas dans la misère. Si elle n'a pour vivre que sa pension de veuve de guerre, elle possède un bel appartement rue Lacépède, dans le Ve arrondissement. C'est un de ces appartements à l'ancienne, avec d'immenses couloirs, des pièces trop grandes et une absence presque totale de confort.

Chez les Ferrand, la discussion s'est engagée.

– Rue Lacépède, il y a ma mère, figure-toi ! Est-ce que tu l'aurais oublié ?

– Oh non ! Ta mère, je ne risque pas de l'oublier ! Quand ce n'est pas elle qui téléphone, c'est toi qui le fais.

– C'est normal. Elle est âgée et toute seule. J'ai toujours peur qu'il lui arrive quelque chose.

– « Toute seule » : tu l'as dit ! Toute seule dans six pièces ! Et nous, nous nous entassons avec les enfants dans un F4 de banlieue !

Pierre Ferrand rentre la tête dans les épaules en espérant laisser passer l'orage, mais l'orage ne passe pas. Ce soir, Marie-Louise semble plus animée et déterminée que les autres fois.

– Pierre, il faut que ta mère s'en aille... Ne fais pas celui qui n'entend pas. Il faut qu'elle quitte son appartement et qu'elle aille à l'hospice !

– Tu es folle ?

– Non. Je suis parfaitement sensée, au contraire... Tu sais que maintenant les hospices ne sont plus ce qu'ils étaient ? Tiens, par exemple, l'hospice Sainte-Catherine près d'Évreux. C'est un établissement très bien. Regarde...

A la stupeur de son mari, Marie-Louise Ferrand va chercher un dépliant en couleur qu'elle lui tend.

– Tu as vu ces chambres ?... Tout le confort ! Là au moins, il y a l'eau chaude et le chauffage central. Cela la changera de la rue Lacépède... Et puis la cuisine est parfaite, le personnel est qualifié : des médecins de tout premier ordre, spécialistes des vieillards... Les tarifs sont très raisonnables. Naturellement, nous prendrons ce qu'il y a de mieux. Ton salaire le permet. Et ta mère mérite bien cela...

Pierre Ferrand est tellement atterré qu'il ne peut rien répliquer. Marie-Louise reprend, après une seconde d'hésitation :

– Je t'assure que c'est très bien. Je l'ai visité cet après-midi... D'ailleurs, j'ai versé des arrhes. Si elle veut, elle peut s'installer... dimanche...

– Dimanche ? Tu veux dire : celui qui vient ?

– Oui. Il fallait bien se décider.

– Mais c'est dans trois jours !

– Eh bien, tu as trois jours pour la convaincre. Tu n'auras pas de mal. Elle a toujours approuvé ce que tu disais. Tu es son dieu...

Pierre Ferrand reste bouche bée. S'il n'aimait pas à ce point Marie-Louise ou s'il avait plus de caractère, il l'enverrait promener. Mais il adore sa femme et, année après année, il l'a laissée prendre de l'ascendant sur lui. Confusément, il sentait bien qu'un jour il aurait un choix à faire avec cet amour qu'il éprouve aussi pour sa mère, dont il est le fils unique. Ce jour est arrivé...

Le lendemain, en sortant de son bureau, Pierre Ferrand, au lieu de prendre la direction de chez lui, se rend rue Lacépède. Au coup de sonnette, comme à l'habitude, répond le miaulement de deux chats. Marguerite vient ouvrir. Elle a une expression de bonheur en apercevant son fils.

– Mon grand ! Quelle surprise !

Pierre Ferrand entre sans dire un mot. A voir son visage fermé, sa mère devient brusquement inquiète.

– Quelque chose ne va pas ? Marie-Louise, les enfants ?

– Non, non. Ils vont bien...

– Ah... Enlève donc ton manteau...

– Non, je préfère le garder... Il fait froid ici. Très froid, même. Je me demande comment tu peux vivre dans ce froid ? C'est malsain.

– J'ai l'habitude, voilà tout. Mon poêle me suffit.

– Autrefois, peut-être. Mais à ton âge...

Marguerite s'approche de son fils.

– Qu'est-ce qu'il te prend ? Tu n'es pas venu ici pour me dire cela ?

– Non... Je trouve aussi que c'est sombre. Ces grandes pièces, ces couloirs, c'est sombre. C'est triste ! Ton appartement est triste...

Tout en parlant, ils sont arrivés dans le salon. C'est vrai que le décor est triste. Le piano, les tapis usés, le papier à rayures vieillot, les photos jaunies, les fauteuils et le canapé en velours rouge à pompons : tout cela est un peu mélancolique, comme la vieillesse elle-même, comme les souvenirs de toute une vie...

– Dis-moi plutôt ce que tu veux me dire, mon grand.

Pierre Ferrand se tait. Comme à son habitude, sa mère n'a pas éclairé la pièce. Le salon est presque dans l'obscurité. Il préfère cela.

– Marie-Louise m'a parlé hier... C'est surtout pour les enfants, tu comprends ?... Chez nous, à quatre, c'est trop petit. Tandis qu'ici...

– Ici, c'est plus grand.

– Oui. Alors, nous avions pensé que, peut-être, nous pourrions nous y installer.

– Et moi ?

– Les enfants font trop de bruit. Tu ne les supporterais pas. Et puis, comme je te l'ai dit, ce froid, ce manque de confort...

– Tandis que les hospices sont confortables.

Pierre Ferrand bondit de son siège et sort le dépliant de sa poche.

– Tiens, regarde : l'hospice Sainte-Catherine ! Je vais allumer...

– Ce n'est pas la peine. Quand partons-nous ?

– J'avais pensé... dimanche.

– Le dimanche qui vient ?

– Oui.

– D'accord. A condition que ce soit toi qui me conduises... Toi seul.

Dimanche 20 janvier 1970. Après deux heures de route, la voiture de Pierre Ferrand arrive devant les grilles de l'hospice Sainte-Catherine. La mère et le fils restent muets. Ils n'ont pas échangé un mot pendant tout le trajet.

L'établissement était superbe sur le dépliant. L'angle de la photo a été habilement calculé afin de faire paraître le parc beaucoup plus grand qu'il ne l'est. En fait, le mot de parc n'est pas celui qui convient : c'est plutôt un petit jardin... Une infirmière vient les accueillir.

– Madame Ferrand, je suis heureuse de vous souhaiter la bienvenue. Vous allez voir, vous serez très bien ici, comme tous nos pensionnaires.

Pierre jette un regard aux deux occupants du banc devant lequel ils passent : un petit vieux avec sa casquette, le menton sur les mains et les mains sur sa canne, tout recroquevillé, l'air lointain, et une femme aux cheveux blancs, agitée d'un rire muet.

– Venez madame Ferrand. Vous allez voir votre chambre...

Quelques minutes plus tard, l'infirmière pousse la porte 43 : une pièce de quatre mètres sur trois, laquée blanc, avec un lit en bois blanc lui aussi. Malgré elle, Marguerite Ferrand a un mouvement de recul.

– Comme c'est petit !

– Ce n'est pas grand, mais c'est très confortable.

L'infirmière allume le plafonnier, qui projette une lumière crue.

– C'est très clair. Et puis très bien chauffé. Et regardez cette vue sur le parc ! Vous voyez comme c'est gai ?

Marguerite soupire sans répondre. Elle pose sa valise sur le lit et s'assied. C'est alors que Pierre Ferrand, qui n'avait rien dit jusque-là, la prend avec brusquerie, presque avec violence, par le bras.

– Viens ! On s'en va !

– Mais, mon grand...

– On ne restera pas une minute de plus dans cet endroit. On rentre rue Lacépède !

– Mais monsieur Ferrand...
– Vous, taisez-vous ! Ma femme vous a versé des arrhes, eh bien, gardez-les !
Tandis que Pierre Ferrand et sa mère regagnent la voiture, Marguerite s'inquiète :
– Mais ta femme, justement ? Marie-Louise ?...
– Marie-Louise, on verra bien.
Le voyage du retour est aussi silencieux que l'aller. Et tant pis pour la réaction de Marie-Louise ! Tant pis si cela doit occasionner un drame !

Le drame, justement, éclate tout de suite... A peine Marguerite Ferrand a-t-elle poussé la porte de son appartement, qu'elle découvre qu'il y a du monde : Marie-Louise en compagnie d'un inconnu. Il y a un cri de surprise de part et d'autre. C'est Marie-Louise qui réagit la première. Elle s'adresse à son mari :
– Tu ne vas pas me dire que tu me la ramènes ?
– Si. Je ramène maman : elle restera ici. Et toi, tu peux me dire ce que tu fais avec ce monsieur ?
L'homme semble très contrarié de se trouver pris au milieu d'une scène de famille.
– Eh bien, je suis antiquaire...
– Quel rapport ?
– Eh bien, tout : les meubles, les tableaux, les objets. Il y a de fort belles pièces, je peux vous l'assurer...
– Partez !
– Comment ?
– Partez ! Vous avez entendu ?
Tandis que l'antiquaire va chercher en hâte son manteau, Marie-Louise explose.
– Puisque c'est ainsi, moi aussi, je m'en vais ! Je te laisse avec ta chère mère !
Pierre Ferrand lui emboîte le pas.
– On rentre ensemble... Je vais t'expliquer. Tu dois comprendre. Tu vas forcément comprendre...
– J'ai déjà compris !

– Marie-Louise, attends-moi !

Et Marguerite Ferrand se retrouve seule dans son appartement vide, avec sa valise à ses pieds...

Il est 6 heures du matin lorsque le téléphone sonne dans le F4 qu'habitent les Ferrand dans la banlieue sud-est de Paris. C'est Pierre Ferrand qui décroche. Il a passé une mauvaise nuit. Malgré tous ses efforts, il n'a pas pu faire entendre raison à Marie-Louise. Elle est restée sur ses positions ; elle a même prononcé le mot de divorce...

Au bout du fil, une voix d'homme inconnue :

– Monsieur Ferrand ? Ici la police du Ve arrondissement...

– Il est arrivé quelque chose à ma mère ?

– Oui, monsieur Ferrand... Il faut que vous veniez rue Lacépède. Votre mère... s'est suicidée au gaz. Son appartement a sauté et l'immeuble a failli sauter avec...

Pierre Ferrand répond d'une voix sans timbre :

– J'arrive.

Il raccroche... Sa mère a préféré disparaître. Cela ne le surprend pas, vu son caractère. Elle n'a pas supporté d'être une gêne, un obstacle.

Pierre Ferrand regarde sa femme, qui est immobile et toute pâle. Il va la quitter. Il ne peut pas faire autrement. Elle ne lui inspire plus maintenant que du dégoût... En un instant, il a tout perdu : sa mère, son foyer et même l'appartement, avec tous ses souvenirs. Et tout cela, il le sait bien, c'est sa faute. Il aurait dû tenir tête à Marie-Louise et refuser l'hospice. Tout ce gâchis est la conséquence logique de son manque de courage. La faiblesse est parfois, elle aussi, criminelle.

Naufrage à Paris

Hermann Krone, un Allemand de Brême, est chanteur d'opéra ; il fait partie de ces barytons qui, en cette fin des années 1950, font la réputation des scènes d'outre-Rhin. A cinquante-quatre ans, Hermann est cependant à un tournant de sa carrière : il a en effet décidé de quitter les planches pour devenir professeur de chant – et par la même occasion, de s'installer en France, à Paris. En attendant de trouver un appartement agréable, qui puisse accueillir son piano de concert, il loue comme habitation le *Mallacha*, un petit bateau de neuf mètres sur trois, amarré sur la Seine au port du Gros-Caillou, près des Invalides. Ce studio flottant appartient à son ami M. Harker, qui habite lui-même un navire plus grand, le *Tivoli*, amarré vingt mètres plus loin sur le même quai.

Ce soir, Hermann dîne sur un autre bateau, le *Lamentin*, habité par ses amis Garon, et amarré nettement en amont du sien. La soirée a été très agréable, grâce à la bonne humeur des occupants du *Lamentin* : Alfred Garon, sa femme Janine, et Bertrand, le fils de Janine, sont de bons vivants. Cependant il est tard (près d'une heure du matin), et Hermann ne doit pas trop s'attarder ; en effet pour rejoindre le *Mallacha*, il a besoin qu'on vienne le chercher en dinghy.

– Rudolf ne sera pas couché, dit-il. C'est le marin de mon ami Harker.

– On va te raccompagner en voiture ! propose Alfred.

– Je vais chercher la 4 CV ! dit aussitôt Bertrand.

Et tandis que le jeune homme saute sur la passerelle pour rejoindre le quai, Hermann prend congé de Janine :

– Merci pour cette belle soirée...

Alfred adresse un mot à sa femme :

– On est de retour dans dix minutes, dit-il.

Il se trompe. Car, pour les trois hommes, la soirée ne fait que commencer...

A cette heure tardive, les berges de Seine sont presque désertes, et la 4 CV ne met que quelques minutes à regagner le port du Gros-Caillou.

– Merci encore pour tout ! dit Hermann en ouvrant sa portière.

– On va te regarder monter à bord, dit Alfred. Des fois que tu tomberais à l'eau !

Bertrand rit de la plaisanterie. Hermann fait au revoir de la main et descend sur le quai. Un vent glacé accompagne le courant puissant du fleuve, ajoutant à son impétuosité. Hermann constate avec un certain soulagement que des lumières sont encore allumées sur le *Tivoli.* Utilisant alors sa voix de baryton :

– Harker ! crie-t-il. Harker !

Son ami finit par apparaître sur le pont :

– Moins fort, Krone ! Vous allez réveiller tout le port !

Hermann hoche la tête :

– Vous pouvez m'envoyer Rudolf ? demande-t-il.

– Rudolf n'est pas là ; je lui ai donné sa soirée. Mais je vous envoie un matelot émérite.

Et un instant plus tard, Hermann aperçoit le dinghy s'approchant dans l'ombre, avec à son bord la haute silhouette d'un jeune homme inconnu. Celui-ci est harnaché de sa brassière de secours et, un peu déstabilisé par le courant puissant, avance prudemment le long du câble de va-et-vient. Le dinghy touche enfin le quai, et Hermann saute à bord. Le jeune homme se montre tout à fait cordial :

– Ken Malloghan, de Manchester, dit-il en lui serrant la main.

– Hermann Krone. Vous voulez que je vous aide ?

– Ça va aller, merci.

Tirant sur le câble, il recommence la manœuvre en sens inverse.

– Gros débit ! dit Hermann en observant la masse noire et huileuse qui secoue le petit bateau au point de le forcer à s'y asseoir.

C'est à ce moment-là que tout bascule.

– My God !

Le jeune Ken, visiblement peu habitué à se servir du va-et-vient, a laissé le câble lui échapper. Aussitôt, emporté par le courant, le petit esquif part à la dérive. La vitesse à laquelle il se déplace à présent est à peine croyable. Paniqué, le jeune Anglais a sauté sur les rames !

– Laissez-moi faire ! dit l'Allemand.

– Non, j'ai l'habitude, répond Ken dans un accès de fierté inutile.

– Vers les arbres ! Vers les arbres ! crie alors Hermann.

Mais le malheureux se démène à contre-courant, sans aucune chance d'influer sur le trajet de la coque de noix.

Depuis le parapet surplombant le quai, Alfred et Bertrand assistent, stupéfaits, à la dérive du petit canot.

– Aide-moi, crie Bertrand à Alfred en dévalant les marches jusqu'à l'embarcadère le plus proche.

Tous deux s'activent à libérer une barque arrimée à la berge. Mais elle a été solidement attachée ; les nœuds sont serrés, les amarres difficiles à larguer. Au bout de plusieurs longues minutes, Bertrand parvient quand même à libérer la barque ; il se saisit alors des rames et s'éloigne du bord avec cette maîtrise que confère une grande habitude :

– Préviens les secours ! hurle-t-il à Alfred, tout en donnant de vigoureux coups de rames en direction du dinghy à la dérive.

Quelques instants plus tard, le canot à bord duquel se trouvent Hermann et Ken rencontre, affleurant juste à la surface, la corde d'amarrage du *Tomaso-Grebile*, une péniche stationnée au port du Gros-Caillou. La petite embarcation chavire aussitôt, et les deux hommes se retrouvent propulsés dans les eaux glacées.

– Non !

Depuis sa barque Bertrand assiste, impuissant, à l'accident. Heureusement, dans un sursaut, l'Allemand parvient à se raccrocher à la corde qui a renversé le dinghy. Il s'y cramponne, râlant et crachant, plongé dans l'eau jusqu'aux épaules, tout près, si près de la proue du *Tomaso-Grebile.*

L'Anglais, lui, se laisse entraîner par le courant sur près de cent mètres, jusqu'à la chaîne d'ancre d'une petite vedette à laquelle il s'agrippe avec l'énergie du désespoir.

En quelques coups de rames, Bertrand gagne la péniche *Tomaso-Grebile* et se hisse à son bord. Par chance, elle est assez lestée pour que son bastingage ne soit pas trop éloigné de la surface de l'eau. Se penchant au risque de tomber, le jeune homme parvient à agripper Hermann Krone aux épaules, et à le maintenir à la surface.

– Tenez bon, Hermann, je suis là, on va vous tirer de là !

Mais le pauvre homme est transi de froid ; il a plus ou moins perdu connaissance ; et à chaque mouvement du courant, sa tête s'enfonce dans l'eau. Bertrand tire autant qu'on peut le faire à bout de bras.

– Je ne peux plus, soupire-t-il. Je n'y arriverai pas.

Sentant Hermann lui échapper, il l'agrippe à temps par le paletot, avec ses dents. La vie du chanteur allemand est maintenant suspendue aux mâchoires du jeune homme qui tremble et transpire sous l'effort et la douleur. Comble de l'horreur : on entend distinctement les appels au secours de l'autre naufragé, l'Anglais Ken Malloghan, crispé sur sa chaîne d'ancre, quelque cent mètres en aval.

Les pompiers mettront encore plus de cinq minutes à venir soulager Bertrand. Quand il peut enfin desserrer les dents, le jeune homme ne sent plus ses mâchoires. Il essaie de retrouver son souffle.

– Vite, crie-t-il, la vedette ! Il y a un homme dessous !

Mais pour Ken Malloghan, les secours arrivent trop tard. Au moment même où les pompiers montent à bord de la vedette pour tenter de le sortir de l'eau, il lâche prise et se laisse entraîner par le courant. Malgré la santé de sa jeunesse, il n'a pas pu résister aussi longtemps au froid, et a fini par succomber à une congestion.

Hermann Krone est évacué vers un hôpital ; deux jours après, il est sur pied. Grâce au courage de Bertrand et à la sollicitude d'Alfred...

Là-haut, sur les quais, les Parisiens qui sortaient des cinémas, des théâtres et des restaurants, se sont peut-être demandé quel fait divers entravait une fois de plus la circulation. Ils auraient sans doute été surpris d'apprendre qu'en plein cœur de leur ville, un « matelot émérite » venait de perdre la vie dans un naufrage.

Passage en force

C'est en décembre 1982 que Klaus Halke a réussi à trouver une place de camionneur au chantier de la sablière de Weferlingen, un petit bourg de RDA. Pour lui, le seul intérêt de cet emploi, c'est que le chantier se trouve tout près de la zone-frontière avec l'Ouest – si près qu'avec un peu de préparation et beaucoup d'audace, un passage de l'autre côté, à travers le *no man's land*, peut être envisagé.

– C'est quand même sacrément risqué, fait remarquer Kurt, lui aussi chauffeur de poids lourd dans la région.

Avec son frère Gerd, Kurt est le seul auquel Klaus ait confié ses projets d'évasion. Les trois hommes ont décidé de tenter ensemble leur chance, à la première occasion.

– Le tout, reprend Klaus, c'est que le chantier soit désert le matin de notre fuite.

Or, pour cela, il n'y a qu'un moyen : saouler les ouvriers du chantier la veille. C'est ainsi qu'un beau soir de février 1983, Klaus invite tout le monde à venir prendre un pot au petit café de Weferlingen. La bière coule à flots mais aussi le schnaps, et le camionneur se dit que son salaire du mois va y passer – qu'à cela ne tienne, il n'est plus question de lésiner sur les moyens.

– Dis donc, Klaus, demande soudain un vieux contremaître, qu'est-ce qu'on fête, au juste ?

C'est un jeune ouvrier qui trouve la réponse :

– Il a dû trouver une nana super quelque part !

Tout le monde éclate de rire et, l'alcool aidant, les chansons prennent le relais. Klaus, qui n'a pas vidé un seul verre de la soirée, sourit lui aussi : « S'ils savaient... » pense-t-il. Mais il vaut mieux qu'ils ne sachent pas.

Vers 22 heures, les ouvriers, ivres pour la plupart, regagnent tant bien que mal les baraquements de fortune qui les abritent, en bordure de la sablière. Klaus les laisse rentrer tranquillement ; puis il saute aux commandes de son douze tonnes et se dirige vers la sortie du chantier. Le jeune garde, qui vient d'entendre parler des prétendues amours de Klaus en ville, se contente de lui adresser un clin d'œil et d'ouvrir la barrière. Klaus le gratifie d'un petit signe amical et fonce en direction de Magdebourg.

Au croisement de route convenu, il retrouve alors Kurt et Gerd, un peu tendus, mais exaltés à l'idée de tenter la « belle » le lendemain matin.

– Couchez-vous entre la banquette et le tableau de bord, dit Klaus. Il ne faut pas que le garde devine votre présence.

Au moment de rentrer à la sablière, les deux hommes retiennent leur respiration, mais le passage du poste se fait sans encombre. Klaus gare le douze tonnes à sa place habituelle.

– Je vais rentrer dans mon cabanon, dit-il. Vous pouvez m'y rejoindre dès que vous estimez que la voie est libre.

Dix minutes plus tard, les trois hommes s'installent dans la chambrette pour passer la courte nuit précédant l'exploit – ou sa tentative...

– Je mets le réveil à sonner à 4 heures, précise Klaus. D'ici là, il faut essayer de dormir.

C'est Kurt qui s'éveille le premier. Rapide coup d'œil au réveil : 4 h 50 ! En fait, quand la sonnerie a retenti, Klaus l'a stoppée machinalement et s'est aussitôt rendormi ! Dans le cabanon c'est l'angoisse.

– Vite, vite ! On a déjà perdu une heure.

Avant de sortir, Klaus prend quand même le temps d'attraper, dans son casier, son porte-bonheur de toujours : un petit faon en cristal, aux pattes effilées comme des aiguilles...

Les trois hommes sautent dans le camion que Klaus conduit, à toute vitesse, jusqu'au chantier de la sablière. Heureusement, le schnaps de la veille a fait son effet, et l'endroit est encore désert quand ils arrivent.

– Le bulldozer est là-bas !

Car le plan d'évasion des trois amis est celui-ci : il s'agit de prendre les commandes d'un bulldozer du chantier et de passer la frontière en force, quitte à détruire tout ce qui se trouvera sur le passage ! C'est peu subtil, sans doute, et plus facile à imaginer qu'à mettre en œuvre...

Le moteur de l'engin se met en marche dans une pétarade d'enfer ; mais à cette heure-là, un tel bruit sur le chantier n'a rien d'anormal, et ne devrait pas alerter les sentinelles (les fameux Vopos) qui gardent la frontière.

Les trois fugitifs se sont entassés dans la petite cabine de l'engin, un vrai monstre d'acier. Le bulldozer remonte sans hâte le remblai de la première clôture frontalière. Tout le long de cet obstacle, des panneaux annoncent : « Zone de sécurité. Passage interdit. Danger de mort. » Mais de toute façon, il n'est plus temps de faire demi-tour. Indifférent aux menaces, le bulldozer enfonce tranquillement la première grille, à hauteur d'une entrée ménagée pour les gardes.

– Attention au fil ! hurle Gerd.

En effet, la lame de l'engin vient de frôler dangereusement le fil du signal d'alarme. Transpirant à grosses gouttes, Klaus manœuvre en finesse pour éviter l'irrémédiable. Et le bulldozer finit par s'éloigner sans avoir touché le fil. Les trois hommes soufflent.

Pas longtemps ! Juste en face vient en effet d'apparaître, encastré dans la deuxième clôture, un mirador ! L'effet est saisissant. L'angoisse est si forte que Kurt ressent une douleur tenace au fond de la poitrine. Les trois amis grimacent : est-il encore temps de faire demi-tour ?

– On fonce ! crie Klaus.

Et il accélère au maximum en direction du grillage qui se déchire et s'applatit sous le poids du monstre d'acier. Depuis le poste d'observation, personne n'a réagi.

Pour autant, les fugitifs ne sont pas au bout de leurs peines. Ils traversent en ce moment le *no man's land*, un terrain dégagé mais miné. A chaque instant, les chenilles du bulldozer risquent de rencontrer un détonateur. Le temps se dilate, chaque instant paraît s'étirer à l'infini. Gerd n'imaginait pas que l'angoisse pouvait atteindre de tels sommets.

– On est foutus ! crie soudain Kurt.

L'engin est parvenu au bord d'un immense fossé cimenté, une sorte de saignée abrupte, infranchissable. Or le temps passe, et c'est déjà un miracle que les Vopos n'aient pas donné l'alerte ; les trois amis savent bien que, d'un instant à l'autre, ils vont entendre les balles siffler...

C'est Gerd qui, le premier, trouve une issue :

– Là-bas ! dit-il. Il y a des plaques en béton ! On doit pouvoir passer dessus.

Klaus essuie la sueur qui lui coule dans les yeux puis, respirant à fond, entreprend la manœuvre la plus délicate de sa carrière. Il freine au maximum avant de s'engager sur l'étroite passerelle – seulement le moteur ne tient pas le ralenti, il cale ! Klaus quitte la sellette et fait un écart acrobatique pour grimper sur une chenille. Puis, avec l'énergie du désespoir, il se met à triturer le démarreur, à l'aveuglette. Les secondes passent, les minutes peut-être – à tout moment ils peuvent être repérés –, mais Klaus est au-delà de l'angoisse, il a perdu toute notion du temps et de la situation ; ce n'est plus sa conscience qui agit, ce sont ses réflexes.

Miracle : le moteur redémarre ! Avec de grandes précautions, Klaus peut donc mener le bulldozer en équilibre sur les étroites dalles de béton.

– Allez ! Allez ! crie Kurt. Encore deux mètres. Un mètre !

Ils sont passés ! Soudain euphoriques, les trois hommes foncent sur la dernière clôture grillagée.

– Attention ! crie Gerd. Les batteries !

Tout au long de la clôture en effet, des boîtes fixées à des poteaux abritent des armes à tir automatique, qui font feu pour peu que l'on effleure les fils d'alarme.

– Couchez-vous ! Écrasez-vous au sol !

Klaus bloque le levier de commandes sur la marche avant, et se tasse de son mieux lui aussi. Bientôt, c'est l'apocalypse : des rafales de balles criblent les flancs du bulldozer, font voler les vitres en éclats, le tout dans un vacarme ahurissant. L'engin est littéralement pilonné par les décharges, criblé d'impacts... Puis cela cesse. Et le bulldozer, dans un état pitoyable, continue sa progression. L'ultime grillage est défoncé sans trop de peine. Kurt relève la tête le premier :

– Les gars ! C'est bon ! On a réussi !

Alertés par les détonations des mitrailleuses, les ouvriers d'une petite usine frontalière accourent vers le bulldozer. Avant qu'ils aient pu retrouver leurs esprits, Klaus, Kurt et Gerd sont portés en triomphe par leurs compatriotes de l'Ouest. De l'autre côté, les Vopos viennent de réaliser la situation, mais il est trop tard : ils ne peuvent plus rien faire, les trois fugitifs sont maintenant sous la protection de l'Allemagne fédérale.

– Venez ! disent les ouvriers. On va fêter ça !

Encore sous le choc, les trois amis se laissent conduire à la cafétéria de l'usine. On leur sert de bons cafés bien chauds, on leur demande de raconter les péripéties de leur exploit ; c'est Kurt qui se montre le plus disert... Épuisé mais heureux, Klaus cherche, au fond de sa poche, l'objet fétiche qu'il y avait placé une heure plus tôt : ses doigts palpent le petit faon de cristal – lui aussi est arrivé sain et sauf de l'autre côté.

Le chien des morts

16 juin 1948. A bord de leur grosse barque à moteur, William Selden et Horace Marlow étouffent dans l'air irrespirable de la forêt amazonienne. Mais ils doivent continuer à avancer : il faut arriver à Chiletta avant la nuit.

Chiletta, à l'est de la Colombie, en plein bassin amazonien, n'est qu'une bourgade de pêcheurs ; après, il n'y a plus rien que l'immense étendue verte, l'inconnu...

William Selden et Horace Marlow savent le risque qu'ils prennent. Il faut être fou pour aller dans une région pareille ! Mais c'est justement pour cela qu'ils y vont : parce qu'ils espèrent bien être les premiers. Quand on cherche de l'or, il vaut mieux que personne ne soit passé avant vous. Or personne n'est allé au-delà de Chiletta ou, du moins, n'en est revenu.

William Selden et Horace Marlow ne sont pas des chercheurs d'or comme les autres, de banals aventuriers. Ils sont tous les deux étudiants à l'université de Los Angeles, titulaires d'un doctorat d'histoire et spécialisés dans la conquête de l'Amérique par les Espagnols.

C'est en faisant ensemble des recherches qu'ils ont découvert un manuscrit à la Bibliothèque nationale de Mexico. L'auteur du récit, un des premiers conquistadores, faisait état de la découverte d'un filon d'or. A l'aide de divers recoupements, Selden et

Marlow ont réussi à le localiser : quelque part dans la forêt amazonienne, à soixante kilomètres au nord de Chiletta.

S'ils ont le même âge : vingt-cinq ans, William Selden et Horace Marlow ne se ressemblent guère. Selden, un grand maigre au regard froid, est avant tout un historien, un chercheur. Si l'or l'intéresse, c'est afin d'avoir de quoi monter plusieurs expéditions archéologiques qu'il a en tête.

Marlow, trapu, un peu corpulent, aussi agité que Selden est calme, est, au contraire, animé uniquement par l'appât du gain. Depuis le début de l'expédition, il est en proie à une agitation qui ne fait que croître, maintenant qu'ils approchent du but...

Les deux jeunes gens arrivent en fin de journée à Chiletta. La bourgade comprend une centaine de maisons, de baraques plutôt. William Selden et Horace Marlow sont en train de déposer leur matériel sur le débarcadère grossier qui sert de quai, lorsqu'un individu grassouillet s'approche d'eux. Il est de type indien prononcé, porte un pantalon trop large pour lui, une chemisette blanche et un chapeau de paille.

– Je vous salue, señores ! Je suis le chef de ce village. Vous allez avoir besoin de moi.

– Oui, c'est bien possible...

– Ce n'est pas possible, señores, c'est certain. On ne peut rien faire sans moi à Chiletta.

William et Horace dévisagent l'arrivant qui leur sourit d'une manière passablement inquiétante... Tout autour d'eux, les habitants de Chiletta commencent à s'attrouper : tous des Indiens à la mine farouche. Le chef du village se relève après un rapide examen de leur matériel.

– Où comptez-vous trouver de l'or, señores ?

– Nous ne cherchons pas d'or.

– Alors, pourquoi emportez-vous ce genre de pelles et de pioches ? Je vous répète : où comptez-vous trouver de l'or ?

Cette fois, il faut répondre. C'est William Selden qui le fait :

– Soixante kilomètres au nord.

– Il n'y a pas d'or par là, señores.

– Laissez-nous vérifier...

– Il n'y a pas d'or là-bas, je vous dis ! Mais je sais où il y en a... ou plutôt, lui, il sait...

Le chef du village se tourne vers le groupe des habitants qui assistent à l'entretien en silence.

– Ramon !

William Selden et Horace Marlow n'ont pas le temps de revenir de leur surprise. Ils voient arriver devant eux un être de cauchemar : un petit homme bossu, noiraud, aux yeux furtifs. Mais c'est surtout son nez qui lui donne quelque chose de monstrueux. Il est à la fois long et épaté ; on dirait un museau de chien...

Le chef du village se tourne vers les deux Américains.

– Voici Ramon... Mais personne à Chiletta ne dit « Ramon » en parlant de lui. Tout le monde l'appelle le « chien des morts ».

– Le chien des morts ?

– C'est ce qu'il est. Ramon a un don depuis qu'il est enfant : il sait où sont enterrés les hommes. N'est-ce pas, Ramon ?

L'homme agite sa face noiraude en signe d'assentiment.

– Il parle à peine, mais il comprend très bien tout ce qu'on lui dit. Tu sais où il y a des Indiens dans la forêt, Ramon ?

Nouvelle mimique pour dire « oui ».

– Il y en a beaucoup ?

Cette fois, Ramon répond vraiment.

– Oui.

– Et ils sont où ?

Le chien des morts désigne la terre avec une grimace.

– Là-dessous...

William Selden finit par réagir.

– Vous allez nous dire ce que tout cela signifie ?...

– C'est simple : autour d'ici, il y a des tombes incas et dans les tombes incas, il y a de l'or. C'est là que vous en trouverez. Donnez-moi cent dollars et je vous prête le chien des morts.

William se sent brusquement inquiet. Il n'aime pas du tout cette histoire.

– S'il y a autant d'or que vous le dites, pourquoi n'êtes-vous pas allé le chercher vous-même ?

– A cause de la malédiction. Chez nous, on dit que toute personne qui entre la première dans la tombe d'un Inca est maudite. Mais vous, vous n'y croyez pas. Alors, le chien des morts se fera un plaisir de vous guider si vous me donnez cent dollars...

– Pas question, cela ne nous intéresse pas !

– Si, si. Cela nous intéresse...

C'est Horace Marlow qui vient d'intervenir. Coupant la parole à son camarade, il s'adresse au chef du village.

– C'est d'accord. J'entrerai le premier dans les tombes. Cela ne me fait pas peur... Allez, William, sors ton argent. Paie-lui ses cent dollars.

– Je n'aime pas cela...

– Mais si : il a raison ! Notre filon, ce n'était pas sûr à cent pour cent, tandis que, dans les tombes, il y a sûrement de l'or. Paie, je te dis !

A contrecœur, William Selden sort les billets verts de sa poche... Il jette un coup d'œil à Ramon, au chien des morts, qui se tient dans un coin, silencieux, indifférent, du moins en apparence... Le chef choisit quatre autres habitants du village qui vont servir de porteurs et, le lendemain, tout le monde s'en va, direction l'inconnu, pour un voyage d'outre-tombe.

20 juin 1948. Depuis quatre jours, l'expédition avance dans la forêt amazonienne, avec, en tête, Ramon, le « chien des morts », tout chétif et noiraud, qui semble effectivement chercher son chemin en reniflant comme un chien...

La quatrième journée est sur le point de se terminer. William Selden et Horace Marlow sont de plus en plus sceptiques. Comment l'Indien pourrait-il retrouver des tombes vieilles de plusieurs centaines d'années, alors qu'ici la végétation fait tout disparaître au bout de quelques mois ?

Soudain, le chien des morts s'arrête... La colonne est dans une clairière, si l'on peut appeler cela ainsi, car les lianes, les fougères et autres plantes envahissent tout. Seulement, sur un cercle d'environ trente mètres de diamètre, il n'y a pas d'arbre et, chose tout à fait étonnante, on distingue une sorte de trouée orientée est-ouest. Or, Selden et Marlow le savent, les Incas plaçaient leurs tombeaux à un endroit où l'orient et l'occident étaient dégagés.

Le chien des morts gratte le sol avec son pied droit, doucement d'abord, puis de plus en plus vite.

– C'est là!... Creusez là!

Aussitôt, les quatre porteurs indiens et les deux Américains s'y mettent. Mais pas leur guide, le chien des morts, qui se contente de les regarder, l'air parfaitement tranquille. Visiblement, il n'a aucun doute sur ce qui se trouve dans ce sol qui n'a été foulé par aucun humain depuis des siècles...

Sous la direction d'Horace Marlow, les fouilles avancent rapidement et c'est le lendemain, vers 16 heures, qu'un des Indiens pousse un cri :

– Ici!... Quelque chose!

Horace Marlow se précipite avec sa pioche et se met à frapper à grands coups. Un bruit sec lui répond. C'est une voûte en pierre, caractéristique des tombes incas... Au bout de quelques minutes, il y a un grondement sourd. Une galerie s'est ouverte sous leurs pieds. Horace Marlow pousse un cri de triomphe.

– On a gagné, William! J'y vais le premier. Je l'avais promis...

William Selden se place au bord du trou. Au bout de plusieurs minutes qui semblent interminables, Horace Marlow revient avec une poterie brune recouverte de dessins géométriques. William a une exclamation :

– Mon Dieu! Une urne princière!

D'en bas, Horace la lui tend à bout de bras. Il la prend en tremblant, brise le bouchon de cire, enfonce sa main et la retire, toute pleine d'un flot brillant...

– Horace! C'est de l'or! Elle est pleine de poudre d'or!

Mais tandis qu'Horace Marlow plonge à son tour la main dans l'urne, le sang de William Selden se glace. Il a surpris le chien des morts qui les regarde en silence tous les deux, avec une expression de haine indicible.

En un instant, il vient de tout comprendre. Comment ont-ils été assez fous pour se laisser manœuvrer ainsi ? Comment ont-ils pu donner dans ce piège, tête baissée ? Il parle à son compagnon à voix basse pour ne pas donner l'éveil aux autres :

– Partons tout de suite !

Horace le regarde avec surprise.

– Tu es fou ? Il y a encore deux urnes comme celle-là dans la tombe. Et des tombes, il y en a d'autres. Des dizaines d'autres. Tu te rends compte combien cela fait de kilos de poudre d'or pour nous tout seuls ?

William Selden parle toujours d'une voix étouffée.

– J'ai tout compris, Horace. Cela faisait longtemps que les gens de Chiletta attendaient de pauvres types comme nous. Ils voulaient l'or des tombes incas, seulement ils n'osaient pas entrer les premiers à cause de la malédiction...

– Tu as les nerfs trop fragiles.

– J'ai tout compris, Horace. Ils vont nous tuer !

– C'est du roman. Nous perdons du temps...

– Non, ce n'est pas du roman ! Pourquoi nous auraient-ils permis de violer la tombe de leurs ancêtres ? Pour cent dollars ? Tu veux rire ! Cet or, il est à eux. Ils le veulent pour eux. Ils attendent simplement qu'on ait fait le travail à leur place et, ensuite, ils se débarrasseront de nous...

Du coup, Horace Marlow se fâche.

– Si tu as peur, va-t'en ! Moi, je continue.

– Tant pis pour toi !...

William Selden va prendre son fusil, ses cartouches et des provisions. Horace se met à crier.

– Eh, William, ne fais pas l'imbécile ! Tu ne pourras jamais retrouver ton chemin sans guide. C'est de la folie, c'est du suicide !

Mais William Selden ne l'écoute pas. Il s'enfuit en courant. Au passage, il croise le regard du chien des morts. L'espace d'un instant, ce dernier a une expression étonnée, presque amicale, comme s'il le félicitait d'avoir choisi la bonne voie...

Ce regard, qui signifiait en même temps la condamnation de son compagnon, William Selden ne l'a jamais oublié.

Il s'est sorti miraculeusement de l'enfer amazonien, après avoir erré seul pendant deux semaines et, en arrivant à Bogota, il a rapporté son histoire aux autorités. Celles-ci ont fait une enquête... elle n'a rien donné. Personne, à Chiletta, n'avait vu les deux explorateurs américains. Quant au chien des morts, il était tout aussi inconnu. Il n'y avait jamais eu un tel individu au village...

Pourtant, la police a eu vent, peu après, d'un bruit étrange. Un être ressemblant à la description qu'avait donnée William Selden avait été vu dans une maison de jeu de Bogota : un petit homme noiraud, au nez allongé et épaté à la fois, qui lui faisait comme un museau de chien. Il n'avait pas d'argent, mais seulement un sac de poudre d'or. Au matin, il avait tout perdu. Il est parti et personne ne l'a jamais revu, pas plus qu'Horace Marlow.

Pour une pièce de cinq marks

Nous sommes à Magdebourg, ville industrielle de l'ex-Allemagne de l'Est, qui fait partie, ce 18 mars 1991, de l'Allemagne tout court. Léopold Schmidt se penche par sa fenêtre donnant sur la cour grise d'un immeuble. Léopold Schmidt est un petit homme d'une soixantaine d'années aux cheveux gris et aux lunettes rondes cerclées de fer.

– Gertrud, viens voir...

Gertrud Schmidt, son épouse, petite bonne femme insignifiante, vient à la fenêtre à son tour. En bas, dans la cour, c'est le logement des Richter, une sorte d'atelier recouvert de tôle ondulée formant un ensemble de trois pièces. Tout cela est triste et misérable et les Richter ont essayé, comme ils ont pu, d'apporter une note de gaieté en mettant des pots de fleurs un peu partout. C'est sans doute aussi pour animer quelque peu leur décor que les Richter ont recueilli tous les chats du voisinage. Ils sont une douzaine au moins à aller et venir dans la cour autour des écuelles qui leur sont préparées, ce qui n'est pas du goût de tout le monde, en particulier de M. Schmidt.

Pour l'instant, deux hommes en chapeau mou et imperméable frappent au carreau des Richter. L'un d'eux sort quelque chose de sa poche, qu'il tend devant lui, et annonce d'une voix sèche :

– Police !

Au troisième étage, Gertrud Schmidt se dissimule derrière ses bégonias. Elle souffle à son mari :

– Léopold, tu n'aurais pas dû...

En bas, dans la cour, les présentations se font rapidement. L'homme qui avait montré sa carte de police retire son chapeau. Il a une quarantaine d'années, les cheveux blonds plaqués, l'allure décidée :

– Commissaire Gesell. Puis-je voir votre mari, madame Richter ?

Johanna Richter ne semble pas encore être revenue de sa surprise. C'est une petite blonde de vingt-cinq ans environ, à l'aspect fragile. Ses yeux bleus ont quelque chose de craintif. Après être restée un moment bouche bée, elle parvient à dire :

– La police ? Mais pourquoi ?

– Je compte l'expliquer à votre mari. Il est là ?

– Oui, dans son atelier. Depuis qu'il est au chômage, il passe toutes ses journées dans son atelier...

Le commissaire Gesell retient d'un geste Mme Richter qui se disposait à aller chercher son époux :

– Ne vous donnez pas cette peine, madame. Nous y allons nous-mêmes...

Quelques instants plus tard, le commissaire et le policier qui l'accompagne poussent la porte d'une pièce assez vaste. La fenêtre est masquée par un rideau noir. Une ampoule électrique, pendue au plafond, donne une lumière crue. Il règne un désordre indescriptible. Dans un coin, des négatifs sèchent sur un fil.

Sans dire un mot, le commissaire Gesell s'empare de l'un d'eux et l'examine devant l'ampoule : c'est la photo d'une petite fille aux longs cheveux. Il demande :

– Qui est-ce ?

L'homme d'une trentaine d'années, qui se tenait jusque-là au fond de la pièce, derrière un établi, bondit alors sur le policier et lui arrache le cliché... Mme Richter se précipite :

– Thomas... Ces messieurs sont de la police...

– Police ou pas, ce ne sont pas des manières ! Allez, dehors !

Le commissaire Gesell sort de sa poche une feuille pliée en quatre qu'il déplie tranquillement :

– Vous savez lire, monsieur Richter ?

Thomas Richter ouvre de grands yeux :

– Un mandat de perquisition ! Mais qu'est-ce que cela signifie ?

– Cela signifie que vous avez intérêt à répondre à nos questions sans faire le malin. Et d'abord, vous n'avez toujours pas répondu : qui était sur la photo ?

– Teresa, ma fille. Elle a sept ans. Je fais de la photo en amateur... Qu'est-ce qu'on me reproche ?

– Vous n'en avez pas la moindre idée ?

Thomas Richter reste muet.

– Vous êtes suspecté de faire de la fausse monnaie, monsieur Richter...

Il y a un cri perçant : c'est Johanna Richter. Elle se précipite vers son mari.

– Qu'est-ce que c'est que cette histoire, Thomas ? Ce n'est pas vrai ! Tu n'aurais pas fait une chose pareille ?

Thomas Richter repousse l'étreinte de sa femme.

– Évidemment non. Il n'y a aucune raison de perdre la tête...

Il se tourne vers les policiers.

– Puis-je savoir ce qui vous a amenés à me suspecter ?

– Nous avons nos informations, je ne peux pas vous en dire plus... Monsieur Richter, vous savez qu'en matière de fausse monnaie, les préparatifs équivalent à un délit. J'espère pour vous que nous ne trouverons pas ici ce que nous cherchons...

Le commissaire fait un geste bref à l'attention du policier qui l'accompagne et tous deux se mettent à fouiller. Thomas Richter est abasourdi... Évidemment, comme tout le monde, il a lu dans les journaux qu'il y avait depuis quelque temps un afflux de fausses pièces de cinq marks... On parle d'une bande ayant des complices dans les principales villes de l'ancienne RDA. Mais de là à venir avec un mandat de perquisition ! Il a été dénoncé par une lettre anonyme. C'est une vengeance de voisin. Comment la police peut-elle faire attention à de pareils racontars ?

– Vous avez un agrandisseur extrêmement perfectionné, monsieur Richter ! Savez-vous que c'est exactement celui qu'emploient les faux-monnayeurs ?

– Est-ce que vous prétendez m'arrêter pour cela ?

Le commissaire ne répond pas et continue sa perquisition... Et quelques instants plus tard, il pousse un véritable cri de triomphe.

– Voilà ce que je cherchais...

Il brandit une plaque de laiton dans laquelle sont découpés plusieurs trous circulaires. Il sort une pièce de cinq marks et l'adapte à l'un des trous.

– Juste un peu plus grand ! C'est avec cela que vous avez fait vos moules...

Thomas Richter a l'impression de vivre un cauchemar.

– Mais enfin, c'est absurde. Je me suis servi de ces bouts de laiton pour réparer ma moto...

– Et on peut la voir, cette moto ?

– C'est que, justement... la réparation n'a pas tenu... Vous n'y trouverez pas les pastilles de laiton...

– Mais comment donc ! Dites-moi, de quoi vivez-vous puisque vous êtes au chômage ?

– Mais de mon indemnité de chômeur... Et puis Johanna fait des ménages...

Le commissaire prend un air mauvais.

– Ça suffit comme ça, Richter. Préparez vos affaires, je vous arrête.

Johanna Richter a un cri de bête blessée. Son mari la rassure de son mieux.

– C'est une erreur, tu le sais parfaitement. Garde la tête froide et tout ira bien. Je serai de retour dans un jour ou deux avec les excuses du commissaire.

Le commissaire Gesell a un regard méchant en s'adressant à l'homme qui l'accompagne :

– En attendant les excuses, passez-lui les menottes.

Et, quelques instants plus tard, Thomas Richter sort dans la cour entre les deux policiers. Prévenus par les soins de la concierge, tous les habitants de l'immeuble sont là, à l'exception toutefois des Schmidt qui se cachent derrière leurs rideaux... Les commentaires vont bon train.

– Il vivait sur le dos de sa femme, il l'obligeait à faire des ménages...

– S'enfermer comme cela des journées entières dans son atelier, forcément, ce n'était pas normal...

Thomas Richter s'est trompé dans ses prévisions. Il n'est pas libéré au bout d'un jour ou deux, ni même d'une semaine ou deux. Un mois passe et il est toujours en prison préventive... Les pièces à conviction saisies sont insuffisantes pour justifier une inculpation, mais le commissaire s'acharne. Richter nie avec violence, ce qui n'empêche pas par moments le désespoir de le gagner.

Il serait encore plus inquiet s'il savait ce qui se passe chez lui dans le même temps. Johanna vit, en effet, un vrai calvaire. Il a commencé, le jour même de l'arrestation, chez l'épicier. Celui-ci a eu un sourire gêné quand elle lui a tendu une pièce de cinq marks pour le régler.

– Excusez-moi, madame Richter... Vous ne pourriez pas me payer avec un billet ?

Johanna n'avait pas de billet sur elle. Elle est partie, abandonnant ses marchandises, morte de honte, sous le regard des autres clients...

Le lendemain, c'était la dame chez qui elle faisait des ménages :

– Je suis désolée, Johanna, mais vous ne pouvez pas rester à mon service. Après ce qui est arrivé, vous comprenez...

Et depuis, impossible de retrouver du travail. Toutes les portes se ferment. Personne n'a plus confiance « après ce qui est arrivé »... Quelques jours plus tard, c'est pire encore : la petite Teresa arrive en pleurs de l'école.

– Maman, c'est vrai que papa est un voleur ?

– Mais non, quelle idée !

– Pourtant mes camarades m'ont dit que c'était vrai et qu'il était en prison...

Johanna Richter sait qu'elle devrait tenir le coup, ne serait-ce que pour Thomas qui a besoin d'elle. Mais elle a toujours été extrêmement nerveuse et fragile. Elle se sent agressée de toutes parts. Elle n'en peut plus...

Curieusement, la seule personne qui manifeste de la sympathie pour elle est Mme Schmidt, qui s'était pourtant montrée par le passé très désagréable au sujet des chats. L'autre jour, elle l'a prise à part dans l'escalier :

– Ma pauvre petite, comme je vous plains ! Je voudrais vous dire...

Mais Mme Schmidt s'est brusquement tue et elle est partie sans terminer sa phrase...

14 avril 1991. Il y a un mois que Thomas Richter est en prison et, ce jour-là, il est convoqué par le commissaire Gesell. Cela fait peut-être la dixième fois et il ne s'attend à rien d'autre qu'à une épreuve supplémentaire à laquelle il est bien décidé à faire face...

Pourtant, quand il entre dans le bureau, il se rend compte qu'il y a quelque chose de changé. Le commissaire n'a pas sa mine arrogante des autres fois, il a l'air au contraire gêné, très gêné.

– Monsieur Richter... Lorsque je vous ai arrêté, vous m'avez dit que je vous relâcherais avec mes excuses. Eh bien, vous aviez raison : je vous relâche et je vous fais mes excuses...

Thomas Richter devrait ressentir un sentiment de triomphe, mais quelque chose l'en empêche, peut-être le ton sinistre du commissaire. Il demande avec prudence :

– Expliquez-vous...

Cette question, que le commissaire Gesell attendait forcément, semble le mettre terriblement mal à l'aise.

– Eh bien, une de vos voisines, Mme Schmidt, est venue me voir. Elle m'a avoué que son mari avait écrit la lettre anonyme qui nous avait fait vous suspecter. Il s'agissait d'une vengeance... M. Schmidt vous en voulait à cause de vos chats. Il a été arrêté...

Pour la première fois depuis un mois, Thomas Richter sourit. Cette histoire de fous a enfin un sens. Mais la mine du commissaire Gesell s'assombrit encore si c'est possible...

– En fait, Mme Schmidt a dénoncé son mari sous l'effet du remords...

Thomas Richter sent brusquement une appréhension. Le commissaire poursuit en cherchant ses mots :

– Il s'est passé quelque chose de très grave, monsieur Richter... Votre femme... Enfin... elle s'est suicidée hier... C'est ce qui a décidé Gertrud Schmidt à parler...

Thomas Richter ne dit rien. Le commissaire non plus. Il le considère en silence et lui tend une enveloppe :

– Elle a laissé cela... Vous êtes libre, monsieur Richter...

Thomas décachète l'enveloppe blanche et lit :

« A Teresa.

« Adieu, ma chérie. Ce que m'a fait Thomas est trop affreux. Je ne peux plus le supporter. Je te demande pardon.

Johanna. »

Johanna est morte parce qu'elle l'a cru coupable. Elle n'a pas eu la force d'âme nécessaire pour faire face au quartier coalisé contre eux. Johanna a toujours été fragile des nerfs ; la livrer à elle-même dans ces conditions, c'était un véritable meurtre...

Thomas Richter a intenté une action judiciaire contre la police en réclamant des dommages et intérêts pour la mort de sa femme. Il a été débouté et il est resté seul, sans un sou, dans son petit rez-de-chaussée sur cour, au milieu de ses chats.

Quand l'Atlantique tue

La tempête est terrible sur le golfe de Gascogne, en cette nuit du 5 au 6 octobre 1994. Quand Soizic prend la barre, à minuit et demi, des vagues de douze mètres soulèvent le voilier, sur fond d'éclairs et de rafales. Le *Karel*, un ketch de treize mètres, a beau tenir la mer, il n'est qu'une coque de noix sur l'Atlantique en colère.

Soudain, une déferlante à tribord fait voler en éclats un plexiglas de l'habitacle. Or, c'est justement sur la couchette de droite que Bertrand, le mari de Soizic, venait de s'allonger pour prendre du repos. Un éclat de plastique s'est planté dans son corps, occasionnant une coupure profonde. Bertrand saigne en abondance. La petite Marina, la fille du couple, se met à pleurer ; en quelques secondes, la panique se déclare à bord, d'autant plus vite que le vent et l'eau s'engouffrent maintenant dans la cabine.

– Attention !

Une nouvelle déferlante, aussi puissante que la précédente, déverse un paquet de mer à l'intérieur. Essayant de garder son sang-froid, Soizic adresse un SOS à La Corogne, le port espagnol le plus proche : moins de quarante milles d'après ses calculs – soixante-quinze kilomètres... Mais la radio ne capte aucune réponse.

– Il faut jeter le canot ! lance Bertrand.

– Trop tôt ! objecte sa femme. Il vaut mieux rester à bord tant qu'on le peut !

– Mais si le bateau coule, on n'aura plus rien !

– Il ne coulera pas!

Soizic n'a pas fini sa phrase qu'une vague puissante s'engouffre de nouveau dans l'habitacle. Cette fois, le voilier prend de la gîte. A présent, il faut faire vite. Bertrand sort sur le pont. Malgré sa blessure, il parvient à décrocher le canot de sauvetage. Se cramponnant au hauban, il le met à l'eau. Le voilier tourne maintenant sur lui-même. Soizic et la petite Marina se laissent tomber dans le canot, suivies de Bertrand qui manque de s'évanouir. Soizic rompt l'élingue; et dans la nuit tourmentée, elle voit déjà s'éloigner la masse dérisoire du *Karel*.

Pour les trois naufragés, c'était le septième jour de mer. Partis de Rochefort le 30 septembre, ils avaient prévu de gagner Dakar par le golfe de Gascogne. Le plus sage aurait été de tirer un bord vers les Açores ; mais Bertrand et Soizic ont préféré l'aventure : ils ont taillé au plus court en traversant le golfe par le milieu. Autant dire qu'ils couraient droit vers un piège...

Au bout de quelques heures, la tempête retombe un peu. Soizic en profite pour aider son mari à panser sa blessure. Cautérisée par l'eau salée, elle n'est pourtant pas belle à voir. Et Bertrand a perdu beaucoup de sang.

– Je vais joindre quelqu'un, ment Soizic en allumant la VHS de secours.

En fait, elle sait que la radio portative n'émet guère au-delà de quinze ou seize milles. Alors à quarante milles des côtes, voire plus... La petite fille a cessé de pleurer.

– Reste bien à ta place, Marina, lui demande sa mère d'une voix qu'elle voudrait rassurante.

Prévu pour six rescapés, le canot est en effet difficile à équilibrer.

Quand percent les premiers rayons du soleil, la petite famille réalise vraiment l'ampleur du désastre : les voilà seuls, isolés, dans ce radeau orange fluo, sur l'océan gris à perte de vue.

La survie à bord s'organise, mais les vivres feront bientôt défaut, de même que les instruments les plus nécessaires. Ainsi, au milieu de la deuxième nuit, la torche électrique se met à faiblir.

– Oh non, dit tout haut Soizic. Pas ça !

Perdant de l'intensité à vue d'œil, le faisceau finit pourtant par disparaître, laissant place à la nuit noire. Le plus inquiétant cependant, c'est l'état de santé de Bertrand. Au bout de trois jours, le blessé perd connaissance. Soizic et Marina essaient de le ramener à la conscience – en vain. Bertrand est déjà sur les franges d'un autre monde. Il cesse de respirer à l'aube du 11 octobre.

A ce moment-là, Soizic est elle-même si tendue, si fatiguée, qu'elle a peine à réaliser la mort de son mari. Mais elle est consciente d'une chose : désormais, elle reste seule à défendre la vie de sa fille. Quelle que soit sa tentation d'abandonner la lutte, elle doit vivre pour sauver Marina.

Le calendrier devient alors son obsession. 12 octobre, 13 octobre... Pour avoir lu, dans sa jeunesse, de nombreux récits de naufragés, Soizic sait qu'on peut survivre longtemps, simplement en buvant de l'eau, douce si possible ; or, justement, ce n'est pas la pluie qui manque...

Petit à petit, la dépouille de Bertrand s'est mise à sentir mauvais, au point d'empester la petite embarcation. Aussi, après trois jours d'une veille affreuse, Soizic décide-t-elle de l'immerger. Elle profite d'un moment où Marina s'est endormie. Approchant du mort en prenant soin de ne pas déséquilibrer le canot, elle l'attrape à pleins bras et le fait basculer dans l'océan. Le corps de Bertrand coule doucement.

Cette fois, Soizic pleure à chaudes larmes. Cela lui fait du bien de se laisser aller, après sept jours de tension contenue. Elle avait rencontré Bertrand en 1987, aux Antilles. Elle-même écumait les mers de la planète depuis 1978. Ils s'étaient mariés l'année suivante, et avaient donné le jour à la petite Marina. En 1993, sur le port d'Anvers, ils étaient tombés en arrêt devant un vieux ketch aux flancs bien renflés, bleus et blancs : le *Karel*. Ils avaient réuni toutes leurs économies pour l'acheter, puis s'étaient préparés à un long voyage, un voyage d'un an en Afrique. L'été 1994, ils l'avaient passé sur la côte française, à Rochefort, où le navire avait été paré pour les objectifs les plus ambitieux...

A présent Bertrand est mort, et si sa femme lui survit, c'est pour sauver leur enfant. Justement, Marina vient de se réveiller, pour constater qu'elles ne sont plus que deux à dériver.

Les jours passent, et les nuits. A bout de forces, Soizic concentre son attention sur le bruit éventuel de l'hypothétique bateau à moteur qu'elle pourrait entendre s'approcher. Elle croit même sentir parfois des relents de fuel – mais ce n'est qu'une illusion. Jusqu'au matin du 20 octobre.

Ce jour-là, devant ses yeux incrédules, se profile enfin la silhouette d'un cargo. Et, comme dans un rêve, le navire se rapproche du canot de survie. C'est un cargo de cent vingt mètres, qui bat pavillon russe et s'appelle *Barenski.* Ivre de joie, Soizic réveille sa petite, la serre contre elle et lui agite le bras... Au poste de commandes du cargo, un message radio est aussitôt envoyé au port de La Corogne. « Naufragés repérés au large. Position : 44°40 de latitude nord ; 11°10 de longitude ouest », ce qui signifie qu'à force de dériver, le canot est maintenant à plus de deux cent vingt kilomètres de la côte espagnole et du cap Finisterre !

Un marin du cargo tente de descendre le long de la coque par une échelle de corde ; il voudrait permettre aux deux rescapées de monter à bord. Mais la mer est encore agitée, la manœuvre très acrobatique – et même impossible. Alors le marin remonte, tandis que le cargo manœuvre pour se rapprocher encore du canot.

Et c'est le drame : une lame engendrée par la manœuvre renverse d'un coup la minuscule embarcation. Serrant son enfant dans ses bras, Soizic bascule dans les flots. Elle est saisie par le froid et la soudaineté du choc. Elle ne comprend pas ce qui lui arrive. Une seule chose est sûre : Soizic remonte seule sur le canot ; elle a perdu Marina dans sa chute.

– Mon enfant ! Mon enfant est à l'eau ! hurle-t-elle à l'adresse des occupants du grand navire.

Là-haut, personne n'a seulement remarqué l'accident.

Deux heures plus tard, Soizic, hagarde d'épuisement et de douleur, sera hélitreuillée à bord d'un appareil de la protection civile espagnole. Les secours prendront des risques pour son sauvetage – après avoir, il est vrai, fait preuve d'une négligence certaine. En effet, le voilier abandonné avait été repéré dès le 9 octobre, et récupéré le 11 par la police maritime. Dans les jours qui suivirent, des recherches de routine ont été menées pour retrouver le canot de sauvetage et ses occupants éventuels. Sans succès. Comment expliquer dès lors que les recherches aient été purement et simplement abandonnées dès le 14 octobre ? Si les autorités responsables avaient montré moins de légèreté, la vie d'une enfant aurait pu être sauvée, et celle de sa mère moins meurtrie...

Transférée dans un hôpital de La Corogne, Soizic va rester des jours entiers en état de choc. Le personnel soignant, une équipe de psychologues, mais aussi sa voisine de lit s'emploient à la soutenir et à lui redonner goût à l'existence. Elle reçoit même la visite de Sébastien, le fils que Bertrand avait eu d'un premier mariage et qui, s'il n'avait pas été appelé sous les drapeaux à l'époque, devait s'embarquer lui aussi pour ce voyage vers l'Afrique.

– J'ai l'impression que ça tangue, lui dit Soizic. Je suis encore sur le canot...

Et lui faisant signe d'approcher :

– Tu sais, dans trois jours, ce sera l'anniversaire de Marina.

Sébastien l'a écoutée ; puis il s'est rendu sur le vieux port espagnol, à la recherche d'un ketch bleu et blanc. Il l'a trouvé, bien à flot, bien tranquille, avec seulement un plexiglas cassé à tribord.

La proie des flammes

Depuis les villages voisins, le spectacle est saisissant : en pleine nuit (il est une heure du matin), les hautes flammes paraissent grimper à l'assaut du clocher de Saint-Mayeul. Le ciel rougeoie tout autour, et la lueur du brasier se reflète sur les parois de brique de l'église et dans ses verrières. Pourtant, en dépit des apparences, ce n'est pas l'église Saint-Mayeul qui brûle, mais une petite maison particulière, située tout près, sur la place. Les habitants du bourg, réveillés en catastrophe, sont accourus au pied du sinistre. Tous connaissent le magasin où le feu a pris une demi-heure plus tôt : il s'agit de la mercerie Deprés.

Des gens estimés, les Deprés : de braves commerçants, toujours prêts à rendre service à la collectivité. Mme Deprés, surtout, ne perd jamais une occasion de se donner du mal pour ses clients et voisins ; ce qui ne l'a pas empêchée d'élever efficacement trois enfants, un garçon et deux filles, qui maintenant sont grands. Que leur magasin soit en ce moment même ravagé par les flammes est en soi un grand malheur – mais il y a pire : car le feu s'est propagé à l'appartement du dessus, où vit toute la famille...

– Il faut appeler les pompiers ! Vite !

– Ils sont déjà prévenus, mais il y a trois incendies cette nuit dans le secteur...

Malgré la fumée et les flammes, plusieurs voisins se sont introduits dans la boutique à moitié calcinée par une issue restée intacte ; là, d'une façon dérisoire mais pleine de bonne volonté, ils tentent de sauver ce qui peut l'être du stock de bonneterie et de mercerie. Les Deprés venaient justement de rénover la boutique, façade et intérieur. En revanche, ils n'ont jamais pu faire tellement de frais dans la partie habitation, au-dessus : leurs chambres sont aménagées directement sous la charpente de la maison, juste doublée de matériaux très légers. C'est dire si l'appartement est une proie facile pour le feu. Au milieu d'une fumée épaisse, les poutres déjà calcinées crépitent dans la nuit, en dégageant çà et là des bouffées de cendre incandescente.

– Où sont les occupants de la maison ? Quelqu'un les a vus ?

Pour l'instant, la famille Deprés est prisonnière de la fournaise. Les parents, Paul et Catherine, la cinquantaine, occupent une chambre assez isolée du reste de l'appartement, et donnant, à l'arrière de la maison, sur un jardinet. Les enfants, dans leur malheur, sont mieux lotis ; les deux filles, Agnès, seize ans, et Valérie, treize, partagent la plus belle pièce, une chambre largement ouverte sur la façade ; leur frère Henri, vingt ans, occupe la chambre voisine, qui donne elle aussi sur la rue.

C'est justement Henri que le feu a, le premier, tiré de son sommeil. Comprenant l'ampleur du sinistre, il a eu le bon réflexe : condamner la porte de sa chambre et tenter de s'échapper par la fenêtre. Or la pièce a beau n'être qu'au premier étage, le rez-de-chaussée commercial est assez élevé pour rendre l'opération périlleuse. Poussé par l'instinct de survie, Henri enjambe le rebord de sa fenêtre, et prend son élan ; il a repéré l'appentis de bois qui sert d'auvent au-dessus de la vitrine, et va tenter de se sauver par là. Au sol, les badauds déjà sur place observent la manœuvre.

– Des couvertures ! crie quelqu'un. Il faut des couvertures !

Henri saute de sa fenêtre jusque sur l'appentis ; quelques tuiles se cassent, mais c'est un succès. La moitié de la descente est accomplie ; il ne lui reste plus qu'à réussir le même saut jusqu'à la rue. C'est alors que de la grande fenêtre proviennent des appels au secours :

– Henri ! Aide-nous, Henri, pense à nous !

– Tiens bon, Valérie, j'arrive !

Le garçon n'hésite pas un instant ; contre toute raison, il entreprend d'escalader la gouttière pour voler au secours de ses sœurs – et rentrer du même coup dans le bâtiment en feu.

– Attendez ! lui crie-t-on depuis la rue. N'allez pas vous remettre là-dedans.

Mais Henri ne veut rien entendre. Il progresse le long de la façade ; soudain, se faufilant par un vasistas déjà carbonisé, il disparaît dans la fumée.

Dehors, les voisins ont apporté des couvertures. Ils les déploient sous la fenêtre des deux sœurs et leur crient de se laisser tomber dedans.

– Ne craignez rien, sautez !

A moitié asphyxiée par la fumée à présent très épaisse, Agnès est prête à se laisser convaincre. Mais sa petite sœur n'est pas de cet avis :

– Non ! crie-t-elle. Henri a dit qu'on devait l'attendre. Il doit nous chercher partout.

– Sois raisonnable, Valérie. Il faut sauter pendant qu'on le peut.

Dehors, les appels se font pressants :

– Sautez, qu'est-ce que vous attendez ?

– Allez, Valérie, viens !

– Non ! Il faut retrouver Henri !

Et l'adolescente ouvre la porte de la chambre sur le palier, ce qui ne fait qu'aviver les flammes.

– Fais comme moi, je t'en supplie ! hurle Agnès en désespoir de cause.

Et elle se jette dans le vide, pour retomber sans trop de mal dans la couverture tendue sous sa fenêtre.

Du côté du jardin, les voisins n'ont pas attendu les pompiers pour lancer l'échelle la plus haute qu'ils aient pu trouver à l'assaut de l'étage. Voyant qu'on accourait pour les secourir, Paul et Catherine Deprés sont montés en équilibre sur le rebord de leur mansarde.

– Mes enfants ! crie la pauvre femme. Sauvez mes enfants !

– Par ici ! leur lance le voisin buraliste, en paraissant au sommet de l'échelle.

– Toi d'abord ! dit Paul à sa femme.

La pauvre Catherine a été intoxiquée par les fumées. Elle tousse à ne pouvoir reprendre son souffle.

– Non, toi. Vas-y, montre-moi le chemin.

– D'accord.

Se tenant de son mieux à la gouttière, le mercier tâte le vide au-dessous de lui jusqu'à ce qu'il rencontre l'échelle. Son voisin l'agrippe au même moment, et, comme s'il craignait de le voir s'envoler, ne le lâche plus tandis que tous deux redescendent, barreau après barreau.

– A toi, Cathy ! Vas-y, maintenant. C'est facile. Cathy ! Cathy !

Stupéfait, Paul constate que sa femme tarde à apparaître au bord du toit. Aurait-elle peur des petites flammes qui lèchent le haut de l'échelle ? Une fois au sol, il comprend que la situation est encore plus grave qu'il ne pensait : Catherine n'est même plus à la fenêtre. Ne pouvant se faire à l'idée d'abandonner ses enfants, elle a en effet préféré faire demi-tour et rentrer dans la fournaise.

– Je vais la chercher ! crie Paul. Laissez-moi remonter...

Mais plusieurs personnes le cramponnent solidement.

– L'échelle est en feu, regardez !

De fait, la longue échelle appuyée à l'arrière de la maison s'écroule, calcinée...

De l'autre côté, sur la rue, deux autres échelles ont pu être posées contre les fenêtres des chambres. Un ami d'Henri est même monté à l'une d'elles ; appelant à pleine voix, il s'est approché au plus près du brasier. Mais c'est à l'autre fenêtre que les jeunes gens finissent par apparaître. Contre toute attente, les badauds médusés voient alors une toute jeune fille de treize ans aider son frère de vingt, sérieusement brûlé, à prendre pied sur l'échelle. On la relaie bien vite, et tous deux peuvent retrouver, au sol, leur sœur Agnès morte d'angoisse.

C'est à ce moment-là que les pompiers arrivent. On leur explique qu'une femme de cinquante ans, la mère, est toujours prisonnière des flammes.

– Laissez-nous faire, on va monter la chercher.

Tandis que les lances à incendie projettent sur la maison des trombes d'eau, les pompiers installent dans le jardin une échelle télescopique. En quelques instants, ils sont au niveau du zinc, qui commence à fondre en faisant de vilaines traces argentées sur ce qui reste du mur...

– Sauvez ma femme! leur crie, éperdu, Paul Deprés.

L'appartement n'est plus qu'un brasier crépitant. Au milieu des combles effondrés, incandescents, les sauveteurs découvrent Catherine Deprés. Elle est encore debout, titubant dans les flammes. La pauvre a été brûlée de façon très grave. Or, au cours de son évacuation, la malheureuse va échapper aux mains pourtant expertes qui la soutiennent, et faire une chute qui ouvrira ses blessures atroces.

Transportée de toute urgence, Catherine arrivera vivante à l'hôpital. Mais c'est une grande brûlée, et même une mourante. Pourtant, jusqu'au bout, Catherine reste consciente. Alors qu'on la sort de l'ambulance, elle trouve la force d'articuler une question, la seule qui compte pour elle :

– Mes... enfants?

L'infirmier a dû tendre l'oreille, mais il comprend tout de suite :

– Vos enfants sont sains et saufs, tous les trois. Ils n'ont rien de grave. Votre mari aussi s'en est sorti. Tous vont très bien.

Catherine a refermé les yeux. Il est impossible de décrire l'expression de son visage à ce moment-là. Malgré l'extrême souffrance, au-delà de l'épuisement, c'est l'expression du soulagement, de l'acceptation, de la tendresse et de la joie réunis – c'est l'expression de l'amour.

Catherine Deprés est morte une heure après, des suites de ses blessures; elle était brûlée à 90 %. Son mari et ses enfants ont quitté le lotissement pour aller s'installer dans une cité nouvelle.

La mercerie n'a pas pu être reconstruite, le bâtiment étant frappé d'alignement.

Ce drame a longtemps alimenté les conversations dans la région. Ce qui a surtout frappé les esprits, c'est l'ironie de la situation : en effet, si chacun s'était soucié de sa survie sans s'occuper de celle d'autrui, les cinq occupants de la maison s'en seraient sortis sans dommage physique. Mais les liens du sang et du cœur sont parfois les plus forts, et il ne faut surtout pas le regretter.

Cinq ans et cinq mois

Clifford Warner revient des courses, son panier à provisions à la main. Il ne se presse pas pour rentrer chez lui. Il aime bien l'atmosphère tranquille de Trenton, cette petite ville du New Jersey, sur la côte Est des États-Unis.

Il est 5 heures de l'après-midi, ce 18 avril 1955. Il fait un soleil magnifique. Clifford Warner sourit. Il est de ceux qui ont un physique qui se remarque. A vingt-cinq ans, il mesure un mètre quatre-vingt-dix et ne pèse pas loin de cent kilos...

Clifford Warner s'apprête à traverser, quand un petit homme se plante brusquement devant lui, le dévisage sans la moindre gêne et se met à gesticuler, en criant d'une voix haut perchée :

– C'est lui ! Je le reconnaîtrais entre mille !

L'instant de surprise passé, Clifford l'écarte du bras, mais l'homme redouble de cris.

– C'est mon voleur ! Arrêtez-le !

Un attroupement se forme. On entend le sifflet d'un agent de police. Clifford s'immobilise. A quoi bon se mettre dans son tort ? Il ne comprend rien à cette histoire. Il va aller au commissariat et tout rentrera dans l'ordre.

Il ne se trompe pas : tout rentrera dans l'ordre. Mais au bout de combien de temps ? C'est toute la question.

Au poste, le petit homme désigne Clifford d'un index accusateur.

– C'est le « faussaire du samedi ». Il m'a remis il y a trois semaines un faux chèque de trente-cinq dollars...

Clifford Warner rassemble rapidement ses souvenirs. Le « faussaire du samedi »... Les journaux en ont beaucoup parlé ces derniers temps. Un individu qui escroque les commerçants de la région à l'aide de faux chèques parfaitement imités. Il a pour particularité de n'opérer que le samedi, le jour où les boutiques sont surchargées et les contrôles moins faciles.

Au moins, il comprend ce qui arrive. Il est victime d'une ressemblance. L'affreux petit homme s'est trompé, voilà tout. Il esquisse un sourire et ouvre la bouche pour parler. Mais le shérif ne lui en laisse pas le temps. D'une voix épaisse, sans lever les yeux sur lui, il l'interroge :

– Nom, prénom, date et lieu de naissance...

Clifford récite son état civil et proteste :

– C'est une erreur. Vous n'avez pas le droit d'ajouter foi à un seul témoignage...

Le shérif hoche la tête.

– Parfaitement d'accord. Je vais convoquer les autres commerçants volés et on verra bien...

Une heure plus tard, huit personnes entrent dans le poste de police et, avec un parfait ensemble, huit index se pointent vers lui :

– C'est lui ! C'est le faussaire du samedi !

Clifford Warner a beau crier, tempêter, il se retrouve dans la cellule du poste de police et, le lendemain, il est conduit chez le juge, menottes aux poignets.

Le juge est un petit homme sec qui ressemble un peu à son accusateur : le cauchemar continue...

– Voici les délits dont vous êtes accusé : M. et Mme Smithson, bijoutiers, un faux chèque de cinquante dollars le 13 mars 1955 ; Mme Roberts, lingerie fine, un chèque de soixante dollars, le 19 mars ; M. et Mme Harrysburg, fournitures de sport...

Clifford laisse s'écouler la litanie. Quand elle est terminée, il se dresse d'un bond.

– Toutes ces personnes se trompent. Je suis victime d'une ressemblance. Je suis innocent !

– Parfait. Alors j'imagine que vous avez un alibi pour au moins un de ces vols...

Clifford Warner se sent sombrer dans un abîme.

– Mais comment voulez-vous que j'aie un alibi, puisqu'ils ont tous eu lieu le samedi ? Le samedi, je ne travaille pas. Je reste chez moi, je bricole...

La cause est entendue. Le juge frappe avec son maillet.

– Le prévenu est inculpé de faux et usage de faux. Son procès aura lieu dans les détails prévus par la loi...

Clifford Warner se retrouve donc en prison et, un mois plus tard, en mai 1955, c'est le procès. Le défilé des témoins à charge est impressionnant. Les commerçants répètent leurs accusations.

– C'est lui ! Il n'y a aucun doute possible !

En comparaison, les témoins cités par la défense ne font pas le poids. Il y a ses parents, des amis qui viennent témoigner de sa moralité, mais tout cela, ce ne sont pas des faits, et le verdict tombe : neuf mois de prison. De l'avis général, ce n'est pas cher payé et l'avocat commis d'office de Clifford est franchement choqué quand, au lieu de le féliciter, le jeune homme manifeste un total accablement...

Tout a une fin. Le 15 janvier 1956, Clifford Warner, sa peine purgée, sort de la prison de Trenton. Il a décidé de faire comme si rien ne s'était passé. Il rentre chez lui, dans son petit appartement de célibataire. Tout est comme avant. Ce n'était qu'une parenthèse, une absurde et horrible parenthèse. Il est jeune, il a vingt-six ans. Il a l'avenir devant lui...

Le lendemain à 8 heures, une sonnerie impérative le tire de son sommeil. Il va ouvrir... Non, ce n'est pas vrai ! Il rêve encore : ce visage qui s'encadre dans la porte, c'est celui du shérif.

– Allez suivez-moi. On va faire un petit voyage tous les deux.

Clifford Warner balbutie.

– Mais c'est fini... La prison, c'est fini...

– Au New Jersey oui. Mais ce sont mes collègues du Delaware qui vous réclament. Il paraît que vous avez fait votre petit numéro là-bas aussi...

Clifford Warner s'habille comme un somnambule. Il reprend sa valise qu'il n'avait pas encore défaite et, dans l'État voisin du Delaware, tout recommence exactement de la même manière : la meute des commerçants qui le reconnaissent d'autant plus facilement que, cette fois, il a déjà été condamné. Maintenant, il est le voleur officiel, reconnu, estampillé par la loi. Il n'y a qu'à pointer l'index vers lui et déclarer : « C'est lui ! J'en suis sûr ! Je n'oublie jamais un visage... »

L'audience au tribunal de Dover, dans le Delaware, est une réplique parfaite de celle de Trenton, sauf que, cette fois, c'est le double de la peine qui est à la clé : dix-huit mois de prison...

Et Clifford Warner, pour la seconde fois, retourne derrière les barreaux. La prison de Dover, dans le Delaware, est pire encore que celle de Trenton. Ici, tous les détenus, quels que soient leurs délits, sont confondus. Et ce sont les plus violents qui exercent leur dictature... Jamais le cauchemar n'a été aussi terrible. Clifford compte les jours avec désespoir.

Enfin, le 15 juillet 1957, il est libéré. Plus de deux ans se sont écoulés depuis cette fatidique journée de printemps où un petit homme a cru le reconnaître...

Voici Clifford de nouveau chez lui, à Trenton. Mais il va vite se rendre compte qu'il n'est pas au bout de son calvaire. Il était artisan électricien et personne, parmi ses clients, ne veut de lui... Un repris de justice, un voleur, qui viendrait faire des réparations à domicile, ils ne sont pas fous ! Qu'il aille ailleurs, le faussaire du samedi, qu'il aille au diable !

C'est ce qu'il faut se résoudre à faire... La mort dans l'âme, Clifford Warner quitte sa ville qu'il aimait tant et s'en va, non pas au diable, mais à New York, la grande cité anonyme où personne ne le connaît. Mais si on ne le connaît pas, il traîne tout de même avec lui un terrible boulet : son casier judiciaire. Tous les patrons l'exigent et, dès qu'ils l'ont lu, ils le jettent à la porte... Il se voit contraint d'accepter les métiers les plus bas pour un salaire de misère : plongeur de restaurant, laveur de voitures. Il se console en se disant qu'il est libre, qu'il n'entendra plus parler de la police...

En mars 1958, près de trois ans après le début des événements, on cogne violemment à la porte de sa chambre minable dans un des quartiers les plus tristes de New York. Rien qu'à la manière de frapper, il a compris que c'était la police... Dès qu'il ouvre, une armoire à glace lui passe les menottes.

– Alors, Warner, t'as remis ça, hein ? T'es vraiment incorrigible !...

Tout va-t-il recommencer une troisième fois ? Eh bien non, car, paradoxalement, cette troisième arrestation va être, pour Clifford Warner, la chance de sa vie. C'est de nouveau le défilé des commerçants accusateurs. Seulement, certains des vols dont ils se plaignent ont eu lieu entre janvier et mars 1957. Et, à cette époque-là, Clifford a un alibi irréfutable : il était en prison.

Les policiers comprennent avec effarement qu'il n'est pas coupable, qu'il ne l'a jamais été, et ils se mettent enfin sur les traces du véritable escroc...

C'est ainsi qu'ils finissent par arrêter le vrai « faussaire du samedi », un certain Gregory Barnes, qui présente effectivement une ressemblance physique extraordinaire avec Clifford Warner. Il fait lui aussi un mètre quatre-vingt-dix et pèse cent kilos. Il passe aussitôt des aveux complets...

Vous pensez sans doute que c'est la fin des malheurs de Clifford Warner, que tout va rentrer dans l'ordre, qu'il va enfin pouvoir reprendre une vie normale. Erreur !

Car après la police, il va maintenant devoir affronter l'Administration.

Tandis que le procès de Gregory Barnes commence à New York, Clifford Warner fait une demande de réhabilitation à la cour de l'État du New Jersey. Ce n'est pas seulement une question d'honneur, de dignité. Il a absolument besoin que son casier judiciaire redevienne vierge pour vivre normalement.

Et, trois mois plus tard, en juin 1958, la réponse lui parvient. En bas du document, une simple mention a été apposée : « Refusé »...

Clifford ne veut pas y croire. C'est une méprise. L'employé s'est trompé de cachet. Il se précipite dans les bureaux de la cour du New Jersey. Son interlocuteur l'écoute patiemment. Quand il a fini, il lui déclare doucement :

– Vous avez certainement raison, monsieur. Seulement, votre dossier n'était pas en règle. Vous n'avez pas utilisé les bons imprimés. C'est la raison du refus...

Clifford tente de garder son calme.

– Et vous avez attendu trois mois pour me dire ça ? Et il va falloir que je recommence tout ?...

L'employé s'excuse poliment.

– Non, vous ne pouvez pas recommencer, monsieur, enfin, pas tout de suite. La loi du New Jersey est formelle. En cas de refus, vous devez attendre deux ans avant de présenter une nouvelle requête. Je regrette, monsieur...

Deux ans !... Pendant deux ans, Clifford Warner continue à travailler comme homme de peine dans un restaurant, chez un patron qui n'emploie que des repris de justice pour les exploiter tout à son aise. Pendant deux ans, il compte les jours, tout comme en prison... Entre-temps, la cour de l'État voisin du Delaware l'a réhabilité. Mais à quoi cela sert-il ? Son casier n'est toujours pas vierge. Il est toujours un homme marqué...

En juin 1960, le délai légal écoulé, il présente sa seconde demande de réhabilitation, dans les formes cette fois, à la cour du New Jersey. Et trois mois plus tard, en septembre, il reçoit enfin la réponse qu'il attendait : mais oui, il est réhabilité, mais oui, bien sûr, il est innocent...

En descendant les marches de marbre du pompeux bâtiment de la cour du New Jersey, son document à la main,

Clifford ressent un grand vide. Cinq ans et cinq mois se sont écoulés depuis le fatidique 18 avril 1955. Mais il ne doit plus y penser. Le pire serait de ressasser ces souvenirs, de sombrer dans l'amertume. Il ne doit songer qu'à l'avenir. Après tout, il a trente ans...

Et, avec application, Clifford Warner se répète, dans les rues de Trenton, son papier à la main :

– Cinq ans et cinq mois, ce n'est rien... Ce n'est rien...

L'autre

10 mai 1954. Goran Johansson et sa femme Brigitta sont seuls dans la grande cuisine de leur ferme. C'est le soir. Ils viennent de coucher leurs deux fils âgés de sept et cinq ans et ils s'accordent quelques instants de détente après une journée de travail.

Travailleur, Goran Johansson l'est incontestablement. Il y a huit ans qu'il s'est installé avec sa femme à Oxby, dans l'île d'Öland, au sud de la Suède. Une grande exploitation laitière était à vendre. Goran avait de l'argent. Esprit résolument moderne, il a investi dans une installation révolutionnaire. Tant et si bien qu'après quelques années difficiles, il est devenu le plus grand exploitant d'Oxby, voire de l'île d'Öland.

Goran Johansson a trente-cinq ans comme Brigitta. Tous deux respirent la santé, ils ont tout pour être heureux. Pourtant, comme beaucoup d'autres soirs, Goran Johansson est soucieux.

– Il n'y a rien à faire du côté de la coopérative. Ils me l'ont répété cet après-midi. Ils m'ont dit : « Allez vendre votre lait sur le continent. Le lait des autres, c'est bon pour les autres. »

Brigitta soupire :

– Mais qu'est-ce qu'on leur a fait ?

– Tu le sais bien : rien. On n'est pas du village et on a réussi mieux qu'eux. Pour eux, quoi que je fasse, je resterai toujours l'autre...

C'est alors qu'un bruit de carillon lointain retentit. Goran Johansson se lève.

– Le tocsin à Oxby !

Brigitta s'est levée, elle aussi.

– N'y va pas !

– Pourquoi me dis-tu cela ?

– Je ne sais pas. J'ai peur !

– Il faut pourtant que j'y aille...

Goran Johansson s'en va d'un pas rapide. Il saute dans sa puissante voiture dernier modèle – encore une chose que les villageois ne lui pardonnent pas. Le tocsin d'Oxby retentit toujours.

La raison du tocsin est un incendie. La maison du pharmacien est en flammes. Quand Johansson y parvient, il se rend compte de la violence du sinistre. La maison est une véritable torche. Oxby n'a pas de pompiers et les habitants ont formé une chaîne avec des seaux. Mais il n'est que trop visible que leurs efforts sont dérisoires. Quand les pompiers de Borgholm, la plus grande localité de l'île, arriveront, il ne restera plus rien...

Goran Johansson veut s'intégrer à la chaîne. Le villageois le plus proche le repousse.

– Qu'est-ce que vous faites ici ? On n'a pas besoin de vous !

– Mais je viens vous aider...

– Laissez-nous tranquilles ! Un incendie, cela ne regarde pas les étrangers.

Décontenancé, Goran Johansson reste les bras ballants, quelques mètres plus loin. Le même villageois, tout en continuant à passer les seaux d'eau, l'apostrophe :

– Bien sûr, vous êtes venu regarder ! Cela vous fait plaisir de voir brûler la maison des autres. Surtout celle du pharmacien. C'était le plus riche du village après vous. Maintenant il est ruiné. Vous devez être content !...

Goran Johansson regarde ces hommes dont les visages sont éclairés par les flammes. Ils sont faits comme lui, pourtant. Ils lui ressemblent. Qu'est-ce qui peut motiver en eux une telle haine, une telle petitesse d'esprit ?

Les pompiers de Borgholm viennent d'arriver. Leurs lances, mises en batterie, font rapidement décroître l'incendie. Au bout d'une heure environ, il n'y a plus que des ruines fumantes. Goran

Johansson est toujours immobile. Une voix retentit dans son dos. C'est celle du maire d'Oxby.

– Vous savez ce que m'ont dit les pompiers ? C'est un incendie criminel.

Goran Johansson ne semble pas avoir compris la gravité de la situation. Il se contente de répondre :

– Ah ! bon...

Le maire hausse le ton :

– L'enquête, je vais m'en charger personnellement. C'est moi qui vous le dis !

Goran Johansson ne semble toujours pas avoir compris, ou du moins il se refuse à comprendre. Le maire s'approche plus près.

– Je vous laisse une chance ! Quittez la région.

Goran Johansson n'a, cette fois, malheureusement plus de doute.

– Vous n'avez pas le droit de me soupçonner sans preuve. Je ne partirai pas.

– Alors, tant pis pour vous !...

16 août 1954. L'enquête, menée par les gendarmes d'Oxby, sous la direction du maire, n'a rien donné. L'incendie était d'origine criminelle, c'est la seule certitude : on a retrouvé dans les décombres deux bidons d'essence. Pour le reste, aucune piste d'un quelconque coupable.

Mais cela ne change rien à l'état d'esprit des habitants d'Oxby. Pour le maire et tous ses administrés, l'incendiaire est Goran Johansson. Les commerçants refusent de servir Brigitta. Elle est obligée d'aller deux fois par semaine faire ses provisions à Borgholm. La coopérative a définitivement fermé ses portes à l'exploitation Johansson. Goran doit livrer directement son lait sur le continent, avec tous les frais que cela comporte...

La journée du 16 août se termine. Goran et Brigitta sont en tête à tête dans leur cuisine. Il est près de 11 heures mais il fait encore clair, comme il est normal à cette latitude. C'est alors que le tocsin retentit. Brigitta Johansson a le même cri que la première fois :

– N'y va pas, Goran!

Mais Goran s'est levé.

– J'habite Oxby comme eux. Tout ce qui se passe à Oxby me regarde.

Et avant que Brigitta ait pu l'en empêcher, il est dehors...

Restée seule, la jeune femme regarde anxieusement par la fenêtre. Elle attend. Que peut-elle faire d'autre? Un quart d'heure, une demi-heure se passe... Enfin elle entend la voiture. Elle sort sur le seuil en poussant un soupir de soulagement. Mais l'instant d'après, elle a un sursaut d'effroi : la voiture n'a plus de pare-brise et Goran, qui en jaillit, est couvert de sang. Il ne lui laisse pas le temps de prononcer un mot :

– Ferme les volets, ils arrivent!

La jeune femme s'exécute, aidée par son mari. Tous deux referment la porte d'entrée et la verrouillent. Il était temps! Des bruits de moteur emplissent brutalement le seuil. Des cris s'élèvent :

– A mort l'incendiaire!...

Brigitta se tourne en tremblant vers son mari, qui se tamponne le visage de son mouchoir.

– Mais dis-moi ce qui s'est passé...

– Ils m'ont sauté dessus dès que je suis arrivé. Je n'ai rien pu faire, rien pu dire... Ils voulaient me tuer.

Les cris redoublent. Goran et Brigitta reconnaissent une voix qui leur est familière.

– Le maire! Il est avec eux... Personne ne pourra les arrêter! J'appelle les gendarmes.

Mais Goran Johansson n'a pas besoin de décrocher son téléphone. Les gendarmes viennent d'arriver d'eux-mêmes. Ils dispersent les villageois dans un concert de vociférations. Les gendarmes, d'ailleurs, sont les seuls à se comporter correctement avec Goran. Malgré l'acharnement du maire, ils ont mené leur enquête sans parti pris. Il faut dire qu'il y a une bonne raison à cela : ils ne sont pas d'Oxby.

Le calme est revenu. Goran Johansson se tamponne toujours le visage avec son mouchoir. Il ne recommencera plus la même erreur. Au prochain incendie, il ne bougera plus. Car, bien entendu, il y aura un prochain incendie...

24 septembre 1954. Brigitta et Goran Johansson se taisent. Ils sont assis l'un en face de l'autre dans leur cuisine. Ils voudraient ne pas entendre le tocsin, mais la cloche sonne depuis déjà une demi-heure. L'un et l'autre ne peuvent s'empêcher d'avoir la même impression : le tocsin est pour eux. Ce n'est pas seulement une alerte à l'incendie qu'il sonne, c'est la mobilisation générale contre eux, un appel au meurtre... Brigitta sursaute :

– Tu as entendu ?

Goran tend l'oreille.

– Oui. Il y a quelqu'un dehors...

Goran entrouvre un volet et passe la tête. Il y a une forme là-bas, du côté du puits, qui disparaît aussitôt en courant. Il comprend immédiatement.

– L'eau !... Il a empoisonné l'eau !

Effectivement, la ferme Johansson n'est pas reliée au réseau communal. L'exploitation possède plusieurs sources qui alimentent la maison. Goran est tout pâle.

– Nous boirons de l'eau minérale, mais nous resterons ! Demain j'envoie les enfants en pension à Stockholm et je vais porter plainte pour tentative de meurtre... Tu es d'accord Brigitta ?

Brigitta Johansson hoche la tête.

– Du moment que les enfants ne risquent plus rien...

A Oxby, désormais, c'est la guerre ouverte entre les villageois et les Johansson. Seuls les gendarmes qui enquêtent à la fois sur les incendies et sur la plainte contre X, sont en dehors du conflit. Mais leurs efforts restent vains en raison du mutisme total des habitants. Plusieurs fois, ils ont conseillé à M. et Mme Johansson de partir dans leur propre intérêt. Mais ceux-ci ont refusé.

2 avril 1955. Cela fait près d'un an que le premier incendie a éclaté à Oxby. On en est maintenant au dixième et le coupable court toujours.

La vie est devenue chaque jour plus intenable pour Goran

Johansson. Pendant l'hiver, on a saboté son installation électrique. Comme l'étable était chauffée à l'électricité, plusieurs vaches sont mortes de froid. Malgré cela, Goran Johansson tient bon, mais il est arrivé à la limite de ses forces.

Ce jour-là, il a pris une décision. Il l'annonce à Brigitta.

– Cela ne peut plus durer. Je vais agir!

– Il ne faut pas! Tu me fais peur!

– C'est la seule solution. Je dois découvrir moi-même les coupables.

Et Brigitta a beau faire, beau dire, lui expliquer que si les gendarmes ne sont arrivés à rien, il n'a aucune chance lui-même, Goran n'en démord pas. Le soir, son fusil en bandoulière et à bicyclette pour ne pas attirer l'attention, il part en direction d'Oxby...

Le village est désert. Les volets sont fermés. Il sait que ce qu'il fait est de la folie, mais tout plutôt que laisser se polonger cette existence invivable...

Il est arrivé sur la place centrale. Un léger bruit lui fait tourner la tête. Il s'approche. Il distingue deux ombres du côté de la mairie. Il met pied à terre et décroche son fusil.

– Halte! Arrêtez-vous ou je tire!

Mais les deux silhouettes ont disparu et, l'instant d'après, il y a une lueur gigantesque : la mairie vient de s'embraser d'un seul coup... Goran veut courir dans la direction des fuyards, mais des cris éclatent dans son dos :

– C'est lui! On le tient!

Une demi-douzaine d'habitants d'Oxby se dirigent vers lui, l'air menaçant. Tout autour, les volets s'ouvrent, les fenêtres s'allument. Le groupe des villageois grossit. Goran Johansson recule, serrant son fusil.

– Ce n'est pas moi! Vous vous trompez!...

Il n'a pas le temps d'en dire plus. Une pierre l'atteint à la nuque. Il s'écroule...

Alors c'est la ruée, la curée. Tout le monde se précipite à la fois. Deux hommes le saisissent, l'un par les pieds, l'autre par les bras. Ils le traînent en direction de la mairie en flammes et se mettent à le balancer.

– A la une... A la deux... A la trois!

Comme un pantin, le corps disparaît de l'autre côté des flammes. Il y a un cri épouvantable et puis plus rien que le crépitement du brasier... Les villageois d'Oxby, muets et immobiles, regardent brûler l'incendie. Le dernier, ils en sont sûrs...

Le procès des deux meurtriers s'est déroulé à Borgholm un an plus tard. Et les villageois ne s'étaient pas trompés. Le feu qui avait ravagé la mairie avait bien été le dernier.

– C'est la preuve que Goran Johansson était l'incendiaire, ont dit les avocats de la défense. Nos clients ont cru faire un acte de justice...

– C'est une machination dont tout le village est complice, a rétorqué le procureur. Les incendiaires se sont arrêtés exprès pour faire accuser la malheureuse victime.

A la suite d'une courte délibération, le jury, composé en quasi-totalité de paysans des environs, a rendu un verdict pour le moins clément : cinq ans de prison avec sursis.

Les accusés sont rentrés triomphalement au village le jour même. Brigitta Johansson avait quitté la localité depuis longtemps déjà. Les habitants d'Oxby étaient enfin entre eux.

Fou à lier

Il y a peu d'existences aussi animées que celle qu'on peut vivre dans une antenne du SAMU. Sauvetages périlleux, incidents cocasses, parfois accidents affreux. Parmi toutes les anecdotes qu'on pourrait raconter à ce sujet, celle que vous allez lire présente une particularité notable : pour une fois, le malade y fait moins figure de victime que de menace...

24 mai 1987, 10 h 25 du matin dans une antenne du SAMU de la région parisienne. L'alerte est donnée.

– Primaire ! crie le standardiste – ce qui, dans le jargon du SAMU, veut dire qu'il s'agit d'une urgence.

Un chauffeur se précipite au volant de son ambulance, suivi du médecin et d'un infirmier.

Le camion roule déjà vers le carrefour au coin de la rue. Décrochant la radio de bord, le chauffeur demande des précisions sur la mission.

– Allô SAMU ? Ici Voiture 2. Parlez !

Le poste grésille légèrement, mais la réponse ne se fait pas attendre :

– Voiture 2, dirigez-vous vers Enghien, section Nord.

Suit la destination précise, une résidence qui devrait être facile à repérer. Avant de couper, le permanent du central ajoute :

– Surtout, pas de gyrophare ni de sirène à l'arrivée !

Cette dernière précision signifie que l'équipe pourrait avoir affaire à une agression en cours. Le médecin et l'infirmier échangent un regard inquiet, pendant que l'ambulancier demande :

– Motif du « primaire » ?

– Crise de nerfs et défenestration, répond la voix grésillante.

– Reçu fort et clair !

Se tournant vers l'équipe, le chauffeur explique :

– Ça, c'est sans doute un type qui veut se balancer par la fenêtre. Faut pas l'effrayer. C'est pour ça qu'on nous demande d'y aller sur la pointe des pieds.

Parvenu aux abords immédiats de la résidence, l'ambulancier donne sa position finale au SAMU, puis il manœuvre en douceur et vient ranger son ambulance à côté de celle des pompiers, déjà sur place. L'équipe rejoint en petites foulées les sapeurs postés en bas de l'immeuble, eux-mêmes entourés de plusieurs badauds. Tout le monde a les yeux rivés sur le quatrième étage, où se déroule un drame plus délicat que prévu : le long du balcon, une femme en pleurs pend au-dessus du vide, tenue par un homme à bout de bras. L'homme a l'air d'une brute, et toutes les trente secondes, il menace de lâcher la malheureuse si quelqu'un tente seulement d'entrer dans l'immeuble.

Le capitaine des pompiers met au courant l'équipe du SAMU :

– J'espère que vous avez un stock de calmants, parce que ce type en a besoin. Il nous fait une belle crise de nerfs. Ce que vous voyez par terre, c'est tout ce qu'il reste des meubles qu'il a balancés du quatrième étage. Et maintenant, c'est le tour de sa femme...

Puis s'adressant à ses hommes :

– Bon, les gars, vous enlevez vos blousons, on va essayer d'y aller...

Le médecin se précipite vers l'ambulance pour préparer une forte dose de calmant. La seringue est bientôt prête – reste à savoir comment faire une piqûre à un malade surexcité...

En rasant les murs pour ne pas effrayer le forcené, une partie des pompiers est venue se poster juste en dessous du balcon ; les quatre hommes tiennent pliée une grande bâche. Leurs camarades, accompagnés par le médecin du SAMU, ont fait le tour de l'immeuble pour s'introduire dans la cage d'escalier par une issue de secours. Ils montent à présent sans faire de bruit. Jusque-là, pas d'aggravation notable ; depuis son balcon, le forcené ne risque pas d'entendre les six hommes qui approchent de l'appartement.

Tout est réglé comme un ballet : au moment précis où les pompiers restés en bas se découvrent et déploient la bâche toute grande, leurs collègues arrivés au quatrième défoncent la porte d'entrée. Le malade panique aussitôt : sans hésiter, il lâche sa femme dans le vide ; celle-ci pousse un cri et tombe de quatre étages, avant de finir sa chute dans la grande bâche. Elle en est quitte pour une crise de larmes.

Mais là-haut, le plus dur reste à faire : il s'agit de maîtriser le mari. L'homme est plutôt petit, mais c'est une force de la nature, et il écume littéralement de rage. Il s'apprête à affronter les pompiers comme si sa vie en dépendait. Le premier qui ose s'approcher reçoit un coup violent dans le bas-ventre, et reste plié en deux. Le second s'en tire à peine mieux ; en trois coups bien placés, le forcené le met hors d'état de combattre. Seulement les pompiers sont quand même à trois contre un et, après une lutte très dure, ils finissent par maîtriser l'homme en crise. Tout le monde souffle à pleins poumons. Le médecin profite de ces quelques secondes de répit pour faire sa piqûre ; il enfonce l'aiguille à travers la culotte du malade et lui injecte de quoi assommer un Titan. Toujours maintenu par les pompiers, l'homme commence à faiblir aussitôt ; son énergie surhumaine le quitte à vue d'œil. Trois minutes plus tard, il est quasiment endormi.

L'infirmier et l'ambulancier ont rejoint le petit commando avec une civière spéciale appelée « coquille ». On y couche le malade, et on le ficelle solidement avant de le descendre jusqu'à l'ambulance.

– Allô SAMU, ici Voiture 2. Malade dans l'ambulance. Quelle est notre destination ?

Le permanent du central indique les urgences du grand hôpital qui sert de base au SAMU. L'infirmier se penche par la portière pour indiquer cette destination aux policiers arrivés sur place. Il avise le capitaine des pompiers :

– Comment vont vos deux hommes ? Pas trop sonnés ? demande-t-il.

– Aucun problème, répond le grand gaillard avec un clin d'œil.

L'ambulance démarre en trombe. A l'arrière, le malade dort maintenant comme un nourrisson. A le voir ronfler de la sorte, on aurait peine à imaginer qu'un quart d'heure plus tôt, le même personnage tenait en respect toute une escouade de sapeurs-pompiers.

A l'entrée de l'hôpital, l'ambulance est accueillie par le docteur Mombert, psychiatre de service. La coquille est prestement descendue du camion et conduite vers la salle numéro 3 des urgences, où le malade doit être ausculté. Le psychiatre n'apprécie pas de voir son patient ficelé dans la coquille. Il fulmine :

– Ma parole, vous êtes des sauvages ! Non mais qu'est-ce qui m'a foutu des cow-boys pareils ?

Le médecin du SAMU est plutôt surpris de l'accueil :

– Où est le problème ? demande-t-il à son collègue.

– Le problème ? Mais enfin, on n'a pas idée d'attacher un malade comme ça !

Et, se tournant vers les brancardiers :

– Vous allez me faire le plaisir de détacher ce malheureux !

Le médecin du SAMU ne l'entend pas de cette oreille. Il fixe le psychiatre dans les yeux :

– Écoute, lui dit-il. Toi, tu fais ce que tu veux. Mais quand un cinglé balance sa femme du quatrième étage, estropie deux pompiers et vient presque à bout des trois autres, moi je préfère l'attacher. Maintenant, si ça ne te plaît pas, tu n'as qu'à le libérer ! Après tout, c'est ton malade !

– On n'est pas des sauvages..., bredouille le psychiatre entre ses dents.

Son collègue l'a entendu, mais il ne relève pas. Cependant, avant de sortir, il revient sur ses pas et, agitant l'index :

– Je t'aurai prévenu, insiste-t-il. Ce type-là est dangereux !

Mais l'autre est déjà agenouillé près de la coquille, s'affairant à dénouer les sangles autour du forcené endormi.

Une heure plus tard, Marie-Jo Balentin, infirmière de service aux urgences, entre tranquillement dans la salle de soins numéro 3. Elle vient jeter un œil sur le forcené. Il faut croire que l'homme va mieux, puisqu'il est debout au fond de la pièce, à moitié nu et le regard vague... Il tient contre lui un bocal de perfusion qu'il a détaché de son arbre. Marie-Jo ne se laisse pas impressionner ; elle en a vu d'autres. Elle pose son plateau sur une petite table près du lit déserté, et lance d'un air détaché :

– On va être bien sage et venir boire son petit verre.

Pour toute réponse, l'homme jette violemment le bocal dans sa direction. L'infirmière a juste le temps de se baisser pour éviter le projectile qui vient s'écraser contre le mur derrière elle, faisant une grande tache rosâtre sur le crépi blanc. Marie-Jo sent ses jambes vaciller ; elle se dirige lentement vers l'issue. Mais le malade n'est pas prêt à la laisser s'enfuir. D'un bond il se rue sur la porte et adopte une posture de combat. Marie-Jo laisse échapper un petit cri.

– Elles sont bien toutes pareilles ! grogne le malade entre deux insultes.

Plusieurs fois il feint de sauter sur la malheureuse, et observe sa réaction avec des yeux exorbités :

– On est moins fiérotte, tout d'un coup, hein ?

Cette fois Marie-Jo a vraiment peur.

– Au secours, crie-t-elle. Au secours, Christian !

Mais le malade sait se montrer dissuasif. Empoignant l'arbre de perfusion, il se met à le faire tournoyer en l'air, de plus en plus près de l'infirmière qui recule, terrorisée. Elle tente de tirer une manette d'alarme, n'y parvient pas, recule toujours, trébuche et tombe. Le malade se précipite alors sur elle et la roue de coups avec le pied de l'arbre en inox. La pauvre Marie-Jo pousse à présent de tels cris que, cette fois, ses collègues accourent. Seulement personne n'ose entrer dans la cage au lion.

Le docteur Mombert est le dernier sur place. Il pousse les infirmiers pour essayer de voir à l'intérieur de la salle.

– Mais qu'est-ce qui se passe? demande-t-il d'une voix angoissée.

– C'est Marie-Jo, répond une infirmière. Elle s'est laissé coincer par ce dingue, il va la tuer.

Et là, Mombert comprend. Les mots du médecin du SAMU lui reviennent à l'esprit. « Je t'aurai prévenu, ce type-là est dangereux. »

– Laissez-moi passer, crie-t-il, poussez-vous, je vous dis.

Et avant qu'on puisse le retenir, il se précipite dans la « cage ». Le dément s'en rend compte tout de suite. Il retourne le pied de perfusion contre le psychiatre. Mombert esquive, une fois, deux fois, puis, se jetant littéralement sur la barre d'inox, il la fait tomber des mains du malade, avant de la pousser dans l'autre coin de la pièce. L'autre, furieux, profite de sa position à terre pour le rouer de coups de pied. Voyant que le vent tourne, plusieurs infirmiers se hasardent maintenant à l'intérieur de la salle. On emmène Marie-Jo, prostrée et pleine de sang.

– Venez m'aider! gémit Mombert. Mais venez donc m'aider...

Cette fois, ça y est. Toute une mêlée de soignants en blouse blanche fond sur les deux combattants ; on les sépare, on maîtrise le fou dangereux, on dépose le psychiatre sur un brancard.

– Le médecin l'avait pourtant prévenu! lance une infirmière, visiblement choquée par le calvaire de Marie-Jo.

A moitié évanoui, Mombert essaie de bredouiller quelques mots. Personne ne comprend distinctement, mais on peut s'imaginer sans peine le contenu du message : « On n'est pas des sauvages... »

Que voulez-vous? Le docteur Mombert est incorrigible. Son bon cœur a failli coûter la vie à une infirmière... avant de la lui sauver.

La vire

Le petit groupe progresse tranquillement au flanc de la montagne.

– Décollez bien le corps de la roche ! conseille François, vingt-huit ans, à ses deux compagnons d'escalade.

Dernier de la cordée, Pascal s'en tire plutôt bien – à condition de ne pas trop regarder le vide qui grandit sans cesse au-dessous de lui... Sa fiancée Martine est moins sûre d'elle : grimpant tant bien que mal entre les deux garçons, la pauvre se crispe à mesure de l'ascension.

– Détends-toi, Martine, lui répète Pascal. Regarde François, comme il est souple.

A bout de souffle, Martine rejoint le guide sur une vire étroite, une sorte de petit plateau rocheux de quarante centimètres de large sur un mètre de long. François Dernudzer serre le bras de la jeune femme :

– Nous n'empruntons pas le couloir classique, explique-t-il. Ce chemin est une variante que j'ai découverte avec Sophie.

Ces mots (et le sourire qui les accompagne) rassurent Martine : Sophie, la femme de François, est sa meilleure amie. C'est d'ailleurs elle qui, clouée au sol par une grossesse, a convaincu le jeune couple d'accompagner son mari en montagne. Ce que Sophie a réussi, Martine doit pouvoir l'accomplir aussi bien...

Reprenant l'ascension, le guide disparaît derrière une aiguille rocheuse :

– C'est tout bleu, par ici ! lance-t-il, un imperceptible frisson dans la voix.

Martine demande :

– C'est une bonne ou une mauvaise nouvelle ?

– Plutôt mauvaise, répond François. Ça veut dire que la paroi est couverte de verglas.

Martine soupire ; son fiancé la rejoint sur la vire ; elle lui adresse un regard de détresse.

– Ne t'en fais pas, la rassure Pascal.

François reprend :

– Je suis à deux mètres du prochain relais ! Je vais contourner une dalle pourrie. Mais il me faut davantage de jeu. Désencordez-vous ! Je vous renvoie la « ficelle » dès que je suis de l'autre côté !

Avec une pointe d'appréhension, Martine et Pascal dénouent la corde de leur ceinture et la laissent partir ; ils sont à présent libres de la paroi, et sans sécurité.

Là-haut, François plante un nouveau piton dans la roche. Soudain c'est l'accident : horrifiés, Martine et Pascal voient la silhouette colorée de leur jeune guide fendre les airs à quelques mètres ; François est en train de plonger dans le vide, les bras en croix, sans un cri, emportant avec lui la corde qui siffle en tombant et claque contre la paroi.

– François !

Pascal reste bouche bée ; Martine se cache les yeux dans l'épaule de son fiancé :

– Non, murmure-t-elle. Dis-moi que ce n'est pas vrai !

Et martelant de ses poings l'anorak de Pascal :

– Ce n'est pas vrai, je sais que ce n'est pas vrai !

Martine pousse à présent des cris aigus, si perçants qu'ils effraient son compagnon.

– Calme-toi ! hurle-t-il à son tour. Mais calme-toi, Martine !

Se cramponnant toujours à lui, la jeune femme se laisse choir sur la vire étroite et dangereuse. Pascal, lui, ne peut s'empêcher de trembler. Se penchant prudemment, il aperçoit au fond du ravin à pic, à trois cents mètres en contrebas, le corps inerte de leur ami.

« Il n'est peut-être pas mort », pense Pascal qui se rappelle le cas d'alpinistes célèbres ayant survécu à des chutes vertigineuses.

– François ! crie-t-il en direction du ravin. François, réponds !

Mais le corps demeure parfaitement immobile, figé dans la position grotesque d'un pantin désarticulé.

Martine pleure à chaudes larmes, sans pouvoir s'arrêter :

– François, sanglote-t-elle, mon cher François...

Son fiancé essaie de la réconforter en lui tapotant le dos. Des minutes passent. Martine pose enfin la question inutile :

– Tu crois.. Tu crois qu'il...

D'un petit geste du menton, Pascal confirme. Martine plonge dans une crise de désespoir.

Pascal regarde le cadran de sa montre : il est 9 heures. « Comment faire pour nous tirer de là ? » se demande-t-il. Sans corde, sans guide surtout, pas question d'essayer de redescendre vers la vallée ; ils partageraient vite le sort du pauvre François. Inutile non plus de trop compter sur d'autres grimpeurs : hier, 29 juillet, c'était la fête des montagnards. Aussi la plupart des alpinistes ne sont-ils pas en montagne de si bon matin...

« Le père Huguet ! » pense soudain Pascal. C'est le nom du propriétaire du refuge où le trio vient de passer la nuit. Vieux montagnard, guide depuis trente ans, le père Huguet n'est pas du genre à se coucher tard ; quand ils sont partis ce matin, il était debout pour leur souhaiter bonne route. « Le père Huguet va faire son tour d'inspection dans la matinée, pense le jeune homme rempli d'espoir. Il pourra prévenir les secours. »

– Martine, calme-toi, je t'en prie ! dit-il tout bas à sa fiancée anéantie par l'accident. Calme-toi, tu veux ?

Martine relève la tête et renifle entre deux hoquets :

– François, murmure-t-elle dans une plainte à fendre l'âme. Pourquoi toi ? Pourquoi ?

Au fond de lui, Pascal commence à s'impatienter. Il essaie de la raisonner :

– C'est affreux, dit-il, bien sûr. Mais ce qui compte, c'est que nous soyons vivants, nous. Maintenant, il s'agit de s'en sortir... Martine! Tu m'entends?

La jeune femme fait « non » de la tête et éclate à nouveau en sanglots.

– C'est fini, maintenant. Tout est fichu!

– Allons, ne dis pas de bêtises!

Pascal se demande comment procéder pour se faire repérer. Se rappelant ses cours d'escalade, il se met à pousser, deux ou trois fois par minute, le cri des alpinistes en détresse : « Ya-hou... Ya-hou... »

Sortant peu à peu de sa léthargie, Martine le dévisage alors avec une sorte de condescendance bizarre. Le jeune homme s'en rend compte :

– Martine, demande-t-il, pourquoi est-ce que tu me regardes comme ça?

Mais la jeune femme a le cœur trop serré pour répondre.

– Nous avons quelques provisions, dit Pascal en fouillant dans les sacs. Ça devrait nous permettre de tenir jusqu'à l'arrivée des secours...

C'est vers midi que le père Huguet réussit à les localiser; en compagnie de son fils, il vient de faire l'ascension du pic par le versant est-sud-est, nettement plus abordable. Arrivé au sommet, il s'est étonné de ne trouver aucune trace de pas dans la neige et a décidé de hâter leur descente par la face nord. Considérant maintenant la posture désastreuse de la petite cordée, le vieux montagnard ne perd pas une minute : il dépêche son fils à Bérarde pour donner l'alerte, et descend lui-même vers le cadavre de François Dernudzer.

– Tenez bon! crie-t-il de loin en direction des deux jeunes fiancés. On va venir vous secourir. Moi je n'ai pas de corde de rappel...

Pascal soupire. Il a confiance dans le bonhomme.

Cependant les heures passent, et les deux jeunes gens, exposés au soleil, commencent à souffrir de la soif. Leur langue et leurs lèvres se mettent à gonfler.

– Donne-moi une autre orange! dit Martine sur un ton désespéré.

– Mais ma chérie... Tu sais bien qu'il n'y en a plus...

– Ça ne fait rien. Comme ça on mourra plus vite.

Pascal jette un œil au cadran : 17 h 30. Il faut cinq ou six heures pour atteindre Bérarde, et autant pour en remonter. Même en faisant vite, les secours ne seront pas sur place avant minuit ou 1 heure du matin.

Dans la soirée, le vent se lève, et la brume avec lui. Bientôt, le jeune couple n'entend plus les encouragements intermittents du père Huguet. Le vent est frais, de plus en plus frais. En montagne, quand le soleil disparaît, la température peut chuter de trente degrés en quelques minutes.

– Ferme bien ton anorak! dit Martine à son fiancé.

Pascal revit : c'est la première phrase un peu attentionnée qu'elle prononce depuis l'accident :

– Surtout, répond-il, il faut bouger pour ne pas s'engourdir. Si tu veux, on va se relayer.

Martine veut bien. Alternativement avec Pascal, elle se lève donc et sautille doucement sur place, face au vide brumeux, bientôt noir. Soudain, elle s'effondre comme jamais :

– C'est fini, dit-elle. On va mourir, je le sais.

– Tais-toi! dit Pascal. S'il te plaît, ne recommence pas.

Grelottant de froid, Martine se remet à pleurer.

– Garde ton énergie, lui souffle son fiancé. Martine, je t'en supplie!

A chaque minute qui passe, c'est un peu d'espoir qui s'en va. Le silence s'installe. C'est elle qui le brise :

– Pascal, tu crois qu'on va s'en sortir?

– Oui. Enfin, j'espère...

– Moi, je pense qu'on va mourir... C'est trop tard, maintenant.

– Tu as peut-être raison.

– Pascal... Il y a une chose qu'il faut que tu saches...

– Oui?

– C'est à propos de François... Je l'aimais... J'ai toujours été amoureuse de lui...

– Ah ?...

– Je ne pouvais pas le dire, tu comprends ? C'était quand même le mari de ma meilleure amie.

– Mais...

– Excuse-moi, si je te fais du mal, Pascal. Mais je crois qu'il fallait que je te le dise.

Le jeune homme ne répond pas. Il se mure lui aussi dans un silence seulement troublé par les sifflements du vent. Il ne sait plus quoi penser. Martine se serre à présent contre lui. Les deux fiancés, transis de froid, pleurent dans la nuit.

– Tenez bon ! crie enfin une voix au-dessus d'eux. On descend vous chercher en rappel !

Martine frissonne. Elle, c'est la mort qu'elle attendait.

Quatre mois plus tard pourtant, Martine épousera Pascal dans une petite église de l'Isère – un mariage simple. Les jeunes mariés ne feront pas de voyage de noces, préférant économiser cet argent en vue d'offrir une pension à la petite Laetitia Dernudzer, l'enfant posthume de François.

Le bâtard

Fred Smith, vingt-deux ans, se promène dans les rues de Minden, petite ville du Nebraska. Depuis quelques jours, il traverse les États-Unis d'ouest en est en direction de New York. Là-bas, dans un mois, le 15 octobre 1952, il s'embarquera pour un long, un très long voyage. Il a en effet signé un engagement pour toute la durée de la guerre de Corée.

Ses derniers jours de liberté et de vie civile, Fred Smith les passe à faire du tourisme. Il parcourt le pays à petite vitesse, tantôt en auto-stop, tantôt en bus. Voilà pourquoi il déambule dans cette cité des États-Unis, à vrai dire sans grand caractère.

Des éclats de voix le font sursauter. Ce sont des cris d'enfants... Il s'approche... Sur une esplanade, devant un groupe d'immeubles tristes, quatre gamins de cinq-six ans sont en train de s'en prendre à un de leurs camarades du même âge. Les coups pleuvent et les injures aussi.

– Bâtard! Sale bâtard!

Fred Smith se précipite. Il agrippe par le collet le plus acharné des enfants et dégage Billy. Effrayés, ses agresseurs s'enfuient, mais ils restent à distance et continuent à apostropher leur victime :

– Billy, c'est qu'un bâtard, m'sieur!

– C'est vrai, m'sieur! Il a pas de père...

Fred Smith a alors une réaction extraordinaire. Il passe son bras autour des épaules du gamin.

– C'est moi le père de Billy et je suis venu le chercher.

Billy lève vers lui un regard ébloui, tandis que ses camarades sont suffoqués.

– Ça alors !...

Qu'est-ce qui s'est passé dans la tête du jeune Fred Smith et quelles vont être les conséquences de ce geste impulsif? C'est toute une histoire. Toute cette histoire...

Les gamins ont disparu comme une volée de moineaux. Billy prend la main de Fred Smith.

– Vite, papa ! On va à la maison. C'est maman qui va être contente ! Depuis le temps qu'on t'attend...

Le jeune homme pâlit. Il comprend soudain dans quelle situation il s'est mis. Mais il est trop tard pour reculer... Il suit Billy, qui court vers une baraque en préfabriqué à l'entrée d'un terrain vague. Il tambourine à la porte.

– Maman ! Maman !

Une femme de vingt-cinq ans environ apparaît sur le seuil. Elle est blonde, plutôt boulotte. Elle a certainement été jolie, mais elle porte la marque des épreuves et des chagrins. Elle ne voit qu'une chose : Billy saigne du nez. Elle se précipite avec un mouchoir.

– Billy ! Qu'est-ce qui t'arrive ?

Le gamin hausse les épaules.

– C'est pas grave, maman.

La mère de Billy s'aperçoit alors de la présence de Fred Smith.

– Qu'est-ce que vous faites ici ? Pourquoi êtes-vous avec mon fils ? C'est vous qui l'avez blessé ?

Fred n'a pas le temps de répondre. Billy le fait pour lui.

– Mais c'est papa ! Tu ne le reconnais pas ? Il m'a sauvé !

La jeune femme est abasourdie.

– Qu'est-ce que c'est que cette histoire ? Tu veux bien arrêter de dire des bêtises !

– C'est pas des bêtises, maman. C'est papa, il me l'a dit. Il m'a même dit qu'il était venu me chercher.

– Va jouer !...

– Je ne peux pas rester avec papa ?

– Va jouer. Et ne t'éloigne pas de la maison... Allez, vite ! Qu'est-ce que tu attends ?

A contrecœur, Billy s'éloigne. Sa mère se tourne vers Fred Smith avec une expression de rage.

– Salaud ! Vous êtes encore pire que les autres !

Le malheureux Fred est au désespoir.

– Sur le coup, je n'avais pas pensé. Je...

– Vous servir de mon enfant pour m'approcher !...

– Vous faites erreur. Ce n'est pas cela...

– Vous vous rendez compte de ce que je vais pouvoir lui dire maintenant ?... Allez-vous-en !

Fred Smith ne bouge pas. Il a un regard suppliant.

– Non... Je n'avais pas d'intentions malhonnêtes. A vrai dire, je n'avais pas d'intentions du tout... Ç'a été plus fort que moi. Un réflexe... Les autres enfants lui criaient : « Tu n'as pas de père ! Bâtard », je n'ai pas pu le supporter.

– Qu'est-ce que ça pouvait vous faire ?

Fred Smith baisse la tête.

– Ça m'a fait beaucoup parce que... c'est aussi mon cas. Pour moi, c'est même pire : je n'ai ni père ni mère... Alors, vous comprenez...

Du coup, la jeune femme se radoucit et le fait entrer chez elle.

– Il paraît que j'ai été déposé une nuit devant la porte d'entrée d'un grand ensemble... Les habitants ont vu une femme s'enfuir. J'ai été placé à l'orphelinat. Là-bas, ils m'ont appelé Fred Smith. Ce n'est pas très original, comme vous le voyez...

La mère de Billy se nomme à son tour : elle s'appelle Edith Coleman. Fred Smith poursuit son récit.

– A l'intérieur de l'orphelinat, ça allait. On était entre nous. C'était quand on sortait que ça devenait terrible. On portait un uniforme, alors vous pensez si les gamins de la ville en profitaient... Combien de fois j'ai été poursuivi par des bandes entières qui criaient en chantant : « Hou ! l'orphelin ! Il a pas de père ! Il a pas de mère ! »

Edith Coleman hoche la tête avec tristesse.

– Les enfants sont d'une cruauté qu'on a du mal à imaginer... J'en sais quelque chose moi aussi.

A ce moment, une femme s'encadre dans la porte restée ouverte. Elle a vingt-cinq, trente ans, et le regard mauvais derrière ses lunettes en forme de papillon.

– Votre fils a attaqué le mien tout à l'heure !

– Ce n'est pas vrai.

– Si c'est vrai ! Il y avait trois autres enfants avec mon petit Jimmy et ils disent la même chose : Billy s'est jeté sur lui et l'a bourré de coups de poings !

Fred Smith, qui était resté en retrait dans la pièce, s'avance.

– Eh bien, ce sont des menteurs ! C'est Billy qui a été attaqué par votre fils et trois autres voyous. J'ai dû intervenir pour le sortir de là. Je suis prêt à en témoigner devant n'importe quel tribunal. Maintenant, filez !

La voisine, qui n'avait pas remarqué la présence de Fred en arrivant, réagit vivement.

– Qui êtes-vous ? Qu'est-ce que vous faites là ?

– Ça ne vous regarde pas !

La femme bat en retraite.

– Je m'en vais, mais ça ne se passera pas comme ça ! Je peux vous dire, *mademoiselle* Coleman, qu'il y a déjà quelque temps qu'une pétition circule sur votre compte. Des filles comme vous, on n'en veut pas à Minden ! C'est une ville honnête. Vous serez forcée de déguerpir avec votre sale bâtard...

Elle disparaît en proférant des injures indistinctes. Edith Coleman éclate en sanglots.

– Je n'en peux plus... C'est trop dur !... Voilà des mois que ça dure. C'est trop injuste !...

Fred Smith pose sa main sur son épaule. Edith Coleman bondit comme si elle avait été piquée par un serpent.

– Ne me touchez pas.

Complètement décontenancé, le jeune homme balbutie des excuses. Mais Edith est comme folle :

– Les hommes sont tous les mêmes ! Et vous ne valez pas mieux que les autres ! Vous êtes même pire parce qu'en plus, vous êtes hypocrite !

– Mais pas du tout...

– Vous savez pour quoi ils me prennent, ici, les hommes ? Ils viennent me voir en cachette de leur femme et ils me font comprendre avec des mots plus ou moins discrets ce qu'ils veulent... Il y en a même qui ne se gênent pas du tout et qui sortent des dollars de leur poche... Alors je me fâche, je leur file une paire de claques et ils vont dire après que c'est moi qui les ai racolés...

Fred Smith ne dit toujours rien. Devant son air malheureux, Edith Coleman se radoucit.

– Il ne faut pas m'en vouloir. Je ne peux pas supporter les hommes. Ils m'ont trop fait de mal... Vous savez qui est le père de Billy ?

– Écoutez, ce n'est pas la peine de remuer ces souvenirs...

– Si. Au contraire, ça me fera du bien. Je n'ai jamais pu en parler à personne. Il s'appelait – il s'appelle toujours, je suppose – Tom. C'était mon meilleur ami. Un ami d'enfance. Nous étions inséparables, mais il n'y a jamais eu d'équivoque entre nous. Nous étions comme frère et sœur... Et puis il y a eu cette surprise-party. Tom avait beaucoup bu. Il n'avait pas l'habitude. Il m'a raccompagnée dans sa voiture et il s'est arrêté au milieu d'un bois... Sur le coup, je n'ai pas compris. Je ne voulais pas comprendre. Mais son visage s'est transformé comme dans les films d'épouvante. Il est devenu une bête, un monstre !....

Edith Coleman s'arrête. Fred Smith ne trouve rien à dire. Il y a un grand silence, puis elle finit par reprendre :

– C'est la dernière fois que j'ai vu Tom. Le lendemain, il avait quitté la ville. Je n'ai jamais eu de ses nouvelles...

Une voix d'enfant les interrompt :

– Papa, j'en ai assez de jouer tout seul ! Viens jouer avec moi !

– Laisse-nous !

L'enfant obéit en poussant un soupir. Edith Coleman jette un regard épouvanté à Fred Smith.

– Qu'est-ce que je vais faire maintenant ? Qu'est-ce que je vais lui dire ? Ah, vous pouvez être fier de vous ! Vous avez fait du beau travail !

Il y a un silence et puis Fred prend la parole :

– J'ai fait une bêtise. Je vais réparer.

– Ce n'est pas réparable malheureusement.

– Si, il y a un moyen : marions-nous.

De nouveau, la jeune femme se met à éclater.

– J'avais raison ! Tout ça, c'était des combines pour m'avoir à vous. Mais vous, vous avez une sacrée imagination ! On ne peut pas dire le contraire...

– Ce n'est pas ça.

– Si, c'est ça ! Qu'est-ce que ça peut être d'autre ? Une fois que nous serons mariés, qu'est-ce que vous ferez sinon en profiter ?

– Je partirai.

– Comment ? Tout de suite ? A la sortie de l'église ?...

– Exactement.

– Vous vous moquez de moi !

– Non. Je partirai parce que j'y suis obligé. J'ai signé un engagement en Corée. Je dois embarquer dans quinze jours à New York.

Edith Coleman regarde le jeune homme comme si c'était un extraterrestre.

– Vous feriez cela ? Vous le feriez vraiment ?...

– Oui. Je ne veux plus qu'on dise que Billy est un bâtard.

La jeune femme reste sans voix. Il poursuit :

– Il n'y aura rien entre nous, je vous le promets. Quand je serai là-bas, nous nous écrirons et nous ferons connaissance. Si nous nous plaisons, tant mieux, nous serons réellement mari et femme à mon retour. Si nous ne nous plaisons pas, tant pis, nous divorcerons. Mais de toute façon, je reconnaîtrai Billy et il gardera un père.

Edith Coleman est tellement bouleversée qu'elle reste figée.

– C'est tellement incroyable que je ne sais pas quoi vous dire.

– Dites-moi « oui ».

– Alors... oui...

Aux États-Unis, on se marie très vite. L'employé de mairie et le pasteur n'ont pas été autrement surpris quand Fred et Edith leur ont annoncé qu'ils voulaient se marier le jour même. Ceux qui ont été surpris, en revanche, ce sont les habitants de Minden, quand ils ont vu Edith Coleman en tailleur blanc au bras de Fred

Smith en costume sombre, suivis fièrement par Billy endimanché. Aux uns et aux autres, les jeunes mariés ont annoncé avec tranquillité :

– Nous avons régularisé notre situation...

Edith Smith n'est pas restée à Minden. Elle est allée s'installer à New York. Pendant six mois, elle a correspondu avec Fred. Au début, elle le faisait par devoir, parce qu'il méritait bien cela. Puis elle s'est aperçue qu'elle guettait le courrier avec quelques battements de cœur...

C'est avec un cri d'impatience qu'elle est accourue vers le facteur le 14 mars 1953. Mais le facteur ne souriait pas comme les autres fois. Il avait même l'air très, très mal à l'aise lorsqu'il a remis un télégramme. Un télégramme officiel de l'Administration...

En l'ouvrant, Edith savait déjà ce qu'il lui annonçait : le malheur ne l'avait pas oubliée. Fred avait été tué.

Pourtant son geste irréfléchi, son impulsion généreuse et un peu folle, lui a survécu et a rendu pour toujours le goût de vivre à un petit bonhomme qui ne serait plus jamais un bâtard. Sur le buffet du living, Edith Smith a installé une photo du militaire souriant dans un cadre bordé de noir, couverte de quatre mots manuscrits : « Pour Billy. Son papa. »

Drame en Alaska

La motoneige avance lentement sur la plaine blanche des environs de Galena, en Alaska. La motoneige, qui n'a de moto que le nom, est une petite voiture montée sur skis. Charles Barber, trente-cinq ans, est au volant. Il connaît bien la région, et conduire cet engin est, en quelque sorte, son métier : il est inspecteur des routes en Alaska. Mais, pour l'instant, il ne s'agit pas de travail. Ce 12 mars 1976, à bord de son avion personnel, il a quitté Fairbanks, la ville où il a son bureau, pour les environs de Galena, où il possède un chalet. De là, il a pris la motoneige pour une longue balade dans la plaine glacée.

Charles Barber n'est pas seul. A ses côtés, un petit être s'agite sur son siège dans son anorak rouge. C'est Jerry, son fils de six ans.

– Ça te plaît, Jerry?

– Oh! oui, papa!

Charles Barber est heureux. D'abord, parce qu'il est en vacances avec Jerry, qu'il voit peu depuis son divorce. Ensuite, parce que l'enfant est heureux lui-même. Jerry est en effet un garçon difficile. Bien qu'il n'ait que six ans, on a déjà pu constater qu'il était d'un caractère renfermé, voire sombre. Et cela n'a rien à voir avec le divorce de ses parents. Il a toujours été comme ça. Jerry pointe le doigt.

– Qu'est-ce que c'est, papa?

– Un renard argenté! Regarde : il y a même toute la famille...

Que se passe-t-il dans la tête d'un enfant? Brusquement, Jerry Barber saute en marche et se met à leur poursuite.

– Jerry, reviens !...

Mais Jerry ne revient pas. Il court sur la neige glacée, trébuche et tombe pour ne plus se relever.

Charles Barber s'agenouille et retourne le corps inerte... Jerry s'est fait une blessure horrible à la tête. Son œil gauche est tuméfié et fermé. Il disparaît sous un énorme bleu. Au-dessus, l'os du front est brisé. Un petit filet de sang s'échappe de la blessure. Il n'y a pas besoin d'un médecin pour se rendre compte que la blessure est très grave, peut-être même mortelle. Charles Barber colle son oreille contre l'anorak. Le cœur bat régulièrement. Il vit...

Mais pour combien de temps ? Aucun secours n'est à attendre à Galena, qui n'est qu'un trou perdu dans le désert glacé. Il doit prendre son avion personnel pour aller à Fairbanks, à cinq cents kilomètres de là. La terrible course contre la montre d'un père pour la vie de son fils est engagée.

La première chose à faire est de protéger Jerry du froid. Charles Barber enlève son propre anorak, l'emmaillote dedans. Ensuite, il met en marche le véhicule. Jusqu'à son chalet il y a environ quinze kilomètres. Charles Barber avance en pilotant de la main gauche et en maintenant fermement l'enfant de la main droite. Dans ces conditions, il ne peut pas aller bien vite, d'autant qu'il faut à tout prix éviter les cahots, qui peuvent être fatals...

L'accident a eu lieu vers 14 heures et il est 15 heures légèrement passées lorsqu'il voit la silhouette du chalet. Aussi vite qu'il le peut, Charles Barber entre, en portant Jerry dans ses bras. Il l'installe sur le canapé du salon. Le chauffage marche bien, la température est douce ; pas de problème de ce côté-là.

Il n'y a pas de temps à perdre... Charles Barber court vers le hangar dans lequel se trouve l'avion, un monomoteur sur skis. Mais, en arrivant devant le bâtiment, il s'arrête, accablé. Il a fortement neigé la nuit précédente et, ne pensant pas avoir besoin de l'avion, il n'a pas déblayé. Or, maintenant, il y a au moins un mètre de neige devant la porte...

Charles Barber va chercher une pelle et se met au travail sans attendre. Le sol est dur, gelé, et rend, chaque fois qu'il l'attaque, un son métallique... Au bout de dix minutes, il n'a dégagé qu'une faible partie des abords. Il s'arrête brusquement et retourne au pas de course vers le chalet. Il doit voir ce que devient Jerry. On ne sait jamais.

Charles Barber s'arrête net sur le seuil du living. Il pousse un cri :

– Jerry !...

Non seulement Jerry n'est plus allongé, mais il marche. Il titube dans la pièce, l'air hagard. Bien sûr, c'est plutôt rassurant, cela signifie que le coma n'était pas très profond. Mais, dans un sens, il aurait mieux valu qu'il reste inconscient. A tout instant, il peut se cogner, tomber et se blesser de nouveau. M. Barber prend doucement son fils par les épaules.

– Jerry, tu m'entends ?

– Oui, papa...

L'enfant a les yeux ouverts, mais il ne voit pas vraiment. Il parle d'une manière mécanique. Il est dans un état second, quelque chose d'analogue au somnambulisme ou à l'hypnose...

– Jerry, tu te souviens de ce qui s'est passé ?

– Non...

– Tu sais où tu es ?

– Non, je... j'ai mal à la tête...

Brusquement, Jerry s'affaisse tout d'un coup. M. Barber le prend dans ses bras, l'installe de nouveau sur le canapé et repart en courant à l'extérieur. Il jette un coup d'œil à sa montre : 15 h 30. En cette saison d'équinoxe, le soleil se couche à 18 heures environ.

Et c'est justement là tout le problème : il doit arriver à Fairbanks avant la nuit noire car, sinon, il risque de ne pas y arriver du tout. Il sait en effet piloter, mais pas de nuit. Il a quelques vagues notions de vol aux instruments, mais elles sont tout à fait insuffisantes...

Toutes les cinq minutes environ, M. Barber s'interrompt pour aller voir Jerry. Cela ralentit considérablement son allure. Il est 17 h 30 quand il a terminé le déblaiement. Le temps de préparer la piste d'envol, de faire le plein, d'aller chercher Jerry, qui n'a toujours pas repris conscience, de l'installer sur le plancher de l'avion et de le fixer avec des sangles, il est près de 18 heures. Quand, après avoir fait chauffer les moteurs, il décolle enfin, la nuit est tombée...

Ayant pris son altitude de vol, Charles Barber pousse un soupir de soulagement. Pour la première fois depuis le début du drame, le sort semble cesser de s'acharner contre lui. Il fait nuit, mais c'est une nuit de pleine lune. La lumière est suffisante pour qu'il distingue à peu près sa route. Et la route entre Galena et Fairbanks est simple : c'est le fleuve Yukon, qui fait un serpent sombre au milieu du sol tout blanc.

Et brusquement, la malchance recommence... Un instant, Charles Barber croit avoir mal vu... Ce qu'il distingue devant lui est une illusion due à la fatigue ! Mais non. C'est bien une barrière de nuages. Le petit monomoteur entre dans une zone de mauvais temps. D'un seul coup, il ne voit plus rien. Finie la grosse masse ronde rassurante, la lampe amicale qui lui éclairait le chemin. Le Yukon a disparu. Il ne subsiste qu'une masse gris sombre uniforme.

Barber essaie de se reprendre. Il ne doit pas céder au désespoir ni à la panique. D'abord, la direction. Elle est simple : Fairbanks est plein est par rapport à Galena. Il suffit de maintenir ce cap et, une fois à proximité, d'appeler la tour de contrôle et de s'en remettre à elle. La tour de contrôle... Il est peut-être temps déjà de lancer un message ? Charles Barber règle sa radio sur la fréquence de détresse et commence à émettre.

– Ici Fox Tango Zoulou. J'ai à bord un enfant de six ans grièvement blessé à la tête. Demande atterrissage en priorité à Fairbanks et assistance médicale.

Charles Barber répète ce premier SOS et lance une nouvelle demande, tout aussi importante que la première :

– Ne suis pas entraîné au vol aux instruments et suis actuellement sans visibilité. Réclame guidage depuis la tour.

Une heure passe, une heure de vol dans cette brume impénétrable au-dessus de l'Alaska. Toutes les deux minutes environ, Charles répète son message sur la fréquence de détresse :

– Ici Fox Tango Zoulou... Ici Fox Tango Zoulou...

Mais il n'y a toujours aucune réponse. Il a beau tendre l'oreille : rien qu'un grésillement désespérant dans ses écouteurs... Comment cela se fait-il ? Il ne devrait plus être loin de Fairbanks, à présent. Suffisamment, en tout cas, pour entendre leur radio. A moins... à moins qu'il se soit trompé dans sa navigation et qu'au-dessous il n'y ait pas Fairbanks au bord du Yukon, mais la plaine désolée de l'Alaska.

Dans la tour de contrôle de Fairbanks, le responsable s'époumone tant qu'il peut :

– Tango Zoulou, je vous reçois cinq sur cinq ! Vous êtes dans la bonne direction. Je suis prêt à vous guider. L'ambulance et le personnel de sécurité vous attendent sur la piste. Mais répondez, pour l'amour de Dieu !...

Il y a un moment de silence, et puis le même message désespérant qui revient depuis maintenant une heure :

– Ici Fox Tango Zoulou. M'entendez-vous ? J'ai à bord un enfant de six ans...

L'aiguilleur du ciel hurle :

– Je vous entends ! Je vous entends ! Il y a un truc qui ne va pas dans votre radio. Bricolez-la, tapez dessus, mais faites quelque chose ! C'est trop bête !...

Seul le silence lui répond.

Au-dessus de la tour de contrôle de Fairbanks, Charles Barber répète, pour la centième fois peut-être, son message de détresse, lorsque, pour une raison mystérieuse, comme cela arrive souvent avec la technique, sa radio se remet à fonctionner normalement. La voix de l'aiguilleur du ciel retentit dans son casque.

– Tango Zoulou, vous m'entendez ?

– Je vous entends.

En bas, il y a un cri :

– Enfin !... Ne perdons pas de temps. Suivez exactement mes instructions...

La suite se déroule sans incident. Le contrôleur de Fairbanks est parfaitement clair dans ses directions. Charles Barber les suit à la lettre et le monomoteur se pose sans encombre, à l'endroit exact de la piste où attendait l'ambulance. Les infirmiers se précipitent. Jerry est toujours dans le coma, mais il est vivant. Il est placé sur une civière et l'ambulance démarre en direction de l'hôpital. L'équipe chirurgicale était fin prête au service des urgences et l'opération commence aussitôt...

C'est au petit matin, que le Dr Murphy, responsable du service neurochirurgical, vient trouver Charles Barber, qui attendait dans l'angoisse. Les deux hommes sont aussi épuisés l'un que l'autre.

– C'est un véritable miracle, monsieur Barber, votre fils est sauvé.

– C'était grave ?

– Oui. C'est une des opérations les plus délicates de ma carrière. Un éclat d'os a atteint le cerveau. Il s'est fiché dans un canal veineux, mais il est resté en place et il l'a maintenu étanche, un peu comme un bouchon. S'il s'était déplacé, le canal se serait ouvert, entraînant une hémorragie fatale...

Charles Barber a un frisson de terreur rétrospective. Il revoit Jerry titubant dans le living, manquant de se cogner aux membres ou de tomber ; il repense aux cahots de la motoneige ou de l'avion... Oui, un véritable miracle... Mais une angoisse demeure.

– Vous m'avez dit que le cerveau était atteint...

– Oui, hélas.

– Est-ce que Jerry va être paralysé ou idiot ?

– Non. Ce n'est pas un centre des facultés motrices ou intellectuelles qui a été atteint. La région lésée est celle du comportement.

– Ce qui veut dire ?

– Que le comportement de votre fils va vraisemblablement changer. Mais je ne peux pas vous dire dans quel sens ni même si cela se produira. Dans ce domaine, nous devons avouer que nous sommes encore des ignares...

Effectivement, Jerry Barber s'est rétabli rapidement et il est redevenu tout à fait normal à la seule différence que son comportement a changé : alors qu'il était taciturne, il est, maintenant, le plus gai des enfants. Mais pas de cette gaieté factice proche de l'excitation qu'on observe parfois chez les personnes pas très équilibrées, une gaieté saine, faite de confiance, d'optimisme.

Le Dr Murphy avait raison : c'était bien un miracle, un miracle qu'avaient rendu possible l'amour, la science et... pas mal de chance.

Une sacrée poudrière

Fin juin 1943 : le capitaine des pompiers Henry pousse la porte de la Kommandantur. Il est en uniforme, avec toutes ses décorations de la guerre de 1914-1918. Le général commandant la place le reçoit sans trop le faire attendre. Il est correct, même si c'est avec une certaine raideur.

– Vous avez demandé à me voir, capitaine?

– Oui, mon général, j'ai demandé à vous voir à cause... de la poudrière.

Le général a un haut-le-corps. Son expression s'est brutalement figée.

– Expliquez-vous, capitaine.

– Eh bien, mon général, c'est au nom des sapeurs-pompiers de Langres que je vous parle. Nous sommes responsables de la sécurité et cette poudrière, au cœur de la ville, représente un réel danger...

Le général est toujours aussi cassant.

– Et en quoi tout cela vous concerne-t-il, capitaine?

– Je pense à la population civile, mon général. Les gens sont très inquiets à cause de la poudrière, et s'ils savaient que nous sommes là en cas de besoin, ils seraient très soulagés. C'est une chose qui améliorerait beaucoup les rapports franco-allemands dans notre cité.

Cette fois le général a perdu son air sévère, il est maintenant pensif.

– Certainement, certainement... Je veux moi aussi de bons

rapports entre Français et Allemands. Je vais réfléchir. Je vous remercie de votre visite, capitaine.

Et deux jours après, le téléphone sonne à la caserne des sapeurs-pompiers de Langres. C'est un appel du général de la Kommandantur :

– Capitaine, j'ai examiné votre proposition. Pourriez-vous faire un exercice dans la poudrière ? Nous pourrions fixer cela au 14 juillet, le jour de la Fête nationale française. Ce serait très bon pour la population, n'est-ce pas ?

Le capitaine Henry réprime un cri de joie.

– C'est une idée excellente. La population sera très impressionnée. Tous mes hommes seront à votre disposition, mon général.

Et, le 14 juillet 1943, la brigade des sapeurs-pompiers de Langres franchit au grand complet les murs de l'impénétrable poudrière. Le capitaine Henry fait un petit salut aux soldats allemands au garde-à-vous et s'avance vers le général qui l'attend au milieu de la cour.

Le général est maintenant tout à fait souriant.

– Eh bien, capitaine, montrez-nous de quoi vos hommes sont capables.

– C'est que, mon général, pour que notre action soit tout à fait efficace, il faudrait que vous nous indiquiez les endroits où sont stockés les explosifs. Car en cas d'incendie ou hélas... de bombardement, c'est là que nous devrions agir.

Le général a un instant d'hésitation, et puis il se décide ; il crie quelques ordres en allemand : des soldats ouvrent les portes des bâtiments et, à sa suite, tous les pompiers de Langres pénètrent dans la poudrière.

C'est une visite complète, une véritable visite organisée. Le capitaine Henry et ses hommes ont droit à tous les détails : l'emplacement exact des explosifs et des munitions, la manière d'y accéder, l'épaisseur des murs et des portes. Ils sont plusieurs à être de connivence avec leur chef et ils savent que, très bientôt, ils vont se retrouver dans les mêmes lieux, mais dans de tout autres conditions.

Deux mois plus tard, le 12 septembre 1943, dans la caserne des sapeurs-pompiers de Langres, le capitaine Henry donne ses dernières instructions pour une mission très peu ordinaire. Il ne s'agit pas d'aller éteindre un incendie, mais d'en allumer un, et quel incendie ! Un véritable feu d'artifice.

Vont faire partie du commando le pompier Jean Lepetz, qui en sera le chef, le sapeur Mercier et l'adjudant Besancenot. Il y a aussi le lieutenant Robert. Celui-là n'est pas de Langres, il vient de beaucoup plus loin, de Londres. Il a été parachuté le matin même, près de Bar-le-Duc. Avec lui, dans ses valises, il y a quatorze charges de plastic et quatre mitraillettes.

A 22 h 30, les quatre hommes quittent la caserne avec chacun, dans une musette, les explosifs et leurs armes. Éclate alors un bruit retentissant, mais ce bruit-là est le bienvenu et un sourire s'épanouit sur les quatre visages : c'est le tonnerre. Quelques secondes après, des trombes d'eau tombent du ciel. C'est un temps à décourager toutes les patrouilles, les quatre hommes arrivent sans encombre devant les murs de la poudrière. Ils n'ont pas un instant d'hésitation. Lors de l'exhibition du 14 juillet, ils ont repéré par où passer. Il y a un endroit de l'enceinte où une pierre est tombée ; le mur est moins haut et il n'y a pas de tessons de bouteilles : c'est là...

Lepetz palpe nerveusement un objet volumineux et mou dans sa poche. C'est une charge de plastic munie d'un détonateur réglé à quinze secondes. Si jamais ils sont surpris dans la poudrière, ils ont décidé de sauter avec elle. Jean Lepetz mettra en marche le détonateur et, quinze secondes après, tout sera fini.

L'escalade du mur ne leur pose aucun problème. Pour un sapeur-pompier, c'est la routine, l'enfance de l'art. Les voilà de l'autre côté, dans la place. Ils n'ont aucun mal à se repérer. Ils savent exactement où se trouvent les quatre sentinelles allemandes : aux quatre coins du bâtiment principal.

Lepetz en tête, le commando s'attaque d'abord au bâtiment annexe, une sorte de hangar. Il est fermé par une chaîne cadenassée dont ils ont pu, le 14 juillet dernier, apprécier la grosseur. Lepetz s'est donc muni de la pince à métaux correspondante. Il y a un léger grincement et la chaîne cède tout doucement.

L'un après l'autre, les quatre hommes s'engagent dans le bâtiment. Là non plus, il n'y a aucun problème, aucune surprise. Ils vont droit vers les stocks d'explosifs, ils savent l'endroit précis où placer les charges de plastic. En quelques minutes, tout est fait. C'est presque trop facile.

En rampant, ils se dirigent ensuite vers le bâtiment principal. Cette fois, c'est plus délicat. Il ne faut pas éveiller l'attention des sentinelles. La porte d'entrée est ouverte ; elle est franchie sans difficulté. Dans le hall se trouve la porte qui mène aux caves où sont entreposés les explosifs. Elle est, comme prévu, fermée par une chaîne à peu près de même grosseur que la précédente.

L'adjudant Besancenot a allumé sa torche électrique recouverte d'un papier noir à l'exception d'un trou au centre, de la taille d'un petit pois. Pour la seconde fois, Lepetz s'attaque à la chaîne avec son outil. Mais cette fois, elle cède trop vite et elle tombe sur le sol dallé, avec un bruit qui leur semble à tous effrayant, assourdissant...

Dehors, il y a un autre bruit : des pas. C'est l'une des sentinelles qui s'approche. Les quatre mitraillettes se pointent en même temps vers la porte. Lepetz a un geste en direction de la charge réglée sur quinze secondes...

Mais non. Les pas s'éloignent. La sentinelle a sans doute cru qu'elle avait fait un mauvais rêve.

Maintenant que la porte de la réserve principale de la poudrière est ouverte, il ne faut pas perdre de temps. Aussi vite que possible, les douze charges restantes sont placées deux à deux aux endroits voulus, réglées à deux heures. Dans tout cela, encore une fois, il n'y a pas de hasard. Il suffit de se souvenir des avertissements du général allemand : « Ici, grand danger. Ici, il y a beaucoup d'explosifs... »

Il est 2 h 20. Le commando fait maintenant le chemin en sens inverse. Il repasse le mur d'enceinte à l'endroit où il manque une pierre et se retrouve dans les rues de Langres, toujours aussi désertes. Heureusement, il n'a pas cessé de pleuvoir.

Le temps d'enterrer au passage les armes dans le cimetière, et les quatre hommes se retrouvent à la caserne des pompiers, où le capitaine Henry les attend.

Ils n'ont pas besoin de lui dire qu'ils ont réussi leur mission. Leurs sourires parlent d'eux-mêmes...

Maintenant, il y a deux heures à attendre, deux heures très longues, emplies de doutes et de craintes. Et si cela ne marchait pas ? Et si la sentinelle avait eu un soupçon et allait tout découvrir ? Mais il y a une autre question qui les angoisse : si cela marche, que va-t-il se passer dans la ville ? Est-ce que les maisons proches de la poudrière ne vont pas sauter elles aussi ?

4 h 15 du matin. Soudain, c'est un bruit assourdissant, une lueur aveuglante. Les premières charges ont explosé et, avec elles, le bâtiment annexe de la poudrière. Maintenant, ce sont des pétarades, des rafales : des milliers de balles éclatent les unes après les autres.

Avec tous les pompiers de la caserne réveillés en sursaut, le capitaine Henry et les quatre hommes du commando se précipitent sur les lieux. Non, ce n'est pas de l'hypocrisie, ils n'ont qu'une idée en tête : protéger la population civile, faire en sorte qu'il n'y ait pas de victimes parmi les habitants.

Les charges de plastic continuent d'exploser de minute en minute. Les Allemands, réveillés eux aussi, s'agitent de tous les côtés. Le capitaine Henry et ses pompiers constatent avec un immense soulagement qu'aucune des maisons voisines n'a été touchée.

Mais il faut faire vite, il faut empêcher toute possibilité de propagation, évacuer les familles. Pendant des heures, ils s'activent sans relâche...

L'aube s'est levée, les explosions ont maintenant cessé. La ville tout entière est recouverte par un énorme panache gris qui monte jusqu'au ciel. Il y a de quoi : cinq mille six cents tonnes d'explosifs et vingt millions de cartouches viennent de partir en fumée !

Tout est fini. Pâle, décomposé, le général de la Kommandantur s'approche du groupe des pompiers qui est en train de noyer les décombres fumantes. Il se dirige vers le capitaine.

– Ce sont les terroristes, capitaine ! Mais je veux vous remercier pour ce que vous avez fait, vous et vos hommes.

Non, le capitaine Henry n'a pas envie de sourire. Et il est parfaitement sincère quand il répond au général :

– Ce que nous avons fait, mes hommes et moi, c'est tout simplement notre devoir.

Le remords

Liège, Belgique, novembre 1980, un matin de semaine bien ordinaire. Anne est allée conduire son petit frère à l'école, puis elle a fait des courses avant de reprendre le chemin de la maison. La jeune fille n'a que dix-sept ans, mais elle se consacre déjà aux travaux domestiques. Pendant ce temps, sa mère, Béatrice Wœninge, prend du bon temps avec ses amants. Celui du moment s'appelle Johnny, dit Jojo, un gros garçon de vingt-cinq ans dont la croqueuse d'hommes a fait son jouet. Le père d'Anne, ancien soldat en Afrique, ferme les yeux sur la situation ; il se laisse volontairement accaparer par la petite société de transport qu'il a fondée deux ans plus tôt.

Ce matin, en rentrant vers 9 h 30, Anne remarque, garée devant le portillon, la voiture de Johnny. « Déjà ici, celui-là, il ne perd pas de temps ! » Dire qu'une heure plus tôt son père était encore au lit ! Anne ramasse le courrier dans la boîte aux lettres et entre se réchauffer. La maison est silencieuse ; contrairement à son habitude, Jojo n'a pas allumé la télévision. Anne dépose le courrier dans l'entrée.

– Maman ? Maman, tu es là ?

Pas de réponse. La jeune fille hausse les épaules et s'en va ranger ses provisions. Depuis le couloir, elle perçoit à présent un bruit ténu dans la cuisine ; elle pousse la porte :

– Pourquoi est-ce que...

Les mots s'étranglent dans sa gorge. Son père est là, étendu, en slip et tee-shirt, sur le carrelage. Il gît dans une flaque noirâtre, une plaie hideuse à la poitrine. A genoux par terre, Béatrice Wœninge s'active à éponger le sang à l'aide d'une serpillière ; figé dans un coin, Johnny tient encore le fusil de chasse de la victime. Cette scène incroyable, Anne l'a saisie entière en moins d'une seconde. Laissant tomber ses sacs, elle porte les mains à sa bouche. Sa mère tourne la tête dans sa direction ; pivotant sur ses talons, la jeune fille s'enfuit en courant.

– Anne ! Écoute-moi, Anne !

Sa mère la poursuit dans le couloir. La jeune fille n'a qu'une idée : s'en aller le plus loin possible. Mais alors qu'elle atteint le perron, elle est rattrapée par le bras. Béatrice bave de colère :

– T'as pas intérêt à moucharder, c'est moi qui te le dis ! Si jamais, mais alors si jamais tu dis un mot de ce que tu viens de voir, il t'arrivera exactement la même chose.

Muette et tremblante, Anne est comme hypnotisée par le regard perçant de sa mère. Béatrice tente de se justifier :

– Ils se sont disputés, figure-toi, et le coup est parti tout seul. Je n'y suis pour rien, tu peux me croire.

Et en s'approchant tout près :

– Tu ne voudrais quand même pas que les flics viennent faire des ennuis à ta maman ?

Anne est toujours sous le choc. L'autre ne désarme pas :

– Si on te demande quelque chose, tu dis que ton père est reparti pour l'Afrique, d'accord ?

Au coin de la rue apparaît Eddy, le jeune frère de Johnny. Béatrice Wœninge l'accueille avec soulagement :

– T'as fait vite, c'est bien.

– Où qu'il est, le macchabée ?

– Dans la cuisine, suis-moi.

Abasourdie, Anne reste prostrée un long moment sur le perron. Puis elle se lève et, quittant la maison, la rue, le quartier lui-même, s'en va déambuler dans les rues de Liège. Les idées se bousculent dans son esprit. Elle aimerait croire à cette thèse de l'accident, donnée par sa mère, seulement, au fond d'elle-même, elle sait qu'il s'agit d'un crime. Récemment, son père lui avait révélé sa volonté de l'emmener avec lui, loin de Liège, et de laisser sa mère sans ressources avec son bon à rien de Jojo. Voilà qui ferait un mobile... Anne secoue la tête : son père, tué par ce gros imbécile ! Comment est-ce possible ? Lui qui s'était battu en Afrique, comme mercenaire à la solde de Mobutu ! Des heures durant, Anne arpente comme une somnambule les rues du centre. Que doit-elle faire ? Dénoncer Johnny, au risque de voir sa mère inculpée de complicité de meurtre ? Partir loin de Liège, comme le voulait son père ? Mais avec quels moyens ?

En fait, malgré ce qui s'est passé, Anne sait bien qu'elle demeure dépendante de sa mère. Et, la mort dans l'âme, elle reprend, dans la soirée, le chemin de la maison.

A son retour, la jeune fille constate, sidérée, que tout paraît normal. Béatrice et Johnny regardent tranquillement la télévision, pendant que le petit frère fait ses devoirs dans sa chambre. Personne ne parle de rien, et la mère se paie même le luxe d'adresser un sourire à sa fille, en signe de bienvenue. Tout paraît si calme, si ordinaire, que, pendant quelques minutes, Anne en vient à se demander si elle n'a pas tout bonnement rêvé la scène de la cuisine.

Le soir même, quand tout le monde est couché, elle se relève donc et inspecte, pièce par pièce, toute la maison. Plus ses recherches avancent, plus Anne se sent troublée : toute trace du drame de la matinée a été soigneusement effacée. Reste la cave : c'est là que la jeune fille finit par retrouver le corps de son père, enveloppé dans une vieille couverture bleue roulée dans un coin. Pour Anne, le contact avec ce cadavre déjà raide est un signal ; elle remonte en silence dans sa chambre et, après avoir rassemblé dans un sac de sport quelques affaires et de maigres économies, se sauve en pleine nuit. Elle n'a pas de destination, seulement des souvenirs à fuir.

Pendant plusieurs mois, Anne va ainsi errer à travers la Belgique, vivant d'expédients, rencontrant des marginaux au hasard de ses pérégrinations. Le secret du meurtre de son père est trop lourd à porter pour elle, il l'écrase. Quand elle ne peut plus faire face, elle se drogue pour oublier. Mais plus elle se drogue, et plus l'argent lui fait défaut – alors elle commence à voler, puis se laisse entraîner dans le braquage d'un supermarché... Arrêtée, jugée, elle est condamnée à dix mois de prison ferme. Une occasion de méditer. Quand elle retrouve la liberté, Anne est littéralement ravagée par le remords.

Mais, en prison, elle a décidé de changer d'attitude et d'affronter la vérité. Il lui faut d'abord dissiper le peu de doutes qui pourraient subsister dans son esprit. De retour à Liège, elle s'arrange donc pour revoir Eddy, le jeune frère de Johnny. Elle se rapproche de lui, le séduit, et en fait bientôt son petit ami. Aussi parvient-elle, un soir où le garçon a bu un peu plus que d'habitude, à lui extorquer des confidences sur l'oreiller :

– Finalement, Eddy, dis-moi la vérité... Le coup de fusil qui a tué mon père, ce n'était pas un accident...

– Bien sûr que non ! Figure-toi que ton paternel, il voulait se tirer, il l'avait dit à ta mère. Alors mon frangin, il allait quand même pas le laisser faire.

– C'est lui qui l'a tué ?

– Ouais. Une cartouche à bout portant. Pan !

– T'es sûr que c'est pas ma mère qui a tiré ?

– Mais non, c'est le frérot, j'te dis ! Même qu'il était venu exprès de bonne heure.

Cette fois, Anne n'a plus d'échappatoire. Si elle ne dénonce pas le coupable, ce n'est plus faute d'avoir une certitude. Mais les semaines passent, puis les mois, et elle ne se décide pas à contacter la police.

En mai 1984, apprenant que sa mère va changer de domicile, Anne décide de se rendre sur place pour récupérer des souvenirs d'enfance. Quand elle arrive, Béatrice Wœninge est en train de faire brûler quelque chose au fond du jardin. Instantanément, Anne reconnaît la couverture bleue. La gorge nouée, elle pointe le brasier du doigt. Sa mère a conservé tout son aplomb :

– Il faut bien qu'on s'en débarrasse, explique-t-elle. On n'allait quand même pas l'emmener avec nous.

Un tel cynisme écœure sa fille, qui fait demi-tour sans entrer. Mais elle ne se décide pas pour autant à dénoncer celui qui est devenu son beau-père. Trois nouvelles années vont passer avant qu'elle ne prenne le chemin de la police judiciaire. Et quand elle se décide, ce sont les policiers qui refusent de croire la vérité.

– Mais puisque j'ai vu la scène ! clame la jeune femme. Je vous dis que j'ai vu le corps de mon père étendu dans la cuisine.

– Et moi, ce que je vois, c'est que tu as été toxicomane, et que tu as fait de la prison pour vol à main armée !

– Mais enfin, quel rapport ?

– Qui peut le plus peut le moins.

Peu importe, après tout. A la sortie du commissariat, Anne se sent libérée d'un poids. Au moins elle a parlé ; et si la police refuse d'en tenir compte, c'est son affaire. Anne est soulagée, ce qui n'empêche pas une petite voix, tout au fond de sa conscience, de continuer à demander justice.

Nous sommes maintenant en mai 1993. Anne rencontre Eddy par hasard et apprend de ce garçon bavard que des menaces sont régulièrement prononcées contre elle :

– Même que ta mère a dit qu'elle te ferait la peau, précise le jeune homme.

Anne prend peur et retourne se confier à la PJ de Liège. Même attitude suspicieuse des policiers, même laxisme dans l'enquête qu'ils mènent à la suite de sa déposition. Pour les inspecteurs, aucune trace n'ayant été retrouvée dans la maison, Anne ne peut que leur avoir menti.

1996. Anne Wœninge découvre l'existence de la prescription pénale annulant toute poursuite pour les crimes remontant à plus de vingt ans. Il lui reste donc peu de temps. Cette fois, c'est à la gendarmerie que s'adresse la jeune femme. Et, miracle, les gendarmes la prennent au sérieux. Les enquêteurs veulent tout savoir. Dès le lendemain, un mandat d'amener est signé contre Eddy, le frère du meurtrier, pour complicité d'homicide. Les gendarmes ont bien joué. S'il y avait un maillon faible dans le trio des assassins, c'est bien du côté de ce garçon qu'il fallait le chercher. En quelques heures, Eddy se trouve mis en échec. Il craque, avoue tout en bloc, charge son frère, mais aussi Béatrice Wœninge :

– C'est elle qui a tout manigancé à la base, dira-t-il. Sans elle, mon frère n'aurait jamais tué personne.

Finalement, après seize ans de sursis – qui furent seize années de supplice pour sa fille –, Béatrice Wœninge fut inculpée, au même titre que Johnny, d'homicide volontaire avec préméditation.

« *Je ne sauterai pas* »

– Allô, tour de contrôle ! Allô Mérignac !

– Tour de contrôle, j'écoute.

Aux commandes de son Super Mystère B2, Armand Robin s'efforce de maîtriser sa voix ; il respire lentement et articule bien :

– Mon réacteur ne répond plus. Je perds de l'altitude.

Son regard bleu fixé sur le cadran de l'altimètre, il observe en effet depuis plusieurs secondes, avec un sentiment pénible d'impuissance, l'aiguille qui retombe par à-coups. La tour de contrôle demande des précisions :

– Quelle est l'origine de l'incident ?

« L'incident ! pense Armand avec une pointe d'énervement. Ce n'est pas un incident, messieurs, c'est une catastrophe ! » Mais il répond posément :

– Le réacteur ne fonctionne plus. Je suis en chute libre.

Un silence dans le casque, puis cet ordre sec, facile à comprendre malgré le grésillement de l'écouteur :

– Sautez ! Abandonnez l'appareil !

Armand secoue la tête. Sauter ! Il voudrait bien être en situation de le faire. Seulement voilà, juste dans sa ligne de vol, droit devant lui, s'étend une masse gris bleuté dont les contours ne sont pas difficiles à reconnaître : le Super Mystère en souffrance n'est plus qu'à quelques kilomètres d'une agglomération, en l'occurrence la ville de Libourne ! Les maisons se distinguent déjà, et le pilote ne peut s'empêcher d'imaginer la population vaquant, insouciante, à ses occupations. Il est un peu plus de midi, les employés sortent juste de leur travail, les ménagères s'activent aux préparatifs du déjeuner, les enfants jouent dans les jardins et dans les cours – des jardins, des cours qui se distinguent de plus en plus nettement depuis le ciel.

– Éjectez-vous ! répète la voix dans le casque. Qu'est-ce que vous attendez ?

Mais Armand sait bien que, s'il abandonne l'appareil maintenant, les quelque vingt tonnes d'acier dont il a la responsabilité vont aller s'écraser sur la ville et massacrer des innocents au hasard ! Sans parler des trois mille litres de kérosène qui sont encore dans les réservoirs et ne demandent qu'à s'embraser...

– Vous avez ordre de...

D'un geste sec, le pilote coupe le contact avec le terrain de Mérignac. « Après tout, se dit-il, ce n'est pas la première fois que je suis poussé à désobéir, et je m'en suis toujours bien trouvé. » Armand se revoit quinze ans plus tôt, pendant la guerre, quand il était pilote dans les Forces Françaises Libres, en Angleterre. Lors d'un affrontement avec des chasseurs de la Luftwaffe, son escadrille avait reçu l'ordre de rentrer à la base. Mais, avec son camarade Bonneau, il avait décidé de suivre trois Heinkel 111 en dépit de l'ordre. Le combat n'avait pas été facile, mais les deux chasseurs français, grâce à leur désobéissance, avaient fini par abattre les trois avions ennemis. Un exploit qui leur avait valu, le même jour, une citation à l'ordre de l'armée... et trois jours d'arrêt !

Aujourd'hui, l'enjeu est différent, et sans doute plus immédiat : il s'agit de sauver un grand nombre de vies en empêchant un avion en chute libre d'aller s'écraser au beau milieu d'une cité.

« Je ne sauterai pas, se répète Armand Robin. Je ne sauterai pas dans ces conditions. » Belle et noble résolution, d'autant plus que le pilote est pleinement conscient d'y sacrifier sa vie.

Il le sait : l'ordre reçu de Mérignac part des meilleures intentions. Les responsables des essais veulent tout simplement sauver la vie de leur pilote, quitte à perdre un avion. Mais, depuis leur tour de contrôle, ils n'ont aucun moyen d'envisager les conséquences – les terribles, les incalculables conséquences – d'un tel abandon. Non, Armand a payé pour savoir que, dans les cas d'urgence, c'est au pilote, et à lui seul, d'aviser. Et quand ce pilote s'appelle Armand Robin, il est évident qu'il ne va pas mettre des dizaines de vies en péril pour sauver la sienne !

Armand se carre dans le fauteuil, affermit ses appuis sur le palonnier, et récite une prière silencieuse. L'espace d'un instant, son esprit s'échappe vers le visage de sa femme, tendre compagne, et vers celui de son fils, jeune lieutenant, pilote d'avion comme lui... Pourtant, au moment de renoncer à tout cela, Armand ne ressent aucune amertume, il en tirerait plutôt un attachement plus fort que jamais à la vie.

– On se cramponne ! dit-il tout haut, s'adressant à un équipage imaginaire.

Puis, arc-bouté sur les commandes, il redresse l'appareil le plus possible. A présent, le Super Mystère plane juste au-dessus des premières maisons de Libourne. La ville est là, qui s'étend juste au-dessous, en plein sur la trajectoire. Seule chance de s'en sortir : un grand rectangle vert à deux kilomètres du centre, et qui n'est autre que l'hippodrome de Cantereau. « Avec un peu d'adresse, pense Armand, et surtout beaucoup de chance, je dois pouvoir m'en approcher... » Et, de fait, l'avion silencieux, cet avion qui n'est plus qu'une lourde carlingue sans moteur – cet avion qui ne tardera plus à devenir un poids mort –, se dirige péniblement vers les pelouses de l'hippodrome. Mais soudain :

– Bon sang ! il ne manquait plus que ça !

A quelques dizaines de mètres seulement, le pilote vient d'apercevoir les filins presque invisibles, et pourtant mortels, d'une ligne à haute tension. Que l'avion vienne les heurter, et ce sera la chute sur les maisons, et l'explosion. « Tant pis, se dit-il, je n'ai pas le choix ! » Armand Robin tente la manœuvre la plus audacieuse de sa carrière : inversant les commandes, il descend volontairement plus bas encore, rasant le toit des maisons, visant l'exploit de voler en rase-mottes, sans moteur ! Pari tenu : l'avion passe sous les fils ! Encore une dernière ligne de maisons, et c'est la lisière du champ de courses. L'avion n'est plus qu'à quelques mètres du sol. Étant donné les circonstances, Armand renonce à sortir le train d'atterrissage, et concentre ses efforts sur l'angle d'approche, qu'il calcule pour être le plus ouvert possible.

– Attention !

Le contact avec le sol est tout de même très violent, l'avion est vite déporté sur le côté droit et, labourant le sol, il fait voler en éclats haies et barrières...

Enfin l'avion se stabilise, et le pilote peut reprendre son souffle. Armand réalise qu'il a le cœur battant et les jambes molles. Épuisé, il fait glisser vers l'arrière la bulle du cockpit. Deux hommes accourent à sa rencontre, deux témoins de l'atterrissage forcé.

– Ça va ? lui demande naïvement le premier arrivé.

– Ça va bien, merci.

Armand n'a que quelques éraflures au visage et des contusions aux vertèbres. Rien de grave en comparaison de la catastrophe qu'il est parvenu à éviter.

– Une chance que vous ne soyez pas tombé sur les maisons, dit le deuxième larron en lui serrant la main, essoufflé.

– Une chance, comme vous dites.

Armand remet le contact de la radio, mais la liaison est impossible à établir avec Mérignac.

– Vous avez un téléphone ? demande-t-il. Il faut que j'appelle le terrain.

Les deux hommes observent le visage du pilote qu'ils aident à s'extraire de l'appareil endommagé. C'est un visage serein, presque souriant – le visage lumineux de celui qui sait qu'il a été, une fois encore, à la hauteur de l'événement.

L'égout et le squelette

Le sergent George Wooler avance dans les rues de Garefield, une petite ville de l'État de New York, en compagnie de deux agents. Il relève le col de son ciré et tâche d'éviter de son mieux les flaques les plus profondes. C'est pourtant à pied qu'il est le moins difficile de se déplacer. Avec la voiture de police, il aurait pu tomber en panne, le moteur noyé, ou être pris dans un embouteillage occasionné par les véhicules eux-mêmes hors d'usage.

Car, ce 7 avril 1977, cela fait déjà deux jours qu'il s'abat sur Garefield, et toute la côte Est des États-Unis, un véritable déluge. Les pompiers sont débordés. Plusieurs maisons dans la campagne sont isolées par les eaux et, si cela continue, il faudra se déplacer en bateau.

Ce sont précisément ces pluies diluviennes qui sont la cause de l'intervention du sergent George Wooler. Tout à l'heure, à son bureau, il a reçu un coup de fil émanant d'un employé de la voirie de Garefield : le croisement entre Buffalo Street et Maine Avenue était sous une nappe d'eau en raison du mauvais fonctionnement d'une bouche d'égout obstruée. L'employé a été appelé pour remédier à la situation et il a trouvé... un squelette !

Un squelette sortant des égouts : il est peu banal qu'une enquête démarre de cette manière. Et pourtant, ce n'est pas le plus étonnant dans cette affaire, loin de là !

Pataugeant dans l'eau, le sergent Wooler arrive sur les lieux. L'employé de la voirie soulève une bâche trempée : le squelette, auquel sont accrochés des fragments de robe, apparaît. Le cou est orné d'un collier de perles.

Le sergent George Wooler reste pensif sous la pluie. Il contemple la forme blanche qui fut jadis un être humain. Il n'est pas médecin légiste, mais la mort lui semble très ancienne, dix ans, peut-être plus... Qui fut cette morte et qu'est devenu son assassin, qui, depuis longtemps, avait la certitude d'avoir réussi le crime parfait ? Le sergent Wooler a une étrange impression : les égouts de Garefield viennent de mettre au jour un passé qui aurait dû n'être connu de personne...

Le rapport du médecin légiste lui parvient le surlendemain. La morte – car il s'agit bien d'une femme – était en bonne santé et vraisemblablement jeune, entre vingt et trente ans. Le décès remonte à douze ans environ. Aucune trace de violence n'est visible, mais heureusement pour la police, la victime possède un signe particulier qui peut permettre de l'identifier : un bridge à la mâchoire supérieure...

Muni de la prothèse, le sergent entreprend le tour des dentistes de la ville. Et il a la chance de tomber sur le bon dès la troisième tentative. Le praticien compare alternativement le bridge et une radio qu'il lit par transparence.

– Aucun doute : c'est bien le même appareil... La personne s'appelait Samantha Moore. Le travail a été effectué entre le 8 et le 25 novembre 1965. Elle était alors âgée de vingt-deux ans. Tenez, j'ai aussi son adresse : 416, Jefferson Avenue...

Le sergent Wooler remercie son interlocuteur et se hâte d'aller voir dans l'annuaire le nom des habitants du 416, Jefferson Avenue. Il a un petit mouvement de surprise : il s'agit de M. et Mme Richard Bernardo. C'est étonnant, le même nom que son chef : le lieutenant Francis Bernardo ! Un instant, George Wooler est tenté d'aller le trouver pour lui faire part de sa découverte, mais il se ravise... A quoi bon le déranger ? Ce sont des homonymes, bien que Bernardo ne soit pas un nom très courant aux États-Unis...

Après bien des détours dus aux intempéries, le sergent arrive devant le 416, Jefferson Avenue, une jolie villa entourée d'un jardinet, dans un quartier résidentiel de la ville. Une dame d'une soixantaine d'années, aux cheveux gris, vient lui ouvrir.

– Bonjour madame. Je suis le sergent Wooler.

A sa surprise, la femme l'interrompt avec un grand sourire.

– Ah, mais oui !... Vous êtes sous les ordres de mon fils. Il m'a déjà parlé de vous.

George Wooler est plutôt embarrassé. Ainsi ce sont les parents du lieutenant Bernardo qui habitent la villa !...

– Excusez-moi de vous déranger, madame. J'enquête à propos d'une vieille histoire qui semble liée à la maison que vous habitez. Il s'agit de la mort d'une certaine Samantha Moore.

Mme Bernardo pousse un cri.

– Mon Dieu, elle est morte !

– Parce que vous la connaissiez ?

– Mais oui, très bien ! Et mon fils aussi. Il pourrait vous en parler mieux que moi car il habitait chez nous à cette époque... Tenez, allons dans le salon. Je vais vous raconter tout cela.

Cette fois, le sergent Wooler est terriblement ennuyé. Il suit dans le living la mère de son chef, qui lui raconte ce qu'elle sait d'une voix animée.

– La petite Samantha était une jeune étudiante qui était chez nous au pair. Elle venait de Californie, je crois bien. Elle avait perdu ses parents. Une très agréable jeune fille, très serviable et tout... Elle nous a quittés brusquement, sans nous donner un mot d'explication, un peu avant Noël 1965... Tenez, c'est même Francis qui nous a annoncé son départ. Elle lui avait dit qu'elle rentrait en Californie parce qu'elle venait d'hériter d'une tante ou quelque chose comme cela... Vous devriez aller lui demander des précisions. Il se souvient de tout cela bien mieux que moi.

Le sergent George Wooler bredouille quelques mots et prend congé de Mme Bernardo. Il a une très désagréable impression. Il se félicite de ne pas avoir parlé au lieutenant. Son rôle dans cette affaire semble des plus suspects. Alors que faire ? Laisser tomber ? Après tout, qui se soucie d'une petite orpheline de Californie, morte il y a près de douze ans ?

Mais il n'est pas question d'abandonner, bien sûr... Après avoir quitté la villa des Bernardo, le sergent Wooler reste dans les parages. Son intention est d'interroger discrètement la domestique qu'il a vue à l'intérieur en train de faire le ménage. Logiquement, elle devrait sortir pour les courses.

C'est effectivement ce qui se produit peu après. George Wooler attend que la bonne ait obliqué dans une rue adjacente. Il la rejoint au moment où elle se préparait à enjamber un caniveau inondé par les pluies.

– Je voudrais m'entretenir un instant avec vous.

La domestique le dévisage avec surprise :

– C'est vous le policier de tout à l'heure ? Pourquoi ne m'avez-vous pas parlé quand vous étiez à la maison ?

– On répond toujours plus librement quand on est seul... Est-ce que vous pourriez m'en dire plus à propos de cette Samantha dont vous m'avez entendu parler ?

La femme hoche la tête.

– Oui. Il y a quelque chose qui m'a toujours chiffonné dans cette histoire : c'est une conversation que j'ai surprise entre Samantha Moore et Monsieur Francis.

Le sergent Wooler redoute ce qu'il va entendre...

– Samantha était enceinte de Monsieur Francis et ils ont eu tous les deux une violente discussion là-dessus. Lui, voulait qu'elle se fasse avorter. Elle, non seulement elle refusait, mais elle menaçait de faire un scandale s'il ne l'épousait pas.

– Cela se passait quand, cette discussion ?

– Environ une semaine avant le départ de Samantha...

– Et pourquoi n'avez-vous jamais raconté tout cela à la police ?

– Parce qu'elle ne me l'a jamais demandé. Il n'y a pas eu d'enquête à ce sujet.

En pénétrant dans son bureau, le sergent Wooler a un choc : le lieutenant Bernardo est justement là.

– Je suis venu aux nouvelles à propos de ce squelette. Vous ne m'avez rien dit depuis le début...

George Wooler reste immobile devant son chef. Il avait toujours, jusque-là, ressenti une grande admiration pour lui. Bernardo était son modèle, ce qu'il aurait voulu être lui-même plus tard dans la police... Le lieutenant le regarde étonné.

– Ça n'a pas l'air d'aller, Wooler...

– J'aurais besoin d'un conseil... Qu'est-ce que vous feriez si, dans une enquête, vous découvriez que le coupable est un homme que vous connaissez et que vous estimez ?

Le lieutenant a un mouvement de recul.

– Je... Il n'y a pas d'hésitation à avoir évidemment... Enfin, expliquez-vous. Qui soupçonnez-vous au juste ?

Le sergent Wooler n'a pas le courage de répondre directement à la question.

– J'enquête sur le meurtre de Samantha Moore. C'était elle le squelette...

Dans le fond de lui-même, George Wooler gardait un petit espoir de s'être trompé. Mais la réaction de son supérieur ne laisse malheureusement aucun doute. Il est devenu livide. Il reste muet quelque temps et se prend la tête dans les mains.

– C'est si loin !...

– Le temps, pour elle, de devenir un squelette...

Le lieutenant Francis Bernardo fixe le sergent, sans vraiment le voir, perdu dans ses souvenirs.

– Cela s'est passé dans la rue, un soir de décembre... La nuit était tombée. Il neigeait. Brusquement, elle est devenue comme folle. Elle s'est mise à hurler pour faire du scandale. Alors je l'ai prise par le cou et j'ai serré. Il n'y avait personne aux alentours. J'ai vu une plaque d'égout... Je l'ai ouverte et j'ai jeté le corps.

Le sergent Wooler garde le silence. Francis Bernardo lui demande :

– Qu'est-ce que vous comptez faire ?

La réponse n'est pas facile, mais il n'y en a qu'une :

– Ce que vous m'avez conseillé de faire tout à l'heure...

Le lieutenant Bernardo s'est levé. Il tourne en rond dans la pièce.

– Ce n'est pas possible Wooler!... C'était il y a douze ans. Je ne suis plus le même. C'est justement à cause de cela que je suis entré dans la police. Je voulais me racheter. Maintenant, j'ai une femme, des enfants...

George Wooler n'ose pas regarder son chef en face.

– Je dois faire mon métier... notre métier...

Francis Bernardo change brusquement d'attitude :

– Vous ne m'aurez pas, Wooler! Vous n'avez aucun chef d'inculpation pour m'arrêter. Je connais la loi mieux que vous.

– Mais vos aveux?...

Le visage du lieutenant devient mauvais. On sent la bête blessée, prise au piège, et capable de tout.

– Il n'y a jamais eu d'aveux! Je dirai que c'est vous qui avez inventé cela par ambition, pour prendre ma place... J'ai d'excellents appuis à Garefield. Si vous insistez, je n'hésiterai pas à vous briser!

Dans un certain sens, George Wooler se sent soulagé... Autant l'appel à la pitié de cet homme le troublait, autant ses menaces brutales le rappellent à son devoir. Bernardo n'est qu'un banal assassin, prêt à tout pour échapper au châtiment. Il répond simplement :

– L'enquête suivra son cours. Je vais recueillir la déposition de la bonne de vos parents...

Francis Bernardo pousse un cri de rage et quitte le bureau en claquant la porte. Le sergent Wooler reste comme engourdi, regardant par la fenêtre le désolant spectacle de Garefield inondé, de la pluie qui ne cesse de tomber, des chaussées et des trottoirs submergés...

Une détonation résonne dans le bâtiment de la police de Garefield. Wooler se précipite à l'étage supérieur, celui du lieutenant. Il arrive en trombe dans la pièce. Plusieurs policiers sont là, en train de contempler le tragique spectacle : Francis Bernardo est effondré sur son bureau, la tête ensanglantée, un revolver dans la main droite.

Un des policiers se tourne vers Wooler :

– Il sortait juste de ton bureau. Il t'avait dit quelque chose ?

George Wooler répond à mi-voix :

– Oui. C'était une vieille histoire.

Le petit train des Andes

Gagnés par la touffeur ambiante, les sept hommes somnolent dans le petit train qui les conduit jusqu'à leur chantier, une carrière andine perchée à quelque huit mille mètres. Léon, l'ingénieur auquel incombera le choix des failles à dynamiter, regarde sa montre : il y a six heures maintenant qu'ils ont quitté la vallée, six heures qu'ils se traînent poussivement sur la petite voie ferrée de montagne, à une allure dérisoire, ne dépassant jamais les dix-huit kilomètres/heure.

« On n'est plus très loin du sommet ; on ne devrait pas tarder à arriver », pense Léon.

Un seul de ces hommes trempés de sueur paraît tout à fait endormi : c'est Manuel, le vieux contremaître indien, une force de la nature dotée d'un bon fond de sagesse pratique. Dans les coups durs, c'est toujours sur Manuel que Léon a l'habitude de s'appuyer. Le plus réveillé au contraire, c'est Antonio, le petit arpète, un gamin de quinze ou seize ans, plus remuant qu'un petit singe ; toutes les dix minutes, Antonio change de place et va se poster à l'une des deux ouvertures pratiquées à chaque bout du wagonnet, pour observer la progression du convoi. Les trois autres ouvriers, un Indien et deux Hispaniques, se prélassent mollement, appuyés à leur convenance sur de grosses caisses à outils.

Soudain, Léon ressent une secousse, et il pense que la motrice vient de heurter un obstacle en travers de la voie. Se levant avec difficulté du fait des courbatures, il rejoint, à l'ouverture avant, le petit Antonio, déjà penché au-dehors.

– On voit mal, dit le gamin, à cause de la poussière !

– C'est surtout le chargement qui gêne ! corrige Léon.

Car entre la motrice et le wagonnet des ouvriers a été installée une plate-forme croulant sous les caisses de dynamite. Dans ces conditions, voir ce qui se passe au niveau de la locomotive relèverait de l'exploit. A moins que...

– La loco !

Un éclair de terreur dans le regard, Léon et son jeune acolyte aperçoivent la motrice qui, libérée de son pesant convoi, file seule, tranquillement, vers les cimes...

– La loco s'est détachée ! répète Léon qui ne veut pas admettre que le couplage ait cédé entre la machine et le chargement de dynamite. Elle part toute seule !

Dans le wagonnet, les ouvriers ouvrent les yeux. Certains se lèvent.

– Il faut sauter, dit l'un.

– Surtout pas ! répond l'autre.

Léon ne perd pas de temps à les départager.

– Ohé ! crie-t-il à l'adresse du chauffeur. Tu nous oublies ! Ohé ! reviens !

Pendant plusieurs dizaines de mètres, le petit convoi poursuit sur son erre, continuant vers la montée, quoique de plus en plus lentement. Puis il se stabilise un instant.

– Ooohéé ! hurle Léon.

Mais le chauffeur, que l'on aperçoit maintenant avec netteté, n'entend pas les injonctions de l'ingénieur. Quand il paraît enfin réaliser, il se met à agiter les bras et donne les signes du plus parfait affolement.

– Il nous a vus, constate Antonio, soulagé.

– Peut-être, dit Léon, mais il ne s'arrêtera pas.

De fait, la motrice continue son ascension sans manifester la moindre intention de s'arrêter pour faire machine arrière. A se demander si le chauffeur connaît l'existence d'une marche arrière...

Les wagons délaissés, eux, la connaissent : après une courte pause, le petit convoi vient en effet de s'ébranler à nouveau, mais cette fois dans l'autre sens ! Plutôt que de crier en vain, l'ingénieur aurait mieux fait d'évacuer le wagon tant qu'il le pouvait encore !

Léon change de porte et se penche par l'ouverture arrière, devenue maintenant l'ouverture avant. D'ici, le spectacle est impressionnant : poussé par le poids énorme du wagon de dynamite, le convoi roule sans retenue possible vers la vallée, prenant peu à peu de la vitesse. Inutile de sauter maintenant : celui qui s'y risquerait, par l'avant comme par l'arrière, passerait immanquablement sous les roues des wagonnets. Autant l'admettre : les sept hommes sont prisonniers d'un petit train fou qui dévale la voie à tombeau ouvert !

– Il faut freiner ! crie l'un des ouvriers.

Sans se laisser perturber, Léon rentre à sa place et ferme les yeux une minute pour mieux s'abstraire de la panique générale. Il tente de réfléchir à une solution. Au même moment, les trépidations du convoi lui rappellent que cette course folle entraîne les wagons à des vitesses pour lesquelles ils n'ont pas été conçus. Les vibrations qui en résultent sont très préoccupantes : non seulement elles risquent à tout instant de faire dérailler le convoi, mais pour peu qu'elles créent trop de frottement, et donc des étincelles, elles pourraient faire exploser la cargaison de dynamite... En rouvrant les yeux, Léon croise le regard du vieux contremaître, Manuel. Une fois de plus, l'Indien a lu dans ses pensées :

– Tu as bien compris, dit-il d'une voix d'outre-tombe. Nous sommes pris au piège. Ou bien le train déraille, ou bien il explose ! Il n'y a pas d'issue.

– Manuel ! implore presque Léon. Où est la solution ?

– La solution, c'est de se préparer à mourir.

A ces mots, l'un des ouvriers, un Portugais immigré, éclate en sanglots.

– Je ne veux pas mourir, gémit-il en se précipitant sur Léon. Tout cela, c'est de ta faute ! Alors maintenant, sors-nous de cet enfer !

Et il s'agrippe au malheureux ingénieur, déjà déséquilibré par les soubresauts de plus en plus accentués du wagon. Léon se dégage comme il peut et jette un œil aux caisses de dynamite, sur le wagon-plate-forme, à l'arrière. « Si seulement on pouvait grimper là-dessus, pense-t-il, ça permettrait de sauter du train par l'arrière. » Seulement voilà : l'écart entre les wagonnets est important, et le chargement de dynamite n'offre pas tellement de prise...

– Le grand virage !

C'est Antonio qui a crié depuis la porte avant. Abattu face à l'enchaînement des fatalités, Léon sait à quoi s'attendre : dans le lointain se dessine la grande courbe au bord du ravin – un virage si serré que, dans le passé, deux trains en ont déjà fait les frais pour n'avoir pas ralenti à temps. La mort dans l'âme, Léon constate que la fin se rapproche, inexorablement. Cette fois, c'est sûr, ils n'échapperont pas au déraillement – sauf si la cargaison de dynamite explose avant...

Léon se fraie un passage jusqu'à la porte avant ; il cligne alors des yeux et affûte son regard. Juste de l'autre côté de la grande courbe, il vient d'apercevoir un véhicule !

– Une loco ? demande Antonio qui a vu la même chose.

– C'est la fin, petit, doit admettre Léon.

Le vieux Manuel les a rejoints à la porte.

– Peut-être pas, dit-il lentement. Ce n'est peut-être pas encore fini.

Néanmoins, la petite locomotive avance dans leur direction, et à toute vitesse. Il lui faut deux minutes, à peine, pour parcourir la grande courbe. Elle se rapproche dangereusement ; il ne sera pas possible d'éviter la collision.

« Comme ça nous aurons tout, pense Léon. Collision, explosion et déraillement à la fois. » L'idée lui donne bizarrement envie de rire. C'est alors qu'il réalise que la motrice qui avançait vers eux est en train de freiner. Le crissement retentit dans la montagne. Elle se stabilise, puis repart – mais dans la direction opposée !

– C'est cela, approuve Manuel. C'est bien.

Léon comprend la manœuvre : arrivé en haut, le chauffeur de la première motrice a dû, par téléphone, prévenir de l'incident la station ferroviaire la plus proche. Une locomotive a été détachée du convoi suivant et envoyée pour amortir la course du convoi fou. Et c'est exactement ce qui se passe. Au moment où le wagonnet, agité en tous sens, rejoint cette deuxième locomotive, celle-ci en est arrivée à rouler presque aussi vite que lui. Elle peut ralentir alors progressivement, puis freiner, jusqu'à l'arrêt complet.

– Sauvés ! hurlent les sept hommes en s'embrassant, ivres de joie.

Léon se précipite pour remercier le chauffeur de la motrice. Quand il revient vers le wagonnet, il aperçoit Manuel qui l'observait depuis l'ouverture.

– Tu as perdu une belle occasion, lui dit l'Indien.

– Quelle occasion ?

– Une occasion de te préparer à mourir, dit le vieux avec un bon sourire.

Le trou

Octobre 1959. Dans la cellule 37, bloc 3 de la prison de Fresnes, Joseph Michaux est atterré. Il vient d'apprendre une nouvelle qui réjouirait tout autre prisonnier, mais qui, lui, l'atterre : dans six mois, il sera libéré.

Car il faut dire que le cas de Joseph Michaux, trente-neuf ans, de nationalité belge est un peu spécial. Chef de bande, trafiquant, il a, un jour de 1953, abattu un douanier. Alors, Michaux est passé en France. Le temps de faire un hold-up et d'en prendre pour sept ans. Mais dans l'intervalle, il a été condamné à mort par contumace en Belgique. Au bout de ses sept ans à Fresnes, il sera extradé, livré aux Belges et, à ce moment-là...

Michaux se met en marche dans sa cellule, toujours suivant le même itinéraire. Et c'est cet itinéraire qui l'agace le plus. Car, à chaque tour, au même endroit, son pied fait un bruit légèrement différent sur le ciment. Une dalle sonne creux, c'est là qu'il faudrait creuser pour s'évader.

Creuser... Joseph Michaux, chaque fois qu'il pense à ce mot, voit revenir une foule de souvenirs d'enfance et de jeunesse. Car c'était cela son premier métier : mineur. Les corons, le carreau de la mine, il a connu cela pendant dix ans ; c'était son univers, et c'est justement pour y échapper qu'il est devenu truand.

Alors, c'est quand même trop bête de se dire qu'on a sous ses pieds la liberté, et que, pour cela, il suffirait de creuser ! Car, par chance, la cellule 37 est au rez-de-chaussée et dans l'angle du bâtiment situé le plus près du mur d'enceinte... Pour la centième fois, Joseph Michaux refait ses calculs : un puits de trois mètres pour aller en dessous des fondations, ensuite une galerie de huit mètres et, enfin, un puits de trois mètres pour remonter ; quatorze mètres à creuser. Même avec un matériel de fortune, c'est deux mois de boulot, pas plus.

Joseph Michaux pousse un grand soupir. Il ne faut pas y penser ! Ce matériel de fortune, il n'a aucune chance de se le procurer. Car, comme tous les détenus dangereux, il est soumis au régime dit de « haute surveillance » : tous les colis qu'il reçoit sont minutieusement examinés, il est lui-même fouillé régulièrement et, toutes les demi-heures, le judas s'ouvre et se referme une fois que le gardien a constaté qu'il est bien là. Non, dans ces conditions, pas moyen de dissimuler ne serait-ce qu'une petite cuillère.

Michaux est là, à regarder avec dégoût le beau soleil derrière ses barreaux, quand, tout à coup, il reste bouche bée. Une petite chose rouge vient de descendre devant sa fenêtre, et puis maintenant, voilà qu'elle remonte.

Il se précipite à la fenêtre, lève la tête... Au-dessus de lui, au premier étage, il y a une main qui s'agite. Et puis, la chose rouge en descend de nouveau. Un yo-yo ! Joseph Michaux l'attrape. Dans la fente il y a un petit papier plié. « Ça va Joseph ? C'est Dédé Ballu. Je suis juste au-dessus de toi. Si t'as besoin de quelque chose... »

Joseph Michaux a du mal à ne pas crier de joie. Dédé Ballu, un gars de sa bande, un mec bien, un mec sûr. Dédé Ballu est là, juste au-dessus, et lui demande s'il a besoin de quelque chose !...

Le lendemain, à la promenade, malgré l'interdiction de parler, Michaux chuchote à Ballu ce dont il a besoin :

– Du plâtre, une barre de fer, un burin, une truelle et un petit canif, tu peux ?

– Ils m'ont mis manutentionnaire, alors, tu penses, j'ai des possibilités !

– T'es surveillé ?

– Pas trop. Dis, Joseph, tu veux pas faire la belle ?

– Si, et tu pars avec moi. Il y a un autre gars dans ta cellule ?
– Rosier, un mec bien.
– Tu le mets dans le coup. Vous percerez votre plancher et vous viendrez me rejoindre.

Deux jours ont passé. C'est la nuit. Dans la cellule 37, bloc 3, Joseph Michaux attend. En haut, il y a un bruit léger. Il se précipite à la fenêtre et attrape le sac qui se balance. Il pouvait faire confiance à Dédé ! A l'intérieur, il y a une barre à mine, une truelle, un burin, un canif et un sac de plâtre : exactement ce qu'il avait demandé.

Avec une joie sauvage, Joseph Michaux se jette sur ce qui a été son cauchemar depuis six ans et demi : la dalle, la fameuse dalle de béton qui sonne creux !

Il se met au travail. Son premier coup de burin fait un bruit épouvantable comme s'il allait réveiller tout le bloc 3. Il s'arrête, le cœur battant. Voilà des pas dans le couloir. A toute vitesse, il se recouche en cachant ses outils et son plâtre sous les draps. Michaux attend un moment qui lui semble interminable... Le judas s'ouvre et se referme. C'était le simple coup d'œil de routine : on n'a rien entendu.

Alors, Michaux se remet au travail. Avec le canif et le burin, il enlève le ciment qui maintient la dalle. C'est long, mais ça vient. Après trois heures d'efforts, la dalle est complètement descellée. Maintenant, il faut la soulever en faisant levier avec la barre à mine. C'est presque trop facile, elle vient toute seule. Il ne reste plus qu'à s'attaquer au sol, qui, (étant donné le son creux), doit être plus mince ici qu'ailleurs, Joseph Michaux pèse de tout son poids sur la barre à mine. Sans donner de coups, il appuie, il fait un trou qu'il élargit en remuant la barre dans toutes les directions. Et, au bout de deux heures, il manque de tomber de tout son long. Le sol vient brusquement de céder. La barre est passée de l'autre côté. Il monte maintenant d'en bas une odeur de moisi. D'un coup d'œil, il a vu ce qu'il y a en dessous. C'est un sous-sol assez bas de plafond : la salle des chaudières.

C'est maintenant presque l'aube, il faut faire vite. Michaux replace la dalle. Avec le plâtre et la truelle, il fait les raccords avec le reste du sol. C'est si bien exécuté qu'on ne peut rien voir. Il remet son matériel dans le sac, siffle un petit coup discret à la fenêtre... Là-haut, Dédé qui a entendu, remonte le tout et va le cacher dans un coin, aidé de son camarade de cellule Rosier, qu'il a mis dans le coup conformément aux instructions, et qui s'en sort fort bien. Ils sont confiants : on ne fouille pratiquement jamais leur cellule.

Le lendemain soir, dans le bloc 3 de la prison de Fresnes, l'incroyable remue-ménage commence. Au premier étage, Ballu et Rosier balancent leur sac à Michaux et se mettent à attaquer leur plancher. Bientôt, Michaux se trouve dans le sous-sol des chaudières où il attaque la terre battue. Deux heures plus tard, après avoir percé le plancher, Rosier, qui est le plus costaud des deux, vient le rejoindre et c'est le début du long travail.

Michaux, l'ancien mineur, opère seul. Derrière lui, Rosier est chargé de ramasser la terre et de la répartir également sur le sol de la chaufferie. Mais Michaux travaille si vite que l'autre ne peut le suivre.

Les nuits passent... Le système est maintenant bien au point. Il est même encore plus perfectionné qu'on ne peut l'imaginer car Michaux trouve, pour tromper les gardiens, des astuces d'une ingéniosité incroyable.

Le gros problème en effet, c'est la surveillance dans sa cellule. Si, au premier étage, les gardiens ne jettent qu'un coup d'œil distrait de temps en temps, dans la cellule du rez-de-chaussée, celle de Michaux, c'est autre chose.

Au début, Michaux plaçait classiquement un polochon sur son lit, tandis qu'il était avec Rosier en train de creuser au sous-sol. Mais à la réflexion, il pense que ce n'est pas suffisant : il y a des gardiens qui ne se contentent pas d'un rapide coup d'œil. Alors, avec une partie de son plâtre, il confectionne un masque, qui lui ressemble trait pour trait, sur lequel il colle une touffe de ses propres cheveux. Pourtant, ce n'est pas suffisant encore car il sait que certains gardiens particulièrement consciencieux, en même temps qu'ils regardent par le judas, donnent un coup de pied dans la porte et entrent dans la cellule si l'homme allongé ne fait pas un geste de réponse.

Et c'est là que les choses vont devenir du grand art. Toujours avec son plâtre, Michaux confectionne un moulage de sa main droite et met au point un système incroyable : la main de plâtre et les couvertures sont reliées au premier étage par des fils que manipule Ballu. Et toute la nuit, Ballu soulève la couverture légèrement au rythme de la respiration, tandis qu'il fait bouger la main, de temps en temps, sur le drap. Ce fantastique jeu de marionnettes va durer pendant deux mois et tromper totalement les gardiens.

4 janvier 1960. Tout est prêt. C'est le soir. Après une dernière inspection, les lumières viennent de s'éteindre : il n'y a pas une seconde à perdre.

Les deux occupants du premier étage descendent par le trou du plancher et tout le monde se retrouve au sous-sol. Maintenant, il faut espérer que les gardiens ne seront pas trop scrupuleux dans leurs rondes.

En rampant, on se glisse dans le trou : d'abord Michaux, ensuite Rosier, Ballu ferme la marche.

Il faut d'abord descendre les trois mètres du puits, puis ramper pendant huit mètres dans la galerie et enfin attendre devant le puits de remontée.

Tous les trois ont retourné leurs vêtements qui vont être maculés de terre. Ils n'auront plus qu'à les remettre dans le bon sens une fois dehors. La progression est très lente et très pénible. Enfin ils arrivent au bout. Dans le puits de remontée, Michaux monte sur les épaules de Rosier et attaque la dernière partie du travail. D'après lui, il reste trente centimètres jusqu'au bitume de la rue. La terre tombe de tous les côtés, tandis que Michaux, avec des « han, han » de mineur, donne de grands coups de barre.

L'atmosphère est étouffante. C'est long, très long. Plus d'une heure. Rosier grimace de douleur sous le poids de son camarade. Il faut que Michaux fasse vite, sinon ils vont tous mourir à cause du manque d'oxygène...

Michaux, couvert de sueur, soufflant comme un bœuf, met dans chacun de ses coups toute son ardeur et tout son métier d'ancien mineur. Enfin, la terre cesse de tomber, quelque chose de dur résonne sous sa barre, le bitume !...

Avec une énergie redoublée, il le perce de toutes parts. Le trottoir s'en va par petites plaques. Une grande bouffée d'air frais arrive sur lui... C'est gagné !

Avec un sourire de satisfaction, Michaux constate que son trou a débouché exactement à dix centimètres du mur d'enceinte. Oui, du beau travail, du travail de professionnel.

Il était temps d'ailleurs, car à cet instant précis, les gardiens découvrent l'absence des prisonniers. Immédiatement c'est l'alerte. Toutes les fenêtres de tous les blocs de la prison s'allument en même temps, tandis que des coups de sifflet retentissent et que les sirènes se mettent à hurler. C'est le branle-bas de combat, les projecteurs balaient les cours et les murs. On sort les chiens policiers. Et quand les responsables de la prison découvrent le souterrain, ils n'en reviennent pas. Une évasion de cette sorte, ils n'auraient jamais cru que c'était possible...

Si, c'était possible, mais tellement extraordinaire qu'on en a fait peu après un film. Il était signé Jacques Becker, s'appelait *Le Trou* et, de bout en bout, les spectateurs ont vibré pour les évadés, espérant qu'ils réussiraient dans leur entreprise. Comme quoi l'âme humaine ne change pas depuis l'enfance. Malgré les lois, malgré les conventions sociales, au fond, tout au fond de soi, on est toujours du côté de Guignol contre le gendarme.

Le Ciel t'aidera

En ce 7 mai 1945, la guerre en Europe touche à sa fin. Sur la côte atlantique, la « poche de Royan » a déjà été reprise aux Allemands, qui concentrent leurs dernières forces sur la pointe de Graves. Pour Luc, pilote de reconnaissance au groupe Patrie, la guerre est normalement terminée, puisqu'il vient de finir son tour d'opération. Seulement un pilote de son escadrille a dû s'absenter pour de bonnes raisons, et l'on demande à Luc de le remplacer. Ce sera sa dernière mission de guerre – une de trop.

L'objectif est dangereux : il s'agit de repérer un canon allemand antichar, qui balaie une route et empêche l'avancée des blindés alliés à l'ouest du Verdon. Les bois alentour sont en effet impraticables, les Allemands ayant hérissé la région de défenses très importantes, avec mines, rails et pieux de toute sorte.

Luc se dit que ce n'est pas son jour. En guise d'équipier-observateur, on lui a attribué le dénommé Vidard, un nigaud de première. Pour comble de malheur, il vole sur Fieseler Storch, un avion d'observation pris aux Allemands ; c'est un appareil poussif, qui a pour seul avantage de pouvoir se poser à peu près n'importe où.

L'appareil survole la fameuse route, à la recherche du canon antichar.

– Blockhaus ennemi droit devant ! crie Vidard.

– Est-ce qu'il est de taille à abriter un canon ?

– Je ne sais pas.

Luc soupire. Il doit se pencher lui-même pour voir l'ouvrage.

Il s'agit en fait d'un « pom-pom », c'est-à-dire un affût de quatre canons ; ils suivent l'avion en décrivant un bel arc de cercle. C'est alors que Luc aperçoit une rafale d'obus qui s'envole ; aucun doute possible : le « pom-pom » est en train de leur tirer dessus !

Vu la lenteur de son appareil, Luc préfère virer. Il donne un violent coup de palonnier à gauche pour échapper aux obus. Il a la joie de voir passer la gerbe sur sa droite, juste en bout d'aile. Luc est soulagé – mais c'est alors qu'il ressent une douleur très vive à la jambe : en fait des éclats d'obus ont quand même traversé la carlingue et sont venus cribler sa jambe droite !

Luc s'affole un peu. Il change de cap aussitôt, signalant par radio la position de la batterie. Il vire maintenant vers les lignes alliées. La douleur le tenaille, l'hémorragie est impressionnante.

– Essayez d'arrêter ce sang ! crie-t-il à Vidard.

– Bien sûr.... Mais... Comment je fais ?

Un peu énervé, Luc retire maladroitement la ceinture de sa combinaison, entoure sa cuisse droite avec et tire dessus autant que possible. Vidard n'en mène pas large, mais il se décide à l'aider ; penché au-dessus de Luc, il cramponne à son tour la ceinture tant bien que mal, et tire dessus comme un forcené. Mais ce garrot de fortune n'est pas efficace, et Luc continue à perdre du sang.

Il sait bien qu'il n'est déjà plus en possession de tous ses moyens. Or la base est encore loin, et il ne tiendra pas jusque-là. Il doit se poser le plus vite possible. Il scrute donc le sol à la recherche d'une piste d'urgence. Mais tout ce qu'il trouve, ce sont des pinèdes, encore des pinèdes, avec quand même une petite clairière, juste au-dessous.

– On va se jeter là-dedans ! crie-t-il à Vidard. Du moins, on va essayer...

Luc tente une approche.

Le sol arrive très vite, les roues le heurtent violemment. Aussitôt Luc écrase les freins des deux pieds. Mais sa jambe droite reste inerte, et l'avion fait un superbe « cheval de bois », pendant lequel l'aile droite vient frôler le sol, heurtant un obstacle au passage. L'avion tourne sur lui-même, une fois, deux fois, puis finit par s'arrêter. Vidard saute immédiatement à terre.

Luc est épuisé. Il s'est passé environ sept minutes entre sa blessure et l'atterrissage. Sept minutes, c'est long, quand on perd son sang. Le garrot a permis d'éviter le pire, mais le sang continue de gicler sans arrêt.

Luc se rend compte alors que la clairière est hérissée de pitons énormes, qu'on appelle des « asperges de Rommel ». C'est un de ces rails dressés que l'aile droite a heurté pendant que l'avion tournait sur lui-même. Luc remarque aussi que de l'essence coule sur l'aile droite ; à tout moment, l'avion risque de s'enflammer. Or le moteur tourne toujours. Il faut couper le contact, et vite.

Pendant ce temps, Vidard reste planté à côté de l'appareil, visiblement choqué par la violence de l'atterrissage.

– Vite ! lui crie Luc. Sortez-moi de là !

L'observateur remonte jusqu'au cockpit, attrape le pilote aux aisselles et, avec toutes les peines du monde, parvient à l'extirper de l'habitacle, puis à le descendre de l'avion jusqu'au sol. La manœuvre est laborieuse, et le blessé souffre le martyre.

Une fois allongé à terre, Luc prend conscience que son pied forme un angle bizarre avec sa jambe ! Comme si l'épreuve n'était pas suffisante, il doit aussi constater que Vidard l'a déposé au pire endroit, tout près de la flaque d'essence. A bout de forces, il le rappelle :

– Encore ! dit-il. Dégagez-moi vraiment...

Vidard l'agrippe à nouveau aux épaules et réussit à l'emmener un peu plus loin. Allongé dans un piètre état, Luc se dit qu'il va peut-être mourir dans cette clairière. Il faut espérer que quelqu'un aura vu l'avion descendre et prévenu les secours. Luc commence à trembler légèrement. Sa vue se trouble par instant. Il ne sait même pas par où l'ambulance arrivera – si elle arrive.

C'est alors qu'il réalise que la situation est encore plus grave qu'il ne pensait : tout autour d'eux, à quinze ou vingt mètres, il aperçoit en effet de petits drapeaux jaunes ornés d'une tête de mort. Oui : ils ont atterri au beau milieu d'un champ de mines ! C'est un véritable miracle qu'aucune n'ait explosé pendant l'atterrissage.

– On ne bouge plus ! crie Luc aussi fort qu'il le peut.

Vidard comprend sans doute, car il se couche immédiatement à plat ventre. Puis les deux hommes attendent en silence. Un quart d'heure... Une demi-heure... Une éternité.

Luc continue à perdre du sang, mais moins que tout à l'heure. Par contre sa conscience le quitte, inexorablement. Soudain il sursaute : il vient d'entendre des bruits sur la droite. S'efforçant d'y voir clair, il aperçoit des fantassins qui rampent dans la clairière. Ils avancent sur les coudes, puis stoppent net à la limite du champ de mines. Là, des spécialistes, munis de détecteurs, prennent le relais ; et, mètre par mètre, ils ouvrent un chemin tortueux jusqu'aux rescapés. Luc observe attentivement leur lente progression.

Un médecin peut enfin approcher du blessé. Il se penche sur lui et remplace son garrot de fortune par un autre en caoutchouc, beaucoup plus serré.

– Ne t'inquiète pas, lui dit-il d'un ton rassurant. Ce n'est encore pas pour cette fois !

Grâce à ces paroles, Luc va déjà mieux. Il perçoit même ce qui l'entoure avec une acuité particulière. Des brancardiers sont arrivés et l'ont installé de leur mieux sur une petite civière. Seulement ils ont du mal à parcourir le labyrinthe à l'envers. Ils n'ont pas dû faire très attention au trajet qu'on leur indiquait en venant, et ils hésitent maintenant à chaque pas. Luc n'en peut plus. C'est lui qui doit leur indiquer le chemin :

– A gauche... maintenant... à droite. A droite encore, attention... à... à gauche, là...

Luc est exténué. Les minutes passent, et les ambulanciers le brancardent jusqu'à une route assez large – cette fameuse route gardée par le canon antichar...

– Ça va toujours ? demande un des hommes.

Mais Luc n'a plus la force de répondre. Par contre, il reste conscient de ce qui se passe et comprend ainsi que les coups de feu qu'on entend maintenant proviennent de tireurs invisibles, bien décidés à dégommer tout ce qui traverse la route. Or les brancardiers n'ont pas l'air de vouloir ralentir ; au contraire, à l'approche de l'ambulance, ils auraient plutôt tendance à presser le pas. Comme dans un mauvais rêve, Luc se rend compte que les deux hommes chargés de le sauver sont en train de le mener à une mort peut-être plus certaine – et eux avec lui ! Il aimerait crier pour les prévenir, mais il ne peut pas ; c'est vraiment au-dessus de ses forces. Il faut donc qu'il s'y prenne autrement.

Dans un effort surhumain, Luc profite du dénivelé du talus ; il déporte tout son poids sur la gauche et, dans un dernier à-coup, tombe de la civière. La douleur est atroce.

– Manquait plus que ça ! dit l'un des brancardiers.

– Fais gaffe ! lance son camarade. Ces salauds nous canardent depuis le blockhaus.

Luc soupire. Ça y est, ils ont quand même compris.

– On n'a qu'à le rouler jusqu'à l'ambulance ! propose l'un des hommes.

– Comment ça, « le rouler » ?

– Mais oui ! Sur le flanc ! On va le faire rouler sur lui-même, et nous, on rampe à côté !

C'est peut-être en effet le seul moyen. Mais pour Luc, la manœuvre s'apparente à une torture des plus barbares. Et, au moment où on le hisse dans l'ambulance, il a perdu connaissance.

Quand il revient à lui, il se trouve sur une sorte de table, dans ce qui doit être un hôpital de campagne. Des infirmiers sont en train de lui passer des liens sur tout le corps, afin de l'arrimer solidement. Luc comprend tout de suite ce qui se passe : on se prépare à l'amputer. Le jeune médecin et son équipe n'ont pas remarqué que le patient avait rouvert les yeux ; ils parlent donc sans précautions :

– Si c'était le patron, lance un infirmier, il tenterait de sauver au moins le genou.

– C'est possible, admet le médecin, mais moi je préfère « assurer ». On va amputer au bas de la cuisse.

Luc est au désespoir. Si le praticien l'ampute au-dessus du

genou, pour lui c'en est fini du pilotage, même avec une prothèse. Si seulement il pouvait parler ! Il expliquerait son métier à ce carabin minable ! Mais il est à bout de forces. Il se contente de râler faiblement.

– Attention les gars, il se réveille ! Le masque, passez-lui le masque !

Luc rassemble ses dernières bribes de force et parvient à articuler un mot, très faiblement :

– Do... eur...

– Docteur ! C'est vous qu'il appelle !

Le jeune médecin se penche sur le patient.

– Ne vous inquiétez pas, mon vieux ! Tout va bien !

Luc émet un nouveau gémissement. A présent il chuchote. Le médecin se penche plus près pour entendre. Remuant le menton, Luc lui fait signe d'approcher encore. Le jeune homme tend l'oreille juste au-dessus de lui.

Dans un ultime sursaut, Luc relève la tête, ouvre la mâchoire et la referme avec violence sur cette oreille qu'on lui tend. Le médecin pousse un cri, se dégage comme il peut et, tenant son oreille à deux mains, reste plié en deux à côté de la table.

– Ce con m'a bouffé l'oreille ! grogne-t-il, le souffle coupé.

De la bouche ensanglantée de Luc, on retire aussitôt le morceau d'oreille : un lobe entier !

Luc est retombé dans les limbes. Heureusement pour lui, il n'aura pas conscience de la terrible opération qu'il va subir. Mais grâce à son ultime initiative, c'est le chirurgien principal lui-même qui se chargera de l'amputation – le pilote a sauvé son genou.

C'est ainsi que, par la suite, Luc a pu mener une brillante carrière de pilote d'hélicoptère. Comme il devait le répéter souvent en racontant son histoire : « Il y a des jours où l'on ne peut compter que sur soi-même. »

La banquette arrière

Le car de ramassage scolaire de Harrisburg, en Pennsylvanie, stoppe à un carrefour dans les environs de la ville. C'est l'un de ces autocars Greyhounds à la forme trapue et assez disgracieuse qu'on voit partout sur les routes américaines.

Au volant du car, Horace Mallow, vingt-six ans, un rouquin au visage sympathique. Cela fait déjà deux ans qu'il effectue le ramassage pour le compte du lycée technique de Harrisburg, et il aime bien cette ambiance joyeuse qu'il trouve avec les jeunes.

Tandis qu'il appuie sur le bouton d'ouverture de la porte, Horace Mallow a un large sourire. Il fait un temps radieux ce 2 avril 1982. Il est 8 heures du matin et il a toutes les raisons d'être content de la vie. Pourtant, ce 2 avril 1982, Horace Mallow n'est pas près de l'oublier, et il ne le rangera certainement pas au nombre de ses bons souvenirs.

Un grand garçon de dix-sept ans grimpe les marches. C'est Wilbur Heston, élève en dernière année de mécanique.

– Salut Wilbur ! Tu en fais une tête ! Tu es malade ?

Effectivement, Wilbur Heston n'a pas l'air dans son assiette. Son visage, déjà maigre naturellement, est creusé de manière impressionnante. Il est tout pâle, il tremble légèrement... Horace Mallow insiste :

– Tu as fait la bringue hier soir ?

Wilbur Heston ne répond toujours pas. Il reste muet, les

mâchoires serrées, tandis que le car démarre. Soudain, il sort un objet de sa sacoche et lance à Horace Mallow d'une voix étranglée :

– Continue sans t'arrêter ! Et accélère !

Horace Mallow se tourne vers lui : Wilbur est en train de brandir un pistolet.

– Arrête, Wilbur. Je n'aime pas ce genre de plaisanterie !

– Ce n'est pas une plaisanterie. C'est un 22 long rifle. Il est chargé !

– Ça suffit, Wilbur !

– Écoute, Horace, je t'aime bien. Alors, ne m'oblige pas à tirer...

Cette fois, Horace a compris.

– Mais où veux-tu que j'aille ?

– Va tout droit. Après, je te dirai...

Derrière, il y a une quarantaine d'enfants et d'adolescents entre onze et dix-huit ans. Les rires qui avaient éclaté lorsque Wilbur Heston a sorti son pistolet ont brusquement cessé. Un silence tendu, angoissé, les a remplacés. On n'entend plus que le moteur du car. Le car, qui roule dans une direction que seul connaît ce jeune homme de dix-sept ans... Brusquement, celui-ci reprend la parole :

– Arrête-toi !

– Là, en pleine campagne ?...

– Oui. Arrête-toi, je te dis, ou je tire !

L'autocar s'immobilise sur le bord de la route. A perte de vue, ce sont des champs de blé et de maïs. A l'intérieur, il y a des remous et des cris apeurés. Wilbur Heston se tourne vers les jeunes passagers.

– Du calme, les enfants ! C'est justement pour vous qu'on s'est arrêtés. Vous allez descendre et on continuera sans vous. Allez, dépêchez-vous ! Plus vite que ça !... Ouvre la porte, Horace !

Horace Mallow s'exécute. Dans la bousculade, les élèves quittent le car scolaire. A l'aide de son revolver, Wilbur désigne quatre d'entre eux : trois garçons et une fille.

– Vous, tous les quatre, vous restez !

La jeune fille s'approche de Wilbur. C'est Barbara Chutney. Ils se connaissent bien puisqu'ils sont tous deux dans la même classe.

– Mais pourquoi, Wilbur ?

– Parce que vous êtes les plus grands... Je n'allais pas obliger des enfants à venir avec nous. Mais il me faut tout de même des otages.

– Écoute, Wilbur...

– Ça suffit ! Tous les quatre, allez vous installer sur la banquette arrière. Toi, ferme la porte et démarre.

Horace Mallow obéit. L'autocar roule bientôt à bonne allure. Wilbur Heston semble se détendre. Il se met à parler d'une voix plus calme au chauffeur.

– Les enfants seront remarqués par la première voiture qui passera. Dans une demi-heure, ils seront chez eux.

Horace Mallow sait qu'il doit parler, pour que la tension ne remonte pas.

– Pourquoi tu fais ça, Wilbur ? Où va-t-on ? Tu peux me le dire maintenant, puisque aucun de nous ne pourra le répéter.

Le jeune homme réfléchit quelques instants. Puis il se décide.

– On va chez ma fiancée.

– Ta fiancée ? Quel cachottier tu fais ! Tu ne m'en avais jamais parlé. Comment elle s'appelle ?

– Marie-Louise.

– Marie-Louise ? Elle est française ?

– Non, canadienne.

– Et elle habite où, ta Marie-Louise ?

– Au Canada, évidemment ! Dans un petit patelin près de Montréal. C'est très joli, tu verras...

– Tu ne veux pas dire que... qu'on va aller là-bas ?

– Si. On y va.

– Mais tu es fou ! Écoute, Wilbur, ce n'est pas possible !...

– Tais-toi et regarde la route !

– Mais l'essence ? Il faudra faire le plein...

– On le fera. Et tu auras intérêt à te tenir tranquille.

– Et les flics ?

– T'occupe pas de ça ! C'est mon problème.

– Et la frontière ? Les douaniers ?... Tu y as pensé, aux douaniers ?

– On passera la frontière... Et puis, ça suffit comme ça ! Conduis et fiche-moi la paix !

Pendant un quart d'heure, le car roule en silence. Horace Mallow se demande ce que font les policiers. Ils sont déjà à une trentaine de kilomètres de Harrisburg et ils n'ont pas aperçu le moindre uniforme... Pourtant les enfants doivent avoir donné l'alerte. Il devrait y avoir des patrouilles, des barrages... Non, ils ne vont tout de même pas aller jusqu'à Montréal ! Il faut faire quelque chose, essayer de convaincre Wilbur Heston de renoncer à ce projet insensé. Il se tourne vers le jeune homme en prenant son air le plus engageant :

– Il y a un truc que je ne comprends pas, Wilbur.

Wilbur Heston répond sans agressivité, d'une voix presque détachée, comme si tout était déjà joué et que les choses allaient désormais suivre un cours inéluctable.

– Qu'est-ce que tu ne comprends pas, Horace ?

– Eh bien, pour rejoindre ta Marie-Louise, tu aurais pu prendre le train ou, si tu n'avais pas d'argent, faire de l'auto-stop. Mais pourquoi ce revolver, cette prise d'otages, ces enfants que tu as terrorisés ?

Wilbur Heston a un petit rire silencieux... Il baisse la tête comme s'il rentrait en lui-même.

– Marie-Louise, je l'ai rencontrée l'été dernier. C'était en vacances aux chutes du Niagara. Ç'a été formidable !... A la rentrée, on s'est écrit. Au début, c'était très chouette ce qu'elle me disait dans ses lettres. Mais depuis quelque temps, ça ne va plus. Elle me dit que je suis un gamin. Elle me conseille de m'occuper de mes études...

Wilbur Heston reste un instant silencieux, même grave.

– C'est pour cela que je me suis décidé... Tu comprends, maintenant tout le monde va parler de moi : les journaux, la télé ! Après ça, elle ne pourra plus dire que je suis un gamin.

– Tu te trompes, Wilbur...

– Pourquoi, s'il te plaît ?
– C'est une fille intelligente, Marie-Louise ?
– Évidemment !
– Alors, comment voudra-t-elle de toi après une chose pareille ? Pour elle, tu ne seras plus qu'un délinquant, un voyou ! Non, Wilbur, crois-moi : ta seule chance est de t'arrêter là et de faire demi-tour...
Le jeune homme crispe les mâchoires.
– Roule ou je tire !...

18 heures. Le car de ramassage scolaire du lycée technique de Harrisburg roule sans désemparer depuis dix heures en direction du nord. Il a déjà fait une fois le plein sans qu'Horace Mallow et aucun des quatre jeunes passagers de la banquette arrière aient pu donner l'alerte. Et maintenant, aussi invraisemblable que cela paraisse, il arrive en vue de la frontière canadienne...
Alors, que s'est-il passé ? Comment le car a-t-il pu rester inaperçu sur un trajet de huit cents kilomètres ?
En fait, les enfants libérés en rase campagne ont bien donné l'alerte, mais la police a été gênée par des témoignages fantaisistes. Les Greyhounds sont le modèle le plus courant d'autocar et le véhicule recherché a été signalé par erreur un peu partout, faisant perdre un temps précieux...
Voilà pourquoi le car de ramassage scolaire arrive à la frontière sans être inquiété. Par chance ou par malchance, le couloir de douane réservé aux autocars est vide. Wilbur colle le canon sur la nuque du chauffeur.
– Maintenant, fonce !...
Obligé d'obéir, Horace Mallow franchit en trombe le couloir. Il s'attend à entendre un coup de sifflet ou même un coup de feu... Mais il n'y a rien. La frontière est passée sans encombre. Par un hasard extraordinaire, aucun douanier n'était présent au moment où le car est passé ; il peut poursuivre son voyage insensé jusqu'à son terme.
Le terme du voyage s'appelle Grosbois. C'est un village sur une colline à l'est de Montréal. Wilbur Heston fait arrêter le car sur la place principale. Il s'adresse au chauffeur.

– Attends là !
– Qu'est-ce que tu vas faire ?
– Voir Marie-Louise, cette blague ! Elle habite sur la place. Mais ne t'inquiète pas : je ne suis pas fou... Je vais prendre un otage avec moi, et défense aux autres de bouger, sinon gare !
Wilbur pointe son pistolet en direction de la banquette arrière, où les trois garçons et la jeune fille sont immobiles et silencieux depuis le début de l'équipée.
– Toi, Barbara, viens !
Barbara Chutney, sa camarade de classe, qui avait vainement essayé de le détourner de son projet au début du voyage, s'avance sans mot dire. C'est une jolie blonde qui paraît un peu plus que ses dix-sept ans. Malgré l'extrême tension de la situation, elle a un sourire.
– Tu ne vas pas faire de bêtise, n'est-ce pas, Wilbur ?
– Ça dépendra de toi ! Avance !
Horace Mallow ouvre la porte du car et la jeune fille descend, suivie du garçon. Tous deux traversent la place. Wilbur regarde autour de lui, découvre la maison qu'il cherchait et sonne... Une jeune fille ouvre. C'est elle !
– Marie-Louise ! C'est moi ! J'ai...
La jeune Canadienne a un mouvement de recul.
– Ils t'ont laissé venir jusqu'ici ? C'est incroyable !
– Parce que... tu es au courant ?
– Évidemment !... On ne parle que de ça à la télé ! Quand je pense que c'est sur moi que ça tombe !
– Mais Marie-Louise, c'est pour toi que j'ai fait ça. C'est parce que je t'aime...
– C'est ça que tu appelles aimer les gens : les ridiculiser ?...
– Mais Marie-Louise...
Wilbur Heston fait un pas vers la jeune fille, mais celle-ci se met à hurler et à appeler au secours. C'est la fin... Pendant ce temps, Horace Mallow et les trois otages, restés dans le car, ne sont pas restés inactifs. Ils ont alerté la police. Deux agents surgissent et ceinturent Wilbur... Et c'est alors, tandis qu'il est entraîné sans ménagement, qu'il entend une voix dans son dos :
– Je ne t'abandonnerai pas, Wilbur !

Le jeune homme parvient à se retourner... Celle qui vient de parler n'est pas Marie-Louise, sa « fiancée », mais Barbara Chutney, son otage, à qui il n'avait pas accordé la moindre attention.

– Qu'est-ce que tu dis ?

– Je dis que je ne t'abandonnerai pas, Wilbur. J'ai compris pourquoi tu as fait ça. Pas pour cette fille. Oublie-la. Tu as fait ça parce que tu es malheureux...

Arrêté et retenu au poste pendant quarante-huit heures, Wilbur Heston n'a pas été poursuivi comme malfaiteur ; il a été reconduit à Harrisburg comme mineur en fuite. Barbara Chutney l'attendait à sa descente du train.

Pour la première fois depuis longtemps, le jeune homme a eu un sourire. Bien sûr, il regrettait son geste, mais curieusement, celui-ci n'avait pas été inutile... L'amour vers lequel il courait avec une folie proche du désespoir n'était pas où il le supposait : tout là-bas, au bout de la route. Il était tout près et silencieux, sur la banquette arrière.

La mer au galop

Le bonheur de Sylvain Carême fait plaisir à voir. Récemment démobilisé après dix-huit mois de service militaire en Algérie, il a retrouvé, en rentrant au pays, sa jeune fiancée, Carole. Depuis qu'il est libre, Sylvain profite de la moindre occasion pour embrasser Carole, et lui dire à quel point il l'aime.

En ce dimanche matin, les amoureux partent fêter ce retour par un pique-nique en famille au bord de la mer. Dans la voiture se sont entassés, outre Sylvain et sa fiancée, sa mère, son beau-père et sa grand-mère maternelle. Destination : le Grouin du Sud, dans la baie du Mont-Saint-Michel.

Tout à coup, Sylvain désigne un panneau routier :

– Barcey ! Ça alors ! En Algérie, mon copain Gérard Auzaneau disait toujours qu'il était originaire de Barcey !

– On pourrait peut-être passer lui dire bonjour, propose M. Mérier, le beau-père de Sylvain.

– Oui, c'est une bonne idée.

Et plutôt que de continuer tout droit en direction du Grouin, la voiture bifurque vers Barcey. A l'entrée du village, les Mérier tombent sur une station-service ouverte, et s'y arrêtent dans l'intention de demander l'adresse de la famille Auzaneau. Le pompiste est occupé avec un client, un personnage débordant de bonhomie.

– C'est à quel sujet ? demande le pompiste.

– Excusez-moi, monsieur, nous cherchons la maison des Auzaneau.

Le gros homme intervient aussitôt :

– Voyez-vous ça ! fait-il. Le père Auzaneau, c'est moi-même !

– Ah ! ravi de vous connaître. Sylvain Carême. J'étais un copain de votre fils, en Algérie.

– Ça par exemple ! Et ma parole, vous venez voir le gars ! C'est pas compliqué. Je vous conduis à la maison tout de suite. Suivez-moi !

Arrivés chez les Auzaneau, les Mérier descendent de voiture sans trop se faire prier. Les familles font connaissance, tandis que les deux copains tombent dans les bras l'un de l'autre. Gérard présente son frère, Sylvain sa fiancée...

– On vous aurait bien invités à partager notre repas, s'excuse le père Auzaneau, mais justement, on avait prévu d'aller pique-niquer tous les quatre pour fêter le retour du gars.

– Nous aussi, nous devions pique-niquer, dit M. Mérier.

– Ah oui ? Mais alors... Peut-être bien qu'on pourrait y aller tous ensemble...

– Bonne idée. Vous qui êtes du coin, vous devez connaître les bons endroits.

– En fait, intervient Mme Auzaneau, nous avions l'intention de traverser la baie à pied sec jusqu'à Tombelaine. C'est la petite île qui se trouve à mi-chemin entre le Bec d'Andaine et le Mont-Saint-Michel.

– Parfait, va pour Tombelaine !

M. Auzaneau précise :

– On pique-niquera avant, sur la côte, du côté des Genêts.

Le courant passe bien entre les deux familles et, pendant le pique-nique, on boit un peu, on rit beaucoup, on chante même.

– Qu'est-ce qu'on rigole ensemble ! s'extasie Gérard. C'est pas banal !

– Sûr ! approuve sa mère. Seulement, si on ne veut pas être à Tombelaine trop tard, il faut peut-être y aller, maintenant.

– C'est vrai.

M. Auzaneau se lève, goguenard, bientôt suivi par les autres.

– Allons-y ! dit-il. C'est l'heure !

Tout le petit groupe s'ébranle en riant et en plaisantant. Sur le chemin de Tombelaine, le sable est humide, mais assez dur cependant pour qu'on puisse y marcher sans fatigue.

– Ça ne risque rien ? hasarde la mère de Sylvain.

– Rien du tout, c'est morte eau, répond gaiement le père de Gérard.

De fait, le niveau de la Sée et de la Sélune, les deux rivières qui creusent le lit de la baie, est assez bas ; il est possible de les franchir à gué sans trop se mouiller. Le père Auzaneau désigne un mamelon saillant à quelques centaines de mètres.

– Tombelaine ! dit-il. C'est quand même pas loin.

– On dirait que l'eau monte, fait remarquer la grand-mère de Sylvain.

– Ça m'étonnerait, répond M. Auzaneau.

– Mais si, regardez ! crie Sylvain. Voilà la marée !

Sa fiancée se raccroche aussitôt à lui.

– Mince alors ! Nous voilà bien !

Le groupe étant arrivé juste à mi-chemin entre le Bec d'Andaine et Tombelaine, l'alternative est la suivante : soit rebrousser chemin jusqu'à la côte, soit continuer tout droit jusqu'à l'îlot. Mais dans les deux cas, il faudra faire vite : la marée qui se rapproche ne laisse pas de temps pour étudier la situation de trop près.

– Rentrons ! tranche la grand-mère de Sylvain.

– Non, objecte le père de Gérard. Il vaut mieux poursuivre, ça ira plus vite.

– Et tout à l'heure, c'était morte eau, ironise la grand-mère.

Sur quoi elle rebrousse chemin d'un pas ferme. Les deux familles se reconstituent alors pour se séparer. On n'a même pas le temps de se souhaiter bonne chance... C'est au pas de course que M. Auzaneau prend le chemin de Tombelaine :

– Dommage, fait remarquer Gérard. On rigolait bien.

– On rigolait même bien de trop, rectifie son père. Je sais pas où j'avais la tête !

A présent la famille Auzaneau (le père, la mère et les deux fils) courent autant qu'ils peuvent vers le relief de Tombelaine. Mais en arrivant à proximité, ils constatent qu'ils ne peuvent pas passer : un bras de mer large de cent mètres au moins a déjà encerclé l'îlot, le rendant tout à fait inaccessible.

– Ils ont bien fait de rebrousser chemin, dit le père avec amertume. Nous, on a perdu du temps.

Et reprenant la course en sens inverse :

– Courez devant ! crie-t-il à l'adresse de ses deux fils. Tant pis pour nous, ne nous attendez pas !

Gérard fait comme s'il n'entendait pas l'ordre paternel.

– On va essayer d'atteindre la côte un peu plus au sud, en espérant que quelqu'un nous verra, lance-t-il sans s'éloigner de ses parents.

Pour augmenter les chances d'être repéré, son frère noue autour d'une tige de fer le foulard de leur mère et l'agite tout en courant.

De l'autre côté, la famille Mérier n'est pas en meilleure posture. La grand-mère, partie gaillardement, traîne à présent les pieds ; M. Mérier doit la soutenir, tandis que Sylvain entraîne sa mère et sa fiancée. La petite famille se rapproche de la côte dans une mer déjà haute. Selon le relief, l'eau leur arrive aux genoux ou à la ceinture. Mais ce sont les rivières qui posent vraiment problème : leur niveau a crû considérablement en quelques minutes. Et, s'arrêtant au bord de la Sélune, les Mérier doivent admettre qu'ils ne peuvent plus la franchir à gué.

– On aurait dû suivre les autres sur leur maudite île, reconnaît la grand-mère, à bout de souffle.

– Non, dit Sylvain. On doit y arriver. Il suffit de traverser ces deux petites rivières à la nage.

– Ta grand-mère ne sait pas nager...

– Moi non plus, hasarde la petite Carole.

– On va vous aider, l'une et l'autre...

Tout le monde se jette donc à la Sélune, même la grand-mère qui, pourtant soutenue par le père Mérier, se trouve aussitôt emportée par le courant. Avant qu'on n'ait pu lui porter secours, son corps se met à tourbillonner, puis il disparaît entre deux eaux. La marée vient de faire sa première victime.

L'effet de cet accident est terrible. Désormais, c'est la panique qui s'empare des esprits.

– On est foutus ! crie M. Mérier. C'est cuit !

Le niveau est monté si vite que les quatre rescapés sont maintenant prisonniers entre les deux rivières. Même là, l'eau leur arrive à la poitrine.

Les Auzaneau ont été plus chanceux. Grâce à leur changement de cap vers le sud, ils ont pu regagner la côte au lieudit « Le Grand Port » et prévenir les secours. Deux équipes de sauveteurs se mettent aussitôt en chasse. Les premiers à réagir sont des pêcheurs du village voisin, Saint-Léonard, qui, embarqués sur un bateau à rames, s'évertuent à gagner au plus vite la région située entre Tombelaine et le Bec d'Andaine. La seconde équipe a été prévenue par téléphone. Elle est composée de deux sous-officiers de gendarmerie, à bord d'un hélicoptère léger affecté ce jour-là à la surveillance d'une course cycliste, et aussitôt dérouté vers la baie. Le trajet est plus long, mais le véhicule plus rapide.

Quand l'hélicoptère léger repère ce qu'il reste de la famille Mérier, elle n'est plus composée que de trois membres : le père, la mère et la fiancée du fils. Sylvain s'est en effet séparé du groupe pour essayer de retrouver le corps de sa grand-mère. Les trois survivants se débattent dans l'eau où ils n'ont plus pied ; le père et la mère s'activent pour maintenir à la surface la jeune fille qui ne sait pas nager.

Stabilisé tout près des flots, l'hélicoptère crée, par déplacement d'air, des vagues supplémentaires qui achèvent de désorienter les trois malheureux. On leur lance une bouée-culotte ; ils se jettent dessus et s'y cramponnent. Mais au moment de relever le treuil, l'équipage se rend compte que c'est l'hélicoptère qui descend.

– Vous êtes trop nombreux ! hurle le mécanicien par la porte.

Les bras crispés autour de la bouée, les nageurs exténués ne veulent pas comprendre.

– C'est trop lourd ! crie le mécanicien.

Si l'on treuille les trois personnes en même temps, l'hélicoptère risque de se coucher sur le côté, et ses pales de venir broyer les victimes. C'est alors que le mécanicien voit, sidéré, le père se détacher volontairement de la bouée et, le visage bientôt recouvert par les eaux, se laisser dériver, noyé. Comble d'horreur : ce sacrifice demeure insuffisant! Les deux femmes éplorées qui restent accrochées à la bouée sont encore trop lourdes. La mort dans l'âme, le mécanicien doit se résoudre à couper le filin de la bouée. Aussitôt, l'appareil reprend de l'altitude.

Guidés par l'hélicoptère, les sauveteurs en barque ne tarderont pas à venir prendre le relais. Se jetant littéralement sur Mme Mérier et sur la petite Carole, ils les hissent à bord. Puis les marins retirent leurs pull-overs pour en frictionner les deux survivantes.

Dès qu'elle retrouve ses esprits, Carole s'inquiète :

– Et Sylvain? demande-t-elle. Où est mon Sylvain?

Devant l'inertie avec laquelle les pêcheurs accueillent ses questions, elle sent l'indignation monter en elle.

– Sylvain! hurle-t-elle. Cherchez-le! vite!

Mais les trois sauveteurs hochent la tête. Le jeune homme en question, ils l'ont croisé en arrivant. Son corps flottait entre deux eaux, non loin de celui d'une vieille femme. Plus la peine de se presser pour eux : les morts ont tout leur temps.

Le train de Langeais

C'est à M. Robert Leite, de Langeais, que nous devons l'histoire qui va suivre. Langeais, charmante cité sur la Loire, avec son château du XVe siècle où furent célébrées les noces de Charles VIII et d'Anne de Bretagne, eut, plus près de nous, un nouveau rendez-vous avec l'Histoire, bien moins souriant celui-là. C'est un épisode terrible, fait de haine et de mort, mais aussi de courage allant jusqu'à l'héroïsme, de solidarité allant jusqu'au sacrifice.

Nous sommes le dimanche 6 août 1944 et il fait chaud, abominablement chaud. C'est la canicule, dans tout ce qu'elle peut avoir d'implacable. Mais si elle est difficile à supporter chez soi ou à l'ombre d'un arbre, quand on est entassés à plus de quarante dans un wagon à bestiaux, elle est tout simplement inhumaine...

Il est environ 4 heures de l'après-midi, lorsqu'un train arrive en gare de Langeais. C'est un convoi allemand en provenance de Rennes et en direction de l'Allemagne. Il transporte des prisonniers, civils et militaires, des résistants bretons, des membres des armées anglaise, américaine et française libre, capturés après le débarquement. Les uns ont pour destination un camp d'internement ; pour les autres, c'est le camp d'extermination qui est au bout du voyage.

Mais, pour l'instant du moins, le voyage s'arrête à Langeais... Il y a crissement de freins et le long convoi s'immobilise en gare. Impossible d'aller plus loin : le pont ferroviaire de Cinq-Mars-la-

Pile, sur la Loire, a été détruit par un bombardement allié. Dans la chaleur torride, c'est une interminable attente qui commence...

Pendant un moment, c'est le silence et puis, de l'intérieur des wagons, on perçoit un brouhaha, des conversations, des cris, des interpellations. Ce sont les habitants de Langeais, qui, spontanément, au mépris du danger, sont venus apporter des boissons et des vivres. Les Allemands tentent de les repousser, mais il en arrive de partout, des hommes, des femmes, des jeunes, des moins jeunes. A leur tête, le maire de la ville, M. Boisseau, parlemente avec toute la persuasion dont il est capable...

L'un des wagons à bestiaux n'est pas tout à fait comme les autres. Ses occupants : quarante-quatre femmes, toutes des résistantes. Mme Seulier est du nombre. Elle sait que, comme ses compagnes, elle est promise à la mort, mais pour l'instant, elle n'y pense même pas. Seules comptent la chaleur et la soif et puis aussi cette odeur. Quarante-quatre femmes, confinées dans un espace clos, quarante-quatre femmes qui n'ont pu se laver depuis des jours, parfois des semaines... Elles sont parquées des deux côtés du wagon derrière des fils de fer, leurs quatre gardiens occupant l'espace central, face à la porte... Elles implorent :

– S'il vous plaît, laissez-nous sortir ! De l'air par pitié !

Les Allemands répondent d'abord par des menaces et puis leur ton change. Ils se concertent. Sans doute sont-ils, eux aussi, incommodés par l'insupportable odeur. Au bout d'un moment un soldat descend. Mme Seulier comprend qu'il est allé demander des instructions au chef du train et elle est confiante : c'est un ancien de l'Afrika Korps. Elle sait qu'il n'est pas un fanatique. Il comprendra... Effectivement, quelques minutes plus tard, la porte s'ouvre et on les pousse dehors...

Pour elles toutes, c'est un instant merveilleux, inoubliable ! Bien sûr, il fait tout aussi chaud, plus, peut-être, sous le soleil implacable, mais elles peuvent respirer, s'emplir les poumons tant qu'elles veulent. Et puis, il y a ces gens, contenus par une file en uniformes, ces gens admirables, qui leur tendent des gourdes, des bidons, des morceaux de pain... Non, ils ne sont pas abandonnés, elles et leurs camarades de combat.

Brutalement, sans raison apparente, les prisonnières sont séparées en deux groupes, tandis que leurs geôliers, tout en leur interdisant de bouger, viennent leur apporter à boire et à manger. Mme Seulier échange quelques mots avec Catherine et Agnès de Nanteuil, deux jeunes femmes avec qui elle a sympathisé en prison. Elles appartiennent à une vieille famille de la noblesse bretonne : elles sont aussi pieuses que courageuses, preuve qu'il y a tous les milieux dans la Résistance, contrairement à ce que disent les Allemands et la propagande de Vichy.

– On dirait que le pont sur la Loire est coupé...

– Alors, courage ! Nous ne sommes pas encore en Allemagne. Les Alliés vont nous délivrer...

Les Alliés... Ils vont se manifester bien plus tôt qu'elles ne le pensent, mais de la manière la plus dramatique. Il n'est pas loin de 20 heures, le soleil a faibli, mais il fait encore jour. Épuisée par son voyage, Mme Seulier n'entend qu'au dernier moment le bruit de moteur dans le ciel. Elle lève la tête. Près d'elle, un soldat allemand fait de même. Il assure, très calme :

– Avions deutsch ! Avions deutsch !...

Mais Mme Seulier a vu distinctement, dans le couchant, les cocardes sur les ailes. Elle crie :

– Non, ce sont des Anglais. Ils vont nous mitrailler !

Car il faut préciser que, contrairement aux conventions militaires, le train est camouflé par des branchages et possède sur l'un de ses wagons une batterie de DCA. Comme transport de prisonniers, il aurait dû porter une croix rouge sur les toits, tandis qu'ainsi il a l'air d'un transport de troupes et, l'instant d'après, c'est l'horreur...

Mme Seulier se précipite sous le wagon, mais Agnès et Catherine de Nanteuil sont moins promptes. Agnès reçoit une balle dans l'aine. Elle tombe dans les bras de sa sœur. Les avions passent et repassent dans un fracas assourdissant. Le mitraillage est interminable... Quand les assaillants s'éloignent enfin, on comptera dix-neuf morts du côté des prisonniers, quatre du côté allemand.

Pour l'instant, Mme Seulier ne pense qu'à une personne : Agnès de Nanteuil, avec laquelle elle parlait il y a un instant et qui perd son sang dans les bras de sa sœur. Mais les Allemands la repoussent à coups de crosse : pas question de porter secours à la blessée ; même Catherine est violemment écartée d'elle. Et c'est en sa compagnie, debout contre son wagon, que Mme Seulier va assister aux scènes d'horreur du train de Langeais. Car le mitraillage n'était qu'un prélude, le véritable cauchemar commence maintenant.

Les prisonniers hommes n'ont pas été autorisés à quitter leur wagon, mais leurs portes ont été ouvertes pour qu'ils puissent se ravitailler, et ils sont nombreux à tenter leur chance, profitant du désordre qui règne chez leurs geôliers.

Sautant sur la voie, ils courent vers la Loire toute proche dans le sifflement des balles. Beaucoup sont abattus. Certains sont rattrapés par les chiens de la Gestapo et exécutés sur place. D'autres se précipitent dans le fleuve et coulent à pic. Le wagon jouxtant celui des femmes présente également une particularité : il est occupé uniquement par des déserteurs allemands. Pour qu'ils ne puissent pas être confondus avec leurs gardiens, ils ont des menottes, ce qui n'empêche pas l'un d'eux de tenter de s'enfuir. Une décharge en plein front lui met la tête en bouillie ; il éclabousse de son sang ses camarades, qui restent immobiles, terrorisés...

La Croix-Rouge arrive sur les lieux. Un médecin se précipite vers Agnès de Nanteuil, mais les Allemands le repoussent aussi brutalement qu'ils l'avaient fait avec Mme Seulier. Le praticien a le courage d'insister :

– Mais il faut que je la soigne. Elle va mourir !

– Nous soigner... Conduire l'hôpital...

– L'hôpital le plus proche est à Tours.

– Tours... Ya, ya, Tours...

Mme Seulier n'a pas la possibilité d'en entendre plus : on force les femmes à remonter dans leur wagon. Catherine de Nanteuil, qui refuse de quitter sa sœur, doit s'exécuter, le canon d'un mauser sur la tempe. Par la porte ouverte, Mme Seulier a le temps de voir une dernière scène horrible. Un officier allemand ramène un prisonnier français, qui n'est plus tout jeune. Il l'abat d'une balle dans la tête. L'homme est mort, mais l'Allemand s'acharne, lui vidant avec rage tout son chargeur dans le corps...

Brisée par les émotions, Mme Seulier se laisse tomber sur le plancher. C'est pour découvrir que le wagon est criblé d'impacts de mitrailleuse. Elle a peur, comme toutes ses compagnes. Elle n'a pas envie de dormir, mais elle est si fatiguée que, à peine allongée, elle sombre dans le sommeil...

Le matin du 7 août, les prisonnières se réveillent. Elles ne se parlent pas. Que dire ? Leur sort est si incertain... Visiblement, les Allemands sont tout aussi mal à l'aise. Ils n'ont qu'une hâte : rentrer dans leur pays.

Le cauchemar n'est pourtant pas fini. Vers 15 heures, tout recommence. Dans le ciel, il y a le bruit de moteur caractéristique : les Anglais reviennent... C'est la même panique que la première fois. Pourtant, ce coup-ci, il va se produire quelque chose d'inattendu. Un GI noir américain monte sur le toit d'un wagon et agite un drap blanc. Or il n'y a pas d'Allemand noir...

Là-haut, les aviateurs ont dû voir la couleur de sa peau, car ils prennent de l'altitude et s'en vont. C'est fini, il n'y aura plus d'autre attaque du train de Langeais, les Alliés ont compris qu'il s'agissait d'un train de prisonniers.

Les Allemands, en tout cas, n'insistent pas. Tout le monde est embarqué dans des cars et des camions jusqu'à Tours. C'est ainsi que Mme Seulier ira jusqu'en Allemagne, sur des routes encombrées et, encore une fois, sous les mitraillages alliés.

Déportée, Mme Seulier reviendra vivante... C'est à son retour de captivité qu'elle apprendra le sort d'Agnès de Nanteuil. Contrairement à ce qu'avaient promis les Allemands, elle n'a reçu aucun soin, pas même un simple pansement. A Tours, elle a été remise dans un wagon à bestiaux, direction l'Allemagne, comme si elle avait la moindre chance d'y parvenir dans son état.

Elle est morte dans d'atroces souffrances et avec un courage inébranlable, en arrivant à Paray-le-Monial, où elle a été enterrée.

Elle avait écrit dans son journal : « J'ai promis beaucoup et je tiendrai bon. C'est difficile, tant mieux ! La victoire complète ne se gagne qu'avec beaucoup de blessures et beaucoup de sang. »

Nous vous l'avions dit : il y avait beaucoup de sang et de larmes dans le train de Langeais. Mais il y avait aussi énormément d'espérance.

Louis Vieuxloup est originaire de Saint-Brieuc. Interné pour faits de résistance, d'abord à la prison de Saint-Brieuc même, puis au camp de Marguerite, à Rennes, il prend le train avec les autres le 2 août. Il a la chance de sortir indemne du mitraillage et sa chance continue lorsque les Allemands le font sortir, pour le regrouper avec d'autres prisonniers.

Il est transféré dans des baraquements construits sur pilotis. Avec un camarade, il soulève un carré de plancher, se cache sous la baraque et, au petit jour, s'évade. Un de ses geôliers l'aperçoit, lui tire dessus, mais le manque. Il court à travers les vignes et arrive à Langeais. Dans son dos, il entend une voix féminine :

– Par ici, vite !

C'est une viticultrice, Mme Plas, qui le cache pendant plusieurs jours, dans une cuve à vin en ciment. Ensuite, Louis Vieuxloup sera hébergé par d'autres habitants de Langeais, avant de rentrer en Bretagne retrouver ses camarades de combat.

Pierre Gorin, lui aussi, est de Saint-Brieuc. Arrêté le 24 juillet lors d'une mission, il subit le même parcours que son compatriote : la prison de Saint-Brieuc, le camp de Marguerite, à Rennes, le train le 2 août. Mais lui va s'évader lors du mitraillage...

Dans son wagon, ils sont soixante et, tandis que les avions passent et repassent, c'est l'enfer. Une balle explose à travers le toit. Au début, les prisonniers tentent, de manière dérisoire, de se protéger avec leur maigre baluchon. Leur porte à eux est fermée. Pierre Gorin et d'autres se ruent sur elle. C'est leur seule chance. Heureusement, le crochet ne tient pas et ils parviennent à l'ouvrir.

Pierre Gorin saute. Il court jusqu'à des broussailles près de la voie et tombe nez à nez avec un Allemand qui le met en joue. Il s'arrête. L'autre va le tuer presque à bout portant ; c'est la fin. Mais les avions reviennent et l'Allemand se jette à terre. Lui, court sous la mitraille au risque de sa vie. Car s'il reste, il est de toute façon perdu...

L'avion s'est éloigné et l'Allemand s'est relevé. Pierre Gorin entend le claquement sec de la mitraillette ; il sent nettement le souffle des balles en rafales. Il entend aussi des cris et des gémissements. C'est alors qu'il se rend compte qu'il n'est pas le seul à s'enfuir. Ils sont plusieurs dizaines autour de lui, courant dans la même direction, vers la Loire toute proche, et plus d'un s'effondre...

Il se met à plat ventre et rampe dans les broussailles. Il entend les balles siffler au-dessus de lui. C'est enfin la Loire. Il court sur le sable en direction d'une île qui sépare le fleuve en deux. Il se jette à l'eau et, lorsqu'il aborde sur l'île, il se retrouve en compagnie d'une douzaine d'évadés. Ils décident tous de continuer et plongent de l'autre côté pour gagner la rive opposée.

Peu après, ils pénètrent dans une ferme de La Chapelle-aux-Naux. Les paysans, qui les attendaient, leur indiquent une vigne pour se cacher ; le soir, ils leur apportent à manger et à boire. Le lendemain, ils les emmènent vers une carrière où ils sont pris en charge par les FFI du maquis de Cinq-Mars. Ils sont vivants et libres.

Benjamin Lasbleye a la chance de se trouver dans un wagon à la porte ouverte au moment du mitraillage. Avant de monter dans le train, un officier leur a tenu un bref discours :

– Pour chaque évadé, cinq déportés seront fusillés et tous les évadés repris seront fusillés.

Le train de prisonniers est très long et, alors que la plupart des wagons sont immobilisés en rase campagne, celui de Benjamin Lasbleye, situé en tête du convoi, est dans la gare même.

C'est peut-être à cet endroit que le mitraillage est le plus intense et, dans les rangs allemands, c'est la panique. Malgré les ordres de leurs officiers, les soldats courent se mettre à l'abri. Benjamin Lasbleye choisit de sauter de son wagon, juste sous les balles des avions. Il traverse le terre-plein de la gare que dominent des fourrés de ronces. Il s'y jette, indifférent à la douleur, en sort et se met à courir en direction de Langeais.

Il se retrouve sur une passerelle au-dessus d'une petite rivière. Il y côtoie d'autres évadés qui s'y bousculent. Malheureusement, la passerelle donne sur la porte d'un jardin, qui est fermée à clé. Il saute dans la rivière, peu profonde et boueuse, et grimpe dans un autre jardin. Le propriétaire des lieux est là.

– Venez ! Je vais vous cacher...

Benjamin Lasbleye refuse, tant pour ne pas l'exposer au danger que pour mettre le maximum de distance entre les Allemands et lui. Il se retrouve dans les rues de Langeais. Il découvre un vélo, s'en empare pour aller plus vite, mais il est trop faible pour pédaler ; il doit le laisser et continuer à pied. C'est ainsi qu'il parviendra à s'en sortir...

Depuis, tous les ans, au mois d'août, Benjamin Lasbleye se rend à Langeais, pour assister au rassemblement des évadés organisé par la mairie, pour honorer la mémoire de ses camarades tombés dans ces lieux et celle des habitants de Langeais qui ont payé de leur vie leur courage et leur générosité, à commencer par le chef de gare, fusillé en représailles après les événements.

Jean Morice, lui aussi, essaie de prendre la fuite lors de l'attaque aérienne. Mais à la différence des autres, il trouve que le mitraillage est tellement dense qu'il préfère faire demi-tour. Il rentre dans son wagon et s'émerveille de la chance miraculeuse qu'il a de se retrouver sans une égratignure après son évasion manquée, mais il ne renonce pas...

Le lendemain, vers 17 heures, ses camarades et lui sont extraits du train et conduits en rangs par quatre à travers Langeais, puis installés dans des baraquements à la sortie de la ville. Ils n'ont rien bu ni mangé depuis le ravitaillement des Langeaisiens, la veille. Les Allemands demandent des volontaires pour la corvée d'eau. Jean Morice se propose, en compagnie de deux autres résistants. Il s'attelle à une charrette à bras, tandis que les autres se mettent derrière, poussant ou retenant le véhicule selon les cas. Deux Allemands bien armés les accompagnent.

Ils arrivent dans les chais de Mme Antier. La ferme Antier, la plus proche du train, a été transformée en hôpital et en morgue à la suite des événements de la veille. La grille est ouverte, gardée par des soldats. Jean Morice et un de ses camarades prennent une marmite et vont à la pompe. Le débit est faible, il faut l'actionner très longuement : c'est un travail épuisant et ils doivent se relayer. Pendant un moment de repos, Jean Morice s'éloigne. Il a vu des couvercles de cercueil adossés contre un mur.

En s'approchant, il découvre dans les cercueils ses camarades tués lors de leur tentative d'évasion. Il reste pétrifié par cette vision, quand une voix de femme le fait sursauter :

– Vous êtes prisonnier ?

Il se redresse : c'est une infirmière. Il fait « oui » de la tête. Elle enlève alors son brassard de la Croix-Rouge et le lui met au bras.

– Suivez-moi...

La jeune femme le conduit au pied de l'escalier qui monte directement sur les vignes, derrière les chais. Il est tellement heureux qu'il file droit devant lui sans prononcer un mot...

– Mon plus grand regret, dit Jean Morice en conclusion de son témoignage, est de n'avoir jamais dit merci à cette personne. Elle n'était pas de la région mais d'ailleurs, de bien plus loin peut-être, car il y avait quantité de gens déplacés à cette époque. Malgré mes nombreux retours à Langeais, je n'ai pas réussi à la rencontrer ni même à savoir son nom...

Il y a bien d'autres récits semblables, que nous aurions pu citer. C'est pour ces actes de dévouement allant jusqu'à l'héroïsme que le train de Langeais mérite de rentrer dans l'histoire. Car tous ces gens au grand cœur, la viticultrice, les paysans, le propriétaire du jardin, l'infirmière, risquaient bel et bien leur vie. En août 44, si la Libération était proche, c'était encore l'occupation et c'était même le pire moment de l'occupation. L'ennemi, sentant sa défaite inévitable, multipliait les actes sanguinaires. Peu avant, à Oradour-sur-Glane, il avait fait périr 642 innocents et, quelques jours plus tard, le 25 août, tout près de Langeais dans le village de Maillé, 126 habitants sur 480 avaient été fusillés...

Mais au mépris du danger, à Langeais, par une chaude journée d'août, toute une ville s'est unie, avec un courage simple, spontané, pour faire face à la haine et à la barbarie. Plus de cinquante ans après, il n'est pas mauvais de s'en souvenir.

Jean le fainéant

Dans l'entre-deux-guerres, la maison Berthier-Louvin est le traiteur le plus réputé du Havre. Un magasin somptueux, de superbes laboratoires, des vitrines regorgeant de produits magnifiques et, au milieu de tout cela, un personnel nombreux qui s'active jour et nuit. Tradition oblige : comme chaque année au moment de Pâques, c'est le coup de feu. Les étalages se doivent de surpasser en opulence tout ce qu'on peut imaginer : cochons de lait pendus le long de la façade, sangliers, faisans et gibier de tout poil, farandoles d'œufs en gelée et pyramides de pâtés en croûte, feuilletés et vol-au-vent... La ville entière se précipite pour admirer les vitrines de Berthier-Louvin, un peu comme on vient au spectacle. Côté cuisines, les quelque dix-sept commis et onze apprentis de la maison travaillent d'arrache-pied, sous la férule de M. Hubert, le chef – et quel chef ! Levé avant tout le monde, attentif au moindre détail, prêt à gourmander le mitron qui oublierait un glaçage ou forcerait sur la girofle.

Mais à deux jours de Pâques, Jean, un petit arpète de seize ans, n'est pas à la fête. Indifférent à l'effervescence générale, il promène partout un air préoccupé.

– Eh bien, Jeannot, qu'est-ce qu'il y a ? Ça ne va pas ? lui demande son copain René.

– Non, non, c'est rien, t'inquiète pas.

Puis, comme si cette réponse n'était qu'une formalité, Jean enchaîne :

– C'est à cause du télégramme de ce matin. Ma mère, elle me l'a envoyé depuis Saint-Pierre. Au sujet de mon père. Ça va très mal. Le docteur, y pense que mon père, y va mourir.

– Mon pauvre, ça c'est une tuile... T'en as parlé à M. Hubert ?

– Non... J'ose pas.

– Si tu veux, Jeannot, moi je peux lui toucher deux mots...

– Vrai, René ? Tu ferais ça ?

René s'est engagé ; maintenant il ne peut plus faire machine arrière. Et puis, s'il peut aider ce malheureux Jean, il sera bien content. Il s'approche du chef, la tête basse, essuyant ses grosses mains rouges à son tablier, un peu comme s'il venait pour avouer une bévue dans l'assaisonnement des tripes à la mode de Caen.

– Je peux vous parler, m'sieur Hubert ?

– Tu crois que j'ai que ça à faire ?

– Oh ! non, m'sieur Hubert ! Je sais bien que c'est pas le moment. Seulement vous comprenez, c'est important...

– De quoi tu veux causer, René ? Allez, vite !

– Eh bien voilà... C'est à propos de Jean...

– Ce fainéant ?

– Vous savez, il a reçu un télégramme ce matin. Son paternel, il est mourant.

– Et alors ? Qu'est-ce que je peux y faire, moi ?

– Eh bien, c'est-à-dire... Si Jean, y pouvait aller voir son paternel, eh bien, le pauvre vieux, ça lui ferait sûrement plaisir.

– Tu veux pas que je lui prête ma voiture, non plus ? Allez, René, si c'est tout ce que t'as à me dire, retourne à ta marmite. Et vite fait !

L'apprenti n'insiste pas. Il sait bien qu'avec M. Hubert il n'y a jamais moyen de s'arranger. Il revient vers Jean l'air penaud.

– Ça n'a pas marché, dit-il. Cette vieille carne veut rien entendre.

Albert, un autre apprenti, leur fait signe de parler moins fort. Tout en montant sa mayonnaise, il s'approche de ses deux camarades. En trois mots, René lui résume la situation.

– Ce Hubert, quand même, quel salaud ! dit Albert.

Et, se tournant vers Jean :

– Maintenant, qu'est-ce que tu comptes faire ?

– Je sais pas, fait Jean, qui ajoute tout bas : En tout cas, faut que je trouve un moyen pour foutre le camp d'ici.

– Je sais ! dit Albert. T'auras qu'à faire le mur, cette nuit. Avec les copains, on te couvrira. Pas vrai, René ?

– Ouais, mais ça va pas être facile, facile...

Chez Berthier-Louvin, les nuits sont courtes. L'avant-veille de Pâques, le personnel quitte le travail à 10 heures du soir, et le reprend le lendemain matin dès 5 heures. Tous les employés ont droit à un rapide souper dans l'arrière-boutique, puis les apprentis montent se coucher au grenier. Pour y accéder, il faut grimper à une échelle de meunier et ouvrir une lourde trappe. Une fois tout le monde là-haut, M. Hubert vient lui-même fermer la trappe et retirer l'échelle.

Vers 1 heure du matin, quand toutes les lumières sont éteintes et que la maison paraît endormie, René et Albert aident Jean à soulever l'énorme trappe du grenier. Ça grince. Ils ne tardent pas à être repérés.

– Qu'est-ce que vous foutez ? demande un apprenti au sommeil léger, un brave gars du Neubourg.

– Ta gueule, chuchote Albert. On aide Jean à se faire la malle. C'est pour aller voir son paternel qu'est en train de calancher...

– Mince alors !

Le type se lève sans faire de bruit et vient les aider. Ils ont attaché le petit Jean au bout d'une corde et le descendent comme un colis jusqu'en bas.

– Merci, les gars, je vous revaudrai ça ! chuchote l'évadé.

– T'en fais pas, mon Jean... Et bon vent !

Une fois dehors, Jean frôle les murs pour éviter de se faire voir. Son cœur bat fort, mais il se sent déborder de courage ; il faut qu'il arrive à Saint-Pierre-des-Oiseaux avant que son père ne soit mort ; il veut le voir une dernière fois, le serrer dans ses bras, lui dire un dernier mot – malgré les mauvais souvenirs, malgré les années de dureté et d'incompréhension. Cette nuit, Jean se sent plus proche de son père mourant qu'il ne l'a été à l'époque où le bonhomme, bien vivant, tyrannisait toute la maisonnée.

Sans se permettre de souffler un instant, Jean s'enfonce dans la nuit, courant sur la route, courant vers son père.

Soudain, un bruit de carriole : c'est la charrette d'un laitier.

– S'il vous plaît, monsieur, j'aimerais me rapprocher de Saint-Pierre-des-Oiseaux !

– Tu tombes bien, mon gars. Moi je vais à Sausseville, c'est pas loin. Allez grimpe, va !

Cinq heures moins cinq. Réveillé depuis un bon moment déjà, rasé de frais, bardé dans son costume, chaîne de montre bien en vue, M. Hubert attrape, le long du mur de l'arrière-boutique, l'échelle de meunier qui conduit au grenier. Il l'installe en soufflant un peu, vérifie son assise, puis il monte lui-même jusqu'au plafond, repousse la trappe et, d'une voix de stentor, lance un tonitruant :

– Allons, messieurs, debout, debout vite fait ! Il y a du pain sur la planche !

Albert et René se regardent en coin. Pendant toute la matinée, ils vont devoir faire croire à la présence de Jean au laboratoire. Il leur faudra compter un peu sur la complicité de leurs camarades, et beaucoup sur leur imagination. Première épreuve, celle du café.

– Et le Jean, où est-ce qu'il est ? demande Thérèse, la vieille bonne de la maison.

– Il n'est pas en forme, ce matin, réplique Albert. Vous auriez pas une tasse de café qu'on pourrait lui monter ? Ça le remettrait peut-être d'aplomb.

La brave Thérèse n'est pas d'un naturel méfiant.

– Tenez, dit-elle. Mais dites-lui qu'il se presse un peu.

Vers 8 heures du matin, les choses se corsent.

– Et ce saloupiaud de Jean, grogne M. Hubert, où est-ce qu'il est encore passé ?

– C'est la patronne qui l'a envoyé chercher des cornets, répond René. A mon avis, m'sieur, il n'en aura pas pour longtemps.

« Saint-Pierre-des-Oiseaux, 2 km »... Jean est en vue de son village vers 8 h 30. Il est épuisé, mort de faim, mais surtout il est tenaillé par l'angoisse d'arriver trop tard.

– Jean ! mais c'est pas Dieu possible !

Dans la cour de la ferme, la brave Marie n'en croit pas ses yeux.

– Jean, comme votre père va être heureux ! C'est qu'il va mal, vous savez ? Ce matin, on a même cru un moment qu'il avait passé de l'autre côté.

Sans prendre le temps d'embrasser Marie, il se rue dans la maison et monte quatre à quatre les marches du petit escalier. Sur le palier, il trouve sa mère, le visage rouge, les yeux gonflés. Elle lance un petit cri étouffé :

– Jean ! mon Dieu ! tu as donc pu te libérer ?

Huguette, la sœur de Jean, ne se perd pas en vaines explications.

– Viens, dit-elle à son frère. Et tout en l'embrassant, elle l'entraîne avec elle vers la chambre du père.

Le pauvre homme est presque méconnaissable. Il a grossi, son teint est livide ; surtout, il porte à présent une barbe assez fournie. « Lui qui se rasait si soigneusement chaque matin », pense Jean.

Huguette s'approche du lit du mourant, suivie par son frère à deux pas.

– Papa... papa, regardez qui est là...

Le bonhomme ne bronche pas. Au bout de plusieurs longues secondes, il finit par ouvrir les yeux.

– C'est Jean, papa. Il est venu exprès du Havre pour vous voir...

Jean s'avance à son tour.

– Papa...

Le père grogne.

– Mmm... Alors, c'est toi ?

– Oui, papa, c'est moi, c'est Jean.

Le garçon sent les larmes lui monter aux yeux. Mais ce qu'il entend alors le glace.

– Mmm... Alors comme ça, fainéant, tu as trouvé une excuse pour pas bosser aujourd'hui.

Jean demeure plusieurs secondes immobile, silencieux, comme interdit, puis dès qu'il en trouve la force, il sort précipitamment de la chambre. Il croise sa mère dans l'escalier, l'embrasse vivement, mais ne peut prononcer un mot. Maintenant il court, il court à en perdre haleine – il court loin de son père.

Presque un an plus tard, en février 1925, M. Hubert, chef-cuisinier de la Maison Berthier-Louvin, entendit vers minuit des bruits suspects dans la boutique. Aussitôt levé, il descendit sur la pointe des pieds jusqu'à la porte du magasin. Il surprit alors un jeune homme maigre et pauvrement habillé, en train de forcer le tiroir de la caisse. Il n'y avait pas d'argent à voler à cet endroit, et M. Hubert ne résista pas au plaisir de prendre le voleur la main dans le sac. Il le laissa donc aggraver son cas avant de le saisir au collet. Quand il fit face au malheureux, la surprise lui arracha un cri :

– Ah ça ! s'écria-t-il en voyant à qui il avait affaire. Ce salaud de Jean !

L'absence d'amour avait fait du commis un vagabond.

Croche, petit

Il est vif et joueur, curieux de tout, parfois un peu trouillard, mais d'une bonne volonté à toute épreuve : Bastien, le petit mousse du *Gabriel-Marie*, passe ses journées sur le pont – et même une partie de ses nuits.

– Va donc te coucher ! lui lance exaspéré Maurice Ambert, le patron du chalutier. Tu vois bien que tu ne tiens plus debout.

Mais non, c'est plus fort que lui, il faut que Bastien soit là pour peu qu'il trouve du spectacle. Et ce soir, du spectacle, il y en a ; dans le creux des vagues, Bastien voit défiler la côte escarpée, qu'illumine par intermittences le faisceau d'un phare. Le navire n'est plus très loin du port. C'est Raymond, de Douarnenez, qui tient la barre ; à côté de lui, le patron cligne des yeux : ces quinze jours de navigation l'ont épuisé – à tel point qu'il vient de confondre un feu vert avec un feu rouge et blanc, Cornoc-ar-Braden avec Tévennec...

Et c'est l'échouage, c'est-à-dire ce qui pouvait arriver de pire. L'échouage sur un petit récif qui, on l'apprendra plus tard, ne se découvre qu'une dizaine de fois par an... Sans trahir son émotion, Maurice Ambert crie les ordres de rigueur :

– Gardez votre calme ! Réveillez ceux qui dorment ! Mettez l'annexe à la mer ! Et toi, Georges, alerte Le Conquet et donne la position !

Aidé par Yann Avril, un nouveau matelot qui effectuait sa première sortie en haute mer, le petit Bastien s'active déjà pour débarrasser la barque de sauvetage des caisses et des cordages qui la remplissaient. Ils sont bientôt rejoints par Éric, le novice de dix-huit ans, et par trois marins plus expérimentés : Jeannot, Martin, ainsi que le propre père du petit mousse. En moins de dix minutes, la barque est parée pour la mise à flot.

C'est alors que l'accident tourne à la tragédie : une lame aussi puissante qu'imprévisible balaie en effet l'arrière du chalutier, emportant la barque de sauvetage et les hommes qui s'affairaient autour d'elle. Les pauvres sont d'un coup propulsés en pleine nuit dans l'eau furieuse et glacée. Tout de suite, on perd la trace du père de Bastien, et l'on voit couler le novice, emporté par le poids de ses cuissardes. Le matelot Martin tente, quant à lui, de se maintenir à la surface ; accouru au bastingage, Loïc Ambert, le fils du patron, lui envoie une bouée, que Martin ne parvient pas à attraper ; Loïc jette alors tout ce qu'il peut trouver comme bouées et comme brassières puis, s'arrimant solidement au pont, il plonge avec courage dans l'eau et tâche de ramener le matelot à la surface. Trop tard ! Martin s'est déjà noyé ; tout ce que peut faire Loïc Ambert, c'est d'attacher son corps pour qu'il ne parte pas à la dérive... Puis il s'arc-boute pour remonter à bord, aidé par son père et par le seul matelot resté au sec. Les trois hommes aperçoivent, consternés, la barque de sauvetage qui, retournée sens dessus dessous, dérive vers le large.

Bastien, le petit mousse, serre de toutes ses forces le rebord intérieur de la barque retournée. La coque le retient prisonnier. Il est transi de froid et de peur – une vraie peur d'homme cette fois. Il est perdu dans un noir absolu, conscient de vivre ses derniers instants. Il faut pourtant qu'il sorte de là, qu'il voie le ciel, le contemple une dernière fois ! Bastien progresse le long de la paroi intérieure du canot, et soudain il effleure un bras ! Avec un soulagement immense, le mousse se raccroche à ce bras, plonge vers l'extérieur en se cramponnant à lui, agrippe le corps au bout du bras, et vient coller son visage près de celui qui, comme lui, a survécu. C'est Jeannot, l'un des plus anciens matelots du *Gabriel-Marie*.

– Te voilà, petit ! fait Jeannot surpris.

Et d'une poigne solide, il aide le garçon à se hisser sur la coque de l'embarcation.

– Tiens-toi à la quille !

Remonter le long de la coque représente tout un travail ; le bois mouillé est glissant, les points d'appui trop rares. Mais en y mettant toute sa force, Bastien parvient à se hisser quand même. Les deux rescapés aperçoivent alors Yann Avril, le nouveau. Il émerge du noir, accroché à une bouée qu'il a dû attraper dans des conditions inouïes.

– Le vieux s'est planté, lance-t-il, essoufflé. Ce qu'on aperçoit là, c'est le phare de l'île de Sein.

– Monte avec nous, répond Jeannot.

Mais au même moment, le canot de bois, agité par les vagues, se retourne pour retrouver sa position normale. Jeannot plonge pour secourir le mousse qui a lâché prise et vient de boire la tasse ; le malheureux crache à présent ses poumons. Avril aide le vieux marin à le hisser dans le canot rempli d'eau jusqu'à la moitié.

– Reste pas dans la patouille !

Conseil superflu : aussitôt, la barque roule de plus belle et se retrouve une fois de plus à l'envers.

– Croche, petit ! Croche ferme ! hurle Jeannot en remontant le long de la coque.

Yann Avril doit penser que cette situation est trop absurde ; sans crier gare, il s'éloigne en nageant sur sa bouée, dans l'espoir probable d'arriver au chalutier. Il y parviendra en effet.

Le canot ne reste pas longtemps dans sa position : deux minutes, peut-être trois. Puis il se retourne à nouveau, éjectant Jeannot et le mousse.

– Allez, croche ! Il faut qu'on tienne, t'entends ?

Bastien comprend la manœuvre. A tout instant, le canot peut chavirer et il faut alors, tantôt se hisser à l'intérieur en enjambant le bord, tantôt grimper sur la quille par un mouvement de reptation épuisant.

– Croche, petit ! Tiens bon !

Le gamin n'en peut plus ; il crache, pleure, tousse. Sa peau est partout déchirée, ses mains, ses pieds sont en sang. Il tremble de tout son corps pour ne pas lâcher prise. « Croche, petit », pour regagner un instant ce canot plein d'eau, « croche » pour ne pas glisser le long de la coque, « croche, croche »... Il faut se cramponner, résister, puiser un dernier reste d'énergie dans des réserves enfouies très profond.

A force, le manège tourne à l'enfer. Parvenu au bout de l'épuisement, Bastien le mousse, tout à l'heure encore si vif et joueur, curieux de tout, Bastien plein de vie et d'énergie, décide que trop, c'est trop, et qu'il est temps de remettre sa vie entre les mains du dieu des Océans.

– Ne fais pas ça, petit ! Bats-toi, je t'en supplie, tiens le coup !

Le vieux Jeannot, qui lui-même commençait à faiblir depuis un moment, se sent alors investi d'un puissant sursaut d'énergie. Se jetant sur Bastien à la dérive, il l'attrape avec hargne, regagne le canot en maintenant hors de l'eau le visage du garçon, défie la pesanteur pour le hisser à bout de bras dans la coque pleine d'eau. Puis, grimpant à bord à son tour, le sacré vieux Jeannot couche l'enfant dans le bateau, la tête appuyée sur la proue. « Comment faire pour que ce foutu canot arrête de se renverser toutes les trois minutes ? » Le marin grimpe en équilibre, jambes écartées, sur les montants de la coque, cale bien ses pieds et, sensible au moindre déport, tout droit par moments, et quand il le faut accroupi, faisant, comme un surfeur, contrepoids à la houle, il va maintenir, de longues minutes durant, le canot en équilibre et le petit mousse à flot. Cela dure un moment très long, interminable – des heures peut-être. Il est vrai que la mer s'est un peu calmée, et que les vagues ont un peu moins tendance à chahuter le canot.

Quand les sauveteurs, venus de l'île de Sein, abordent enfin l'embarcation au balancier humain, ce sont deux survivants évanouis qu'ils recueillent : un grand et un petit, qui sont allés ensemble jusqu'aux limites de la résistance humaine.

Pendant cette affreuse nuit, la mer aura fait trois victimes : le matelot Martin, attaché au bout de son élingue, Éric le novice, coulé par ses cuissardes, et le père du petit mousse. Le corps de ce dernier sera retrouvé par les sauveteurs au petit jour, rejeté par la marée dans une crique voisine du récif affleurant.

Pour Bastien, c'est un deuil cruel. Néanmoins la peine de l'adolescent se trouve adoucie par une vraie consolation : son père est parti, mais il pourra désormais compter sur un parrain dévoué en la personne du père Jeannot. Se dépassant lui-même, le vieux marin l'a en effet arraché à la mort ; ce n'est pas pour le laisser sans soutien dans la vie.

Un seul avion dans le ciel

Endo Kawagushi travaille dur dans son usine d'aéronautique. Endo a trente ans et il est ingénieur. Il est grand sportif et toujours de bonne humeur. Son optimisme est apprécié de tous ses collègues. Et il en faut de l'optimisme, en ce début août 1945. Depuis que l'Allemagne a capitulé, au mois de mai dernier, le Japon continue seul la guerre. Les bombardements américains sont de plus en plus fréquents, de plus en plus meurtriers.

A l'usine, les cadres et les ouvriers travaillent en moyenne dix heures par jour. Ce jour-là, Endo a pris son poste à 6 heures, comme d'habitude. Il fait beau. Endo Kawagushi essaie de se trouver des raisons d'espérer. La guerre a l'air d'épargner la région. Curieusement, la ville n'a jamais été bombardée depuis le début des hostilités. Alors, pourquoi est-ce que cela ne continuerait pas ? La pureté de l'air, en ce moment d'été, semble être là pour le prouver. Il fait si beau, ce 6 août 1945, à Hiroshima...

9 h 15 du matin : Endo Kawagushi s'accorde quelques minutes de pause. Il quitte son bureau et descend dans la cour de l'usine. L'air est parfumé, le temps est splendide, le ciel sans nuages... C'est alors qu'un bruit harmonieux, à peine perceptible, lui fait lever les yeux. Tout là-haut, il y a un point brillant. Endo Kawagushi l'identifie immédiatement : c'est un avion, sans

doute un bombardier américain. Mais sur le coup, il n'éprouve aucune crainte : l'appareil est seul, il ne peut s'agir que d'un pilote égaré...

Mais non. L'avion se met à descendre régulièrement, en grands cercles. A présent, Endo Kawagushi fait la grimace : c'est un appareil de reconnaissance qui vient préparer une prochaine attaque. Jusque-là, Hiroshima n'avait pas encore été bombardé : c'était trop beau !

Et, l'instant d'après, c'est le cauchemar... Il y a une lumière insoutenable, suivie d'une déflagration d'une violence inouïe. Endo Kawagushi est jeté à terre. En même temps, il ressent sur tout le corps un souffle chaud, brûlant. Il perd conscience...

Quand il reprend connaissance, des sensations, d'abord fragmentaires, lui parviennent. La lumière insupportable a disparu, mais il fait toujours aussi chaud. Endo redresse la tête et écarquille les yeux. Devant lui, l'usine a disparu ! Seules quelques poutrelles d'acier témoignent qu'il y avait là un bâtiment.

Endo met sa main sur sa bouche. Un vent terrible balaie tout autour de lui. Ce n'est même plus du vent, c'est du feu. L'air emporte des flammèches qui tourbillonnent dans tous les sens. Et c'est à ce moment seulement qu'il se rend compte de son état... Il est complètement nu. De ses vêtements, il ne reste aucune trace. Ils ont disparu, tout comme l'usine. En proie à une terreur subite, il n'a plus qu'une idée : fuir, fuir n'importe où ce cauchemar !

Endo se souvient qu'à une centaine de mètres de l'usine, un peu en contrebas, derrière la route, il y a le fleuve, un petit fleuve qui se jette un peu plus loin dans le port... L'eau : il sent que c'est le seul moyen de fuir cette fournaise. Il faut à tout prix gagner le fleuve !

Dans cet univers de cauchemar, il y a quand même des éléments logiques qui subsistent : la route qui conduit au fleuve a disparu, mais le fleuve lui-même est toujours là. Avançant avec peine, Endo distingue un rideau de flammes. Ce sont les arbres des deux rives qui se consument. Il y a quelques minutes, c'étaient des saules pleureurs, les plus beaux, peut-être, de tout le Japon...

Au prix d'un nouvel effort, il parvient à franchir la barrière d'arbres en feu et se jette dans l'eau. Une sensation d'apaisement le saisit. Les brûlures qu'il avait sur tout le corps semblent s'être calmées. Le courage lui revient. Il faut qu'il essaie de retourner chez lui, qu'il aille voir si ses parents sont sains et saufs.

Endo Kawagushi n'habite pas très loin du port. Il suffit donc de suivre le fleuve et d'obliquer ensuite. Il progresse comme il peut, tantôt nageant, malgré l'effort que cela représente dans l'état où il se trouve, tantôt marchant, dans l'eau peu profonde du bord. Il accomplit ainsi environ un kilomètre. Voilà : il ne doit plus être très loin. Il est temps de quitter le lit du fleuve et de rentrer dans la ville.

Avec autant de peine que la première fois, il franchit les arbres en flammes et s'arrête devant la vision d'horreur qu'il découvre. La ville aussi a disparu ! Hiroshima n'existe plus ! Seul le tracé des rues est encore visible et forme, sur le sol, des quadrilatères de dimensions variables. De temps à autre, un bâtiment épargné on ne sait pourquoi se dresse dans le ciel.

L'air est de plus en plus étouffant. Endo Kawagushi comprend que, s'il veut survivre, il doit retourner dans le fleuve. Il y parvient en réunissant les forces qui lui restent. Quand il atteint la berge, il s'y laisse glisser, épuisé et, pour la deuxième fois, il perd connaissance...

Quand il se réveille, il met un certain temps avant de se rappeler ce qui vient de se passer. Et puis, tout lui revient d'un coup : l'avion qui tournait tout seul dans le ciel et sa ville, Hiroshima, qui a disparu inexplicablement, tout comme son usine, comme ses vêtements...

Endo Kawagushi fait un mouvement. Tout son corps est douloureux. Il se rend compte alors qu'il n'est plus dans le fleuve. Il est allongé, recouvert de couvertures. Il se sent encore très faible, mais il éprouve quand même une impression de soulagement. L'air n'est plus chaud. Il peut respirer normalement.

Peu à peu, il prend conscience de ce qui l'entoure. Il est dans une salle d'hôpital. Autour de lui, d'autres rescapés s'entassent sur des lits de fortune. Endo parvient à interpeller une infirmière qui passe à proximité. Celle-ci le rassure en quelques mots :

– Ne vous inquiétez pas. Vous êtes loin d'Hiroshima. Vous êtes bien soigné. Vous n'avez plus rien à craindre.

Mais Endo Kawagushi veut en savoir plus :

– Où sommes-nous?

L'infirmière lui répond avec un sourire :

– A l'hôpital de Nagasaki... Il y avait beaucoup de blessés à Hiroshima. On les a répartis un peu partout dans le pays. Maintenant, je vous laisse, j'ai du travail.

Endo Kawagushi se sent enfin rassuré... Nagasaki : il aime cette ville tranquille, à l'extrême sud du Japon. Il y a quelques années , il y avait passé des vacances. Dès qu'il se sentira un peu mieux, il ira se promener sur le port.

Deux jours ont passé. Nous sommes le 9 août 1945 et, effectivement, Endo Kawagushi va beaucoup mieux. Il a récupéré du terrible choc nerveux qu'il avait éprouvé et ses brûlures, qui sont superficielles, se cicatrisent rapidement. Aussi, dès le début de la matinée, il peut quitter son lit et faire ses premiers pas dans le jardin de l'hôpital. Il fait très beau, aussi beau qu'il y a trois jours, à Hiroshima... C'était presque la même heure. Endo essaie de chasser ce souvenir horrible de sa mémoire, mais quelque chose l'en empêche. C'est comme si un signal d'alarme venait subitement de se déclencher. Il met un certain temps avant de se rendre compte de quoi il s'agit...

Et soudain, il trouve! Ce léger bourdonnement, si léger qu'il est presque imperceptible, il vient du ciel. Aucun doute n'est permis : c'est un avion, un seul avion, qui se met à descendre, régulièrement, en grands cercles, au-dessus de la ville! Endo Kawagushi se prend la tête dans les mains et se met à crier :

– Ce n'est pas possible ! Ce n'est pas possible !

Si, c'est possible... Trois jours après Hiroshima, le 9 août 1945, les Américains viennent de lancer leur seconde bombe atomique sur Nagasaki...

Et, de nouveau, pour Endo, recommence l'horreur sans nom !

Endo Kawagushi n'est pas mort. Il a survécu au cauchemar de Nagasaki comme il avait survécu au cauchemar d'Hiroshima. Pendant deux ans, on a perdu sa trace. C'est seulement en 1947 que les services chargés de recenser les victimes des deux explosions atomiques l'ont retrouvé.

Il était devenu clochard. Lui, le brillant ingénieur aéronautique, gagnait sa vie comme chiffonnier en vendant ce qu'il trouvait dans les poubelles et les surplus de l'armée américaine. Il faisait partie de ces communautés de militaires démobilisés et de déclassés de toutes sortes, qui hantaient le Japon de l'immédiat après-guerre.

On l'a interrogé, bien sûr. Mais il semblait avoir perdu la mémoire. Il ne se rappelait plus rien concernant sa famille et son métier. En réalité, non, il n'avait pas perdu la mémoire, pas tout à fait. C'est par le témoignage de ses compagnons de misère qu'on a pu reconstituer ce qu'avait été sa vie depuis la fin de la guerre.

Pendant deux ans, Endo Kawagushi avait parcouru les villes japonaises. Quand il arrivait dans l'une d'elles, il allait dans le quartier pauvre, là où se réunissaient les groupes de marginaux. Mais il n'y restait jamais longtemps. Après avoir, pendant quelque temps, gagné un peu d'argent comme chiffonnier, il avait une crise soudaine et inexplicable...

C'était toujours le matin. Il se mettait à regarder le ciel et il était pris d'un tremblement de tout le corps, en même temps qu'il se mettait à prononcer des paroles apparemment absurdes :

– Vous n'entendez pas ?... Mais écoutez, écoutez donc ! Il revient. C'est lui... Il faut fuir la ville !

Alors il partait en courant, droit devant lui, abandonnant sur le trottoir ses quelques hardes, et on le retrouvait dans une autre ville où la même scène recommençait.

Quand les médecins l'ont examiné, ils ont découvert sur son épaule droite de petits boutons en plaques. Le diagnostic était, hélas, facile : une forme de cancer dû aux radiations et presque toujours fatal. Mais Endo Kawagushi n'a pas voulu qu'on le soigne. Il est reparti vers une autre ville vendre ses chiffons, jusqu'au matin où il s'est enfui pour toujours en ayant cru entendre un avion, un seul avion dans le ciel...

L'eau et le feu

– Parti comme c'est, on en a au moins pour trois marées!

Depuis la fenêtre de la chambre de veille, au sommet du phare d'Armen à huit milles à l'ouest de l'île de Sein, Yves Falgoat contemple le déchaînement des vagues se brisant sur la tour.

– Sûr qu'il doit pas faire bon se promener dehors! approuve Pierre Guevellec en ramassant un pli.

Pierre tape le carton avec Hervé Moine, un mutilé de la guerre de 14, amputé d'une jambe, et bénéficiant de cet emploi réservé de gardien de phare. Les trois veilleurs du phare d'Armen ont l'habitude de tuer le temps.

– Vous ne trouvez pas que ça sent le brûlé? demande soudain Yves Falgoat à ses deux compères.

Et pour en avoir le cœur net, il ouvre la porte donnant sur l'escalier :

– Nom d'un chien, il y a le feu!

– Qu'est-ce que tu racontes?

Pierre et Hervé doivent se rendre à l'évidence : du bas de la tour remonte une fumée âcre. D'après les flammes qui lèchent l'intérieur de la cage d'escalier, il est possible de localiser le foyer : à dix mètres du sol environ.

– Ça, c'est une veilleuse qui a pris feu, diagnostique Pierre.

– De l'eau! crie Hervé, il faut repousser les flammes en jetant de l'eau par en haut!

– Ce n'est pas évident. Pense à la réserve de pétrole, tout en bas : si jamais le feu l'atteint, on est fichus !

– Pierre a raison ; il vaut mieux éteindre le feu par en dessous pour protéger la réserve.

Hervé se penche sur la rambarde intérieure pour observer l'état de la cage d'escalier au niveau de l'incendie :

– Et vous prétendez passer au milieu des flammes ? demande-t-il.

– Bien sûr que non ! Il faudra passer par l'extérieur !

– Par... par l'extérieur !?

Yves hoche la tête.

– Le tout, c'est de bien se cramponner, dit-il.

– Et de descendre par l'est, c'est moins exposé, précise Pierre.

Trois minutes plus tard, ce dernier se lance sur la paroi extérieure de la tour et se met à descendre le long du paratonnerre ; il est suivi par Yves. Du fait de son handicap, Hervé est dispensé de l'exploit, ce dont il ne se plaint pas ; il préviendra la côte par radio. Trente mètres plus bas, la mer en furie balaie la plateforme cimentée.

– Vérifie que c'est bien scellé ! crie Pierre à son camarade.

– C'est bon ! hurle Yves juste avant que la pointe d'une très haute vague ne les plaque tous les deux contre le mur.

Le vent et les embruns sont considérables. Dans ces conditions, et malgré tout leur courage, il faut un bon quart d'heure aux deux hommes pour atteindre le sol. A chaque minute, une lame risque de les emporter. Pierre s'arc-boute sur la petite porte du phare.

– Elle est cadenassée de l'intérieur ! crie-t-il.

– Je le sais bien ! répond Yves d'une voix angoissée. Il faut pourtant qu'on parvienne à l'enfoncer.

Bien que corpulents, les deux hommes n'ont pas trop de tout leur poids pour ébranler le battant de fer. Après un grand nombre de coups de boutoir infructueux, la porte finit par céder.

Quand ils rentrent dans la tour, Yves et Pierre constatent que les flammes ne sont plus qu'à quelques mètres du rez-de-chaussée : encore dix minutes à ce régime, et la réserve de pétrole sera atteinte ! Ils récupèrent tous les seaux disponibles.

– Je les remplis et je te les apporte ; tu les verses de ton mieux sur le feu.

– D'accord !

Pendant plus d'une heure, Yves Falgoat et Pierre Guevellec se démènent pour faire reculer les flammes – ou plutôt pour les faire remonter, car à mesure qu'ils gagnent du terrain sur l'incendie par en bas, le feu se propage vers la partie supérieure du phare. D'autant plus que, pour éviter l'asphyxie, le pauvre Hervé Moine, resté là-haut, a dû ouvrir en grand les ouvertures, ce qui crée un appel d'air. Pierre est le premier à constater le processus :

– Le feu sera en haut avant que nous n'ayons pu l'éteindre ! Moine est en danger !

– Tu ne crois pas si bien dire, répond Yves en apportant deux nouveaux seaux pleins d'eau de mer. Moine n'est plus là-haut.

– Qu'est-ce que tu racontes ?

– Viens voir !

Pierre jette sur les flammes le contenu des seaux et suit son camarade sur la plate-forme ; levant alors les yeux vers le milieu du phare, il constate avec stupéfaction que l'unijambiste, agrippé au paratonnerre, est en train de descendre à son tour.

– J'ai pensé qu'on ne serait pas trop de trois ! lance-t-il en touchant la plate-forme.

Depuis l'île de Sein, on scrute l'horizon dans la direction du phare. Immobile et muette, la foule essaie de se faire une idée de la situation. Parmi les spectateurs du drame, deux femmes sont plus tendues que les autres : ce sont les épouses de Falgoat et de Moine.

– Je vous en supplie, gémit Mme Falgoat, faites quelque chose pour les secourir !

– Calmez-vous, madame. Pour l'instant, personne ne peut approcher d'Armen. La tempête est encore trop forte.

– Mais ça va durer combien de temps ?

– Qui sait ?

Mais au bout de dix heures d'une attente angoissante, les deux femmes et ceux qui les entourent doivent constater, la mort dans l'âme, que la mer ne s'est pas calmée et qu'une épaisse fumée noire continue de s'échapper de la tour en feu...

Au pied du phare, les trois gardiens sont proches de l'épuisement. Durant toutes ces dernières heures, ils n'ont pas ménagé leurs efforts en vue de maîtriser le sinistre. Ils se sont organisés : Yves Falgoat, attaché à une corde, remplit les seaux et les porte à l'entrée du phare ; là, Pierre Guevellec vient les chercher pour les monter à Hervé ; ce dernier, avec une efficacité croissante, les répand sur le brasier – Hervé approche de plus en plus près des flammes ; il s'est d'ailleurs brûlé à deux reprises aux avant-bras...

Or les efforts prodigués par les trois hommes pendant près de dix heures n'auront pas été vains car même si l'incendie n'est pas résorbé, son ampleur se restreint ; certes, le feu a maintenant atteint la partie supérieure du phare, et il ravage depuis près de deux heures la chambre de veille et le garde-manger attenant ; cependant, de minute en minute, le domaine du sinistre rétrécit comme une peau de chagrin.

– J'en peux plus, soupire Pierre. Cette fois, je suis à bout.

De fait, à mesure que le feu se trouve repoussé vers le sommet de la tour, la distance à parcourir pour l'atteindre s'accroît. Au début, Pierre devait gravir une cinquantaine de marches, puis ce fut une centaine ; s'il n'avait pas installé un système de traction des seaux au bout d'une corde, c'est plus de cent cinquante marches qu'il lui faudrait monter désormais chaque fois.

Yves, titubant sous le poids de la fatigue, continue d'approvisionner ses camarades en seaux d'eau : en ce moment même, il attache solidement au bout de la corde un seau plein à ras bord.

– Attention ! crie soudain Pierre.

Une solive calcinée vient de se détacher, et elle se précipite vers le sol en heurtant la rampe au passage. Yves n'a malheureusement pas le temps de s'esquiver : le morceau de bois le percute à l'épaule, l'assommant à moitié sous le choc. Pierre dévale l'escalier pour lui porter secours.

– Si près du but, commente Hervé, c'est trop bête.

Mais l'accident n'est pas fatal ; Yves s'en tirera.

Depuis l'île de Sein, les secours aux trois gardiens d'Armen s'organisent. Sous l'œil des deux épouses, les autorités maritimes font leur possible pour trouver une solution. La tempête s'est calmée ; il ne pleut plus ; seul le vent demeure impressionnant. Plusieurs navires croisant dans les parages ont été alertés par radio. C'est notamment le cas du baliseur *Villars* qui, malgré une mer toujours houleuse, parvient à s'approcher assez près du phare pour tenter un sauvetage.

Il y a maintenant deux jours entiers que les gardiens sont prisonniers de leur îlot rocheux. Après dix-sept heures d'un combat acharné, ils sont enfin parvenus à maîtriser le sinistre, mais au prix de quelles souffrances ? Blessés, brûlés, affaiblis au-delà de l'imaginable, ils manquent de vivres, et surtout d'eau potable.

– Je vais mourir, murmure Yves dans un terrible accès de fièvre. Je vais mourir si je ne bois pas...

– On va trouver de l'eau, dit Pierre. On doit bien pouvoir trouver ça.

– Je ne vois pas comment ils pourraient venir nous chercher là, hasarde Hervé, jamais optimiste.

Il est vrai que la soif est en train de les achever. Mais un va-et-vient finit par être établi par chaloupe, depuis le *Villars*. Et malgré des creux de sept mètres tout près des rochers, rendant l'opération pour le moins risquée, l'ingénieur Maneau, un homme courageux qui se trouvait à bord du *Villars*, parvient à gagner la plate-forme du phare :

– Il n'y a que deux places dans la chaloupe, dit-il. Qui j'emmène d'abord ?

Pour Pierre, la question ne se pose pas ; ses deux camarades sont blessés, lui pas. Il attendra le prochain tour.

– Je ne vous garantis pas que ce sera pour ce soir. La nuit est en train de tomber...

– Ne vous en faites pas. Je ne suis plus à cela près.

– Je vous ai apporté de quoi vous nourrir un minimum.

L'ingénieur tend à Pierre un morceau de pain passablement mouillé et une gourde pleine d'eau.

– Merci à vous...

Avant de se jeter sur la gourde et sur le quignon, Pierre attend que la chaloupe s'éloigne un peu... Enfin désaltéré, il lève les yeux vers le sommet du phare. Tout est bien : la réserve de pétrole n'a pas flambé, l'ouvrage n'a pas cédé... Armen est toujours debout.

Le conteneur rouge

Nous sommes le 5 avril 1993, il est 18 heures à Birmingham. Une équipe du SAMU local se penche au-dessus d'une femme allongée sur la chaussée. Une femme vient d'être renversée par un autobus à impériale. Le gros véhicule ne lui a pas laissé la moindre chance. Le médecin qui l'examinait se relève avec un soupir :

– Fracture du rocher. C'est fini !...

Une infirmière qui s'était saisie du sac à main de l'accidentée pour connaître son identité et, éventuellement – si un document l'indiquait –, son groupe sanguin, dit :

– Écoutez cela : « Je soussignée etc., etc., lègue à la médecine mes organes en cas d'accident ou de mort subite. » C'est signé. C'est parfaitement en règle. Il n'y a pas besoin de demander l'autorisation à la famille.

Le médecin fait un signe aux brancardiers :

– A l'hôpital, vite !

Et l'ambulance fonce, sirène hurlante, pour sauver, non la vie de son occupante – pour laquelle il n'y a plus rien à faire –, mais une autre vie, dans un endroit inconnu de Grande-Bretagne. Pour cela, pas de temps à perdre. Il faut constater officiellement le décès et, ensuite, pratiquer toutes les analyses qui vont déterminer la compatibilité avec les receveurs.

A l'hôpital central de Birmingham, les choses vont vite, même si elles ne se présentent pas de la meilleure manière. La disparue avait quarante-neuf ans. Or cinquante ans est la limite extrême pour les donneurs. Des examens complémentaires sont donc pratiqués, d'où il ressort que seul le foie est dans un état compatible avec le prélèvement.

Il est 21 heures. Maintenant, c'est l'étape suivante. Le médecin-chef appelle à Londres U.K. Transplant, la banque de données nationale pour les greffes d'organes. Les indications biologiques sont entrées dans l'ordinateur et la réponse vient aussitôt : le foie est compatible avec une Écossaise de dix-sept ans, prioritaire sur la liste de transplantation.

21 h 05. Le docteur Sanfey, du Royal Hospital d'Edimbourg, est tranquillement chez lui pour une petite fête de famille : c'est l'anniversaire de son fils. Mais il ne sera pas là pour le voir souffler les bougies. Le téléphone sonne. Sa femme, qui avait décroché, lui passe le combiné :

– Une urgence...

Le docteur Sanfey prend l'appareil. Au bout du fil, une voix féminine.

– Ici U.K. Transplant. Il y a un foie compatible avec celui d'une certaine Mary Exbury. C'est bien vous qui vous occupez de cette patiente ?

– Absolument ! C'est miraculeux ! D'où vient l'organe ?

– De Birmingham. D'après nos renseignements, vous l'aurez dans quatre heures.

– Merci !

Sans phrase inutile, le médecin saute dans sa voiture et fonce vers l'hôpital. Ainsi qu'il vient de le dire, ce qui arrive est miraculeux. Il avait rarement vu, au cours de sa carrière, un cas aussi dramatique que celui de Mary Exbury. Cette jeune fille de dix-sept ans, jusque-là en pleine santé, venait d'être frappée par une maladie rare, une hépatite foudroyante gravissime. Faute d'une transplantation, elle n'avait plus que quelques jours à vivre.

Arrivé au Royal Hospital, il se rend d'abord dans la chambre de la jeune fille. Celle-ci n'ignore rien de son état et a fait preuve dès le début du plus grand courage.

– Mary, ça y est ! On a trouvé ! Vous allez être sauvée. Je réunis mon équipe. Sauvée, vous m'entendez ? Je vous en fais la promesse !...

Le docteur Sanfey est un chirurgien réputé et il a la plus totale confiance dans le savoir-faire de son équipe ; seulement, il s'est engagé un peu à la légère. Dans une situation comme celle-là, il ne maîtrise pas tous les éléments. Tout ne se passe pas sur le plan médical : il y a d'autres impondérables, d'autres risques.

Déjà, à Birmingham, le prélèvement a commencé dans une salle d'opération, tandis que le responsable administratif contacte Simon Wilkinson, pilote d'une petite compagnie d'avions basée à Nottingham.

Le foie prélevé est installé dans un conteneur spécial, une boîte en aluminium parfaitement étanche, à l'intérieur de laquelle il baigne dans un liquide physiologique. Pour éviter les chocs, tout est enfermé dans un gros coffre en polystyrène rouge bourré de glace et scellé à la cire.

A 23 heures, le Cesna de la compagnie d'aviation atterrit à Birmingham. Sur la piste, une ambulance, avec le conteneur rouge. Celui-ci est installé à l'arrière de l'appareil, l'endroit où les chocs sont les moins forts, et soigneusement sanglé. Simon Wilkinson, le pilote, met le cap sur Edimbourg où l'équipe médicale prépare la jeune malade.

A 0 h 50, l'avion arrive en vue de la grande ville écossaise et commence sa procédure d'atterrissage. Sur l'aéroport, toutes les dispositions ont été prises pour le transbordement. C'est alors que la tour de contrôle reçoit un message alarmant :

– Le moteur a des ratés...

– Où êtes-vous ?

– A la verticale des faubourgs. En bas, il n'y a que des maisons... Je perds de l'altitude !

A la radio, il y a un grésillement continu, puis, de nouveau, la voix de Simon Wilkinson :

– Avion incontrôlable. Je dois me poser. J'ai repéré une plage...

– Laquelle ?

Le pilote est tendu à l'extrême.

– Pas le temps de regarder sur la carte... Je commence la manœuvre.

Et, au même instant, l'avion disparaît des écrans radars. A l'aéroport d'Edimbourg, c'est le branle-bas de combat. Les pompiers, la police, les gardes-côtes sont alertés. Cet atterrissage en pleine nuit se présente de la manière la plus inquiétante...

Aux commandes, Simon Wilkinson garde tout son sang-froid, même s'il a le plus grand mal à stabiliser l'appareil, qui bouge dans tous les sens. Le copilote, de son côté, colle son visage contre la vitre pour essayer de le guider vers la mince bande blanche que constitue la plage. Le sol arrive très vite, bien plus qu'ils ne l'avaient pensé. Ou plutôt, ce n'est pas le sol : c'est la mer, on distingue des vaguelettes. Le copilote a un cri :

– Redresse, sinon on va s'écraser!

De toutes ses forces, Simon Wilkinson arrive à faire la manœuvre et accompli l'exploit de se poser presque parfaitement. Heureusement la mer est calme et, après un choc guère beaucoup plus fort que sur une piste, le Cesna se balance mollement au-dessus des flots.

1 h 30. Il règne une animation tout à fait inhabituelle sur la route qui domine la plage de Muffelburg. Des voitures de police et de pompiers ont leurs phares braqués dans sa direction. Sur la plage même, des dizaines d'hommes patrouillent avec des torches électriques. C'est que, d'après sa position estimée, c'est cette plage qu'avait en vue le Cesna et, c'est là qu'il aurait dû faire son atterrissage forcé.

Mais on est bien obligé de constater qu'il n'y a rien. Sur tous les visages se lit l'angoisse. Un organe peut se maintenir maximum vingt-quatre heures, après avoir été prélevé et, pour avoir toutes les chances de réussite, l'opération doit avoir lieu dans les douze heures. Le foie a été extrait à 21 heures : passé 9 heures du matin, il sera pratiquement inutilisable et, pour la malheureuse

Mary Exbury, cela signifiera la mort inéluctable ; une pareille chance ne se présentera pas deux fois. Mais le sort de la jeune fille n'est pas seul en cause : celui des deux pilotes inspire aussi les pires inquiétudes...

– Regardez !...

Depuis la plage, un pompier vient de désigner deux silhouettes titubantes qui sortent des flots. Ce sont eux ! On court dans leur direction, on les entoure. Simon Wilkinson et son copilote sont épuisés, mais ils ont la force de prononcer quelques mots :

– L'avion... au large tout droit... Environ un mille. Mais dépêchez-vous, il ne flottera pas très longtemps...

Un canot pneumatique est mis à l'eau, des plongeurs se préparent. Malgré sa fatigue, Simon Wilkinson répond encore à leurs questions.

– De quelle couleur est le conteneur ?

– Rouge.

– Où se trouve-t-il ?

– Dans la queue de l'avion. Il est sanglé. Il faudra le détacher...

Les plongeurs n'en demandent pas plus. Ils sautent dans leur canot et foncent en direction du large. Un puissant projecteur installé à l'avant doit leur permettre de repérer l'épave. Pendant ce temps, Simon Wilkinson et son camarade sont emmenés en ambulance, en état d'hypothermie et de grande faiblesse...

En quelques minutes, le canot est devant l'avion, qui flotte encore, mais effectivement plus pour très longtemps. Il y a de l'eau à mi-hauteur. La queue de l'appareil est trop étroite pour y aller à deux. Un seul plongeur doit s'y rendre. La visibilité est très faible et il ne peut procéder qu'avec une main, l'autre devant tenir la torche. Mais il repère quand même la boîte rouge et réussit à détacher les sangles...

Pendant ce temps, au Royal Hospital, l'anesthésiste reçoit enfin l'autorisation d'endormir Mary Exbury, qui attend depuis deux heures sur la table d'opération. A 3 h 15, le foie est là et, à

9 heures, la jeune Écossaise sort de la salle. L'intervention s'est passée sans le moindre problème et le pronostic est excellent.

Mais ce résultat, ce n'était pas seulement au docteur Sanfey et à son équipe qu'il fallait l'attribuer. Aussi, à peine après avoir enlevé son masque et ses gants, ce dernier a tenu à rendre visite aux deux pilotes, qui, par coïncidence, avaient été hospitalisés dans le même établissement. Il leur a souhaité bon rétablissement et leur a déclaré, sans chercher à cacher son émotion :

– Merci à tous deux. Si ma patiente est en vie, c'est grâce à vous.

D'entre les morts

A quarante-trois ans, Gabriel Tadié en paraît soixante. Depuis son retour de captivité, en avril 1944, sa femme et sa sœur ont peine à le reconnaître. Quatre années passées en Allemagne ont eu raison d'un état nerveux fragile.

– Il était déjà pas bien frais avant la guerre, dit Raymonde, sa femme, dont la charité n'est pas la vertu majeure.

Oublis fréquents, coups de colère imprévisibles suivis d'une euphorie soudaine... Gabriel n'est bientôt plus assez équilibré pour travailler normalement dans sa petite droguerie, une boutique qu'il avait ouverte avec sa femme en 1938.

Au printemps 1946, Gabriel Tadié est interné à l'hôpital psychiatrique de Dunemandes, près de Cassogne, pour une cure de repos illimitée... A la fin de l'été, conscient d'être victime d'une manœuvre de sa femme, il décide de s'évader, ce qu'il parvient à faire le 19 septembre. Mais au lieu de regagner Cassogne, il s'éloigne au contraire vers le Sud-Ouest, le plus loin qu'il pourra d'une famille qui le rejette et le néglige.

« Il faut mettre une frontière entre nous », pense le fugitif, dans sa marche forcée vers l'Espagne. Le 24 septembre, il fait nuit quand Gabriel franchit la frontière à hauteur de Figueras. Il croise alors un brigadier dans un uniforme étranger. Ne parlant pas espagnol, le soi-disant « réfugié » ne peut guère lui fournir d'explications. Le brigadier le conduit au poste.

– Vous avez des papiers ? lui demande un capitaine, dans un français très approximatif.

Non, Gabriel n'a pas de papiers. De surcroît, sa longue marche l'ayant fatigué, il n'a plus les idées assez claires pour répondre aux questions de la police franquiste ; et le pauvre homme est conduit en prison. De la maison de Villabranca, on le transfère à la centrale de Barcelone, courant novembre, puis, en mars 1947, à celle de Saragosse. Inutile de dire que Gabriel ne se laisse pas faire ; dans ses moments de conscience, il tente même désespérément de s'expliquer – peine perdue. Rebutés par ses colères, les gardiens le regardent avec cette défiance amusée qu'on réserve aux aliénés mentaux... Le 12 juin, le prisonnier est transféré à Miranda, de triste mémoire, et de là interné à l'asile de Valladolid. Surveillé, souvent attaché, gavé de tranquillisants, il y dépérit assez vite. Pendant des mois, et même des années, il va mener là une existence aussi discrète que pitoyable.

Or, petit à petit, les médecins de Valladolid diminuent les doses de calmants administrées à leur patient anonyme. De ce fait, Gabriel retrouve un semblant de lucidité. « Je veux rentrer à Cassogne », se dit-il. Et ce qui n'est d'abord qu'une lubie se transforme bientôt en objectif déterminé.

Le 5 juin 1954, profitant d'une négligence des gardiens, il s'évade de l'asile et se précipite à la gare, pour y prendre un train en partance pour le nord. Il est sale, mal habillé, et n'a aux pieds que des espadrilles à moitié déchirées. Surtout, il n'a pas de billet. Arrêté par le contrôleur, il est confié à la police de Burgos.

– Je suis français ! leur crie Gabriel, qui n'a pas envie de retrouver les geôles espagnoles.

Reconduit au poste frontière d'Irun, il est victime du caractère tatillon des douaniers.

– Tu dis que tu es français, mais qu'est-ce qui nous le prouve ?

– Je m'appelle Tadié ! Tadié Gabriel ! J'habite à Cassogne, dans le Gard.

Le douanier s'absente pour aller téléphoner. A son retour, il sourit bizarrement :

– T'es un sacré gaillard, toi. Le Gabriel Tadié en question est mort et enterré. Depuis mai 1947, figure-toi !

– Mais...

Il n'y a pas de « mais » : Gabriel est refoulé. Prenant pitié, son gardien espagnol parviendra cependant à lui faire passer la frontière par un sentier de contrebande. Mais cela ne résout pas tout. Bien qu'épuisé, Gabriel marche le long de la côte sans s'arrêter ; puis il gagne Bayonne sur un vélo volé à Saint-Jean-de-Luz. De là, il prend le train pour Bordeaux – toujours sans billet... Arrêté à Saint-Vincent-de-Tyrosse, il est jugé pour vagabondage et infraction à la police des chemins de fer : un mois de prison ferme ! Il n'est libéré que le 4 août. « Revoir Cassogne... »

Dépenaillé, n'ayant aux pieds que ses mauvaises espadrilles, il reprend la route le soir même, et fait trente kilomètres, de nuit, avant d'attraper un nouveau train. Il est de nouveau arrêté, à Vic-de-Bigorre cette fois. Son air ahuri et son sourire ne l'empêchent pas d'être traduit devant le parquet de Tarbes. Coup de chance : le procureur, touché par les explications pourtant confuses de Gabriel, le relaxe. Il lui fait même remettre un casse-croûte et quatre mille francs de l'époque ! C'est donc muni d'un bon billet bien valide qu'en ce 6 août 1954 Gabriel Tadié reprend le train jusqu'à son cher Cassogne.

Marchant comme un somnambule, Gabriel sort de la petite gare et enfile la rue principale. Tout ce qu'il voit le remplit d'émotion : comme il est beau, son village ! Rien n'a changé ; chaque arbre, chaque maison est à sa place. Non, cette fois il ne rêve pas, il est bien de retour parmi les siens.

« Tiens, voilà justement le Mathieu Molino ! » se dit-il en reconnaissant quelqu'un.

– Alors mon vieux...

Le passant lève un sourcil et dévisage le vagabond de travers ; puis il poursuit son chemin. « Il ne m'a pas reconnu ! pense Gabriel. C'est à cause de ma barbe. » Il faut reconnaître que, depuis huit ans, les conditions rudimentaires dans lesquelles on l'a forcé à vivre ne l'ont pas embelli... D'un pas décidé, il fonce chez le coiffeur.

– Comment va, Lefranc ?

Albert Lefranc fixe l'intrus d'un œil suspicieux :

– On se connaît ?

– Enfin Albert...

– Je ne vous remets pas.

– Fais-moi donc la barbe, et on en reparlera.

En effet, à peine le coiffeur a-t-il débarrassé Gabriel de l'épaisse barbe qui lui cachait le visage, le rasoir lui tombe des mains :

– Tadié ! Ça alors !

– Comment va, Lefranc ?

– Mais... Je croyais que... Enfin...

– Tu pensais que j'étais mort, c'est ça ?

Libéré d'un poids, le coiffeur lui raconte tout : comment un corps a été retrouvé dans le Rhône, sept ans plus tôt ; comment il a été formellement identifié par sa femme comme le sien ; et les obsèques, et le partage des biens...

– Tu sais, mon pauvre vieux, ta femme Raymonde, elle n'a pas traîné à Cassogne longtemps. Ta boutique, elle l'a vendue. Et elle est allée s'installer à Alès...

– Elle s'est remariée ?

– Je crois bien...

Sur Gabriel, cette avalanche de nouvelles fait l'effet d'une douche froide. Du coup, il retrouve une énergie et une clarté d'esprit qu'il n'avait plus connues depuis longtemps.

Dans le bourg, la nouvelle de la résurrection de Gabriel Tadié fait le tour des foyers. Bientôt, tout le monde veut le voir, le toucher, échanger avec lui des souvenirs du bon vieux temps.

– Ça alors, répète Mme Bouillet, l'épicière. Ce brave Gabriel ! Je n'en reviens pas de le voir revenir !

– Vous avez raison, approuve un client. Ça fait rudement plaisir de voir un mort en vie !

Pour sa première nuit à Cassogne depuis huit années, Gabriel a trouvé le gîte chez un ancien camarade d'école. En attendant de rentrer en possession de ses biens, il n'aura d'ailleurs aucun mal à se loger et à se nourrir : les propositions affluent, et tout le monde se dispute l'honneur d'héberger le ressuscité.

Ressuscité ? Est-ce si sûr ? Pas pour l'état civil, en tout cas. Au regard du droit, Gabriel Tadié est mort et enterré. S'il veut revenir à la vie légale, l'ancien droguiste va devoir prouver son identité... Une rencontre avec les ayants droit est organisée dès la semaine suivante à la gendarmerie de Cassogne. En fait, la sœur du requérant étant morte l'année passée, seule Mme Tallence, veuve Tadié, peut être appelée à le reconnaître.

A la date fixée, elle entre avec réticence dans le bureau. Gabriel se lève d'un bond et fait un pas vers sa femme. D'un mouvement brusque, elle lui fait signe de s'arrêter ; il se fige sur place. Les gendarmes regardent le bout de leurs chaussures.

– Asseyez-vous, madame, je vous en prie...

– Ce ne sera pas utile.

– Madame Tallence, pouvez-vous regarder cet homme ?

– Je l'ai vu.

– S'il vous plaît, regardez-le à nouveau.

Une longue hésitation, puis Raymonde tourne un regard noir en direction du revenant. Gabriel soutient son regard ; elle baisse les yeux.

– Reconnaissez-vous cet homme ?

Silence. Gabriel murmure :

– Raymonde...

– Madame, je vous demande de répondre à ma question. Reconnaissez-vous cet homme ?

– Non.

– Vous êtes formelle ? Lui prétend...

– Absolument formelle. Cet homme n'est pas mon mari, ne l'a jamais été, ne le sera jamais.

Gabriel est anéanti. En un instant, les paroles de sa femme viennent de le replonger dans les pires abîmes d'un esprit torturé. Pendant la suite de la confrontation, il a l'impression de nager dans des vapeurs comateuses. Mais quand il réalise enfin que Raymonde s'apprête à franchir le seuil du bureau, le laissant seul, sans ressources et dépossédé de son nom, il se précipite sur elle. Un gendarme a juste le temps de s'interposer, pendant que la veuve s'enfuit sans même se retourner.

Gabriel est dans une rage folle. On doit lui passer une camisole de force et le conduire, sous bonne escorte, à l'hôpital psychiatrique – en l'occurrence, la maison de repos de Dunemandes, dont il s'était évadé huit ans plus tôt.

Malgré l'intervention, timide il est vrai, de plusieurs de ses amis, Gabriel Tadié, ou ce qu'il en reste, ne pourra jamais faire établir son identité. Il mourra fou à Dunemandes, le 5 avril 1961.

Un cas de conscience

En 1958, quelques jours avant Pâques, M. et Mme Thierry roulent à vive allure vers la résidence secondaire qu'ils possèdent au bord du Tarn. Sur la banquette arrière, Lucette, leur bonne, somnole ; à côté d'elle, sa fille unique Nadine contemple le paysage. Chez les Thierry, c'est presque une coutume : chaque fois qu'ils partent se reposer plusieurs jours à la campagne, ils proposent à Lucette d'emmener sa fille avec eux.

Soudain, c'est l'accident : les pneus dérapent sur des gravillons, la voiture chasse, quitte l'asphalte et bascule dans le fossé où elle accomplit un tonneau intégral. Tout cela très vite, et sans que les occupants aient le temps de réaliser quoi que ce soit. Commotionnée, Mme Thierry est la première à s'extraire de la carcasse du véhicule ; elle est indemne. Mis à part des égratignures, son mari s'en sort bien lui aussi. En fait, c'est l'arrière de la voiture qui a tout pris. Les deux passagères, la mère et la fille, sont grièvement blessées : Lucette a perdu connaissance ; prisonnière de la taule, elle perd beaucoup de sang. Mais c'est sa fille qui est la plus atteinte : expulsée lors du tonneau, elle a eu le visage littéralement écrasé dans l'accident. Elle se trouve encore sur le bord de la route, en haut du fossé, et se roule la tête dans la terre en hurlant de douleur. Avec un sang-froid dont lui-même ne se serait pas cru capable, M. Thierry va devoir la tenir contre lui en attendant l'arrivée des secours.

L'équipe médicale d'urgence est d'emblée très pessimiste quant à l'état de Nadine. Sa blessure est à ce point effrayante que les sauveteurs classent naturellement la jeune fille parmi les cas désespérés ; ils s'occupent donc en priorité de sa mère, la pauvre Lucette, qu'il faut désincarcérer avant de l'emmener d'urgence en réanimation.

A l'hôpital le plus proche, le diagnostic est confirmé : Nadine a perdu la partie droite du visage, et seul un miracle pourrait lui permettre de survivre. Avec résignation, les médecins gavent la jeune fille de calmants, procèdent au rappel antitétanique de rigueur et recousent sommairement les tissus les plus endommagés. Selon eux, ce n'est plus malheureusement qu'une question d'heures...

Le lendemain, jeudi 3 avril, le gendre de M. et Mme Thierry, lui-même médecin, se présente à l'hôpital dans l'après-midi pour se rendre compte de l'état des deux blessées. La mère, Lucette, n'est toujours pas sortie du coma. En revanche, ce qui est plus étonnant, c'est que sa fille, Nadine, n'ait quant à elle toujours pas perdu connaissance ! Et c'est peu dire que cette situation place les spécialistes dans le plus profond désarroi. Le gendre des Thierry apporte un regard neuf sur la situation ; et tout de suite il propose une solution :

– Je connais une clinique à Paris, spécialisée dans les cas extrêmes. Les plus grands anesthésistes, les chirurgiens les plus en pointe y accomplissent chaque jour l'impossible. Il faut leur confier Nadine !

Très vite, la préfecture est sensibilisée, et l'opération de transport mise sur pied : un hélicoptère viendra chercher la grande blessée à l'hôpital pour la porter jusqu'au terrain de Toulouse-Francasals, où un avion militaire la prendra en charge jusqu'à Villacoublay. Là, une ambulance escortée viendra la chercher pour la conduire, toujours avec d'infinies précautions, jusqu'à la clinique parisienne de la dernière chance. Le seul défaut dans l'organisation, c'est qu'en fin de compte personne ne songe à prévenir ladite clinique qui doit accueillir, un matin de vendredi saint, une patiente non attendue, arrivant du sud de la France dans un état désespéré. Le chirurgien de garde appelle aussitôt le professeur Herbeleau, grand anesthésiologiste, qui heureusement avait décidé de rester à Paris pour mettre la dernière main à un livre en cours de rédaction. Devant l'importance du cas, Herbeleau revient donc à la clinique, le vendredi un peu avant midi.

Il ne servirait à rien de s'appesantir sur l'état de la jeune Nadine ; disons simplement que la moitié droite de son visage a été broyée, avec ce que cela peut représenter comme lésions et traumatismes de tous ordres. Pourtant, dix heures après son transfert à Paris, l'adolescente ne donne toujours pas les signes d'une fin rapide. Gavée d'antibiotiques et de calmants, sous perfusion à haute dose, elle paraît même bien partie pour survivre. Herbeleau en tire les conséquences ; malgré la proximité du long week-end pascal, un chirurgien de la face et un neurologue sont mobilisés au chevet de Nadine. De façon très élémentaire, ils commencent alors la restauration du visage, à l'aide notamment d'une sorte de casque de soutien, appliqué sur le crâne de la jeune patiente.

Commence pour Nadine un voyage terrible et incertain entre la vie et la mort. Pour permettre à son organisme de récupérer les forces nécessaires à une éventuelle survie, l'équipe d'Herbeleau décide de la placer chimiquement en hibernation artificielle ; cela permet de couper ses cellules de toute commande cérébrale, pour leur offrir une sorte d'autonomie végétative propice à leur remise en état.

Le cas de Nadine est assez exceptionnel pour que le professeur et ses assistants s'autorisent toutes les audaces, au moins au regard des connaissances de l'époque. Ainsi décident-ils, par exemple, de perfuser à leur patiente des doses quotidiennes de quatre à cinq cents grammes de sucre, ce qui est énorme. Afin de maintenir possible son aération, ils pratiquent aussi une trachéotomie et lui branchent un respirateur artificiel. L'ingéniosité des médecins est mobilisée en permanence.

La veille de Pâques, les spécialistes rendent des diagnostics encourageants. L'ophtalmologiste affirme que l'œil endommagé pourra être récupéré. Quant au neurologue, il constate que

Nadine peut bouger légèrement sa main gauche quand on lui demande d'écrire son nom : cela veut dire que le cerveau n'est pas atteint de façon irrémédiable, et que la patiente ne devrait pas conserver de troubles moteurs significatifs.

Du coup, le service s'enflamme pour Nadine, que le personnel soignant n'appelle plus que par un diminutif : Nine. Désormais, l'énergie et la bonne volonté de dizaines de personnes convergent vers un seul but : tirer Nine de son cauchemar ! D'autant plus qu'on vient d'apprendre qu'à huit cents kilomètres de là, Lucette, sa mère, est enfin sortie du coma.

Pour le professeur Herbeleau, c'est maintenant que se pose la vraie question. Pour l'instant, il s'était agi de mettre en œuvre les moyens de la médecine de pointe pour arracher à la mort un corps accidenté. Aujourd'hui, la question qui se pose n'est plus scientifique, elle est morale : « Ai-je le droit, se demande Herbeleau, avons-nous le droit de maintenir en vie, à grand renfort de techniques artificielles, une personne qui risque, sinon de rester idiote, du moins de présenter pour le restant de ses jours un physique monstrueux ? Autrement dit : faut-il toujours donner sa chance à la vie ? »

La réflexion du professeur est interrompue par l'intrusion d'un médecin :

– Nine est en danger, lui dit-il. Nous manquons d'héminеurine. C'est Pâques, aujourd'hui, et tout est fermé.

– Compris, répond le professeur, je m'en occupe.

Et, décrochant son téléphone, il appelle un de ses confrères et amis, en plein week-end, pour se procurer le produit nécessaire. La réponse à sa question, Herbeleau vient de la mettre de côté... Et le lendemain, lundi de Pâques, c'est lui qui devancera la demande de ses subordonnés en se rendant en personne au domicile du confrère chercher un sel rare, du lactate de potassium...

C'est à ce moment-là que l'état de Nine se met à présenter des signes de dégradation. Le septième jour, elle subit une opération de trois heures sous anesthésie générale. Le lendemain, huitième jour, la fièvre monte à quarante degrés et s'y maintient ; les battements du cœur atteignent 190 pulsations à la minute ! Nine tombe dans le coma.

Au dixième jour, le taux de prothrombine dans le sang chute brutalement à un quart de son niveau normal ; cela veut dire qu'il est désormais inutile d'espérer arrêter le moindre saignement chez la patiente... La nuit suivante, Herbeleau est appelé d'urgence chez lui : cette fois, la petite Nadine est en train de mourir. A peine arrivé à son chevet, le professeur comprend qu'il est allé trop loin ; il a joué contre la nature.

– On va laisser faire les choses, dit-il, la gorge nouée. Débranchez le respirateur artificiel !

– Mais...

– Faites ce que je vous dis.

La réaction du professeur était la bonne. Très vite, Nine se met à respirer d'elle-même ; bientôt sa conscience lui revient, et son état s'améliore. Le quinzième jour, elle est en condition pour subir la première des opérations qui lui permettront de retrouver un visage présentable. C'est maintenant aux plasticiens de jouer...

Le professeur peut se sentir soulagé. Le dilemme qui se posait à lui était terrible. Mais en fin de compte, c'est la nature qui s'est chargée d'apporter la réponse à sa question. Comble de joie : elle a répondu « oui ».

Le jour et l'heure

Quand la mort doit vous prendre, il est inutile de s'enfuir au bout du monde. Rien ne permet d'y échapper quand vient le jour et l'heure. Mais si la mort ne veut pas de vous, vous traverserez le feu sans dommage. Et plutôt deux fois qu'une.

Eymeric de Salmezard est un garçon qui vit une aventure inhabituelle. Nous sommes en 1923, le samedi 1er septembre, très exactement. Eymeric a quinze ans et son père est en poste au Japon. Plus précisément à Yokohama, dans le corps diplomatique.

Aujourd'hui Eymeric ne se sent pas très en forme. On appelle aussitôt le médecin de l'ambassade :

– Ce n'est rien. Juste un peu de bronchite. Un peu de repos, un ou deux jours au lit et cela ira beaucoup mieux. Mais il lui faut beaucoup de chaleur. C'est ce qui atténuera la toux.

Il ne croit pas si bien dire...

Eymeric doit donc rester couché. Pourtant il aurait bien aimé accompagner son père et sa sœur qui descendent au port pour y faire leurs adieux à des amis qui quittent Yokohama. A midi Eymeric est étendu dans son lit. Un vrai lit à la française. Soudain il a l'impression de rêver. Il rêve qu'il est dans un navire saisi par la tempête. La preuve, c'est que le bateau est secoué dans tous les sens. Eymeric prend conscience de ce qui se passe en réalité. Il n'est pas à bord d'un navire. Pas au milieu d'une tempête. Ou plutôt si, il est dans la tempête, celle qui secoue son lit. La tempête d'un tremblement de terre... Au Japon, Eymeric a pris l'habitude de ces secousses qui font tout vibrer et qui vous déséquilibrent. On en recense quinze mille chaque année. Mais là, il ne s'agit plus d'une petite secousse. Eymeric entend d'ailleurs les cris à l'extérieur. Et le grondement est aussi fort que si une centaine de locomotives passaient dans le délicieux jardin zen qui entoure l'ambassade...

Eymeric, malgré la fièvre, se lève en titubant. Est-ce la fièvre ou le tremblement de terre, mais il se retrouve projeté vers la fenêtre qui donne vers l'extérieur. Une secousse plus violente encore le rejette vers l'arrière, vers l'intérieur de sa chambre. Et il perd connaissance. Le plafond vient de s'écrouler sur lui...

« Qu'est-ce qui m'arrive ? »

Quand Eymeric reprend conscience il lui faut un moment pour réaliser ce qui s'est passé. Une odeur de brûlé envahit sa chambre. Enfin, ce qui était sa chambre, car pour l'instant il ne s'agit plus que d'un amoncellement de gravats. Eymeric essaye de bouger mais tout effort se révèle vain. A l'extérieur il entend des bruits divers, des cris, des cloches affolées. Sans doute les secours qui s'organisent. Mais Eymeric ne peut bouger d'un centimètre. Apparemment il a les jambes coincées sous une poutre.

– A l'aide ! A moi ! Au secours !

Eymeric crie en français. Sous le coup de l'émotion et de la douleur, il ne sait plus un mot de japonais. Mais personne ne semble se soucier de lui.

« Voyons, qui est encore à l'ambassade ? Père et Annelyse sont partis au port... Mon Dieu, pourvu qu'ils soient encore sains et saufs ! Il restait ici... »

Avant d'aller plus avant dans le décompte du personnel susceptible de lui porter secours, Eymeric, une seconde fois, perd connaissance.

Trois heures plus tard, la sensation d'une douleur nouvelle ramène Eymeric à la conscience. Il ne sait pas l'heure qu'il est. Impossible de consulter sa montre. Et aucune pendule n'est visible. Soudain il réalise ce qui se passe :

– Mon Dieu, la maison brûle !

Elle n'est pas la seule. Depuis des siècles les Japonais ont pris l'habitude de construire leurs maisons avec des matériaux ultralégers. En prévision des séismes. Dans ce cas il vaut mieux recevoir du bois et du papier huilé sur la tête, plutôt que des pierres de taille. Mais le bois et le papier, ça brûle. Étant donné l'ampleur du séisme, Eymeric réalise soudain qu'une bonne partie de Yokohama doit être en train de flamber. Et, bien sûr, le tremblement de terre aura rompu la plupart des canalisations de gaz. Et aussi celles d'eau. D'où l'impossibilité de lutter contre l'incendie...

– A moi ! A l'aide ! Au secours ! Je suis coincé !

Soudain Eymeric entend une voix connue :

– Eymeric ! Eymeric ! Êtes-vous là ? M'entendez-vous ? C'est moi, père !

Le baron de Salmezard apparaît soudain, le visage noir de suie :

– Eymeric, vous êtes blessé ? Répondez-moi !

Eymeric a juste la force de dire :

– Dégagez-moi, je vous prie. Ça brûle ici !

– Oui, je vais vous sortir de là.

Le baron, qui est un athlète, parvient à dégager Eymeric.

– Il faut aller dans la rue !

Une fois dans la rue Eymeric essaye de se mettre debout. Mais il s'écroule :

– Excusez-moi, père. Je crois que j'ai les jambes cassées !

– Je vais vous porter jusqu'au jardin public tout proche. Nous attendrons des secours. A l'abri des arbres.

Le soir tombe, la nuit est là, éclairée par l'incendie gigantesque. Les répliques du séisme secouent le sol presque sans interruption. Aucune aide à attendre de la foule qui envahit la rue. Des gens paniqués qui fuient vers le port de Yokohama. Des femmes qui portent leurs bébés, des vieillards soutenus par des gens plus jeunes. Une multitude de personnes qui marchent en tenant des chaises sur leur tête : un réflexe qui peut être utile –

dans un tremblement de terre on peut échapper à la secousse et se faire tuer par les tuiles qui tombent des toits... Soudain, le sol s'ouvre et une gigantesque crevasse engloutit quelques malheureux puis se referme en les enterrant vivants à jamais. Toute la journée du lendemain, les Salmezard restent dans le parc. Le baron part à la recherche d'un peu de nourriture et d'eau potable. Mais la situation est sans issue. L'air, raréfié par l'incendie, fait défaut. Eymeric et son père, comme d'autres réfugiés, manquent de périr asphyxiés. Le baron a saisi Eymeric dans ses bras et commence à descendre avec tout le monde vers le port. Parfois il s'arrête pour souffler un peu. Eymeric, avec ses quinze ans, n'est plus un enfant. Ils profitent de ces arrêts pour parler un peu :

– Et Annelyse, où est-elle ?

– Elle est montée à bord du paquebot avec votre mère et nos amis Peyrelade. Ils sont en sécurité. Rien de mieux qu'un paquebot en cas de tremblement de terre.

– Que se passe-t-il en ville ?

– C'est le chaos complet. Je ne sais pas comment j'ai pu revenir jusqu'à l'ambassade ! Il y a un énorme nuage de poussière jaune qui monte des bâtiments détruits. J'ai l'impression que tout Yokohama est détruit ! Tout brûle ! Le pire, c'est le vent qui souffle du sud et qui attise l'incendie. Même les réservoirs de pétrole commencent à exploser.

Eymeric et son père, épuisés, sont constamment obligés de s'arrêter.

– Mon garçon, je n'arriverai jamais à vous porter jusqu'au port. Tenez, je vois plusieurs Européens qui sont assis par terre. Je vais vous installer avec eux et essayer de trouver un pousse-pousse abandonné, ce sera plus facile pour vous transporter.

Eymeric se retrouve assis au pied d'un mur. A côté de lui plusieurs Européens, des hommes pour la plupart. Blessés, sanglants, déchirés, brûlés, ils sont à demi anéantis. Eymeric n'a pas la force de leur parler. Il ne lui reste plus qu'à attendre le retour de son père. En espérant qu'il aura pu dénicher un pousse-pousse qui soit resté disponible.

Soudain des cris sortent Eymeric de la demi-inconscience où il se trouve... A l'autre bout de la rue, un groupe d'hommes entoure la première personne qui est à moitié affalée le long du mur. Eymeric se dit : « Ce sont peut-être des secours ! Mais pourquoi ces cris ? »

Il fait un effort pour se pencher en avant afin de mieux se rendre compte de ce qui se passe. Et il retombe soudain, écrasé d'horreur. Il vient de comprendre : le groupe d'hommes qui s'affaire sur les blessés européens n'est pas un groupe de secouristes bénévoles, ce sont des assassins ! Les yeux agrandis de terreur, Eymeric les voit se livrer systématiquement à leur sinistre besogne. Ils sont trois et ils égorgent chacun de ceux qui attendent des secours. Puis ils fouillent les vestes et les pantalons, prennent les montres, coupent les doigts pour s'emparer des chevalières. Les quelques femmes même ne sont pas épargnées, les pendants d'oreilles sont sauvagement arrachés...

Eymeric jette un regard autour de lui. Inutile de songer à se relever. Pourra-t-il se traîner jusqu'à un recoin ? Pas d'issue. De toute façon il sent la chaleur de l'incendie qui commence à chauffer le mur sur lequel il s'appuie. Eymeric se dit : « Faut-il choisir entre le poignard et le feu ? Dois-je mourir à quinze ans ? »

Les bandits continuent. Les Japonais qui passent à quelques mètres, fuyant vers le port, ne leur prêtent pas la moindre attention. Personne ne réalise ce qui se passe. Déjà les assassins sont tout près d'Eymeric. Son voisin immédiat, un grand Américain rouquin, a eu la gorge tranchée. Un cri ! Eymeric reconnaît la voix du baron de Salmezard qui hurle, en japonais. Eymeric comprend qu'il dit :

– Arrêtez ou je vous tue !

Il voit son père qui brandit un pistolet. Les assassins abandonnent le terrain. De toutes manières, ils ne pouvaient rien espérer découvrir dans les poches d'un gamin en pyjama !

Eymeric et son père finissent par se retrouver en sécurité. Peu à peu ils apprennent les détails de la catastrophe. La colonie européenne a perdu deux cent cinquante personnes. Le cataclysme a ravagé Tokyo. La directrice du pensionnat de jeunes filles a été brûlée vive en chantant un dernier cantique sous les yeux de sauveteurs impuissants à s'approcher du brasier. Par contre, les clients du Grand Hôtel ont eu le temps de quitter leurs chambres tant le bâtiment a mis de douceur dans sa chute... Mme Chichester-Smith, bien connue pour son un mètre quatre-vingts prenait son bain à midi deux, l'heure du drame. Elle s'est retrouvée dans la rue, nue dans sa baignoire que les tuyaux de la plomberie retenaient depuis le second étage!... Le tremblement de terre aura fait 142 807 morts dans tout le Japon entier...

Mais Eymeric n'est pas au bout de ses peines. A peine est-il remis qu'il est renversé par une voiture et se retrouve à l'hôpital avec une fracture du crâne. Il lui faudra dix ans pour en guérir. Il gardera toute sa vie un souvenir de ses heures tragiques : un poignard. Celui que le bandit qui allait l'égorger avait abandonné au dernier moment. Un poignard coréen...

La persévérance

Nadine Henri est inquiète. A 9 heures ce dimanche soir, son mari n'est toujours pas rentré d'une randonnée de trois jours en montagne, près de Chamonix. N'y tenant plus, Nadine appelle le seul des compagnons de course habituels qui soit équipé du téléphone.

– Je ne vois pas Guy rentrer, et cela m'inquiète.

– Je suis désolé, Nadine, mais je ne peux pas vous renseigner, pour une bonne raison : il y avait tellement de brouillard vendredi qu'avec Robert nous avons préféré rentrer à Lyon. Guy est resté seul à Chamonix. Il a dû faire une virée en solitaire...

– Mais où puis-je prendre des nouvelles ?

– Appelez son hôtel, je vous donne le numéro...

Mais les indications de l'hôtelier ne sont pas plus rassurantes :

– Monsieur Henri ? Non, madame, il n'est pas rentré... Mais attendez... Oui, je me souviens ; en partant samedi matin, il a dû me demander de prévenir les guides s'il n'était pas de retour dimanche après-midi.

– Et vous ne l'avez pas fait ! ?

– Je le reconnais, madame. J'ai oublié. Nous avions un arrivage de touristes et...

Nadine ne veut pas en entendre davantage. Elle ne sait qu'une chose : son mari a disparu et, à l'heure qu'il est, il se trouve en danger quelque part – dans la meilleure des hypothèses.

Nadine a raison. Ce même dimanche, un peu après midi, Guy Henri, qui rebroussait chemin devant un réveil du vent sur le glacier des Nantillons, a fait une chute dans une crevasse étroite et profonde qui s'était ouverte sous ses pas. Il a descendu plus de vingt mètres la tête la première, réussissant heureusement à ralentir sa chute en écartant les coudes contre les parois du conduit. Après sa chute, le randonneur s'est retrouvé miraculeusement indemne, mais prisonnier d'une cavité souterraine reliée à l'extérieur par un unique trou d'un mètre carré, tout là-haut, au-dessus de lui – vingt mètres, c'est à peu près la hauteur d'un immeuble de six étages.

– Ne nous affolons pas !

S'étant assuré qu'il n'était pas blessé, Guy s'est rappelé les consignes élémentaires de survie : se nourrir, se reposer, ne pas prendre froid. L'inventaire de la ration de secours lui a paru déprimant : trois bougies, des allumettes, un paquet de chocolat en poudre et un sachet de raisins secs, rien de plus ! Allumant une bougie, Guy a d'abord fait fondre un peu de neige dans un quart ; puis, remuant l'eau ainsi obtenue pour l'oxygéner, il y a dilué deux cuillerées de chocolat, auxquelles il a adjoint dix raisins secs.

– Et maintenant, dodo !

Guy s'est pelotonné comme un hérisson pour résister au froid le mieux possible, puis il a tenté de s'endormir en se disant que, grâce à l'hôtelier, les secours avaient dû être prévenus, et qu'il n'avait qu'à attendre leur arrivée. Au pire, il lui faudrait tenir vingt-quatre heures.

Le lendemain lundi, Nadine arrive à Chamonix par le premier train et se précipite d'emblée à l'hôtel indiqué.

– Je n'ai toujours pas prévenu les secours, s'excuse l'hôtelier, car je n'arrive pas à me rappeler quelle destination votre mari m'a désignée.

– Enfin, faites un effort. Il a bien dû vous le dire...

– Bien sûr qu'il me l'a dit. Mais tout le monde me dit tant de choses... Et puis, pour être franc, votre M. Henri, je ne me rappelle pas bien à quoi il ressemble...

Nadine décrit son mari avec la plus grande précision, allant même jusqu'à imiter sa voix et sa démarche.

– Il prend toujours des doubles cafés ! précise-t-elle en désespoir de cause.

– Ça y est, oui, je le remets !

– Bon... Alors essayez de vous rappeler ce qu'il vous a dit. Où allait-il donc ? A l'Aiguille noire du Peuterey ? A l'Aiguille verte ? Rappelez-vous.

– Je crois... oui, je crois bien qu'il m'a dit qu'il allait tenter la traversée des Charmoz, ou quelque chose comme ça.

Nadine se consume sur place. Mais l'hôtelier confirme :

– C'est bien cela. Il voulait faire les Charmoz par l'arête. C'est ce qu'il a dit.

Un sourire – le premier depuis douze heures – illumine le visage de la femme angoissée.

– Où puis-je trouver les guides ? demande-t-elle.

A force d'analyser la situation, Guy a conclu que le seul moyen pour lui d'atteindre l'ouverture au sommet de la cavité, c'était de creuser des marches dans la paroi de glace, au moins jusqu'à la vire qui domine l'ensemble, aux deux tiers environ de la hauteur. Économisant ses gestes, mais s'assurant de la solidité de chaque excavation, il progresse dans son travail à raison de deux mètres par heure. Il arrive que son esprit se disperse, et qu'il pense un instant à sa chère Nadine et aux angoisses qui doivent être les siennes, là-bas à Lyon... Mais cette vision elle-même lui donne du courage.

– Je vais m'en sortir, se répète-t-il en permanence. Il le faut.

Soudain, il entend des pas dans la neige au bord du trou. Guy Henri porte ses mains à sa bouche en forme de porte-voix et crie au secours vers le petit trou de ciel... Peine perdue. La cordée – sans doute de simples touristes – n'entend rien et passe son chemin.

A la tombée de la nuit, la première équipe fait le point pour Nadine :

– Le glacier des Nantillons est très vaste, explique un des guides. Votre mari n'a pas laissé de traces, et le retrouver sera très difficile.

– Je comprends que ce soit difficile, admet Nadine Henri. Mais cela n'a rien d'impossible...

– Tenez ! La deuxième équipe est de retour elle aussi.

Nadine se précipite au-devant des cinq hommes pour leur demander des nouvelles. Leur chef se montre encore plus pessimiste :

– Vous savez, madame, votre mari a eu un accident il y a près de quarante-huit heures maintenant, et je crains fort qu'on ne puisse le retrouver vivant...

Mais le pire, ce sont les propos du syndic des guides, le lendemain mardi à la première heure :

– A l'heure qu'il est, madame Henri, votre mari s'est vraisemblablement transformé en une momie congelée. Je sais que je vous heurte, mais c'est pour vous faire comprendre la vanité de ces recherches. Tout cela coûte très cher, et vous allez vous ruiner pour rien.

– Monsieur, vos propos sont tellement insupportables que je préfère oublier tout de suite ce que vous venez de dire. Sachez que jamais je n'abandonnerai mon mari – qu'il soit mort ou vivant – à la montagne et à ses glaciers. Quand bien même je devrais emprunter des millions et les rembourser jusqu'à ma mort, je me saignerais aux quatre veines pour que tout soit tenté. Tout ! Vous m'entendez ?

Nadine Henri a pris sa résolution : elle va se rendre chez les guides, directement à leur domicile, et leur proposer de travailler pour elle à la recherche de son mari.

– Tiens bon ! crie-t-elle à l'intérieur d'elle-même. Tiens bon, mon amour, on va te tirer de là !

Mardi midi. Guy Henri est arrivé au bout de ses maigres provisions, et ses forces commencent à le quitter. Il doit maintenant faire un effort de concentration pour doser le moindre de ses gestes. « Que font-ils ? se demande-t-il en pensant aux secours. Mais que peuvent-ils donc faire ? »

Sans se décourager, Guy entreprend néanmoins de gravir à présent la crevasse grâce aux marches qu'il a su creuser dans la paroi. Parvenu douze mètres plus haut, il constate avec amertume que la vire sur laquelle il comptait s'appuyer est beaucoup moins longue qu'il ne l'espérait. Entre son extrémité et le saillant donnant accès à l'extérieur, il faut encore franchir un mur à pic d'au moins trois mètres de long.

« Ce n'est pas le moment de déclarer forfait ! » se dit-il sans savoir s'il y croit vraiment.

Guy enfonce un premier piton, puis un deuxième, et progresse latéralement sur le mur de glace. En dessous de lui, un vide de vingt mètres !

Soudain, un piton décroche, Guy tombe en arrière et vient heurter le mur, la tête en bas. Le pied par lequel il est attaché s'est retourné dans le mouvement et lui fait mal. Le sang frappe à ses tempes. Pour Guy, en cet instant, la tentation du renoncement est grande. Mais au même moment, il lui semble percevoir des pas dans la neige, à six ou huit mètres seulement au-dessus de lui. Guy passe alors les mains derrière ses cuisses, ramène son buste le long de ses genoux puis, s'arc-boutant sur le filin de rappel, retrouve une position verticale.

Il ouvre alors la bouche pour appeler à l'aide, mais le son qui s'échappe de sa gorge n'est plus qu'une mince plainte. Guy sent bien que ses forces le quittent ; la fièvre a pris possession de lui ; il est brûlant maintenant. Et c'est au prix d'efforts considérables qu'il parviendra à redescendre au fond de son trou – à redescendre pour mourir en paix.

– Madame Henri, ça ne sert plus à rien d'insister. A l'heure qu'il est, il est impossible que votre mari soit encore en vie.

– Écoutez : je suis montée jusque-là avec vous, malgré mon horreur de la montagne ; ce n'est sûrement pas pour rebrousser chemin aussi facilement.

– La nuit va bientôt tomber, vous savez. Il serait temps de redescendre.

La voix d'un des guides se fait entendre un peu plus loin.

– Une corde ! crie-t-il. Venez voir, c'est une corde !

Et se penchant vers le trou :

– Ohé ! il y a quelqu'un ?

Nadine se précipite à son tour au bord du trou, suivie des autres sauveteurs :

– Il faut aller voir, dit-elle. Allez-y !

– Je descends, dit le chef de l'équipe.

Dans le fond du trou, Guy Henri demeure inerte. Le guide s'approche doucement de lui et le soulève. A sa grande surprise, il sent alors un souffle émanant du mourant.

– Vite ! crie-t-il à ses camarades qui tendent l'oreille. Envoyez du matériel d'évacuation ! Il respire, mais il est déjà froid jusqu'à la taille !

« Il respire ! Il respire ! » Ces mots sont les plus beaux que Nadine Henri ait jamais entendus. Bientôt elle peut voir son mari, le toucher, lui parler. Le malheureux est bien trop faible pour lui répondre, mais cette voix aimée achève pourtant de le raccrocher au monde des vivants. Guy Henri est sauvé. Il aura perdu onze phalanges dans l'accident, mais il a retrouvé Nadine – cette femme avec laquelle il partage au moins une vertu : la persévérance.

Secours d'urgence

Madeleine Gerbillon est occupée à faire le ménage dans son F4. C'est le premier jour du printemps. Elle est heureuse d'avoir récemment emménagé. Madeleine est jeune mariée. Elle a épousé Daniel l'année précédente et, comme on dit, elle attend un « heureux événement ». Aujourd'hui elle a donc décidé de faire les vitres de son tout nouvel appartement, au troisième étage.

« Vivement qu'ils terminent les travaux de la cité. Ça fait une poussière infernale. »

Madeleine va chercher le petit escabeau d'aluminium qui est rangé dans le placard de la cuisine. Histoire de se hisser jusqu'aux vitres du haut de la fenêtre. Elle n'est pas très souple depuis quelque temps. Une grossesse de sept mois n'est pas un avantage pour le grand nettoyage de printemps.

Madeleine commence par les vitres du haut. Une fois perchée sur la dernière marche de l'escabeau, elle a pratiquement les chevilles au niveau du garde-fou de la fenêtre de la chambre. Elle jette un coup d'œil vers le bas. Madeleine a toujours eu un peu le vertige. Mais aujourd'hui elle se dit : « Attention ! Ouh là ! On dirait que j'ai la tête qui tourne. »

Madeleine n'a pas le temps de se dire autre chose : elle bascule par-dessus la rambarde, par-dessus les pots de géranium, et elle tombe...

La sirène des pompiers est la première qui mette le quartier en émoi. Machinalement des têtes apparaissent aux fenêtres. Des rideaux se soulèvent. Quand la voiture rouge des pompiers s'arrête sous les fenêtres de l'immeuble où vivent les Gerbillon, les voisins se penchent aux balcons pour voir « ce qui se passe ».

Ils ne voient pas grand-chose : les pompiers qui s'affairent, un officier qui parle dans un téléphone portable. Quelqu'un demande à sa voisine :

– Qu'est-ce qu'il y a ?

– On dirait que quelqu'un est tombé par la fenêtre.

– Vous croyez que c'est un suicide ?

– Aucune idée. Ça pourrait bien être du troisième étage. Il y a une fenêtre ouverte, avec le rideau qui vole dans le vent.

En bas, l'officier des pompiers appelle des renforts :

– C'est une chute au 27, rue des Vignes. Une femme. Elle vit encore, mais elle s'est empalée sur la grille qui entoure la pelouse. Nous avons besoin d'une équipe avec le matériel pour la dégager. Pour l'instant on lui fait une transfusion. Elle est consciente mais il faut faire vite.

A l'autre bout de la ligne, dans les crachotis des parasites, l'hôpital répond :

– Nous envoyons une équipe immédiatement...

Presque en même temps, un peu plus loin, toute une équipe de médecins saute dans l'ambulance.

– On va où ?

– Rue des Vignes, au 27.

– Au 27, rue des Vignes ? Mince, c'est là que j'habite. De quoi s'agit-il ?

– Une femme est tombée par la fenêtre. Elle s'est empalée sur la grille. Elle est enceinte.

– Elle est tombée de quel étage ?

– Du troisième étage, je crois. Qu'est-ce qui t'arrive, Daniel, tu es tout pâle... Ça ne va pas ?

Daniel Gerbillon n'a pas la force de répondre. Le front dégoulinant d'une sueur glacée il se répète mentalement : « Pas Madeleine ! Pas Madeleine ! Pourvu que ce ne soit pas Madeleine !

Quand l'ambulance freine devant le 27, rue des Vignes, Daniel a un moment de faiblesse. Il n'ose pas se précipiter vers le groupe de pompiers. Il retarde le moment de vérité.

– Madeleine !

Daniel vient de hurler. Toute l'équipe le regarde. Et comprend sans un mot d'explication. Daniel vient de reconnaître sa femme, comme désarticulée, dégoulinante de sang, littéralement plantée sur le haut des grilles. Aux fenêtres du bâtiment des visages se penchent. Un groupe s'est formé dans l'entrée de l'immeuble. Une femme appelle ses enfants :

– Mireille ! Philippe ! Rentrez immédiatement ! Il n'y a rien à voir pour vous !

Daniel est près de Madeleine. Il saisit la main glacée de sa femme :

– On va te tirer de là. Tout va bien se passer.

Madeleine, qui est tombée sur le dos, tourne les yeux vers le ciel. Des yeux déjà révulsés :

– C'est toi, Daniel. Pardonne-moi. J'ai voulu faire les carreaux. J'ai eu comme un vertige.

Sa voix est faible, à peine un murmure. Daniel tâte la veine jugulaire de Madeleine. En même temps il constate l'étendue des blessures : deux des fers de lance qui ornent le haut de la grille ont traversé la poitrine de Madeleine. Un troisième fer de lance a transpercé la cuisse droite. Daniel, sans s'en rendre compte, pense : « Pourquoi met-on des grilles avec tous ces fers de lance ? Pour décourager les cambrioleurs ? Il leur suffit d'entrer en faisant le tour par la porte d'entrée.

Le fer de lance qui transperce la cuisse de Madeleine ne semble pas avoir touché l'artère fémorale. C'est déjà ça. Mais le plus horrible, ce sont les deux fers qui apparaissent au-dessus de la poitrine. Daniel se dit : « Il faudrait couper la grille : cela veut dire une attente qui risque d'être mortelle, le temps de trouver le matériel. Les pompiers parviendront-ils à couper les tiges de fonte épaisses comme des manches à balai ? Peuvent-ils réussir avec les chalumeaux qu'ils utilisent normalement pour désincarcérer les accidentés de la route ?

Le capitaine des pompiers suggère :

– On peut essayer avec les chalumeaux.

– Mais la chaleur va se communiquer à tout le barreau. Ce sera intolérable.

– Ou alors on peut essayer de scier à la scie électrique.

– Mais cela va provoquer des vibrations épouvantables.

Daniel essaye de ne pas se laisser dominer par l'émotion. Il essaye de ne pas entendre les gémissements de Madeleine auprès de qui trois pompiers et une infirmière s'affairent.

– On va essayer le chamuleau !

Le capitaine des pompiers dit :

– Arrosez la grille. On va couper assez bas.

Daniel proteste :

– Ne les coupez pas trop loin. Il faudrait les recouper à nouveau pour mettre ma femme dans l'ambulance !

– Votre femme ? Mon pauvre vieux, c'est atroce ! Et il faut que ça tombe sur vous. A propos, son groupe sanguin c'est bien AB ? C'est une chance : elle est receveur universel. Ne vous en faites pas, on va faire le maximum.

Oui, mais le « maximum » sera-t-il assez ?

En fait, le découpage de la grille est plus compliqué qu'il n'y paraît : il faut découper les trois tiges qui transpercent le corps martyrisé de la jeune femme, et il faut aussi couper deux tiges intermédiaires qui ne l'ont pas atteinte. Soit cinq opérations. Plus les quatre coupures qui doivent découper la barre supérieure horizontale de la grille, pour dissocier les trois fers de lance qui transpercent Madeleine des deux auxquels elle a échappé. Plus deux coupures pour séparer tout l'ensemble du reste de la grille : neuf opérations au chalumeau, dont quatre tout près du corps.

Madeleine semble avoir des difficultés à respirer. Daniel lui crie :

– On commence à couper. Tiens le coup, mon amour !

Un des pompiers propose :

– Je vais tenir les tiges tout près d'elle. Si je sens que ça chauffe trop, on pourra arrêter !

Le capitaine approuve :

– Bonne idée, Gilles. Mais il faut que tu mettes un chiffon mouillé autour de ta main. On compte sur toi. Bon, les gars, arrosez les tiges de la grille.

Le chalumeau va vite en besogne et les tiges de la grille ne résistent pas. Mais il faut, au fur et à mesure, assurer la stabilité de Madeleine :

– Soutenez-la pour éviter le moindre choc.

Daniel est fasciné par ces trois tiges monstrueuses qui transpercent sa femme. Soudain il tend la main vers le ventre de Madeleine. Sans dire un mot. Pour voir si l'enfant à venir bouge encore. Mais il ne sent rien remuer sous la robe imbibée de sang. Madeleine respire toujours mais elle ne peut retenir un cri de douleur chaque fois qu'une des tiges meurtrières est coupée. Soudain le poids de la fonte se fait sentir dans sa chair meurtrie.

– Ça va ?

Madeleine fait un signe de tête. A peine perceptible. Daniel crie :

– Dépêchez-vous, elle va perdre connaissance !

En définitive les tiges ont été découpées le plus près possible du corps de l'accidentée. A présent elle est libre. Tel saint Sébastien percé de flèches, Madeleine a trois lances de fonte qui sortent de son corps : deux sortent de la cage thoracique, une sort de sa cuisse.

A présent une nouvelle sirène fait sursauter le quartier. A l'intérieur de l'ambulance, Madeleine et toute l'équipe médicale. Daniel tient la main glacée de son épouse.

Une fois arrivée à l'hôpital où toute l'équipe des urgences est prête à opérer, il faut deux chirurgiens pour délivrer Madeleine des tiges qui la transpercent. Une équipe s'attaque à la cuisse. L'autre, en même temps, s'occupe des tiges de la poitrine.

– La tige de la cuisse touche l'artère fémorale ! Et chez vous, comment ça se présente ?

– Problème : une des tiges a entamé la veine cave !

Il ne s'agit pas de faire la moindre erreur.

Les deux chirurgiens et leurs équipes vont s'acharner durant quatre heures avant qu'on puisse emporter Madeleine hors du bloc opératoire. Car, indépendamment des perforations horribles qui la martyrisaient, elle souffrait d'une fracture du bassin, de côtes brisées, d'une fracture de la clavicule, d'un traumatisme de la colonne vertébrale, et avait perdu son bébé. Ce n'est qu'au bout d'un an que Madeleine a pu reprendre une vie normale.

Le don de la vie

Le parc national du Tennessee est magnifique sous le grand soleil d'août : la route sinue parmi les conifères, déroulant un paysage superbe. Pourtant Sally Cameron paraît soucieuse. Jetant un regard de côté à son ami Mike, elle réprime un soupir : Mike a trop bu, il conduit trop vite.

– On n'est pas pressés, fait-elle remarquer gentiment. On est en vacances.

Sans répondre, le jeune homme se contente d'augmenter le volume de l'autoradio. Sally n'insiste pas : inutile de le braquer. A vingt-deux ans, elle a appris à toujours adopter l'attitude la plus positive. D'ailleurs, dans son entourage, on fait souvent appel à sa bonne volonté pour aplanir les difficultés.

– A quoi tu penses ? demande soudain Mike.

– A rien de spécial.

Pieux mensonge. Les yeux rivés sur le sommet des monts Appalaches, Sally pense en fait à son père, Graham Cameron, un ingénieur de cinquante-huit ans. Le pauvre est cloué sur un lit d'hôpital, à mille kilomètres de là ; il est en train de s'éteindre lentement, victime d'une insuffisance cardiaque. Graham a été opéré trois fois à cœur ouvert, mais, désormais, les médecins ne peuvent plus rien pour lui. La seule chance de le sauver, ce serait de lui greffer le cœur d'un autre. Seulement voilà : les dons d'organes ne suffisent pas à la demande, et bien que le cas de Graham ait été jugé prioritaire, les spécialistes n'ont pas trouvé de cœur compatible à lui greffer.

Rien qu'à cette idée, Sally se sent révoltée. « Pourquoi, se demande-t-elle, les médias américains ne lancent-ils pas une grande campagne de sensibilisation de l'opinion ? Si les gens savaient, ils seraient donneurs... » Elle-même ne s'était jamais préoccupée de la question avant que son père ne soit concerné ; à présent, tout est en ordre ; depuis deux ans, Sally ne se promène plus sans sa carte de donneur volontaire d'organes. Elle a beau n'avoir que vingt-deux ans, on ne sait jamais.

– Attention !

Trop tard. Mike n'a pas vu venir une camionnette qui montait la route en sens inverse. Il donne un coup de volant tardif et trop brutal. La voiture quitte le virage et, après trois tonneaux, vient s'écraser dans le petit ravin en contrebas. Mike meurt sur le coup. Quant à Sally, gravement blessée, elle sera évacuée en hélicoptère vers l'hôpital de Knoxville.

A mille kilomètres de là, dans le Michigan, Laura Cameron, la mère de Sally, prépare un déjeuner léger pour elle-même et son fils, Tod, dix-huit ans. Depuis que son mari Graham est à l'hôpital, elle n'a plus goût à la cuisine. Le téléphone sonne : Laura s'essuie les mains et va répondre.

– Allô ?

– Madame Cameron ? Ici le docteur Ornell, de l'hôpital de...

En entendant le mot « docteur », Laura s'est figée. Elle demande aussitôt, la gorge sèche :

– C'est mon mari ? Est-ce qu'il est encore en vie ?

– Madame Cameron, il ne s'agit pas de votre mari, mais de votre fille...

– Comment ? De quoi parlez-vous ?

En quelques phrases, le médecin du Tennessee apprend à la mère l'accident de sa fille. Laura pousse un cri et plaque le combiné contre elle. Ce nouveau coup du sort n'est pas celui auquel son esprit s'était préparé depuis des mois. Tod accourt :

– Maman... il s'est passé quelque chose ?

Sans perdre de temps, Laura et son fils partent pour Knoxville, dans le Tennessee. La route est longue, et ils n'atteignent l'hôpital qu'à la nuit tombée. Ils se précipitent alors, à travers un labyrinthe de couloirs, jusqu'au service où Sally a été admise quelques heures plus tôt. Mais arrivés au seuil de la chambre, l'accès leur en est barré par un infirmier :

– Pas tout de suite, madame. Votre fille...

– Mais... ah... je comprends.

La mère n'a pas besoin qu'on lui en dise davantage : ainsi Sally sera morte sans avoir eu le temps de revoir les siens. Laura se retourne vers son fils et, les yeux pleins de larmes, se jette dans ses bras. Tous deux se soutiennent longuement dans le couloir. Puis c'est Tod qui pose la question :

– Est-ce qu'il faut prévenir papa ?

– Tu n'y penses pas ! Ton père est bien trop malade, il ne le supporterait pas...

– Si j'appelais quand même Ausserman, pour avoir son avis.

Laura approuve. Le docteur Ausserman est le cardiologue qui soigne Graham Cameron depuis des années. Non sans mal, Tod finit par le joindre dans le Michigan ; il lui explique la situation. Le cardiologue confirme au jeune homme la nécessité, vu son état, de cacher à son père la terrible nouvelle. Mais il ne s'en tient pas là.

– Écoutez-moi, Tod, dit la voix lointaine. Il me vient une idée. Oh, c'est une drôle d'idée, je vous l'accorde. Seulement...

– Que voulez-vous me dire, docteur ?

– Eh bien... votre sœur n'est peut-être pas morte pour rien. Imaginez... Imaginez qu'on puisse greffer son cœur à votre père. Cela permettrait peut-être de le sauver.

Au bout du fil, le jeune homme ne discute pas ; il demande seulement :

– Quelles seraient les conditions pour que vous tentiez l'expérience ?

– Il y a deux conditions. La première, c'est que le cœur de votre sœur soit compatible ; nous pouvons nous en assurer très vite. La deuxième, Tod, ce serait que vous-même et votre mère me donniez votre accord...

– Docteur, pour ce qui me concerne, vous l'avez.

La moitié du chemin est faite. Reste à convaincre Laura – et cela, c'est une autre affaire. Aux médecins venus lui exposer la proposition de leur collègue de Berkley, la mère éplorée oppose un refus catégorique :

– Mais qui êtes-vous, pour me parler de choses pareilles ? Des fous, des criminels ?

– Maman...

– Tod ! Ne me dis pas que tu serais prêt à laisser ces déments charcuter ta pauvre sœur, dans l'intention d'implanter son cœur... à son propre père ?

– Enfin, madame, c'est une chance inouïe que votre mari puisse bénéficier d'un cœur compatible...

– Et si vous ratez votre coup ? J'aurai l'air de quoi, moi ?

– Les risques sont...

– Non ! J'ai dit non !

D'un signe de tête, Tod demande aux médecins de le laisser seul avec sa mère. Lentement, avec des mots simples, il essaie de lui présenter la situation sous un autre jour.

– Maman, tu le sais bien : quand Sally a signé l'autorisation de prélèvement de ses organes, c'est à la situation de papa qu'elle pensait. Or c'est à papa que ça pourrait maintenant profiter.

– Enfin, Tod...

– Maman ! Là où elle est, je suis sûr qu'elle nous observe, et qu'elle serait heureuse que sa mort nous permette au moins de sauver papa. C'est ce qu'elle attend de nous, maman. Ne lui refusons pas ça !

Laura s'est tue ; la gorge nouée par le chagrin, elle regarde son fils d'un air résigné. Tod se lève et ouvre la porte ; aussitôt le médecin accourt :

– Ma mère est d'accord. Vous pouvez y aller.

Commence alors une véritable course contre la montre. Grâce à un jet privé qui décolle de Berkley dans l'heure, le docteur Ausserman et ses assistants parviennent à Knoxville en pleine nuit. Il est 4 heures du matin quand le cœur de Sally, extrait avec toutes les précautions souhaitables, est placé dans un caisson spécial, direction le Michigan. Il faut faire vite ; la greffe doit avoir lieu dans les cinq heures suivant le prélèvement.

Graham Cameron est réveillé en pleine nuit et préparé pour l'opération. Pendant qu'on le transporte au bloc, il demande d'où provient le cœur qui va lui être greffé.

– D'une jeune femme, je crois, répond prudemment l'aide soignant.

Pâle sourire de Graham, juste avant qu'on ne l'endorme. A 6 h 15, l'intervention peut commencer. Pour le docteur Ausserman et toute son équipe, il s'agit d'un véritable défi. D'autant plus que les choses ne se passent pas dans la facilité : le cœur fatigué de Graham lâche soudain, avant qu'on n'ait pu connecter la pompe devant assurer le relais jusqu'à la greffe.

– Attention docteur, les battements se sont interrompus.

– Je vois bien. Défibrillateur !

Stimulé électriquement, l'organe malade se remet en marche. Au front du docteur Ausserman perlent des gouttes de sueur. Sa responsabilité est très lourde. Mais à 12 h 47, après six heures et demie d'efforts acharnés, on peut lire un éclat de triomphe dans le regard du cardiologue. L'équipe peut enfin souffler ; la greffe a été réalisée. Reste à savoir maintenant comment l'organisme réagira...

« Un homme vient de se voir greffer le cœur de sa propre fille. » La nouvelle se propage vite ; elle fait le tour des rédactions, aux États-Unis, puis dans le monde entier. Mais à l'hôpital de Berkley, le principal intéressé ignore encore tout de l'identité de sa bienfaitrice.

– Comment ça va, aujourd'hui ? demande Tod Cameron en rejoignant sa mère, trois jours plus tard, au chevet du convalescent.

– Ça a l'air de vouloir aller.

– Tu lui as dit ?

Laura secoue la tête en signe de dénégation. Son mari ouvre une paupière et demande dans un souffle :

– Qu'est-ce qu'il y a ?

– Rien, mon chéri, repose-toi.

– Non. Dis-moi.

Tod s'approche du chevet et prend la main de son père :

– C'est à propos de Sally, p'pa. Il lui est arrivé un malheur.

Sur l'oscillographe, les battements du nouveau cœur de Graham s'emballent.

– Qu'est-ce qu'elle a ? Où est-elle ?

Laura s'écroule en larmes sur le lit de son mari. D'une voix forcée, Tod poursuit les révélations :

– Sally s'est tuée, p'pa. En voiture. C'est son cœur que tu portes.

– Quoi ?!

– Oui, mon chéri, ce que dit Tod est vrai.

Graham est resté muet. Mais deux grosses larmes coulent sur ses joues. Sa femme les essuie.

– Tu vois, dit-elle, elle t'a rendu la vie que tu lui avais donnée, il y a vingt-deux ans...

Graham fait « oui » de la tête. Il ne peut pas parler. Tod conclura à sa place :

– Je suis sûr qu'en ce moment ma sœur est l'ange le plus heureux du Ciel.

La Dent de vipère

Comme la montagne est jolie en ce mois d'avril 1993 ! C'est peut-être la plus belle saison de l'année : il y a encore de la neige, mais déjà des prairies et des fleurs ; les ruisseaux nés de la fonte des glaces s'écoulent avec un bruit charmant, qui se mêle au chant des oiseaux.

C'est ce que pense Renata Bellini en grimpant une pente assez raide, dans le massif des Dolomites, non loin de Cortina d'Ampezzo, au nord-est de l'Italie. Vingt-huit ans, professeur de mathématiques à Milan, Renata Bellini adore ces escalades printanières, qui lui font oublier l'agitation et les miasmes de la grande ville.

Devant elle, Enzo Murato, son moniteur, un solide gaillard de quarante ans... Lui habite la région, dans un village tout près de Cortina. Il possède une ferme qu'il exploite seul, mais l'agriculture n'étant guère rentable, il complète ses revenus en donnant des leçons d'alpinisme...

Comme ils arrivent devant une paroi abrupte, il se retourne vers son élève.

– Aujourd'hui, on va faire la « Dent de vipère ». Ça ira ?

Encordée deux pas au-dessous de lui, Renata Bellini fait un signe d'acquiescement.

– Ça ira...

Et c'est vrai qu'elle se débrouille bien... Malgré ses allures fragiles de fille de la ville, Renata est douée pour l'alpinisme... Ils arrivent sans encombre au sommet de la Dent de vipère, un rocher aigu, qui ressemble vaguement au croc d'un serpent. En haut, il y a une petite plate-forme où on peut juste tenir debout à deux.

– On va souffler un peu. Désencorde-toi.

La jeune fille enlève les attaches de sécurité qui la liaient à son guide... C'est alors que celui-ci change d'expression. Un rictus de haine apparaît sur son visage.

– Il ne fallait pas, Renata ! Il ne fallait pas...

Ses mains, des mains énormes et puissantes, s'approchent d'elle... Elle voudrait reculer, mais elle ne peut pas... Elle se met à crier.

– Non ! Tu n'as pas le droit ! Au secours !...

Mais il n'y a personne pour l'entendre. Une simple bourrade suffit et après un affreux vol plané, la jeune fille s'écrase trente mètres plus bas, au milieu de rochers acérés... Enzo Murato se penche... Le calme est revenu. On n'entend plus, de nouveau, que le bruit charmant des ruisseaux et le chant des oiseaux... Voilà, c'est fait ! Tout le monde croira à un accident. Il vient de commettre un crime parfait avec la plus discrète et la plus infaillible des armes : la montagne.

Enzo Murato entreprend de redescendre la Dent de vipère, ce qui, pour un spécialiste comme lui, ne représente pas de difficulté majeure. Mais le passage est tout de même dangereux, surtout en descente, et il prend son temps... Tout en assurant ses prises avec sûreté, il ne peut s'empêcher de revivre sa liaison avec Renata, qu'il vient de conclure dans le sang...

Il a de nouveau un sourire... Il y a une raison supplémentaire pour que son crime soit parfait, c'est que leur liaison a été ignorée de tout le monde. Si les enquêteurs savaient les liens qui les ont unis et leur récente rupture, ils auraient évidemment des soupçons. Mais ils ne verront qu'un moniteur et sa cliente. Tout ce qu'il risque, c'est d'être accusé de faute professionnelle et de se voir retirer sa licence... Et encore ! Un accident exactement semblable était arrivé quinze ans plus tôt à la Dent de vipère et il n'y avait eu aucune suite...

Enzo Murato pousse un gros soupir devant les souvenirs de bonheur qui lui reviennent... Tout avait si bien commencé, pourtant! C'était l'année dernière à la même époque. Renata Bellini était descendue dans un hôtel de Cortina, elle avait demandé un moniteur pour faire de l'escalade et l'hôtel, qui était en relations avec lui, l'avait prévenu.

Comment dire ce qu'il avait ressenti en l'apercevant? A quarante ans, Enzo Murato, qui vivait seul dans sa ferme, avait la réputation justifiée d'être un ours et un misogyne. Seule la montagne comptait pour lui et il avait toujours pensé que les femmes et la montagne n'avaient rien à voir ensemble. La montagne, c'était une affaire d'hommes, c'était le domaine des hommes!

En voyant Renata, toutes ces convictions avaient été balayées. Elle n'avait rien d'un garçon manqué, pourtant, elle était même très féminine : petite, genre brune piquante, soigneusement maquillée, avec des allures pimpantes de citadine. Elle incarnait de manière presque caricaturale ce qu'il détestait chez les femmes! Alors, pourquoi elle?... Cela ne s'explique pas. C'était le coup de foudre, un point c'est tout...

Ils étaient partis pour la première leçon d'escalade et c'est là que le conte de fées avait commencé. Enzo pensait que cette jeune femme, visiblement cultivée et appartenant au meilleur milieu, ne pouvait avoir que du mépris pour un ignorant et un rustre comme lui. Eh bien, pas du tout! A la première halte, elle l'avait regardé dans les yeux, lui avait souri et lui avait dit cette chose incroyable :

– Me permettez-vous de vous raconter ma vie?

Il balbutia :

– A moi?... Pourquoi?

– Parce que vous êtes fort : cela se voit. J'ai besoin de parler à quelqu'un de fort...

Et Renata Bellini raconta... Elle venait de connaître un terrible drame passionnel. Elle vivait avec un homme et, alors qu'ils devaient bientôt se marier, la semaine précédente, il l'avait quittée, sans une explication. Comme les vacances de Pâques arrivaient et qu'elle était enseignante, elle était venue en montagne, complètement désemparée, songeant vaguement au suicide...

Il l'avait prise dans ses bras. Elle n'avait pas cherché à se dégager, il avait su trouver les mots qu'il fallait et, trois jours plus tard, elle quittait son hôtel pour s'installer à la ferme. Ce furent des moments inoubliables pour tous les deux. Elle revivait, au milieu de la nature et des joies simples. Lui était fou de bonheur, tout simplement.

Cela ne durerait pas, ils le savaient tous les deux, mais quand Renata est partie, Enzo se demanda s'il ne lui avait pas trop bien redonné goût à la vie. Elle riait de toutes ses dents sur le quai de la gare. Elle n'avait visiblement qu'une hâte; retrouver son travail, ses élèves, ses amis, son milieu. Il lui demanda de lui écrire, elle refusa. Elle lui dit simplement :

– Je te promets de revenir l'année prochaine.

Elle tint parole, mais elle aurait mieux fait de s'abstenir. Si elle n'était pas revenue, il aurait sûrement souffert, il aurait fini par l'oublier et il ne serait pas devenu un criminel...

Ce n'était plus la même Renata qui avait débarqué à la gare, dix jours auparavant. En le voyant, elle eut un petit sursaut, comme si elle avait oublié qui il était, comme si elle s'était demandé comment elle avait pu partager sa vie avec lui, ne serait-ce qu'un moment. Elle refusa d'aller à la ferme. Malgré ses supplications, elle ne voulut pas bouger de son hôtel de Cortina.

Ils ont fait des escalades ensemble, bien sûr, mais elle ne desserrait pas les dents et lui ne savait quoi dire. Quel sujet de conversation auraient-ils pu avoir, elle qui était professeur dans un lycée et qui avait sûrement dû parcourir le monde, et lui, qui n'avait même pas son certificat d'études et qui n'avait quitté Cortina que pour faire son service militaire et encore, tout près, à Udine ?

Il essaya pourtant de lui parler comme avant, mais il s'était montré maladroit au possible. Alors, peut-être pour le décourager, peut-être parce que c'était vrai, elle lui dit :

– J'ai quelqu'un à Milan.

Il eut le tort de demander :

– Qu'est-ce qu'il a de plus que moi ?

Elle lui répondit, en le fixant bien dans les yeux :

– Il est intelligent !

Elle n'aurait pas dû ! Non, elle n'aurait pas dû...

Enzo Murato est arrivé devant le corps... Il s'attendait à un épouvantable spectacle, mais Renata a eu une chance incroyable. Elle est tombée, non sur les rochers acérés, mais sur le seul endroit recouvert de neige, formant une sorte de cuvette. Elle n'est pas morte – elle respire faiblement –, mais elle ne vaut guère mieux : immobile et inconsciente, les yeux ouverts, avec une large plaie à la tempe, sans doute une fracture du crâne.

Enzo Murato adopte la conduite qui doit être normalement la sienne en pareil cas : il ne tente pas de secourir la blessée, car la déplacer pourrait la faire mourir ; il revient vers la vallée aussi vite qu'il peut pour donner l'alerte.

Une heure après, il est dans l'hélicoptère avec les carabiniers. Il leur raconte sa version des faits, qui ne les surprend pas. Bien au contraire, ils tentent de le réconforter.

– Il y aura une enquête, mais il ne faut pas vous inquiéter : il y a quinze ans, il est arrivé la même chose au même endroit. C'est la fatalité...

Inquiet, Enzo accompagne sa victime jusqu'aux urgences de l'hôpital de Bolzano. Mais le diagnostic des médecins le rassure : elle est dans un coma profond, dû à une fracture du crâne ; elle présente de nombreuses autres fractures, plus des contusions internes impossibles à évaluer pour l'instant ; son état est jugé désespéré...

Trois mois ont passé et tout s'est déroulé exactement selon ses calculs. L'enquête est close et on ne lui a même pas retiré sa licence de moniteur d'escalade. Renata Bellini n'est toujours pas morte, mais elle n'a pas repris conscience et les médecins pensent que, si cela se produit, son cerveau est trop atteint pour qu'elle connaisse autre chose qu'une vie végétative.

Aussi Enzo est-il très surpris de voir les carabiniers arriver en force chez lui. Vaguement inquiet, il questionne :

– Qu'est-ce qu'il se passe ? Il y a du nouveau ?

C'est le brigadier qui répond :

– Plutôt, oui !... Mlle Bellini a repris conscience. Et vous savez les premiers mots qu'elle a dits ? « Il m'a poussée... »

Enzo Murato est devenu blême. Mais il refuse de s'avouer vaincu.

– Elle n'a pas ses esprits. Elle délire !

– C'est ce que les médecins ont effectivement pensé d'abord. Mais cette phrase, elle l'a prononcée il y a trois jours. Depuis, son état s'est amélioré d'une manière incroyable. Elle a tout raconté, votre liaison, tout... Elle a même eu la force de signer une déclaration écrite. Vous avez perdu, monsieur Murato. Je vais vous demander de nous suivre...

Enzo Murato baisse la tête. Oui, il a perdu... Il avait cru, en se servant de la montagne, commettre un crime parfait. Mais la montagne n'est pas une arme qui vous obéit, comme un revolver, un couteau ou un lacet. La montagne a sa volonté et la montagne a dit non...

Totalement prostré, il se laisse passer les menottes et monte sans résistance dans la camionnette des carabiniers. Ceux-ci, voyant son état d'abattement, cessent de faire attention à lui. Ils se mettent à discuter entre eux de choses et d'autres... Ils ont tort.

Alors que le véhicule, qui emprunte une route particulièrement escarpée, longe un ravin, Enzo Murato se précipite sur la porte, parvient à l'ouvrir malgré ses menottes et se jette dans le vide...

On retrouvera, quelques heures plus tard, son corps affreusement mutilé. Il était tombé sur des rochers acérés et n'avait plus forme humaine.

Cette fois, la montagne avait dit oui.

La mélasse

Un samedi de décembre 1958, dans une raffinerie de sucre, près de Bordeaux. Un petit homme en bleu de chauffe traverse l'atelier d'un pas saccadé. Il est jovial, chaleureux, toujours prêt à serrer une main ou à répondre à une boutade. Sa fine moustache noire, bien soignée, lui vaut d'être appelé « Moustache », et les ouvriers ne le connaissent que sous ce nom.

– Alors, Moustache, on flâne ce matin ?

– Dis donc, Moustache, tu m'as rapporté ma clef de huit ?

Le petit homme n'est jamais contrariant.

– Pas de problème, chef, ça marche ! répond-il en toute circonstance, avant de regagner son poste, bien vite, aux commandes de la « machine ».

Moustache est en effet le mécanicien affecté à la « machine », encore appelée le « monstre », un énorme broyeur qui occupe tout un coin de l'atelier et engloutit avec fracas d'énormes pains de sucre. Des équipes se relaient nuit et jour pour satisfaire en permanence sa voracité. La machine est bruyante, vibrante. Les pains de sucre sont placés sur un puissant élévateur qui les hisse jusqu'à une plate-forme ; une pelle mécanique les pousse alors dans l'entonnoir – la gueule de la machine – d'où ils tombent dans les concasseurs. Moustache est là pour veiller au bon fonctionnement des opérations ; il couve jalousement sa machine.

Ce matin, comme tous les samedis, le grondement du broyeur va s'arrêter pendant une heure, le temps qu'on nettoie les mâchoires d'acier du monstre. Paul Roussin, l'ouvrier délégué à cette tâche, serre vigoureusement la main du mécanicien :

– Salut, Moustache !

– Salut, Roussin !

Il s'agit d'un homme encore jeune, blond, aux yeux sombres. Paul Roussin est un ouvrier discret mais efficace ; quand on parle de lui, on dit que c'est un type bien. Moustache plaisante toujours avec lui :

– Tu y vas comme ça, ou tu préfères que je coupe le moteur ?

– Comme tu veux, Moustache !

– Bon, alors je coupe.

Le mécanicien attend un moment que l'entonnoir soit vide, puis, d'un pouce expert, il presse le gros bouton vert qui commande l'arrêt de la machine. Les vibrations s'amplifient aussitôt, puis, lentement, avec de petits soubresauts, les concasseurs cessent de tourner, et le broyeur se tait. Privé du grondement de fond, l'atelier est tout de suite plus calme.

– Allez, dit Paul Roussin, on va lui laver les dents, à c'te sale bête !

– Dis donc pas de mal de ma machine !

L'ouvrier grimpe au sommet du broyeur, entre dans l'entonnoir de trois mètres sur quatre, et descend prudemment jusqu'à la grille du fond, faite de gros barreaux bien espacés. Là, il prend sa position habituelle, à califourchon sur un des barreaux poisseux, les jambes appuyées sur les rouleaux concasseurs. Moustache le regarde depuis le haut de l'entonnoir :

– Y a beaucoup de mélasse, cette semaine, on dirait.

– Ouais, ton monstre a mangé salement.

Avec une longue brosse métallique, Paul se met alors à libérer les mâchoires acérées de la colle sucrée qui les engorge. Moustache le laisse à son travail et retourne au sien : le broyeur est arrêté, mais ça n'empêche pas l'élévateur de fonctionner.

Le problème, l'imprudence, l'horreur, c'est justement que le bouton de mise en marche de l'élévateur et celui du broyeur sont sur le même tableau de commande. Distants seulement de quelques centimètres... Moustache les connaît bien, l'un et l'autre. Normalement, il ne risque pas de les confondre. Normalement...

Au fond de l'entonnoir, Paul Roussin s'est mis à siffloter, ce qui, avec l'écho, produit une drôle de musique. Il s'active sur les dents d'acier, les jambes pendantes dans la machine.

En bas, une voix crie :

– Élévateur !

Moustache regagne le tableau de commande et, machinalement, il appuie sur le bouton rouge. Mais c'est le moteur du broyeur qui s'ébranle aussitôt. Un cri affreux résonne dans l'entonnoir. Coup de poing du mécanicien sur le bouton vert, et le moteur stoppe de nouveau. Le cri s'est transformé en une plainte déchirante. La bouche ouverte, les yeux révulsés, les poings serrés très forts, Moustache reste prostré devant les boutons du tableau.

Sous le choc, Paul Roussin est tombé en arrière sur la grille. Les bras en croix, il gémit, prêt à s'évanouir. Ses jambes sont prises dans les concasseurs, les mâchoires d'acier ont attaqué profondément la chair. Dans le cœur du broyeur, le sucre et le sang sont mêlés à l'acier, créant un magma inextricable.

– Il faut lui faire des garrots, lance un ouvrier au milieu de l'affolement général.

– Il a raison, vite !

Dans le fond de l'entonnoir, deux ouvriers sont montés à leur tour sur la grille. Ils ont relevé leur camarade accidenté, ont passé ses bras autour de leurs épaules et le soutiennent à présent, pour éviter que le poids du corps ne repose sur les blessures. Un troisième homme place des garrots au-dessus des genoux de Paul Roussin. Le malheureux pleure, crie, s'agite, tandis que ses camarades tentent de l'apaiser.

Au milieu du groupe des curieux, Moustache, blême, murmure tout bas :

– Non, dites-moi que ce n'est pas vrai. Ce n'est pas possible...

Un contremaître a remarqué sa détresse ; il s'approche discrètement et lui serre le bras en souriant. Un sourire qui veut dire : « Je sais ce que tu ressens, Moustache, mais c'est la vie, que veux-tu ? Je pourrais être à ta place. Ou Roussin à la tienne... » Dès que sont lancés les travaux destinés à désincarcérer les jambes du blessé, Moustache s'y emploie avec ardeur.

Les secours ont été prévenus rapidement. Mais la circulation est dense à Bordeaux un samedi matin, et quand le docteur Marsan finit par arriver, juste dans le sillage d'un camion de pompiers, Paul Roussin est déjà en train de perdre connaissance. D'un côté, il ne semble plus souffrir, ce qui est rassurant ; mais de l'autre, son absence de réaction à ce qui l'entoure a de quoi inquiéter les camarades qui le soutiennent. Pourtant le médecin lui parle comme à un être conscient :

– T'en fais pas, petit, c'est moins grave que ça en a l'air.

Pieux mensonge. Le docteur Marsan est bien plus sombre quand il s'adresse aux ingénieurs :

– Y a-t-il un moyen de démonter le broyeur ?

– Non, docteur. Il faudrait des heures pour parvenir au cœur du mécanisme. Quant à découper la taule au chalumeau, ça ne ferait qu'enflammer la mélasse. Pauvre Roussin, il ne manquerait plus qu'il soit brûlé vif...

– Eh bien, messieurs, tout cela est très inquiétant. Savez-vous si l'hémorragie est maîtrisée ?

Devant les mines circonspectes des ingénieurs, le médecin décide d'enfiler un bleu et de descendre vérifier lui-même dans la tranchée qui entoure la machine. A travers les rouages, il distingue les pieds déchirés du blessé. Il crie :

– Silence ! Je réclame un silence total.

Il tend l'oreille, et perçoit bientôt ce qu'il redoutait d'entendre : des grosses gouttes qui tombent à un rythme soutenu... Il faut faire vite. Ayant appelé un chirurgien au téléphone, il renforce les garrots et administre au blessé les piqûres les plus urgentes.

Autour de la machine, les ouvriers s'impatientent :

– Il faudrait contacter l'ingénieur qui a monté le broyeur, propose quelqu'un.

– Il n'a pas le téléphone.

– Je sais où il habite ! intervient Moustache.

Et l'instant d'après, le petit homme quitte la raffinerie sur son vélomoteur.

Entre-temps, le chirurgien est arrivé, accompagné d'un anesthésiste et d'infirmiers. Trois litres de sang sont immédiatement transfusés au blessé, qui revient à lui et murmure :

– C'est bien. Maintenant, j'ai le temps...

Ses camarades échangent des regards tristes. Que Paul Roussin ait un peu de temps devant lui ne change rien au problème : on ne pourra le libérer des griffes d'acier sans l'amputer des deux jambes. Le praticien fait déjà préparer son matériel.

– Vous êtes sûr qu'il n'y a pas moyen de faire autrement ? demande le chef d'atelier.

– Je le crains...

Soudain, une rumeur : on vient d'annoncer l'arrivée de l'ingénieur qui avait, huit ans plus tôt, monté le broyeur. Mais ce dernier n'apporte pas de solution.

– Le seul moyen de desserrer les concasseurs, ce serait de découper les taules au chalumeau, explique-t-il. Mais à coup sûr, cela enflammerait la mélasse...

C'est alors qu'un pompier lance une idée :

– Et si on inondait le tout ? Ça éviterait peut-être l'incendie...

Un soudeur opine du chef.

– On peut essayer, dit-il. Ça devrait marcher.

Solidement tenu par deux camarades, l'homme au chalumeau commence alors le travail de découpe, la tête en bas. La flamme effilée attaque une paroi du broyeur, dégageant bientôt une odeur tenace de caramel brûlé. Pendant ce temps, les pompiers noient la mélasse sous des trombes d'eau. En moins de vingt minutes, le premier cylindre est détaché, libérant la jambe gauche du blessé. Et au bout d'une longue demi-heure, Paul Roussin retrouve la liberté – ses deux jambes, quoique gravement blessées, ont été sauvées.

Cinq jours plus tard, un petit homme moustachu, en costume et cravate du dimanche, se présente à la clinique où son camarade a dû subir plusieurs opérations. Raide et livide sur le seuil de la chambre, il récapitule des phrases d'excuse. Il entre. Roussin est là, jambes bandées. Moustache ne peut articuler un mot. Le copain lui serre le bras :

– Faut pas en faire une maladie, va !

Et il ajoute :

– Maintenant, le monstre, il mérite bien son nom.

Yolande et l'homme

Yolande, une jolie petite fille blonde, rentre de l'école. Nous sommes en Flandres, au mois d'octobre, et le ciel sombre est chargé de pluie, Yolande devrait suivre la route éclairée par des réverbères, mais elle est pressée. Sa mère lui avait dit :

– Sois à 6 heures chez Mme Gerille, la coiffeuse. Il faut te faire belle avant d'aller voir ta grand-mère.

Alors Yolande a décidé de prendre le raccourci. Un chemin qui va à travers champs et suit le mur de l'hôpital tout près du canal. Elle se dit : « Il faudrait que je ramasse des feuilles pour l'herbier de l'école. »

Sa maman lui a bien recommandé : « Tu ne dois parler à personne. Et surtout si un homme inconnu t'aborde, tu ne réponds pas, tu n'acceptes pas de bonbon, tu refuses de le suivre. Surtout, même si le monsieur a l'air gentil, il ne faut jamais monter dans une voiture, il y a des petites filles qui ont disparu comme ça. Et d'autres à qui on a fait beaucoup de mal. »

Yolande a compris. A l'école on raconte aussi des histoires de jolies petites filles blondes. Certaines auraient été « violées » ! Elle ne sait pas exactement ce que signifie ce mot : « violées », mais il paraît que c'est très mal. Et que ça fait mal et que c'est sale.

Yolande, sous son imperméable jaune, presse le pas. Ce n'est pas agréable de marcher dans la boue, même avec des bottes. Elle sera mieux à la maison. La clef de l'appartement est dans sa poche.

– Petite ! Petite ! Tu te promènes ?

Yolande sursaute : l'homme qui vient de l'interpeller est un inconnu. Elle n'a jamais entendu sa voix et son visage ne lui dit rien. De toute manière, tout le monde la connaît dans le quartier. Si c'était un voisin, il dirait « Yolande » et pas « Petite ».

– Petite ! Attends, petite ! Viens ici.

Yolande se met à courir. Déjà elle aperçoit l'immeuble où elle vit avec sa maman. Un bâtiment sombre et vétuste, sans charme, mais c'est « sa » maison. L'homme, derrière Yolande, se met à marcher plus vite, mais il glisse dans la boue humide du chemin et Yolande l'entend qui jure à mi-voix.

Yolande entre en courant dans le hall de l'immeuble. Personne n'est là. Il y a une première porte qui s'ouvre seule et une seconde porte qui ferme à clef. Elle ouvre cette porte. Elle habite là, au rez-de-chaussée. Déjà elle a sorti la clef de sa poche. Il faut qu'elle la mette dans la serrure d'un seul coup, sans trembler. Des pas résonnent derrière elle. Pas de doute, c'est l'homme du chemin qui la suit. Yolande, sans trop paniquer, ouvre l'appartement. En se retournant, elle voit le visage de l'homme qui arrive. Yolande pousse la porte. Prise d'une inspiration subite elle crie :

– Papa, c'est moi, je suis rentrée !

L'homme hésite un peu. Son regard brille d'une drôle de manière et il a un sourire pas gentil du tout. Le voilà qui attrape le chambranle de la porte. Il est presque dans l'appartement.

– Papa, c'est moi, je suis là.

Tout en disant cela, Yolande prend une décision. De toutes ses forces, elle claque la porte. L'homme reçoit le battant sur la main et pousse un cri. Mais il ne peut faire autrement que de retirer ses doigts qui saignent déjà. Yolande parvient à fermer à clef la porte dont la serrure, en s'enclenchant, fait entendre un bruit rassurant.

Une fois dans l'appartement Yolande s'assied sur le sofa du salon. Elle écoute : « Et s'il allait essayer d'enfoncer la porte ? Non, ça ferait trop de bruit. »

Elle tire une chaise devant la porte et grimpe dessus. Ainsi elle est à la bonne hauteur pour regarder à travers l'œilleton de sécurité. Apparemment l'homme a disparu ; le palier semble vide.

Après avoir enlevé son cartable et rangé ses affaires, Yolande jette un coup d'œil à la pendule. « Il faut que j'aille rejoindre Maman chez la coiffeuse. »

Il faut qu'elle sorte, qu'elle quitte l'immeuble, qu'elle s'enfonce une seconde fois dans la nuit en suivant des chemins pleins d'ombres inquiétantes jusqu'à ce qu'elle parvienne à la grande rue. Et si l'homme était toujours devant l'immeuble, prêt à bondir sur elle...

Yolande se décide. Elle sort sur le palier, ferme la porte, range la clef dans sa poche. Personne. Personne non plus devant l'immeuble. D'ailleurs la nuit est si noire. Elle doit de nouveau longer le canal et ses berges recouvertes de roseaux...

Heureusement, le long du canal, un monsieur à l'air tranquille promène son chien, un gros berger allemand. Yolande se dit : « Je vais les suivre jusqu'à ce qu'ils parviennent à la grande rue. »

Malheureusement le berger allemand s'intéresse de trop près aux odeurs de ses congénères. A chaque minute, il marque son territoire en levant la patte et le monsieur ralentit. A ce train-là, il va mettre une demi-heure pour arriver dans la rue éclairée. « Bon, tant pis, je ne l'attends pas. »

Et Yolande se lance dans la nuit. Mais, soudain, elle se met à trembler. Elle ne rêve pas, elle entend des cris étouffés. Ils viennent des roseaux qui bordent le canal. Yolande reconnaît une voix de femme.

« ... A moi !... secours... aide ! »

Yolande, malgré sa peur, se rapproche de l'endroit d'où proviennent les cris. Elle voit deux silhouettes qui se débattent. Pas de doute, elle reconnaît l'homme qui la suivait tout à l'heure. Mais elle ne comprend pas ce qu'il fait. Il a l'air d'être couché sur quelqu'un d'autre. Yolande aperçoit alors deux jambes féminines qui battent l'air. Elle s'approche encore. Et d'un seul coup, elle comprend ce que veut dire « violer ».

L'homme est là, son pantalon baissé laisse voir, sous la lune, ses fesses entièrement nues. La femme crie et se débat.

Horrifiée, Yolande aperçoit soudain quelque chose d'intéressant. Elle s'approche, doucement, hop! Avec un geste précis, Yolande attrape, dans la poche revolver du pantalon, le portefeuille du vilain monsieur. Trop occupé, il ne se rend compte de rien...

Yolande s'enfuit à toute vitesse. Elle file vers le monsieur qui promène son chien. Il est toujours là. Yolande, essoufflée lui dit :

– Là, au bord du canal, il y a un monsieur qui fait du mal à une dame. J'ai attrapé son portefeuille. Je m'en vais, il faut que je retrouve ma mère.

Et elle part en courant, vers les lumières... tandis que le monsieur court vers les roseaux du canal.

– Vas-y, Milord, attaque!

Le berger allemand se met à aboyer.

Dès qu'elle est dans la lumière des réverbères, Yolande, au lieu de se diriger vers le salon de coiffure, va dans la direction opposée. Jusqu'à l'enseigne lumineuse qui indique « Police ».

Les policiers sont bien étonnés quand elle leur raconte son aventure. Ils lui font répéter deux fois :

– Mais je vais être en retard, maman m'attend à 6 heures.

– Ne t'inquiète pas. Nous te conduirons en voiture chez la coiffeuse.

Quand elle dépose le portefeuille du « vilain monsieur », quand elle leur raconte comment elle a, non seulement osé, mais simplement pensé à s'en saisir, les agents sont admiratifs :

– Elle a un sang-froid, la gamine! Chapeau!

Quelques minutes plus tard, Yolande descend de la voiture de police. Sa mère s'étonne un peu. Yolande ne se lance pas dans les détails.

– J'ai trouvé un portefeuille sur le chemin et je l'ai rapporté au poste de police.

– C'est bien. Il y avait de l'argent dedans?

– Je ne sais pas. Je n'ai pas pensé à regarder...

Ce n'est que deux heures plus tard que les choses deviennent plus claires pour la mère de Yolande. Elle est rentrée chez elle avec sa fille quand on sonne à la porte. Deux agents en uniforme sont là.

– Bonjour, messieurs, vous venez pour le portefeuille que ma fille a trouvé ?

– Pas exactement. Elle est là ?

– Oui, je vous l'appelle.

Yolande reconnaît tout de suite le policier du commissariat. Il explique leur présence.

– Grâce à toi, nous avons pu arrêter le « vilain monsieur » qui faisait du mal à une femme dans les roseaux du canal. Mais il faudrait que tu nous dises si c'est bien celui qui t'a suivie jusqu'ici et qui a essayé de rentrer chez toi...

Sa mère s'étonne :

– Mais enfin, Yolande, tu ne m'avais pas du tout raconté ça. Qu'est-ce qui s'est passé exactement ?

Yolande donne alors des détails sur sa soirée mouvementée. Le policier l'interrompt :

– Bien, maintenant, tu vas venir jusqu'à la fenêtre. Tu vas voir la voiture de la police. Il y a un homme assis à l'arrière. Regarde bien et dis-nous si c'est celui qui t'a parlé sur le chemin. Est-ce lui qui a voulu entrer chez toi ?

Yolande regarde attentivement :

– Oui, c'est bien lui.

– Eh bien, ma petite Yolande, tu as été formidable. Grâce à toi nous avons enfin pu mettre la main sur cet obsédé qui s'attaquait à des femmes et des fillettes dans la région depuis plusieurs mois. Et le coup du portefeuille, c'est absolument fantastique. Je ne connais pas beaucoup de personnes et surtout pas de petites filles de dix ans qui auraient eu autant de sang-froid et d'initiative que toi...

C'est ainsi, que, dans les jours qui suivent, Yolande devient l'héroïne non seulement de son immeuble mais du village tout entier. Avec félicitations renouvelées de la directrice de son école...

A présent les années ont passé et Yolande a quitté la Belgique. Elle est allée s'installer loin des chemins pluvieux, au soleil du Midi et, sans doute pour décourager tous les « vilains messieurs » de France et de Navarre, elle a épousé... un gendarme.

Alice au Pays des Merveilles

16 avril 1953. Douglas Morgan, une valisette à la main, se dépêche de traverser le hall de la gare centrale de New York. Il est 7 h 44. Pourvu que l'express de 7 h 45 ne parte pas à l'heure exacte. Ce serait trop bête de le rater pour quelques secondes !

Douglas Morgan bouscule les voyageurs sans prendre le temps de s'excuser. Il a vingt et un ans. C'est un grand jeune homme blond, un étudiant américain typique. Et c'est précisément pour regagner son école d'ingénieur, à Utica, que Douglas prend le train, après avoir passé le week-end à New York, chez ses parents.

Douglas Morgan débouche à toute allure sur le quai numéro 3 et s'arrête en poussant un juron. L'express vient de quitter la gare avec une exactitude infernale.

Douglas pousse un soupir résigné. A quoi bon s'énerver ? Quand c'est fichu, c'est fichu ! Le prochain train pour Utica est à 6 heures du soir. La seule chose à faire est de voir comment il pourra s'occuper d'ici là. Il s'installe sous la grosse horloge du hall. Le mieux serait d'aller au cinéma. Douglas prend son porte-monnaie. Il n'est pas riche. Il faut vérifier si l'état de ses finances lui permet de faire cette dépense.

Il est en train de sortir les pièces pour les compter lorsque l'extraordinaire se produit. Il entend une voix féminine dans son dos :

– Je vous avais dit que le beurre ne serait pas bon pour le mécanisme !...

Douglas Morgan se retourne. Celle qui vient de parler est une jeune fille blonde, vêtue d'un tailleur gris. Il est sûr de ne jamais l'avoir rencontrée.

« Je vous avais dit que le beurre ne serait pas bon pour le mécanisme » : la phrase est moins surprenante pour un Anglo-Saxon que pour nous. C'est un extrait d'*Alice au Pays des Merveilles*, un livre que tous les petits écoliers anglais ou américains connaissent par cœur. Avec un sourire amusé, Douglas donne la suite de la citation.

– Et pourtant c'était du beurre de la meilleure qualité.

La jeune fille arbore un sourire radieux. Douglas Morgan la trouve tout à fait ravissante. Il est subitement très heureux d'avoir raté son train. Mais la suite n'est pas du tout celle qu'il attendait. L'inconnue devient sérieuse. Elle chuchote :

– Le rendez-vous est à 19 heures exactement, 890, 134e Rue.

Il y a un instant de silence, puis elle ajoute d'un ton de reproche :

– Vous aviez sept minutes d'avance. Vous savez bien que nous devons toujours faire preuve d'une totale exactitude.

Elle tourne les talons et disparaît dans la foule.

Le jeune étudiant en a totalement oublié son cinéma. Ce qu'il est en train de vivre est beaucoup plus passionnant. Il réfléchit et une idée lui vient. L'inconnue a dit : « Vous aviez sept minutes d'avance. » Cela signifie que dans sept minutes – un peu moins maintenant – quelqu'un d'autre va venir... Il quitte sa place sous l'horloge et va s'installer un peu plus loin sur un banc.

Le résultat ne se fait pas attendre : cinq minutes plus tard, un homme en imperméable mastic se plante sous l'horloge. Il sort de sa poche un porte-monnaie et se met à compter les pièces avec ostentation. Douglas Morgan décide de jouer le jeu. Il arrive devant lui.

– Je vous avais dit que le beurre ne serait pas bon pour le mécanisme.

La réplique est instantanée :

– Et pourtant c'était du beurre de la meilleure qualité.

L'autre se tait et attend la suite... Douglas est pris de court. Il n'avait rien préparé. Donner le lieu et l'adresse du rendez-vous, pas question... Il a une brusque inspiration. Il chuchote :

– Tout est découvert. Filez !

L'homme devient subitement livide. Sans ajouter un mot, il s'enfuit à toutes jambes.

Le lieutenant Howard Stanley est responsable du poste de police de la gare centrale de New York. C'est un rouquin costaud et corpulent. Il a écouté toute l'histoire de Douglas avec un sourire qui en dit long sur son état d'esprit. Le jeune homme, d'ailleurs, s'en rend parfaitement compte.

– Vous ne me croyez pas ! Vous me prenez pour un mythomane...

– Mais si, je vous crois. Mais je crois aussi que vous êtes tombé sur des piqués et ce n'est pas cela qui manque à New York !

– Qu'est-ce que vous en savez s'ils sont cinglés ou non ? Si cela se trouve, ils veulent assassiner le Président...

– Je n'ai jamais dit que je n'allais rien faire. Je vais envoyer un agent vérifier votre histoire.

Le policier ouvre la porte et passe la tête dans l'entrebâillement.

– Wilcox ! Viens ici ! Tu vas prendre une voiture et aller avec monsieur à l'adresse qu'il te dira. Tu me feras ensuite ton rapport.

Quelques minutes plus tard, Douglas Morgan file dans les rues de New York aux côtés de l'agent Wilcox. Le véhicule stoppe devant le 890, 134e Rue. Douglas sort de la voiture et se sent affreusement mal à l'aise : le 890 n'existe pas ; entre le 888 et le 892, il y a un grand trou, un terrain vague. Une pancarte annonce la construction future d'un building de quarante étages. C'était une farce, un canular ! La voix goguenarde de l'agent le rappelle à la réalité.

– Eh bien, mon gars, il sera vite fait, mon rapport !

Il remonte dans sa voiture et démarre, en laissant sur le trottoir le jeune homme terriblement vexé.

La 134e Rue se situe dans le quartier des cinémas et Douglas Morgan se décide à revenir à son premier projet : il va aller voir un film. Pourtant, une fois installé dans la salle, il ne parvient pas à s'intéresser au western qui se déroule sous ses yeux. Et si tout était quand même vrai ? La jeune femme n'a jamais dit que le rendez-vous avait lieu *dans* le 890, 134e Rue. Que l'immeuble ait été démoli ne prouve rien. Il se peut fort bien que quelqu'un l'attende à 19 heures *devant* le 890...

19 heures. Douglas Morgan attend devant l'ex-890, 134e Rue. Le trou que forme le terrain vague a quelque chose de sinistre. Mais il est trop tard pour renoncer maintenant... Un cliquetis régulier sur sa gauche. Douglas se raidit : c'est un aveugle qui s'avance en frappant de sa canne le bord du trottoir. L'homme lui adresse la parole à voix basse.

– Sept jeunes filles, armées de sept balais...

Encore une citation d'*Alice au Pays des Merveilles*. Douglas donne la suite :

– Croyez-vous, demanda le lion de mer, qu'elles pourraient tout nettoyer ?

Le pseudo-aveugle a un hochement de tête en guise d'assentiment. Il murmure :

– Prenez-moi le bras. Je vais vous conduire.

Cette fois, Douglas Morgan est entré dans l'aventure... L'homme s'arrête dix maisons plus loin. Au lieu de se diriger dans les étages, l'aveugle ouvre une porte près de l'escalier et prend le chemin des caves. Au bout, une porte par-dessous laquelle filtre de la lumière. L'aveugle frappe trois coups précipités suivis de trois coups espacés, puis il s'en va d'une marche rapide. La porte s'ouvre.

Dans la pièce, il y a deux hommes : une espèce d'Hercule et un petit homme à lunettes. C'est lui qui prend la parole, il a un fort accent étranger.

– Il n'y a pas de temps à perdre. C'est à 20 heures que Tchouikov et Machkov quitteront l'hôtel Waldorf Astoria. Vous connaissez, bien sûr, nos amis Tchouikov et Machkov ?

Douglas Morgan regrette maintenant sa folle imprudence. Un revolver de gros calibre, muni d'un silencieux, posé sur la table devant lui, attire irrésistiblement son regard. Il fait « oui » de la tête. Le petit homme à lunettes lui tend l'arme.

– Il paraît que vous ne ratez jamais votre coup. Je l'espère pour vous... C'est Machkov que vous devez abattre. Mais il ne faut surtout pas que Tchouikov soit blessé. Vous avez compris ?

– Oui.

L'homme désigne le colosse de la tête.

– Mickey conduira la voiture. Arrivé devant le Waldorf Astoria, il s'arrêtera et lèvera le capot, comme s'il avait une panne. Je vous conseille de ne pas faire d'erreur...

Le jeune étudiant essaie de toutes ses forces de ne pas laisser paraître sa panique.

– Voilà mille dollars. Le solde après l'exécution du contrat. Maintenant, allons-y !

Mickey se met en marche pesamment et Douglas Morgan le suit, après avoir glissé son arme de tueur dans sa ceinture. L'homme à lunettes ferme la marche.

19 h 45. La limousine s'immobilise devant l'entrée du Waldorf Astoria. Comme prévu, Mickey cale le moteur, va ouvrir le capot et commence à faire semblant de réparer.

Douglas scrute désespérément le grand hôtel, comme si un miracle allait se produire. Mais que pourrait-il se produire ? Il est sur le siège du passager, la tête passée par la portière. Derrière son dos, il sent la présence silencieuse du chef de la bande dans la même position. Les minutes s'écoulent... Soudain, la voix furieuse du petit homme retentit :

– Le voilà ! Allez-y ! Mais qu'est-ce que vous attendez ?

Le jeune étudiant ferme les yeux... L'instant d'après, il ressent un choc effroyable sur la nuque et puis c'est le noir.

Douglas Morgan reprend conscience dans un lit. Un homme à la chevelure rousse est penché au-dessus de lui : c'est le lieutenant Stanley, le policier de la gare centrale... Qu'est-ce que cela signifie ?

– Ne vous agitez pas, monsieur Morgan. Vous êtes à l'hôpital. Vous avez reçu un sacré coup sur le crâne, mais il n'y a pas de fracture. Dans deux jours, vous serez sur pied.

Le jeune homme a retrouvé ses esprits.

– Qu'est-ce qui s'est passé ? Vous avez donc cru à mon histoire ?

– Disons que je l'ai prise au sérieux. Un policier ne peut pas traiter à la légère des faits aussi suspects... A aucun moment, nous ne vous avons perdu de vue. Vous avez été suivi en permanence, même quand vous étiez au cinéma.

– Et vous les avez laissés faire alors que vous pouviez intervenir !

– Nous avons pris un risque calculé, monsieur Morgan. Nous étions, nous aussi, cachés dans une voiture en face du Waldorf. Quand j'ai compris que cela allait mal se terminer pour vous, j'ai lancé ma voiture contre la vôtre. Le type qui était à l'avant sous le capot est mort et le bonhomme du siège arrière est beaucoup plus mal en point que vous...

Le jeune blessé pose la quetion qui lui brûle les lèvres :

– Et ce Machkov que je devais tuer, et cette bande, vous savez qui c'est ?

– Oui, mais je ne peux pas vous le révéler. Tout ce que je peux vous dire, c'est que vous nous avez rendu un fier service !

Douglas Morgan n'en a jamais su davantage sur l'aventure qu'il avait vécue. Une aventure aussi délirante que celle de la petite Alice dans son Pays des Merveilles, mais qui avait pour dangereuse différence de se dérouler dans la réalité.

Plus forts que la haine

Nicholas Green est un petit Américain originaire de Californie. Depuis trois semaines, il est en vacances en Europe avec ses parents et sa petite sœur. Il a aimé le séjour en Suisse, mais lui, c'est l'Italie qui le fascine. Après quatre jours à Rome, il s'est donc plongé avec bonheur dans les ruines de Pompéi et dans celles d'Herculanum. Car si Nicholas n'a que sept ans, il est déjà passionné par la civilisation antique : son héros s'appelle Jules César, les gladiateurs et autres légionnaires n'ont plus de secret pour lui.

En cette soirée du 29 septembre 1994, la petite Lancia louée par la famille Green file vers le sud du pays, en quête de mer et de soleil. Or il fait justement très chaud sur l'autoroute qui mène de Naples à Reggio de Calabre. Au volant, Reginald s'éponge le front de son mouchoir. A côté de lui, sa femme Margareth s'évente avec une carte routière. A l'arrière, la petite Eleonor, quatre ans, est rouge comme une pivoine ; mais elle écoute sagement son frère lui raconter l'assassinat de César.

– On va s'arrêter prendre de l'essence à la prochaine station, lance Reginald. On en profitera pour se dégourdir les jambes...

– Et pour acheter des sandwiches et des boissons fraîches, dit Margareth.

Ce que les Green ignorent encore, c'est que la portion d'autoroute sur laquelle ils circulent est appelée dans la région la « route de la peur ». Les agressions de voyageurs y sont très nombreuses : plus de vingt au cours des deux mois précédents ! Les bandits incriminés sont de petits malfrats qui n'ont pas vingt ans et font ici leurs premières armes, se sachant plus ou moins couverts par la redoutable mafia calabraise. L'État, depuis longtemps, a renoncé à percevoir les péages sur ce tronçon d'autoroute – et, de toute façon, les pirates ont aménagé des voies pour y accéder librement et en sortir avec la même facilité.

Or la station-service vers laquelle bifurque la petite Lancia des Américains est justement l'un des principaux repaires des bandits calabrais. Pendant que Reginald et Nicholas s'occupent de faire le plein d'essence, Margareth, avec la petite Eleonor, s'aventure du côté du drugstore pour acheter des vivres. Elle en ressort en faisant la grimace et vient se blottir près de son mari :

– Drôle d'endroit, dit-elle en distribuant les provisions à sa petite famille. Le bar est plein de mauvais garçons qui m'ont dévisagée de la tête aux pieds...

– Ils ne sont peut-être pas habitués à voir des Américaines, dit Reginald en plaisantant.

– Il fera bientôt nuit, partons d'ici ! insiste Margareth.

Trois minutes plus tard, la Lancia reprend l'autoroute en direction de Reggio de Calabre – et aussitôt, tous feux éteints, une Fiat Uno se lance dans son sillage.

Assise de trois quarts sur le siège du passager, Margareth contemple une image vivante du bonheur : ses enfants, désaltérés et rassasiés, se sont assoupis à la faveur de la nuit tombante. Eleonor s'est laissée choir sur le côté, dormant sur les genoux de son grand frère ; installé bien droit, la tête légèrement inclinée, Nicholas caresse en somnolant les cheveux de sa petite sœur. Margareth sourit – cette scène, elle ne pourra plus jamais l'oublier.

Soudain, elle fronce les sourcils. Une voiture aux feux éteints fait exprès de rouler à leur hauteur.

– Qu'est-ce qu'ils veulent ? demande-t-elle à son mari.

– Je ne sais pas. Ce sont des jeunes qui s'amusent.

Non, ils ne s'amusent pas. Assez distinctement, Margareth aperçoit un tube noir et luisant que brandit, à l'arrière de la Fiat, un homme hirsute. Elle n'a pas le temps de réagir ; la déflagration est immédiate, la vitre arrière de la Lancia vient de voler en éclats.

– Ils sont fous ! hurle-t-elle.

Surpris, Reginald a donné un coup de volant et la voiture a fait une embardée, puis un long dérapage avant de venir s'immobiliser en travers de l'autoroute.

– Couchez-vous ! crie Margareth, épouvantée, aux enfants. Ne bougez plus !

Reginald, saisi, tremble de tout son corps. La Fiat des agresseurs a poursuivi sur son erre pendant que la Lancia se déportait sur la droite. A présent, la voiture pirate fait marche arrière, et deux bandits armés en surgissent. Raide de peur, Margareth porte ses poings à sa bouche dans un sanglot muet.

Heureusement, les phares d'un camion apparaissent brusquement à l'horizon, cinq cents mètres peut-être en arrière. En le voyant arriver, les bandits renoncent ; ils rentrent dans la Fiat et redémarrent sur les chapeaux de roues.

– Pourvu que le camion ne nous heurte pas, maintenant, dit Reginald.

Mais le poids lourd freine tranquillement. Les Green respirent. Reginald descend expliquer ce qui s'est passé au chauffeur routier.

– Ça va, les enfants ? demande Margareth en essayant de se calmer.

– Ça va, maman, répond Eleonor dans un sanglot.

– Et toi, Nicholas ? Nicholas !

Allumant le plafonnier, Margareth Green réalise que son fils saigne de la tête. Elle bondit aussitôt à l'arrière et lui essuie le visage. L'enfant est pâle, et se met à râler doucement.

– Nicholas ! Il s'est coupé !

Margareth a crié si fort que son mari accourt. En y regardant de plus près, les parents découvrent alors l'atroce réalité : leur petit garçon porte une plaie à la tempe gauche, un trou si petit qu'on le voit à peine. Une balle s'est logée dans son crâne !

– Ils me l'ont tué ! crie Margareth. Ils me l'ont tué !

Il est 22 h 15 quand l'ambulance, prévenue par le téléphone du camion, arrive sur les lieux. Le jeune Nicholas est si pâle, si froid, que le médecin décide tout de suite de le placer sous oxygénation artificielle. Assez vite les couleurs lui reviennent et, sur le trajet qui les conduit à l'hôpital de Reggio, sa mère, hébétée d'horreur, se surprend à espérer.

A 22 h 45, ils sont à l'hôpital où l'équipe chirurgicale attendait l'enfant ; Margareth tient encore la main de son fils tandis qu'on précipite le lit roulant vers le bloc opératoire.

Puis l'attente commence. Au bout d'une demi-heure, Reginald arrive à son tour, ayant confié Eleonor aux soins d'une personne spécialisée. Pendant les quatre heures que va durer l'opération, le couple Green reste là, prostré, refusant même un café... Quand le chirurgien sort enfin du bloc, il leur avoue que les chances de survie de Nicholas sont faibles.

– Nous savons, dit Margareth avec un pauvre sourire.

Pendant une journée et une nuit entières, le père et la mère du jeune garçon vont se tenir immobiles, transis d'espoir, le long de la vitre derrière laquelle leur enfant, tout hérissé de tuyaux, lutte contre la mort. Leurs propres battements de cœur se sont réglés sur le signal de l'oscillographe.

Le samedi 1er octobre, à 13 heures, les médecins annoncent que Nicholas est dans un coma dépassé. Reginald et Margareth sortent dans le couloir, ils se tiennent par la main. Ils parlent un moment à voix basse, puis demandent à rencontrer le médecin chef.

C'est alors qu'au pays de la vengeance et du règlement de comptes ce couple d'Américains va faire preuve d'un des actes d'amour les plus purs qui soient :

– Nous souhaitons que les organes de notre fils puissent aider à vivre des enfants qui en ont besoin, annonce Margareth.

Aussitôt, le corps du petit garçon reprend le chemin du bloc opératoire. Dans tous les hôpitaux d'Italie, l'offre d'organes est transmise. Et l'on prépare déjà les malades en attente de greffe.

C'est à Andrea, un adolescent de Rome affecté d'une malformation cardiaque, qu'est greffé le cœur de Nicholas. Son foie va sauver la vie de Maria Pia, une jeune femme atteinte d'une terrible maladie, c'était pour elle une question d'heures. L'un des reins de Nicholas sera greffé à Tino, un petit Sicilien de onze ans, et l'autre à Anna Maria, quatorze ans, souffrant d'une anomalie congénitale. Silvia pourra être guérie grâce au pancréas du petit Américain ; quant à ses cornées, elles vont rendre la vue à Domenica, vingt-quatre ans, et à Francesco, quarante-trois.

– Aujourd'hui, je vois avec les yeux de Nicholas, dit ce dernier. J'en suis doublement heureux.

Comme Domenica, il a fait, en février suivant, le voyage jusqu'au grand théâtre de Messine pour remercier Reginald, Margareth et Eleonor. Toute l'Italie, président de la République en tête, a rendu hommage à leur grandeur d'âme. Mais pour les Green, la vraie consolation vient des miraculés eux-mêmes.

– Chaque fois que le soleil se lève, je pense à lui, leur a dit Maria Pia.

Le petit Tino a fondu en larmes dans les bras de Margareth, et la jeune Silvia a dit à Reginald :

– J'ai presque le sentiment de vous avoir volé quelque chose.

A quoi l'Américain a répondu :

– C'est moi qui vous dois quelque chose. Grâce à vous, mon fils vit encore un peu.

Le seul à n'avoir pu se rendre à la cérémonie de Messine, c'est le petit Andrea. Malgré son cœur tout neuf, le voyage depuis Rome l'aurait trop affaibli. Alors il a écrit une lettre à Margareth Green, qui, depuis, la garde précieusement dans son sac à main, une lettre toute simple, qui se conclut par ces mots : « Vous êtes ma seconde maman. »

Le nom de Nicholas Green a été donné à plusieurs rues en Italie. Lui qui aimait tant ce pays et admirait Jules César ! Aujourd'hui, son cœur continue de battre dans la poitrine d'un vrai petit Romain.

La Grotte de Cristal

Nous sommes le 2 février 1925 sur les plateaux du Kentucky, aux États-Unis. Si, en surface, la campagne du Kentucky ressemble à n'importe quelle autre, en dessous, ce n'est pas la même chose. Il s'agit d'une zone géologique exceptionnelle, idéale pour la formation de souterrains. Et chaque paysan de la région rêve de trouver la grotte fabuleuse qui le rendra riche et célèbre.

Parmi eux, Floyd Collins est le plus acharné. C'est huit ans plus tôt que Floyd a fait parler de lui pour la première fois. Ce jour-là, en poursuivant une marmotte, il a découvert une grotte d'une beauté merveilleuse. Il l'a appelée la Grotte de Cristal, parce que les stalactites et les stalagmites étaient si pures et si brillantes qu'on aurait dit des miroirs. Seulement, elle était trop petite pour être exploitable de manière touristique, alors il n'a eu qu'une obsession : découvrir de nouvelles salles communiquant avec elle.

Dans la région, on s'est habitué à considérer Floyd Collins comme un original. On l'a surnommé l'« homme des cavernes ». Il est resté célibataire, vivant avec son vieux père, un peu dérangé lui aussi depuis la mort de sa femme.

Et, ce 2 février 1925, William Miller, un de ses rares amis, en passant dans sa voiture, découvre le père Collins assis au bord d'un trou au milieu de son champ. Il s'arrête et questionne le vieil homme. Celui-ci répond d'un ton absent :

– Floyd est là-dessous.
– Depuis combien de temps ?
– Deux jours.
– Et vous n'avez pas donné l'alerte ?
– Ben, ça lui arrivait de partir plus d'une journée, mais là ça fait beaucoup...
– J'y vais !

William Miller est sportif et, autrefois, comme tous les gosses de la région, il a fait de la spéléologie. Il s'engage résolument dans l'orifice, mais il se rend vite compte que le passage est périlleux. Il est même abominable, atroce. Il fallait bien tout l'acharnement, toute la rage de Floyd Collins pour s'aventurer dans un endroit pareil. Le boyau n'est guère plus gros qu'un trou de taupe.

William Miller se demande comment la terre qui l'enserre de tous les côtés ne l'absorbe pas, ne le digère pas ; une terre humide, suintante, dégoulinante, qui lui rentre dans les yeux, dans le nez et dans la bouche. Une fois, dix fois, il a la tentation de tout abandonner, de remonter. Mais il continue, il s'enfonce...

Enfin, le boyau devient un peu plus large : on peut se mettre à quatre pattes, se retourner. C'est là... William Miller entend un gémissement par terre. Il allume la lampe électrique qu'il avait emportée.

– Floyd, c'est moi William. William Miller...

Un grognement indistinct lui répond.

William promène sa lampe électrique sur le corps. La position de l'accidenté est critique. Il est pris sous une énorme roche jusqu'à la ceinture ; son bras droit, ramené en arrière, est coincé lui aussi. Il est complètement plaqué au sol sur la terre détrempée.

De toutes ses forces William Miller tire sur le corps en le prenant par les épaules. Il ne parvient qu'à provoquer les cris de douleur de Floyd sans le faire bouger d'un centimètre.

– Je m'en vais Floyd. Mais on va revenir avec du matériel. Et ce coup-ci, on va te tirer de là, c'est promis !

L'accidenté secoue la tête.

– D'accord, mais dépêchez-vous. Je ne sais pas combien de temps je vais tenir.

Alors, c'est la remontée dans le trou, aussi pénible que la descente, mais plus dure encore physiquement, et enfin le retour à l'air libre. Il fait complètement nuit, il neige. Une forme s'approche, c'est le père Collins. Quand il voit que William Miller est seul, il s'en va sans dire un mot...

3 février 1925 : il neige toujours sur les plateaux du Kentucky et, près du trou, il y a maintenant du monde – des gendarmes, des pompiers.

On redescend, à trois cette fois : William Miller et deux pompiers. Ils ont avec eux des ampoules électriques reliées par un fil, qu'ils vont dérouler tout au long, un peu comme une guirlande d'arbre de Noël, et surtout un harnais avec lequel ils espèrent bien sortir Floyd Collins.

Quand, après des efforts terribles, les trois hommes parviennent au fond, ils trouvent Floyd encore plus affaibli que la veille. La lumière crue de la lampe révèle les ravages qu'ont laissés sur ses traits la souffrance et l'épuisement.

– C'est moi, Floyd. On va te tirer de là.

En grimaçant, Floyd Collins se redresse un peu. On attache le harnais aussi solidement que possible. Et les trois hommes, dans ce réduit où ils tiennent tout juste à quatre pattes, se mettent à tirer ensemble de toutes leurs forces.

Floyd hurle. Les courroies lui scient les épaules, lui tirent les bras, lui arrachent les jambes. Mais il n'a pas bougé d'un millimètre. Il faut arrêter. Et puis repartir, remonter, en lui laissant quelques provisions.

4 février. On se bouscule autour du trou. Une centaine d'ouvriers qui étaient employés tout près à la construction du chemin de fer Louisville-Nashville ont spontanément quitté leur travail pour aider. Une compagnie locale de travaux publics a envoyé du matériel de forage et des spécialistes.

Tandis que les ouvriers se mettent à creuser pour élargir l'entrée, on va essayer le matériel envoyé par la compagnie de travaux publics : des vérins hydrauliques ultra-modernes, capables de soulever plusieurs tonnes.

Une chaîne est formée, depuis le début du trou jusqu'à Floyd Collins. En tout, treize hommes qui se passent de main en main les lourds vérins. William Miller est au bout de la chaîne.

Floyd ne bouge absolument plus, mais il vit.

– Floyd, on a des vérins. Ce coup-ci, c'est sûr, on va t'en sortir.

– Cela ne marchera pas William. Je vais mourir... Mais maintenant, je n'ai plus peur. Tu sais ce que j'avais demandé dans mon testament ? Qu'on m'enterre dans la Grotte de Cristal. Eh bien, tu vois, c'est fait...

Les vérins sont arrivés. Aidé par deux pompiers, William les place sous l'énorme roche. Voilà, ils sont en marche. William interroge :

– Tu sens quelque chose, Floyd ?

– Non, je ne sens rien, rien du tout.

Et soudain, William Miller a envie de pleurer. Sous l'effet de l'énorme poussée, ce n'est pas la pierre qui bouge, ce sont les vérins qui se tordent. Lentement, ils se courbent, puis ils s'affaissent, comme si c'étaient des bouts de caoutchouc.

5 février 1925. Au-dessus du trou, de nouveaux sauveteurs bénévoles se pressent par dizaines. Ils sont parfaitement inutiles, il y en a suffisamment comme cela. Mais ce n'est pas tout. Le drame de Floyd Collins s'est répandu dans le pays et a soulevé une immense émotion. Une milliardaire de Chicago a envoyé son chirurgien personnel dans son avion privé pour voir s'il ne serait pas possible d'amputer Floyd Collins des deux jambes. Et puis, un peu plus tard, on apprend que le président des États-Unis lui-même, Calvin Coolidge, a envoyé un message de sympathie. Plus émouvant encore, en ce 5 février, qui est un dimanche, dans toutes les églises du pays on dit des prières pour Floyd Collins.

Sur le plan des secours, malheureusement, rien ne progresse : plusieurs tentatives se montrent tout aussi inefficaces que les précédentes.

6 février 1925. L'Amérique entière a les yeux tournés vers la Grotte de Cristal. Mais cette fois, l'émotion populaire a pris de telles dimensions que c'en est devenu indécent. Autour du trou, il y a maintenant l'immense foule des curieux. Des vendeurs proposent des hot-dogs et des boissons gazeuses. Pour assurer l'ordre, on a dû faire appel à la Garde nationale. Sur la petite route verglacée qui conduit sur les lieux, un bouchon de plusieurs kilomètres s'est formé. Trois jeunes filles du pays se prétendent la fiancée de Floyd Collins et racontent, moyennant finances, leurs souvenirs aux journalistes.

En bas, une nouvelle expédition est tentée. Elle n'a pas plus de succès que les autres, mais elle se termine par un drame. À peine le dernier homme est-il sorti, qu'un bruit sourd retentit. La terre tombe brusquement de tous côtés. C'est un glissement de terrain. Le trou s'est refermé. Floyd est maintenant totalement prisonnier.

Alors, on décide de creuser quelques mètres plus loin un puits de vingt mètres de profondeur. Quand on y sera, on creusera sur le côté pour atteindre directement Collins.

Le travail va être interminable. Il y a sur place, le matériel le plus puissant de l'époque : des foreuses, des pelleteuses, des bulldozers. Mais tout cela est inutile. Par une tragique ironie, on ne peut creuser qu'à la pelle et encore, doucement, en prenant des précautions, car le moindre déplacement de terre risque de provoquer un éboulement fatal.

7 février, 8 février, 10 février. Sur le plateau, battu par la neige, des milliers d'hommes remuent le sol en se relayant. On n'avance que de deux mètres par jour. Avec d'infinies précautions William Miller est redescendu dans le trou. Devant le mur de terre, il a crié de toutes ses forces, il a appelé :

– Floyd ! Floyd !...

Et il y a eu une réponse, faible, indistincte, une sorte de cri sourd. Floyd Collins est toujours vivant.

15 février. Le travail continue... Depuis le 10, il n'y a pas eu de réponse. Mais on espère toujours. Floyd est sans doute trop faible pour crier, mais il vit.

Il est 16 h 30 lorsqu'un sauveteur donne le dernier coup de pelle. Il se précipite. Quand il revient, il ne dit qu'un mot :

– Mort !

C'est deux jours plus tard qu'on a enterré Floyd Collins. Ou, plutôt, qu'on l'a laissé là, dans sa prison de pierre.

La cérémonie funèbre a eu lieu au fond du puits. Près du corps, recouvert d'un drap noir, il y avait le père Collins hagard et le pasteur ; vingt mètres plus haut, au bord du trou, William Miller et les autres. Cérémonie étrange, sinistre, devant un mort déjà inhumé de son vivant.

Depuis, Floyd Collins repose toujours dans la Grotte de Cristal. Comme il l'avait demandé dans son testament.

Table

Cet ouvrage a été réalisé par la
SOCIÉTÉ NOUVELLE FIRMIN-DIDOT
Mesnil-sur-l'Estrée
pour le compte des Éditions Albin Michel
en février 1998

Imprimé en France
Dépôt légal : mars 1998
N° d'édition : 17264 – N° d'impression : 41573